河出文庫

アフリカの日々

イサク・ディネセン
横山貞子 訳

kawade bunko

河出書房新社

アフリカの日々　目次

第1部　カマンテとルル　7

1　ンゴング農園……9

2　土地の子供……33

3　野生の人たちと入植者の家……58

4　ガゼル……86

第2部　農園でおこった猟銃事故　109

1　猟銃事故……111

2　禁猟区を行く……128

3　ワマイ……143

4　ワンヤンゲッリ……163

5　キクユの族長……184

第3部　農園への客たち　203

1　踊りの大会……205

2 アジアからの客 220
3 ソマリ族の女たち 227
4 クヌッセン老 243
5 さすらい人の憩い 254
6 友のおとずれ 266
7 高貴な開拓者 276
8 翼 293

第4部 手帖から 321

第5部 農園を去る 419
1 苦しい時期 421
2 キナンジュイの死 439
3 丘陵の墓 451
4 家財処分 475
5 別れ 499
訳者あとがき 511

アフリカの日々

「馬に乗ること、
射ること、
真実を語ること」

第1部　カマンテとルル

森のなかより　高原の奥より
われらおとずれん　われらおとずれん
P・B・シェリー「牧神讃歌」

1　ンゴング農園

私はアフリカに農園を持っていた。ンゴング丘陵のふもとに。この高地の百マイル北を赤道が横切り、農園は海抜六千フィートを越える位置にあった。昼間は太陽の近くまで高く登ったような気がするが、明けがたと夕暮れは涼しくやすらかで、そして夜は冷えびえとしていた。

この土地の地理的位置と高度とが結びついて、世界じゅうでも類を見ない風景をつくりだしている。余分やゆとりはどこにも見あたらない。それは高度六千フィートを通して蒸溜されたアフリカ、つまりひとつの大陸の、純度の高いエッセンスのようなものだ。すべてが焼け乾いて、素焼きのやきものの色をしている。木々は薄く繊細《せんさい》な葉をつけ、構造がヨーロッパの木とはちがう。枝のつくるかたちは弓型でもドーム型でもなく、水平にいくつもの層をなす。孤立して生えている木は、こうした形のせいで、いくつもの掌《てのひら》をひろげているように見え、また、帆をひろげた全装備の船のように勇ましくロマンティックに見える。森のはずれでは、森全体がかすかに揺れているようなふしぎな様子を見せる。大平原の草の上には、とげのあるアフリカアカシアのねじまがった古木があちこちに生え、草にはタイムとヤチヤナギに似た薫りがあった。場所によっては薫りがきつすぎて、鼻のなかが痛いくらいだ。平原で見る花や原生林の蔓《つる》科植物に咲く花はどれも、南イギリスの丘陵の花々のように小さい。ただ長い雨期のはじまりにかぎって、大きく堂々とした、強い匂いのたくさんの百合が、突然平原に現れるのだ。その景色がはてしなく広がる。見るものすべてが偉大さと自由、そして比類ない高貴さをつくりだしていた。

この風景、そしてそのなかでの暮しの一番の特色は空気である。アフリカの高原ですごしたことのある人なら、あとで思いかえしてみると、しばらくの時を空の高みで生きていた気がして、おどろきに打たれるにちがいない。空は淡い青からすみれ色よりも濃くなることはほとんどなく、そこには巨大な、重量のない、絶えずかたちを変える雲がゆたかにそびえたち、ただよっていた。だがここの空は青い力を内に秘めていて、近くの丘や森を鮮やかな濃い青に染めあげてみせる。日ざかり、大気は炎と燃えたち、活《い》きいきと大地を覆う。そして流れる水のようにきらめき、波うち、輝いて、あらゆるものを写しだし、二重の像をつくり、大きな蜃気楼《しんきろう》を産みだす。これほどの高度にいながらも、人間はやすらかに呼吸でき、心臓は軽やかに活きいきと、たしかな鼓動をつづける。この高地で朝目がさめてまず心にうかぶこと、それは、この地こそ自分のいるべき場所なのだというよろこびである。

ンゴング山は北から南に長い山脈をなして延び、空を背に、さらに深く青い、動かぬ波のような四つのけだかい峰をいただいている。この山脈は海抜八千フィート、東側の平地からは二千フィートの高度になる。西側での落差はさらに急激で深く、アフリカ大地溝帯に向けて垂直に落ちる。

高原の風はいつも北々東から吹く。それはアラビアとアフリカの海岸線でモンスーンと呼ばれ、ソロモン王が交易に使ったあの東風とおなじものだ。この高原の風は、地球が空間に向かって身を投げだすときにおこる空気の抵抗のように感じられる。風はンゴング丘陵に向けてまっすぐに吹きつけるので、丘陵の斜面はグライダーを揚げるのにうってつけの場所だ。グライダーは風の流れに乗って上昇し、山頂を越えるだろう。風に乗って旅をする雲は丘の片側にぶつかってそこにたむろしたり、または山頂で停滞して雨になる。しかし、さらに高い航路をとって無事に暗礁《あんしょう》を越えた雲は、この丘陵の西、大地溝帯の焼けつく砂漠の上で消えてゆく。この壮大な行進のゆくえを、私は自分の家で何度も見とどけた。そして、誇らかにただよう巨大なものたちが、丘の上を越えるや、たちまち青い大気のなかに消え去ってゆくのをふしぎに思ったものだ。

農園から見える丘陵は一日のうちに何度もおもむきを変えた。じき近くに見えるときもあり、またしばらくするとひどく遠く見えた。夕方、暗くなるころに眺めていると、丘はまず、暗い丘陵全体にわたるシルエットを、ほそい銀色の一筋で空に描いたように見える。夜がくると、四つの峰は平たくなでつけられたようになる。まるで、丘陵全体が横に延びひろがりでもしたように。

ンゴング丘陵からの眺めは独特だ。南には、はるかキリマンジャロに達する広大な狩猟地が拡がる。東と北にかけては、森を背にした小さな丘のつづく公園のような土地と、ゆるやかに起伏するキクユ族居留地で、百マイルむこうのケニア山までつづいている。そこは小さな四角のトウモロコシ畑、バナナの茂み、牧草地がモザイクをなし、てっぺんのとがった小さなモグラ塚のかたまりのような原住民の村のあちこちから青い煙が立ちのぼっている。だが、西側の深い崖下の低地には、アフリカ低地帯特有の月面のような乾いた風景が拡がる。褐色の砂漠にはイバラの茂みが不規則に点在し、まがりくねる河床は濃緑のねじれた線でふちどられている。それはスパイクのようなとげのある枝をひろげた、たくましいミモザの林である。そこにはサボテンが生え、キリンやサイの棲《す》みかになっている。

いったんそこに入ってみると、丘陵地帯は広大なもので、絵のような、また神秘的なところだ。長い谷々や茂みあり、緑の斜面や切りたつ岩の断崖あり、変化に富む。ひとつの峰のふもとには竹林さえある。丘には泉や井戸があちこちにあって、そういうところで私はよく野営をしたものだ。

私のいたころには、ンゴング丘陵はバッファロー、アフリカレイヨウ、サイの棲みかだった。原住民の故老は象がここにいた時代を憶えていた。ンゴング丘陵全体が禁猟区指定に入らなかったことを、私はいつも残念に思っていた。ごく一部だけが禁猟区に指定されていて、南峰の頂きの望楼がその境界線になっていた。植民地が繁栄し、首都ナイロビが大都市になれば、ンゴング丘陵はこの都市にとってかけがえのない動物公園になり得たはずだ。だが、私のアフリカ滞在の終りころには、ナイロビの商店で働く若い連中が、日曜になるとオートバイで丘にやってきて、手あたりしだいに獲物を射ちまくっていた。大きな動物たちは丘陵を後にして、イバラの茂みを抜け、岩場を越えて、南へ移っていったのだろう。

つながる丘と四つの峰の稜線まで登ると、そこはとても歩きやすかった。草は芝生のように短く、ところどころ草地を破って灰色の石が顔を出していた。稜線づたいに登ったり降りたり、ゆるやかなジグザグをなして、狭いけもの道が通じていた。丘でキャンプをしたある朝のこと、私は稜線まで登って、このけもの道を歩いた。そして、今さっき通ったばかりのアフリカレイヨウの一群れが残した新しい足跡と糞《ふん》を見つけた。この巨大でゆったりした動物たちは、日の出のとき、長い列をつくって稜線を歩いていったのだろう。このアフリカレイヨウたちは、ただ稜線の両側の、はるかな下界を見おろすために、わざわざそこまでやってきたのだと思うほかない。

私の農園ではコーヒーを栽培していた。その土地はコーヒーを植えるにはいくらか高度がありすぎるので、栽培は手のかかる仕事になり、この農園で十分な収益をあげたことは一度もなかった。だが、コーヒー栽培というものには人をとらえて離さない力がある。いつでもなにかやることがあり、しかも決まって、適当な時期よりもやや遅れ気味になるものだ。

人の手が加えられたことのないこの地方の自然と乱雑さのなかで、規則的に整地され、植えこまれた一切れの土地は、とても美しく見えた。後に私がアフリカの空を飛行するようになり、空中から私の農園の景観に親しむようになったとき、私は灰緑色の土地のなかにくっきりとあざやかな緑をなすわがコーヒー園にうっとりと見とれた。そして、人間精神は幾何学的図形にたいへん強く惹《ひ》かれるものなのだということに気づいた。ナイロビ周辺の地域一帯、殊《こと》に市街の北部は大体こうした具合に整地されていて、そこには、コーヒーの植えつけ、枝の刈りこみ、摘みとりのことを絶えず考えて話しあい、床についてからはコーヒー工場の改良にひとりで思いをめぐらす人々が住んでいた。

コーヒー栽培は時間のかかる仕事である。頭で思いえがくように一朝一夕でできることではない。人間のほうもまだ若くて希望にみちているころ、篠つく雨のなかで、若く輝くばかりのコーヒー苗の植わった箱を苗床から運びだし、農園じゅうの人手を畠に動員して、雨にうるおった栽培予定地に整然とつくった穴の列に植えこんでゆくのを見まもる。それから、茂みから切りとってきた枝で厚い日覆いをつくってやる。外の風にさらされないでいることは、若いものの特権なのだから。結実するには四、五年かかり、それまでのあいだ、旱魃《かんばつ》もある。コーヒーの木の病気もある。しぶとい雑草が畠全体を厚く覆いつくすこともある。この雑草はブラック・ジャックと呼ばれ、長いざらざらしたさやを生やして、服や靴下に取りつく。コーヒーの木のいくつかは、植えかたがわるくて主根が曲がり、そういうのは花をつけはじめたとたんに枯れてゆく。一エーカーに六百あまりの木を植えこむのがふつうで、私は六百エーカーのコーヒー園をもっていた。牛たちは、やがてもらえるほうびをたのしみに、耕耘機を引いて、木々の列のあいだをしんぼう強く何千マイルも行き来した。

コーヒー園がとても美しく見える時期がある。雨期がはじまるころ、木々が花をつけるときには、霧や小雨のなかで、六百エーカーにわたって白亜の雲がひろがる輝かしい眺めになる。コーヒーの花にはリンボクの花のように繊細でいくらか苦みのある薫りがある。実が熟して畠が赤味を帯びてくると、女たち、それからトトと呼ばれる子供たちも総出で、男たちといっしょに実を摘む。それから二輪や四輪の荷車が、コーヒーの実を川岸の工場まで運ぶ。うちの機械はきちんと動いたためしがなかったが、私たちは自力で工場を設計してつくりあげ、それをたいしたものだと思っていた。工場は一度火事で焼け落ち、またつくり直さなければならなかった。大きなコーヒー乾燥機は廻りつづけ、鉄の胴体のなかで、コーヒー豆は海岸で波に洗われる小石のようにガラガラと音をたてた。コーヒーが乾き、乾燥機から取りだす時間が、時として真夜中になることがあった。工場の広く暗い屋内を照らすいくつものハリケーン・ランプが、蜘蛛《くも》の巣やコーヒーの皮といっしょにあちこちにぶらさがり、その灯りのなかで熱中した黒い顔が乾燥機を取りまく。それは絵のような瞬間だった。そのとき工場は、黒人女性の耳に輝く宝石のように、巨大なアフリカの夜のなかで揺れていると思われた。それから手を使って皮をむき、選別をすませたコーヒーを、馬具作りの職人が縫いあげた袋に詰める。

やがてついに、朝早くまだ暗いうち、私が床についているあいだに、コーヒーの荷が出てゆく。一トン積みの荷車に十二のコーヒー袋を高々と積みあげ、一台あたり十六頭の牛に引かせ、工場の長い丘を登ってナイロビ鉄道の駅まで出かける馭者《ぎよしや》たちの大騒ぎする声がきこえる。登りはこの工場のある丘だけだから、まずは安心だ。この農場はナイロビの街から一千フィートの高所にあった。夕方、帰ってくる行列を迎えに出る。疲れた牛たちはからの荷車を引きながら首をたれ、これも疲れた子供《トト》たちが牛につきそっている。重い足どりの馭者は道の土埃《つちぼこり》のなかに鞭《むち》を引きずっている。われわれは今や、できるかぎりのことをしとげた。一両日中にコーヒーは海上を運ばれてゆき、あとはロンドンの大せり市での幸運を祈るばかりだ。

私は六千エーカーの土地をもっていたので、コーヒー園以外にかなりの空地があった。農園の一部は自然林で、一千エーカーほどが借地、いわゆるシャンバになっていた。借地人は土地の人で、白人の農園のなかで何エーカーかを家族ともども耕作し、借地賃代りに、年に何日か農園主のために働く。私のところの借地人たちはこの関係について別の見かたをしていたと思う。彼らの大半は父親の代からその場所で生れ育っているからだ。彼らのほうでは私のことを、自分たちの領地に寄生する上級借地人と見なしていたふしがある。借地人用の土地は農園内のどこよりも活気があり、季節によって変化した。トウモロコシ畑の高い緑の列のあいだには、ふみかためられた狭い小径《こみち》があって、そこを通ると、トウモロコシは人の背丈よりも高くそよいでいたが、やがてそれも刈りとれる。畑で実った豆を女たちが集めて棒でたたき、茎やさやを集めて焼く。その季節になると、農園じゅうのあちこちに薄青い煙がたちのぼった。キクユ族はサツマイモも栽培していた。サツマイモの葉はぶどうの葉のようで、部厚くもつれて敷物のように地面を覆う。それからいろんな種類の黄や緑のぶちのある大きなカボチャもつくっていた。

キクユ族のシャンバのなかを歩くとき、最初に目をひくのは、自分の畑の土をならしている小柄な老女の姿であろう。それは頭を砂にかくすダチョウの姿に似ている。キクユ族の家族はそれぞれ屋根のとがった小屋をいくつも持ち、貯蔵庫も持っている。小屋と小屋のあいだは活気のある場所だ。地面はコンクリートのように硬く、そこで人びとはトウモロコシを粉にひき、山羊《やぎ》の乳をしぼり、子供たちや鶏が走りまわる。青みを帯びた夕暮れ近く、私はよく借地人の家々のまわりのサツマイモ畑にシャコを射ちに出かけた。以前この農園のあたり全体を覆っていた森の名残りをとどめる、高く枝を張ったモクセイ科の木々がシャンバのあちこちにあり、その上で飼い鳩が大声で鳴いていた。

私の農園には二千エーカーにあまる草地があった。強風がくると、長い草が海の波のようになびき、キクユ族の小さな牧童たちが父親の雌牛の番をしていた。寒い季節になると牧童たちは自宅から火のついた石炭を枝で編んだ小籠に入れて持ってくるので、時として大きな草火事がおこった。それは農園の草食動物たちにとっては大災害だった。旱魃の年にはシマウマやアフリカレイヨウが農園の草地まで降りてきた。

われらの町ナイロビは十二マイル降りたところの、丘にかこまれた小さな平地にあった。ここには政庁や中央各省があり、この領土の統治の中心になっていた。

人間が町にまったくかかわりをもたずに暮すことは不可能である。その人が町のことをよく言おうと悪く言おうと、たいしたちがいはない。心理的引力の法則によって、町は人の心をひきつける。私の農園のところどころからはるかに見える夜の町、空にかかるその明るいもやは、町に行きたい気持をそそり、ヨーロッパの大都市のことを思いださせた。

私がアフリカに来たばかりのころは、この土地には車というものがなく、ナイロビに行くには馬に乗るか、六頭立てのラバに引かせた馬車を使った。そして馬やラバを「高地交通会社」の廏舎《きゅうしゃ》につないでおいた。私の滞在していた期間を通じて、ナイロビは雑多なところで、立派な石造りの新築の建物もあれば、古い波型鉄板でつくった店のかたまりから成る一区画もあり、無舗装《むほそう》の埃だらけの街路に沿って植わったユーカリの並木といっしょに、役所やバンガローが並んでいるところもあった。高等法院や原住民民事局や獣医局はなんともひどい建物で、そこに入れられた政府の役人たちは、燃えるように暑くて暗い室内でともかく仕事をしている。これには私はいつも感心していた。

とはいえ、ナイロビはやはり町だった。そこでは物も買え、最近の出来ごとを聞くことができる。ホテルで昼食や夕食をしたり、クラブでダンスもできる。ナイロビは流水のように動き、育ちざかりのもののように成長する、活きいきしたところだった。そこは年ごとに変り、一回のサファリで留守にしているあいだにさえ変化した。堂々たる涼しい建物に立派な舞踏室と美しい庭をそなえた新政庁が建ち、大ホテルがいくつもできた。大規模で印象的な農産物展示会やすばらしい花の展示会がひらかれ、この植民地のいわば才子連中といったやからが、つぎつぎにお手軽なメロドラマを展開して町にいろどりをそえていた。ナイロビの町は言う。「私と今の時とを十分に活かしてお使い下さい。こんなにも無軌道で荒々しい若い時代にお互いが出会うことは、もう二度とないのですよ」私とナイロビとはまずはよく理解しあっていた。あるとき町を車で走りながら思ったものだ。ナイロビの街路なしには、この世は成立しない。

アフリカ人居住区と有色人種植民者居住区は、ヨーロッパ系の住民の区域にくらべてはるかに広かった。

ムザイガ・クラブ*へ行く途中にあるスワヒリ族の町は決して評判のいい所ではなかったが、活気に満ち、このきたないけばけばしい一画では、一日じゅういつもいろんなことがおこっていた。その町はおおかたがドラム罐《かん》をハンマーで平たくたたきつぶしたもので出来ていて、さまざまな銹《さ》びの度合いにいろどられ、サンゴ礁のように化石になっ

*イギリス上流社会の社交クラブの延長。設立者は著者の友人バークレー・コール。

た建物から成っていた。そこからは進歩を重んじる文明の精神が間断なく逃げ去ってゆくのだった。

ソマリ族の集落はナイロビから遠く離れていた。それはおそらく、女性を隔離しておくソマリ族の生活習慣のためなのだろう。私のいた時代には、ナイロビの町じゅうの人が名前を知っているソマリ族の美女が何人かいて、バザールに住み、ナイロビ警察をキリキリ舞いさせていた。彼女らは知性的で、人を魅惑する力をもっていた。だがまっとうなソマリ族の女性はナイロビでは見かけられなかった。ソマリ族の集落は四方からの風にさらされ、日かげもなく、埃っぽい所にある。ソマリ族にとってはそういう場所が故郷の砂漠を思いおこさせるのだろう。長年おなじ場所に定住し、それが数世代にわたることもあるヨーロッパ人たちは、遊牧民特有の、住環境に対する徹底した無関心に同調することはできない。ソマリ族の家々は裸の地面に不規則にちらばり、一枡分の四インチ釘を使って一週間くらいは保つ程度にでっちあげてあるように見えた。そういう家の一つに入ってみると、なかはとても清潔であたらしく、アラビアの香料の薫りがただよい、見事なじゅうたんや壁掛けの織物、銅器や銀器、象牙の柄と高貴な刃から成る剣などがあって、びっくりする。ソマリ族の女性は気品のあるおだやかなものごしを身につけ、もてなし好きで明るく、銀鈴のような声で笑った。ファラ・アデンというソマリ族の雇い人がいたおかげで、私はソマリ族の村ではとてもくつろげた。彼は私のアフリカ滞在中ずっとうちで働いていたので、私はたびたびソマリ族の祭に出かけた。ソマリ族の大がかりな婚礼は豪華な伝統的祝祭である。私は賓客として新夫婦の寝室に通された。壁や新床にはふるびておだやかな光沢を帯びた織物や刺繡《ししゅう》が掛かり、黒い瞳の花嫁はずっしりした絹や黄金や琥珀を身につけて、こちこちにかたくなっていた。

ソマリ族はケニア一帯の家畜売買業者だった。村には商品輸送のためにたくさんの小さな灰色のロバがいた。村で私はラクダを見た。ラクダたちはサボテンのように、またソマリ族のように、この世の苦痛を超越したもの、砂漠が産んだ傲然たる頑固な存在だ。

ソマリ族は激しい氏族間の争いでみずからを災難に追いこむ。ことこれに関しては、彼らはよそ者のあずかり知らぬ感情と判断をもつ。ファラはハブル・ユニス氏族に属していたので、紛争がおこると、私個人としてはこの氏族の肩をもった。ドゥブラ・ハンティスとハブル・チャオロという二つの氏族がソマリ族の集落で実戦をやったことがある。ライフル銃の撃ちあいと放火があり、官権が介入するまでに十人か二十人の死者がでた。そのころファラにはおなじ氏族出身の若い友人がいて、名はサイードといい、よく農園まで遊びにきていた。この若者がたまたまハブル・チャオロ氏族のある家を訪ねていたとき、ドゥブラ・ハンティス氏族の一員で怒りに駆《か》られた男が通りかかって、でたらめに二発を発砲し、それが壁を貫いてサイードの脚をくだいた。この話を私はうちで働いている少年たちから聞き、サイードが優雅な若者だったので、気の毒に思った。ファラに友人の災難の見舞いを言うと、ファラは激しい語調で叫んだ。

「サイードですって？　あんな奴にはあれでちょうどいいんです。なんだってハブル・

チャオロの連中の家に出かけて、茶なんか飲んだりしたんだ！」

ナイロビのインド人たちは市場のアフリカ人相手の商いに君臨していた。ジェヴァンジー氏、スレイマン・ヴィルジー氏、アリディナ・ヴィスラム氏らインド人の大商人は町の近郊に小さな別荘をかまえていた。彼らは揃《そろ》って石造りの階段や欄干、壺《つぼ》などが好みだったが、このへんで産する硬度の低い石を不手際に刻んだもので、子供たちがピンク色のおもちゃの積み石でつくる建物のように見えるのだった。彼らはその付近の別荘のならわしに従って庭園で茶会をひらき、インド風の菓子でもてなした。みんな賢くて見聞が広く、非常に礼儀正しい人たちだった。しかしアフリカ在住のインド人たちはとても抜け目のない商人なので、人間としての個人に会っているのか、会社の社長と面談しているのか、わけがわからなくなる。私はスレイマン・ヴィルジーの家を訪問したことがあるのだが、ある日、彼の倉庫の大きな敷地に半旗がかかげられているのを見た。そこでファラにたずねた。「スレイマン・ヴィルジーがなくなったの？」「半分死んだです」とファラは言った。「人が半分死ぬと、ここでは半旗をかかげるの？」と聞くと、ファラの答えは、「スレイマンは死にました。ヴィルジーは生きています」。

農園の管理を引きつぐまえ、私は狩猟に熱中し、いくつものサファリに参加していた。だが農園をやるようになったときに、ライフルはかたづけてしまった。

家畜を連れて遊牧するマサイ族がこの農園の隣人で、川むこうに住んでいた。ライオンが雌牛をおそうので困っているから、射ちにきてほしいと頼みにくることがあった。私は時間のつごうがつけば頼みに応じた。また土曜日には時々、農場で働く人たちの食糧としてシマウマを一頭か二頭しとめに、オルンギ平原まで出かけた。私の後から、楽天的なキクユ族の少年たちが列をなしてついてきた。農園のなかでは小鳥やシャコやホロホロチョウを射ったが、どれも料理するとたいへんおいしかった。しかし、狩猟の旅にはもうまったく出かけることなしに何年もすぎた。

農園の暮しに入ってからも、私たちはよく、以前参加したサファリの思い出話をした。野営地のことは、まるでそこで人生のかなりの期間をすごしたように、記憶にはっきりと残るものだ。平原の上に車輪が残したカーブを、友人の顔かたちのようにあざやかにおぼえていたりする。

サファリに出ていたとき、バッファローの群れを見たことがあった。百二十九頭のバッファローが、銅色の空の下にひろがる朝霧のなかから、一頭、また一頭と現れた。力強く水平に張りだした角をもつ、黒くて巨大な鉄のようなこの動物たちは、近づいてくるというよりは、私の目のまえで創りだされ、過ぎさるというよりは、その場でかき消えるように見えた。厚く生い茂る蔓科植物をすかしてくる日光が、小さな点々や切れはしになってちらちらする深い原生林。そこを通り抜けて旅をする象の群れを見た。象たちは、世界の果てに約束があるといった様子で、ゆっくりと、決然たる歩調で進んでいった。この象の群れは、大きさこそちがえ、値段のつけようもないほど貴重な年代ものののペルシャじゅうたんの緑と黄色と焦茶を使った縁織りを思わせた。平原を横切ってゆくキリンたちの行進を何度も見かけた。キリンたちには奇妙で独特な、植物のような優雅さがあった。動物の群れではなく、花梗の長い、花弁に斑点のあるめずらしい花々が、ゆっくりと動いてゆくようだった。二頭のサイの朝の散歩について行ったこともある。まるで刺すような明けがたの冷気を吸って、サイたちは鼻を鳴らした。まるでひどく大きな角ばった石が二つ、長い谷あいをふざけまわって、生をたのしみあっているように見えた。日の出前、光のうすれてゆく月の下を、殺戮《さつりく》を終えた王者ライオンが、灰色の平原を横切って家路につくのを見た。銀色の草のなかに暗い通り跡をつけ、耳まで血でいろどられた姿を。あるときは昼寝の時間に、彼の領地アフリカの園の大きなアカシアの木の下、その春のような繊細な木かげの短い草の上で、家族にとりまかれてゆったりと憩う姿を見ることもあった。

農園がひまなとき、こうしたことを思いだすのはたのしかった。大きな動物たちはいまもあそこに、自分たちの領地にいるのだ。そうしたければ、私はふたたび出かけていって彼らを眺めることもできる。動物たちが近くにいることが、この農園に輝きと遊びの気分をそえていた。ファラをはじめ、ふるくから私のサファリに同行していた土地の雇い人たちは、またいつかサファリに出るのを心待ちにしていた。もっともファラの場合は、時がたつにつれて農園の仕事に強い興味をもつようになったのだが。

原野では急激な動作をつつしまねばならないことを私は学んだ。そこで相手にする生きものたちは臆病《おくびょう》で警戒心が強く、思いもかけないときに身をかわす能力の持ち主である。家畜は決して野生の動物のように静かにはできない。文明化した人間は静止する力を喪失しているので、野生の世界に受けいれてもらうためにはまず沈黙を学ばねばならない。だしぬけでない静かな動作の技術が、狩猟家にとっての第一教課である。これはカメラを使う場合なおのこと重要だ。狩猟家は自分流に行動することはできない。風と合体し、風景の色や匂いと同化し、自然のテンポにあわせてアンサンブルをつくらなければならない。自然はおなじ動きを何度となく繰りかえすことがあり、狩猟家もまたそれに従わねばならない。

ひとたびアフリカのリズムをとらえれば、それはアフリカのすべての音楽に共通していることを体得する。この国の動物から学んだことは、私がアフリカ人とつきあうのに役にたった。

女、そして女らしさへの愛は男性的特徴であり、男と男らしさへの愛は女性的特徴である。そして南の国々と民族への感受性は、北欧人の特徴である。ノルマン人はまずフランス、ついでイギリスと、異国との恋におちたものだ。十八世紀の歴史や小説に登場する貴顕たちは、繰りかえしイタリア、ギリシャ、スペインに出かける。彼らにはまったく南国的性質がないので、それゆえ自分たちと全然異なるものの魅惑に惹かれ、とらえられる。昔のドイツ、スカンディナヴィアの画家や哲学者、詩人たちは、はじめてフイレンツェやローマを訪れたとき、ひざまずいて南国を嘆賞した。

もともと気の短いこの連中に、異国に対する奇妙で非合理な忍耐心が生じた。女にとってほんものの男をいらだたせることはまず不可能だし、また男が男らしくあるかぎり、男は女を頭から軽蔑《けいべつ》したり、まったく拒否することなどできはしない。赤毛のせっかちな北欧人が熱帯地方と人種に寄せる熱い思慕は、この異性間の思慕に似ている。北欧人は自分の国や同民族のなかでは理にあわないことを決して許さない。ところが彼らはアフリカ高地の旱魃、日射病、牛の疫病、雇い入れた現地人が与えられた仕事に適さないこと等々を、自己卑下とあきらめをもって受けいれる。不一致ゆえに一体となり得るこの人間関係のなかにひそむ可能性に、北欧人の個としての意識はのみこまれてしまう。南欧人や混血の人はこれにのみこまれたりしない。彼らは北欧人がそうなるのを非難し、軽蔑する。男の中の男は恋になげく男を見くだし、また男どもを容赦《ようしゃ》しない理性的な女もおなじように、耐え忍ぶグリゼルダ*にいらだつものだ。

さて、自分のことを言えば、アフリカに着いて最初の何週間かで、私はアフリカの人たちに強い愛情をおぼえた。それは強烈な感情で、あらゆる年齢層の人を男女ともに当惑させる態のものだった。暗色の肌を持つ人種の発見は、私にとって自分の世界がめざましく拡がることにほかならなかった。生まれつき動物への愛着を持つ人が、動物のいない環境で成長し、長じて後に動物に接したとしよう。または、樹木や森が本能的に好きでならない人が、二十歳に達してはじめて森に入ってみたとしよう。あるいは、音楽に耳の利く人が、たまたま成人になってからはじめて音楽を聴いたとしよう。私の場合もこれらの場合と似かよっていた。アフリカ人たちに出あってこのかた、私は日常生活のきまりを彼らのもつオーケストラに合わせるようになった。

私の父はデンマーク軍とフランス軍で将校をつとめた。ごく年若い中尉としてデュッペルに駐在したころの手紙で、彼はこう述べている。「デュッペルに戻ると、私は長い縦隊を率いる将校に任命されました。骨の折れる仕事でしたが、すばらしい体験でした。戦いを愛することは異性への情熱に似ています。兵士への愛情は、若い女性たちを愛するように、常軌を逸するところまで達します。そして、若い御婦人がたが御存じのとおり、男のひとつの恋はほかの恋をさまたげないのです。女性の恋は一度にひとつとかぎられるのに対して、兵士への愛情は連隊ぜんぶに及んでしまうのです。しかもその連隊については、できることなら補強して、もっと大きなものにしてほしいと思うくらいです」この感情はアフリカの人びとと私のあいだについてもおなじだった。

アフリカ人と近づきになるのは容易なことではなかった。彼らは耳ざとく、じきに姿をかくす。おどろかせたりすると、彼らは一瞬のうちに自分たちだけの世界へと身を引くことができた。侵入者が突然身動きするや、たちどころに存在を消しさる野生の動物のようだった。特定の個人として知りあわないかぎり、アフリカ人から率直な返答をもらうことはほとんど不可能に近い。牛を何頭持っていますかというような直截な質問を

＊中世ヨーロッパの物語に登場する貞淑な妻の名。

すると、相手はこんなふうにはぐらかす。「昨日話したとおなじだけ持っていますよ」こうした答えかたはヨーロッパ人の気持を傷つける。おなじように、こうした質問のしかたは、おそらくアフリカ人の気持を傷つけている。彼らの行動についての説明を引きだそうとして追いつめれば、彼らはできる限り後退し、そのあげく、グロテスクでこっけいなつくり話をして、質問者をまちがった方向に誘導する。小さな子供であっても、こういう状態に置かれれば、自分の持ち札の実態を見すかされない限り、相手がそれを過大に、または過小に評価しようといっこう気にかけない、手慣れたポーカー師の素質を発揮する。ヨーロッパ人がアフリカ人の暮しを手ひどく邪魔した場合、彼らは蟻塚《ありづか》に棒をつっこまれた蟻のように行動した。この場所がらをわきまえないふるまいを抹殺しようとしているかのように、速やかに、無言で、不屈のエネルギーをもって、その損害をぬぐい去るのだった。

アフリカ人たちがわれわれからどのような危害をくわえられるのを怖れているのか、こちらにはわからないし、想像もつかなかった。彼らがヨーロッパ人を怖れる態度は、私のうけた感じでは、苦痛や死に対して示す恐怖というより、むしろ突然おこる大きな騒音に対する恐怖に似ていた。とはいえ、そう言い切ることもできない。なぜならアフリカ人たちはものまねの術にたけているからだ。早朝のシャンバで、馬の目のまえをシャヤコが走ってゆくことがある。羽根が折れたようにヨタヨタしていて、犬につかまることを怖れて必死の様子だ。だがその鳥の羽根は、じつは折れてはいないし、犬をおそれてもいない。犬たちの鼻のさきで、いつなりと思いのままに、サッと飛翔することができるのだ。どこか近くに巣ごもりの雛《ひな》を育てているこの母鳥は、犬をそこから引きはなそうとしているのだった。このシャコのように、アフリカ人は、ほかの者からは想像のできないなにか深い恐怖をかくすために、ヨーロッパ人特有の恐怖を演技しているのかもしれなかった。それとも、ヨーロッパ人に対する彼らの態度は、結局のところ、ある種の奇妙な冗談だったかもしれないし、あの内気な人たちは、じつはいっこうにわれわれを怖れていなかったのかもしれない。アフリカ人たちは白人にくらべて生命の危険に対する感覚がとぼしい。サファリの旅で、または農園でおこった非常事態のなかで、アフリカ人の同行者と眼が合うと、互いにどれほどへだたりがあるかを感じるのだった。彼らは一同の危険を私が気づかっていることをふしぎがっていた。こうした出来ごとを通じて、私はこう考えるようになった。おそらく彼らは、生命あるものとして、われわれにとってはそこにとどまることのできない固有の領域にいるので、水底で生きている魚が人間の溺死の恐怖を理解できないのとおなじことなのだと。アフリカ人たちはこの自信、つまり泳ぐすべを身につけている。われわれが最初の祖先以来失ってしまった知識を、アフリカ人たちはもち伝えていて、それが彼らの自信となり、泳ぐすべとなっている。さまざまの大陸があるなかで、アフリカこそが教えてくれるもの、それは、神と悪魔とは一つのものであり、ともに永遠性を分かちもつ偉大なるものであり、原初から在る二つの存在なのではなく、原初から在る一つのものだということである。そして、アフリカ原住の人びとは、わずらわしい区分の観念をもって人を迷わせることもなく、そもそも存在なるものを区分しないのだ。

サファリの旅でも農園でも、私とアフリカ人たちとのつきあいは、しっくりした個人的な関係に成長した。私たちはよき友だった。私のほうは決して彼らを知ることも理解することもできないのに、向こうは私をすみずみまで知りつくし、私がどんな決定を下すかを、まだ自分でもはっきりわからないうちから、先方はちゃんと気づいている。こういう事実を私は甘んじて受けいれるようになった。ある時期、私はギル・ギルに小さな農園をもっていて、そこではテントで生活し、ンゴングとギル・ギルのあいだを鉄道で往き来していた。ギル・ギルでは雨が降りだしたりすると、急に帰宅を決めたりすることがあった。だが、キクユ駅で下車すると、そこから自宅のある農園までは十マイルなのだが、駅には雇い人のひとりがラバを連れて、私が家まで乗って帰れるようにちゃんと待っているのだった。どうして私が帰ってくるのがわかったのかときくと、彼らは眼をそらし、びっくりしたような、困ったような、落ちつかない様子を見せた。耳のきこえない人から交響曲の説明を求められでもしたように。

われわれが急な動作もだしぬけの音もたてないと安心しているときには、アフリカ人たちはヨーロッパ人同士が話すよりもはるかにあけすけに、たくさんのことを話してくれた。彼らはあてにはできないが、大時代的に誠実だった。名声——信望と言ってもよい——ということは、この土地の人びとの世界では大きな意義をもっていた。彼らはあるときに、誰かれについての共同の評価を定めてしまうらしい。決まったら最後、もうその後は誰であろうとその人物評価をあらためることはできないのだった。

農園での暮しがひどく孤独に思えるときがある。夜の静けさのなかで時計が一分また一分と時をしたたらせ、それといっしょに自分の人生が空しくしたたり落ちてゆくような気がする。話のできる白人がいてくれさえしたら、と思う。しかしふだんは、無言でかばってくれるアフリカ人たちの存在が、私の活動しているのとはちがう高さの平面を、私と平行して動いているのを感じた。互いのあいだをこだまが行きかった。

土地の人びとは、人間のかたちをとったアフリカそのものだった。人間はこの巨大な風景のなかの小さな姿にすぎなかったが、それでも、大地溝帯からそびえ立つ死火山ロンゴノット、川沿いのミモザの樹林、象やキリンのほうが彼らよりアフリカ的だとは言えない。すべてはひとつの観念の表現であり、同一の主題の変奏だった。それは異質な原子群の同質的な集合体ではなく、同質性をもつ原子群がつくる雑多な集りだった。ちょうどカシの葉とカシの実と、カシの材木で作ったもののように。われわれはブーツをはき、いつでもせかせかしていて、風景にそぐわない。アフリカの人びとは風景と調和している。このすらりと背が高く、黒い肌、黒い眼をもつ人びとが旅をし——いつも一列縦隊だから、彼らの幹線道路はせまい小径なのだ——土をたがやし、家畜を飼い、大舞踏会をひらき、物語をしてくれるとき、それはアフリカそのものが歩き、踊り、もてなしてくれるのだ。この高地ではあの詩人の言葉を思い出す。

わが見るところ
現地人は常に高貴
植民者はとるにたらず*

植民地は変ってゆく。私がいたころから見てもすでに変ってしまっている。農園で、あの国で、また平原や森の住人たちの何人かとの私の体験を、できるかぎり正確に記録すれば、それはある種の興味ある歴史になるかもしれない。

*ヨハンネス・ヤンセン(一八七三〜一九五〇)の作より。デンマークの詩人。一九四四年ノーベル賞受賞。

2　土地の子供

カマンテはキクユ族の少年で、私のところの借地人の息子だ。私は借地人の子供たちをよく知っていた。子供たちは農園で働いたり、私の家でなにかおもしろいものを見ようと、家のまわりの草地で自分たちの山羊の番をしていたからだ。しかしカマンテと知りあったとき、彼のほうはもう農園で暮すようになって何年かたっていたらしい。この子は病気の動物のように引きこもりがちでいたのだろう。

はじめてこの子に出会った日、私は農園内の野原を馬で横切るところで、彼は自分の家の山羊の番をしていた。見るにしのびない哀れな存在だった。頭が大きく、体は小さく痩せこけ、ひじやひざの関節が木のこぶのように突きだしていて、脚にはふとももからかかとまで走る深い傷があった。広い野原のなかでその子はひどく小さく見えたので、これほどの苦痛がこの小さな一点に集中しているのが奇妙に胸にこたえた。馬を止めて話しかけたがその子は返事をせず、私のほうを見る様子も示さない。ひらたく骨張って悩みつかれ、無限の忍耐を秘めた顔。その眼は死んだように動かず、にぶい。もうあと何週間とは生きないように見える。平原でおこる死をすぐにかぎつけるハゲタカが、焼けつく青空の高みでこの子をねらっていてもふしぎはない。明日の朝家までくるようにと言っておいた。傷の手当てをしてみるつもりだった。

朝の九時から十時まで、私は農園の人たちの医者をつとめた。偉大なにせ医者たちの例に洩《も》れず、私も大勢の患者をかかえ、開院まえにはおよそ二人から十二人の患者がつめかけていた。

キクユ族は予期しないことに適応できるし、意外な出来ごとに慣れている。白人はほとんどの人たちが不測の事態や運命の打撃にそなえて安全を確保しようとするが、キクユ族はちがう。黒人は運命に親しみ、常に運命の手にみずからをゆだねる。運命は彼にとっていわば家庭のようなもの、住みなれた屋内の暗さ、自分が根づいている深い土ともいえる。黒人は人生のどのような変動にも冷静に対処する。君主、医者、あるいは神に黒人が期待する属性のなかでは、想像力が重視される。カリフのハルーン・アル・ラシッド*が理想的支配者としてアフリカ人とアラビア人の心をつかんでいるのは、彼らのこの想像力好きによるものかもしれない。アル・ラシッドのやることは誰にも予測がつかず、彼がどこにいるのかもわからなかった。アフリカ人が神の性格について語ると、それは『千夜一夜物語』か『ヨブ記』の最後の章のようになる。そこにあるのは無限の想像力であり、それがアフリカ人を感動させる。

医者としての私の人気、あるいは名声は、想像力好きというアフリカ人の特徴のおかげをこうむっているのだった。はじめてアフリカにきたとき、私はドイツ人のすぐれた科学者と同船した。この人は眠り病の研究家で、実験用のネズミやモルモットを百匹以上も船に積みこんでいて、その時が二十三回目のアフリカ行きだった。彼の話では、アフリカ人の患者から勇気のなさで困らされたことはなく、痛みや大手術の最中にも、ほとんど恐怖を見せないという。いちばん困るのは、彼らが規則正しさをひどくきらうことである。毎日手当てを受けにかようとか、生活全体をきめられた通りにするのが彼らは苦手なので、ここがまったく理解できない点だと、このすぐれたドイツ人医師は言った。だが、自分で土地の人と接するようになってみると、彼らの規律ぎらいこそ、私にとってはいちばん好もしい特徴となった。彼らは真の勇気をもっていた。この危険への純粋な好みは、すなわち運命の宣告に対する創造的なまことの応答、天からの呼びかけにこたえる地のこだまである。彼らが心の奥でわれわれについて感じていた恐怖は、われわれのもったいぶりだったのではないかと思うことがある。もったいぶった人物の手にかかれば、彼らは悲しみのために死ぬだろう。

患者たちは私の家の石敷きのテラスで待っていた。ひどい咳やただれ眼を病む、痩せさらばえた老人たち、打ち身で眼のまわりにあざをつくったり、口を腫《は》らしたりした喧嘩好きのほっそりとしなやかな若者たち、枯れた花のようにぐったりした熱のある子供を背負っている母親たち。特に多いのは重症の火傷の患者だった。キクユ族は屋内の焚《た》

＊七六三？〜八〇九。アッバース朝第五代のカリフ。『千夜一夜物語』を通じて知られる。

き火《び》のまわりで眠るので、薪や木炭が崩れて体の上に落ちることがあったからだ。薬品をきらした場合、火傷には蜂蜜がとてもよく効くことがわかった。テラスは活気のある興奮した雰囲気で、ヨーロッパのカジノのようだった。声を抑えた活発な会話は、私が出てゆくとピタリと止んだが、その沈黙は、これからなにかがはじまるぞ、という期待にみちていた。だが彼らは、最初の患者をえらぶことは私にまかせてくれた。

私の医療知識はきわめて乏しく、応急処置の域を出なかった。だが、医者としての私の評判は、幸運にめぐまれたいくつかの完治例のせいで、広くゆきわたってしまい、致命的な手ちがいを犯しても、その評判はいっこうにおとろえてはくれなかった。

仮りにそれぞれの病気が必ずなおると保証するだけの力量が私にあったとしたら、そのことが患者の数を逆に減らしはしなかったろうか？　そういう能力があれば、私は専門医としては信用を博すだろうが――この土地にはヴォライアからきた有能な医者がちゃんといたのだ――もしも私が彼のようだったら、患者たちはそれでも神が私についていると確信したかどうかはうたがわしい。なぜなら、彼らの知る神とは、大旱魃の年によって、夜の平原のライオンによって、子供たちだけがいる家をおそうヒョウによって、また、どこからともなく襲来し、どこへともしれず去ってゆくイナゴの大群によって、示されるからである。同時に彼らは、信じがたいような至福のときを通じて神を知る。イナゴの大群がトウモロコシ畑の上を着陸せずに過ぎ去ったとき、春の雨が早めにはじまり、雨量も多く、畑も平原もいっせいに花ひらき、ゆたかな実りを与えてくれるときだ。したがって、ヴォライアからきたこの有能な医者は、生命にかかわる重大事に関するかぎり、結局はよそものということになるのらしかった。

おどろいたことに、カマンテははじめて出会った日の翌朝、私のところにやってきた。ほかの三、四人の患者たちからすこし離れて、その子は死にかけたような顔をしながらも、まっすぐに立っていた。生命への執着がそれでもまだいくらか残っていて、命をつなぎとめる最後の機会をためすことにきめたというふうだった。

やがてこの子は優秀な患者だということがわかった。くるようにと言われたときはかならずやってきたし、三日ごとに、または四日ごとにくるように言われると、きちんとその日数をかぞえることができた。それはこの土地の人にはめずらしいことだった。傷の治療のはげしい痛みにだまって耐える彼の強さは、私がはじめて見るほどのものだった。あらゆる点でこの子を患者の模範としてほかの人たちに示すこともできたわけだが、私はそうしなかった。なぜなら、この子は同時に私の不安の種にもなったからだ。

これほどに野生の存在、これほどまでに世間から隔絶し、ある種のきっぱりしたあきらめに立ち、周囲の生活に対してみずからを閉ざした人間に、私はまず会ったことがない。私のほうからなにかたずねれば、返事をひきだすことはできたが、この子は自分から口をひらくことは絶えてなく、私を見ようともしなかった。彼にはあわれみの心がまったく欠けていて、傷を消毒したり包帯するときほかの子供たちが泣いたりすると、自分のほうが経験をつんでいるといった軽蔑の嘲《わら》いをうかべるのだが、やはりその子たちには目もくれない。この子にはまわりの世間とつきあう気が全然なかった。これまでの彼の人生体験があまりに苛酷だったので、世間と接触する気を失ったのだ。この子のにがい表情が示す心のよろいは百戦を重ねた戦士のそれに匹敵した。なにごとも彼をおどろかせはしない。この子は自分の生いたちと哲学によって、常に最悪の事態を覚悟していた。

こういうカマンテの様子はすべて堂々としていて、プロメテウスの信念の宣言を思いおこさせるものがあった。「苦痛こそわが本領。憎しみを性《さが》とする者よ、われを引き裂け。われは怖れじ」「おお、全能なる者よ、汝の最悪をつくせ」*だがそうした態度はこの子の小さな体には不似合いで、見ていると心が痛んだ。こんな小さな人間にこのような態度でいどまれたら、神はどう思うのだろうか。

この子がはじめて私の顔を見て、自分から口をひらいたときのことを、私はよく覚えている。知りあってしばらくたってからのこと、はじめやっていた治療法では効果がないので、私はべつの方法をためすことにした。本をいろいろしらべて、温湿布に切りかえた。徹底的にやろうとする意気ごみが過ぎて、温湿布を熱くしすぎた。脚にかぶせて、その上から包帯をしてやっているとき、カマンテは口をきいた。「ムサブ――」と言って、じっと私を見つめた。このインドの言葉を、土地の人は白人の女に対する呼びかけとして使う。だが発音をいくらか変え、ちがった響きをつけて、これをアフリカの言葉にしている。カマンテがこう言ったとき、それは助けを求める叫びであり、また同時に、高貴な身分をわきまえずに相手がなにかしでかすのをたしなめる言葉でもあった。後からこの出来ごとを思いかえして私は希望をもった。私はよい医者でありたかったから、温湿布を熱くしすぎたのは申しわけなかったが、やはりこれはうれしい事件だった。なぜなら、これは野生の子と私とのあいだに芽ばえた最初の理解だった。苦しみしかこの世に期待しないこのきびしい苦痛の専門家が、私から苦しみを受けることはあり得ないと思っているのだ。

治療については、ことはいっこうにはかばかしく進まなかった。長いあいだ脚の消毒と包帯をつづけたが、この傷は私の力量を超えていた。一時快方に向かったように見えても、やがてまたべつのところが腫れだす。ついに私はカマンテをスコットランド宣教団の病院に連れてゆくことにきめた。

今度にかぎって私の決定はきわめて重大なものであり、そこから予測しにくいさまざまの出来ごとが派生するようにカマンテには思えたらしく、彼は行くのをいやがった。育ちからも考えかたからも、ものごとにはさからわないようになっているこの子だったが、宣教団まで連れていって引きわたしたとき、彼はふるえていた。この病院の長い建物は、彼にとってはまったくなじめない、不可解な環境だった。

このスコットランド教会宣教団は、私のところから西北十二マイルのところにあり、

*P・B・シェリー『解放されたプロメテウス』第一幕第一場。

五百フィート高い場所にある隣人で、フランス系ローマ・カトリック宣教団は東方十マイルの平地にあり、こちらは私のところより五百フィート低かった。宣教団なるものに私は共感をもてなかったが、個人としては両方の集団と親しくつきあっていて、二つの宣教団が互いに反撥しているのを残念に思っていた。

フランス人の神父たちとはいちばん親しくしていた。日曜の朝、よくファラを連れて馬でミサに出かけた。フランス語を話すためと、それから途中の道が乗馬に快適なのも、ミサに行く理由のひとつだった。森林局が植林したアカシアの森のなかを通りぬける道で、朝のひととき、アカシアの木の男性的であざやかな、刺すような匂いが気持よかった。

ローマ教会がその独自の雰囲気を、どこであろうとそのままもちこんでいるのは、おどろくべきことだ。神父たちは土地の会衆の助力を得て自分たちで会堂を設計し、建設した。この教会堂を神父たちが大変誇りにしているのも当然だ。それは鐘楼のそびえる大きな灰色の会堂で、ひろびろした中庭に築きあげたテラスと階段の上に建ち、コーヒー園の中心に位置する。宣教団所有のこのコーヒー園は植民地で最も古く、しかもたくみに運営されていた。中庭の両側には回廊をもつ食堂と修道院の建物がならび、すこしさがった川沿いには学校と水車小屋があった。教会に達する道路にはアーチ型の橋がかかっていた。灰色の石造りの橋は周囲の風景のなかでこざっぱりと印象的に見え、スイス南部の州かイタリア北部にある橋を思わせた。

ミサが終ると、愛想のよい神父たちは会堂の出口で待っていて、「ワインをほんの一杯いかが」とまねいてくれ、中庭を横切って、広く涼しい食堂に案内してくれる。神父たちはこの植民地のことはなにもかも、いちばん辺ぴな場所の出来ごとにまでくわしく、その話をきくのはおもしろかった。神父たちはまた、優しく善意にみちた会話をよそいながら、相手がもっていそうな新しい情報はなににによらず引きだそうとした。ちょうど茶色の毛に包まれた小さな蜜蜂の群れが花に集って蜜を集めるように。それに神父たちはみんな蜜蜂さながらに、長くて厚いひげを生やしていたのだ。この植民地の人びとの生活におおいに興味をもちながら、一方では、神父たちは独特のフランス人的やりかたで、常に亡命者だった。神秘的本質をもつ崇高な秩序に従う、辛抱づよくほがらかな亡命者だ。この地に彼らをとどめているはかりしれない権威がなければ、神父たちはここにいないだろうし、鐘楼のそびえる灰色の石造りの教会堂も、回廊も学校も、きちんと手入れされた農園も、宣教団に付属するなにもかもが存在しないにちがいない。交替の命令がきたとたんに、神父たちは全員、植民地のことなどなりゆきにまかせて、蜜蜂のようにまっすぐパリをさして翔《と》んで帰るであろう。

私が教会と修道院の食堂ですごしているあいだ二頭のポニーの番をしていたファラは、農園への帰り道で私の一杯きげんを批判するのだった。彼は敬虔《けいけん》な回教徒で、アルコール類は決して口にしないのだ。それでも、ミサとぶどう酒は私の宗教では切りはなせない儀式なのだろうと彼は受けとっていた。

フランス人の神父たちはときどきオートバイで私の家までやってきて、昼食をたべた。そしてラ・フォンテーヌの寓話を引用し、私のコーヒー園のためによい助言をしてくれるのだった。

スコットランド教会宣教団のことは私はあまり知らなかった。その場所からはキクユ地方全体が見わたせて、すばらしい眺めだったが、どういうわけか、この宣教団はなにも見ることのできないような盲目の印象を与えるのだ。土地の人たちにヨーロッパふうの衣類を着せようと、この宣教団の人たちはやっきになっていたが、どう考えてもそんなことが土地の人のためになるとは思えなかった。しかしこの宣教団はよい病院をもっていた。私のいたころの院長はアーサー博士で、博愛心に富む賢い人だった。農園の大勢の人びとの命をこの病院が救ってくれた。

スコットランド教会宣教団はカマンテを三ヵ月入院させた。その期間中私は一度だけ彼の姿を見た。この宣教団は私のところから鉄道のキクユ駅まで馬で行く途中にあって、道は病院の敷地沿いにつづいていた。カマンテが庭にいるのが見えた。ほかの入院患者たちの群れからすこし離れて立っていた。そのころにはもうだいぶ回復していて、カマンテは走ることができた。私に気がつくと、彼は垣根のところまでやってきて、道沿いに私といっしょに走りだした。運動用の牧場で乗馬の人に追いこされた仔馬のように、彼は垣根の内側を駆けつづけ、私のポニーにじっと眼をそそいだ。だがなにも言わない。病院の敷地のはずれでカマンテは走りやめた。馬を進めながらふりかえってみると、彼は棒のようにじっと立ちつくし、頭をまっすぐにあげて私を見つめていた。そんな場合の仔馬のしぐさとまったくおなじように。私は二、三度手をふった。はじめはなんの反応もなかった。そのうち、いきなりカマンテの腕が、水揚げポンプの管のようにまっすぐにあがった。だがそれは一度だけだった。

カマンテは復活祭の朝、私の家に戻ってきて、病院からの手紙を渡した。すっかり回復し、完治したと判断すると、手紙には書いてあった。この子は手紙の内容をある程度知っていたらしく、読んでいる私の顔をじっと見守っていたが、その話にはふれなかった。もっと重大なことを胸にしまっていたのだ。カマンテはいつも落ちついた控えめな品位をもっていたが、このときの彼は勝利感を内にひめて、輝くばかりだった。

土地の人たちは誰もが劇的効果をあげるのにたけている。カマンテはふるびた包帯をかかとからひざまで念入りに巻きたてた姿で現れ、私をおどろかすことをたくらんだ。彼自身の幸運のゆえにではなく、思いやりふかくも、彼が私をよろこばすからこそ、その瞬間を貴重なものと思っていることは明らかだった。私の手当てがいくらやっても効を奏さないのでおろおろしていた様子を、彼はよく覚えていたのだろう。そして病院での治療の結果がおどろくべきものだったと知った。ひざからかかとへと、この子はゆっくりゆっくり包帯を解いていった。その下から灰色の跡がわずかに残るだけの、すこやかでなめらかな両脚が現れた。

私のおどろきと喜びを、冷静かつ鷹揚な態度で心ゆくまでたのしんだ後、カマンテはふたたび手をかえて私をおどろかせた。いまや彼はクリスチャンになったと言うのだ。「おれはあなたとおなじだ」と彼は言った。さらに言うには、今日はキリストが復活したその当日なのだから、一ルピー私からもらってもいいと思う、のだそうだ。

カマンテは家族に会いに行った。母親はやもめで、農園のずっとはずれに住んでいた。後になって母親からきいた話では、この日カマンテは、なんといつもの沈黙をまもる習慣を捨てて、病院で会った奇妙な人や変った経験を母親にきいてもらい、心の荷をおろしたらしい。だが母親を訪ねたあと、この子は当然のことのように私の家に戻り、これからは自分はここの者なのだという顔をしていた。以来、私がアフリカを去るまでの約十二年間、カマンテは私のところで働いた。

最初に会ったとき、カマンテは六歳くらいに見えた。ところが彼には八歳くらいの兄弟がいて、本人ともども、カマンテが長男なのだという。長い病気のせいで発育が遅れたのであろう。私が会ったころ、おそらく九歳にはなっていたと思われる。彼は成長した後もなんとなく侏儒《しゆじゆ》を思わせ、どこかが変形している感じをとどめていた。しかし、特にここがおかしいと指摘することはできないのだ。その骨ばった顔は時とともにまるくなり、カマンテは楽々と動きまわった。私は彼を醜いと思ったことはない。しかし、私はこの子を丈夫なからだにしたてた者の眼で見ていたのかもしれない。彼の両脚はずっと棒のように細いままでいた。カマンテは常になかばこっけい、なかば悪魔的な異形の存在であり、ごくわずか手をくわえれば、パリのノートルダム大聖堂のてっぺんに坐って下界を見下していてもおかしくなかった。この人物の中にはなにか輝きと精気があった。絵にたとえれば、彼は異常に強烈な色彩の一点をなしただろう。この特性によってカマンテは私の家に絵画的なアクセントをそえた。彼の考えかたは決して常識にはまらず、べつの言いかたをすれば、彼にはいつも、白人ならひどくかわった人と呼ぶようなところがあった。

カマンテは考えぶかかった。彼の生きてきた長い苦しい生活が、ものごとについて熟慮し、見るものすべてから自分なりの結論を引きだす傾向を助長したのであろう。彼は生涯を通じて、独特のしかたで孤立した存在だった。ほかの人びととおなじことをする場合でさえも、彼はいっぷうかわったやりかたをとった。

農園の人たちのために私は夜学をひらいていて、教師のなかには土地の人が一人いた。私は各宣教団から教師をまねいており、ローマ・カトリック、イギリス国教会、スコットランド教会からそれぞれ一人ずつに来てもらっていた。というのは、土地の人への教育は宗教路線にそって厳格に行なわれていたからで、私の知るかぎり、スワヒリ語に翻訳された本は聖書と讃美歌以外にはなかったからである。アフリカにいたあいだずっと、私は土地の人のために『イソップ物語』を翻訳していたが、出版を実現するだけの時間はついになかった。実情はこんな程度だったが、それでもこの学校は農園のなかで私の好きな場所だったし、私の精神生活の中心だった。鉄骨を組みたてた細長い古倉庫でひらかれるクラスに出席して、私は夜の何時間かをたのしくすごしていた。

カマンテはよく私についてきたが、ほかの子供たちといっしょに教室の席につこうとはしなかった。学習をわざと無視してみせ、やすやすと取りこまれて授業をきいている連中の単純さから一線を画すというふうに、すこし離れて立っていた。しかし、家の台所で一人のとき、学校の黒板で見てきた文字や数字を、記憶をたよりにひどくゆっくりと、妙な具合に書いているのを、私は見かけた。かりにカマンテが望んだとしても、彼はほかの人びとといっしょにやってゆけるとは思えない。ごく幼いころ、彼のなかでなにかがねじまがり、封印されてしまったのだ。そして今、彼にとっては正常なものが異常だとして受けとられるようになっていた。彼はまことの侏儒の魂の傲然《ごうぜん》たる偉大さをもって、自分のこうした隔絶状態を認めていた。全世界に対して自分が異物であるなら、逆に彼にとっては全世界が異物であるとするのだ。

カマンテは金銭については抜け目がなかった。わずかしか使わず、ほかのキクユ族とのあいだでたくみに山羊の売買をした。彼は若くして結婚したが、キクユ族社会での結婚は金のかかる事業なのだ。しかしいっぽうでは、お金などつまらないものだという彼の健全で独創的な金銭哲学を私はきかされていた。全体としてカマンテは、生存に対して一種独特な関係を保っていた。生存にかかわる技術を彼はこなしていたが、しかもそれをべつにたいしたこととも思ってはいなかった。

カマンテはなにかに感心する能力をまったくもちあわせていない。動物の智慧《ちえ》は認めるし、それに好意を示すのだが、人間に対しては、私のところにいたあいだ、彼が賢いと言ってほめたのはただ一人だった。それは彼よりも後からこの農園に住むようになった若いソマリ族の女性についてだった。彼は軽い嘲り笑いがくせで、それをあらゆることにむけて使うのだったが、ことに自信たっぷりの人や大口をたたく人に対してはあからさまだった。土地の人は誰もが悪意をもつ傾向が強くて、ものごとがまずくゆくと、意地わるいよろこびをおぼえるという性格があった。この特質をカマンテはほとんど完璧に磨きあげていた。これはヨーロッパ人にとっては不快だし、心を傷つけることだ。他人の不運とまったく同様にたのしむという、自己に対する特殊な皮肉の境地に達していた。

おなじような心の動きを、私は土地の老女たちのなかに見た。彼女たちは辛い体験をかさね、運命に身をゆだね、運命の皮肉な仕うちにあうたびごとに、それが自分の姉妹にふりかかったときのようにおもしろがるのだった。農園では、土地の人たちがトンバッコと呼ぶ嗅《か》ぎ煙草の分配を、私は家のハウスボーイたちにまかせていた。日曜の朝、私がまだ寝ているうちに、老女たちが煙草をもらいに集ってくる。日曜ごとにやってくる奇妙な客たちは、ひどく年とってしわだらけで、毛がはげて骨ばった鶏の群れのようで、その低いガヤガヤいう声が寝室のあけはなした窓から流れこんできた。土地の人はめったに大声で話すことはしないのだ。ある日曜の朝、もの静かでしかも活気のあるキクユ語の会話の調子が突如高まって、陽気なざわめきに変った。なにかとてもこっけいな出来ごとが外でおこっているらしい。私はファラを呼んで、なにごとかとたずねた。ファラは話したがらなかった。事件というのは、その日ファラは煙草を買っておくのを忘れたのだ。それで老女たちは遠い道のりをはるばると出かけてきたのに、なにもならなかった——彼らの言葉で「ブーリ」——というわけだった。この出来ごとはずっとあとまでキクユ族の老女たちの笑いの種になった。あるときトウモロコシ畑で出会った老女は、私の前にじっと立ち、まがって骨ばった指で私をゆびさした。老いた黒い顔は笑みくずれ、一本のかくされた糸をひっぱったように顔じゅうのしわが寄りあつまった。それ、例のあの日曜日、煙草吸い仲間といっしょにテクテク歩いてお宅まで行ったのに、あんたが買っておくのを忘れたので、ひとっぱもなかったでしょう、ね、奥さん、ハハハ。

キクユ族は感謝の心を知らないと、白人はよく言う。カマンテはどのような場合にも感謝をもたないなどということはなかった。彼は私に恩を感じているとさえ、口に出して言った。私たちが知りあってこのかた、長い年月、私が頼まないのに、彼が自発的に私のために役にたってくれたことはかぞえきれない。なぜそんなことをするのかとたずねると、もし奥さんがいなければ、自分はとうに死んでいたはずですと彼は答えた。カマンテはまた別のやりかたで感謝の念を示してくれた。それは私に対するいっぷうかわった情けぶかい、人のためを思う態度、いや、もっと正確にいえば、寛大な態度だった。カマンテと私はおなじ信仰をもつ者同士だということが彼の頭にあったのかもしれない。

愚者の世界では、私のほうがより愚かな者だと彼には見えたのであろう。カマンテが私のところで働くことにきめ、自分の運命を私に結びつけたその日以来、彼の注意ぶかい洞察力のあるまなざしを、私はいつも感じていた。私の生活様式はすべて、明晰《めいせき》で公正な批判にさらされるのだった。私が彼を治療するために払った努力を、そもそもの始まりから、カマンテはどうしようもない奇嬌なふるまいと見なしていたのだとしか思えない。しかし彼は私に対して常に大きな興味と共感を示し、私の度しがたい愚かしさを救うために身を挺してくれたのだ。彼はこの問題を時間をかけて考え、自分の教えが私にとってわかりやすくなるように、身をもって実例を示しているのだと思いあたる場合が何度かあった。

私の家でのカマンテの生活は犬の世話をすることからはじまった。やがて医療助手をやらせてみるようになると、彼の手は見かけからは想像もつかないほど器用なことがわかった。そこで私はカマンテを台所係にし、ふるくからいるコックのエサの下働きにした。エサは殺された。エサの死後カマンテが彼の跡目を継ぎ、以来私といっしょに暮した年月、カマンテは家の料理主任をつとめた。

土地の人はふつう動物に対してほとんど心くばりをしない。しかしカマンテは、ほかのことと同様この点でも変りもので、犬の世話については信頼が置けた。彼は犬の身になって考え、犬たちがなにをしたいか、なにがほしいのか、またどう考えているかを、逐一私に伝えにきた。アフリカの難物であるノミをカマンテは犬に近づけなかった。ときどき真夜中に犬の吠える声に起こされて、カマンテと私はハリケーン・ランプをともし、おそろしい殺傷力をもつシアフという大蟻を一匹また一匹と取ってやった。この大蟻は隊列をつくって進み、出会うものすべてを喰《く》いつくす。

カマンテは考えぶかい、創意工夫に富んだ医療助手だった。宣教団付属病院に入院中も彼はよく観察していたにちがいない。例によってカマンテらしく、尊敬の念も偏見もなしに観察したのだろうが。助手をやめてからも彼はときどき台所からやってきて、診断に口をだし、非常に適切な助言をしてくれた。

しかし料理人としてのカマンテは、まったく別の存在であり、一流とか二流とかの格付けを超えていた。技能や才能の序列を無視して、天性の一大飛躍がここで現れた。天才について語る場合の常として、話は神秘的で説明しにくいことになる。台所という調理界で、カマンテは天才の手腕を見せた。さらに言えば、彼の能力の前ではふつうの人間は無力でしかあり得ないという、天才の宿命を発揮した。もしカマンテがヨーロッパで生をうけ、すぐれた師匠の手で訓練されていたら、彼は広く世に知られ、そのおどけた姿は歴史に残ることになったであろう。ここアフリカでは彼はよく名を知られ、料理に対するその態度たるや、まさに名人のものだった。

私は料理に大変興味をもっていて、アフリカに住んで以来はじめてヨーロッパに出かけたとき、有名な料理店でフランス人の料理長にレッスンを受けた。アフリカでよい料理をつくれたらおもしろいだろうと思ってのことだ。その時料理長のムシュー・ペロシェは、料理に対する私の情熱を見て、自分のレストランの共同経営者にならないかと申しでた。いっしょに料理する親しい仲間としてカマンテがいるようになった今、この情熱はふたたびよみがえった。私たちが力をあわせてやれば、どれだけの可能性がひろがることか。ひとりの野生の人のなかに西洋料理に対する天性の勘がひそんでいるとは、なんという不思議だろう。このことは私の西欧文明観を変えた。結局この天性の勘は、神によってあらかじめ定められた、なにか神聖なものなのだろう。つまり私は、人間の脳のなかのここに神学的弁証が宿ると骨相学者に示されて、神への信仰を取り戻した人のようなものだった。神学的弁証の存在が証明できれば、神学の存在自体が証明でき、窮極的《きゆうきよくてき》には神の存在が証明可能になる。

カマンテは料理百般についておどろくべき器用さをもっていた。大変な手練を要することも、カマンテの黒いゆがんだ手にかかると子供の遊びになった。彼の手はオムレツ、ヴォロ・ヴァン（肉や魚のクリーム煮をつめたパイ）、ソース、マヨネーズをつくるにつけてのあらゆることを、しぜんに心得ていた。特にものを軽くつくる才能にかけては大変なもので、キリストが子供のころ粘土細工の小鳥をつくって飛ばせたという伝説を思わせた。こみいった道具類は使いかたが限られるのでじれったいらしく、どれも馬鹿にして使おうとしなかった。卵の泡だて器を買いあたえたときも、ほうりだしてさびるにまかせ、白味を泡だてるには芝生の雑草とり用のナイフを使っていたが、その泡だちの見事さはさながら軽い雲のように盛りあがるのだった。料理人としてのカマンテはたいへんな目利きで、飼い鶏のなかからいちばんよく肉のついたのをえらびだし、卵を掌にのせて慎重にめかたをはかり、新しいか古いかを言いあてることができた。食卓をゆたかにする方策をいろいろと考えだし、どういう伝手《つて》によったのか、ずっと遠くの医者のところで働いている友人からとびきり上等のレタスの種を手にいれてくれた。私は長年さがしてきたが、これほどおいしいレタスに出会ったことはなかった。

カマンテは大変な数にのぼる料理法をそらでおぼえていた。字は読めないし、英語もわからないので、料理の本は役にたたない。しかし、教わったことのいっさいがっさいを、自分なりの整理法によって、あの見ばえのしない頭のなかにたくわえていたものらしい。それがどのような整理法だったのかはわからない。その料理法をおぼえた日におこった出来ごとと結びつけて、カマンテは料理に呼び名をつける。木に雷が落ちたソースとか、灰色の馬が死んだソースとか言っていた。だが、それぞれの料理法を混同するようなことは決してなかった。ただひとつ、いくら教えこもうとしても、うまくゆかないことがあって、それはコースの食事に出す料理の順序だった。客をまねくときには、絵に描いたメニューの順番をこの料理長にわたしておかなければならない。まずスープの皿を描き、つぎは魚の皿、そのつぎはウズラとかアーティチョークという具合に。皿を出す順序をまもれないこのカマンテの欠点は、記憶がわるいせいでは断じてない。おそらく彼はひそかに、ものごとには限度があるのだとつぶやいていたにちがいない。料理の実質とはまったく関係のない順序などというつまらないことにわずらわされるのはいやだったのだろう。

達人といっしょに料理するのは心うたれる体験である。台所は名目上は私のものだが、いっしょに仕事をしているうちに、台所にかぎらず、二人の共有している全世界がカマンテの手中に移ってゆくのを感じた。カマンテは私の期待を完璧に理解し、ときにはわざわざ口にするまでもなく、先まわりでやってのけた。なぜ、どのようにしてこういう仕事ぶりができるのか、私にはまったくわからない。人間がこれほどまでに一芸の奥義に達しながら、しかもその芸の意義などわかろうともせず、ばかにしきっているとは、まことに不可解なことである。

カマンテには西洋料理の味のよしあしなどわからなかったし、キリスト教に改宗し、文明にかかわりをもったにもかかわらず、生粋《きっすい》のキクユ族魂をもちつづけていた。この部族の伝統と信念に根ざす生きかたが、人間として生きるに値いする唯一の道だと思っていた。自分のつくった料理の味見をするときにも、奇妙なしろものを集めて煮た大鍋の味をみる魔女さながらの疑いぶかい顔つきをしていた。カマンテ自身は先祖代々の食物であるトウモロコシの穂ばかりたべている。もちまえの賢さもこの点については働きを失うらしく、カマンテは焼き芋とか羊の脂身のかたまりとかいったキクユ族の御馳走《ごちそう》を私にたべさせようとする。長く人間と生活を共にしてその暮しに同化した犬でも、骨をくわえてきて人間に贈ろうとするではないか。ヨーロッパ人の食事のわずらわしさを、カマンテは常に内心では狂気の沙汰と思っていたようだ。この問題についてカマンテの考えを引きだそうと何度か試みてはみたが、彼は率直に話題にすることと、決してそうしないことと を区別していた。そこでカマンテと私は、台所で肩をならべて働きながらも、料理だけに集中し、料理ということの重要さについては銘々勝手に考えることにしていた。

カマンテにはムザイガ・クラブの調理場にも修業に行ってもらったし、ナイロビの友人のところで私が新しいおいしい料理を御馳走になると、その家へ習いに行ってもらったこともあった。カマンテが修業期間をおえると、私の家の食事はこの植民地でも有名なものになった。これは大変うれしいことだった。私は自分の得意芸を鑑賞してくれる人がほしかったし、友人たちが家へ食事にくるのを歓迎した。だがカマンテは誰のほめ言葉にも無関心だった。とはいえ彼は、よくこの農園の客となる人たちそれぞれの好みを覚えていた。「バークレー・コール旦那には魚の白ワイン煮がいい」その言いかたは深刻で、気の狂った人のことを話しているようだ。「あの人は魚を煮るようにって、白ワインを送ってくれたものね」食通の意見をききたくて、私はナイロビに住むふるい友人チャールズ・バルペット氏を招待した。バルペット氏はフィリアス・フォッグよりさらに一時代前の大旅行家であり、世界じゅうをまわって各地の最高の料理を味わっていた。現在を楽しむことができさえすれば、未来のことなど気にかけないという人物で、五十年前のスポーツや登山の本を読むと、彼のスポーツマンとしての成果や、スイス、メキシコでの登山が話題になっている。『悪銭身につかず』と題する賭けごとについての有名な本があるが、そこにはこの人が賭けのために夜の正装とシルクハットを着けたままテームズ河で泳いだという記録が載っているし、後年のさらにロマンティックな行為も記されている。彼はレアンドロスやバイロン卿とおなじくヘレスポント海峡を泳いで渡ったのだ。この人物が差し向かいの晩餐《ばんさん》に農園を訪ねてくれたときはうれしかった。好意をもつ男性に手づくりのおいしい食事を供するのは一種特別なよろこびである。そのおかえしとして彼は食物についての意見を話してくれ、世界じゅうのさまざまなことをきかせてくれた。そして、ここの食事以上のものはまだたべたことがないと言ってくれたのだ。

英国皇太子はおそれおおくもこの農園に足をはこんで食事を賞味あそばし、カンバーランド・ソースの味におほめの言葉を賜った。このときにかぎってカマンテは、皇太子の言葉を伝えてやると、深い関心を示して聞きいった。土地の人たちは王様たちを偉い人だと思っていて、高貴の人のことを話しあうのが好きなのだ。何ヵ月もたってからカマンテはその話をぜひもう一度聞きたくなって、フランス語の教科書の例文のように、藪《やぶ》から棒にたずねた。「スルタンの息子は豚のソースを好んだか？　彼は全部たべたか？」

カマンテは私に好意を見せてくれたし、それは台所以外の場所でもおなじだった。生活上の利益と危険に対する彼なりの考えにしたがって、私を助けようとしてくれた。

ある夜、真夜中すぎに、カマンテは突然私の寝室に入ってきた。だまりこんで、手にはハリケーン・ランプを持ち、歩哨に立つ兵士のようだった。まだとても小さかったことを覚えているから、あれはたぶん、カマンテが私のところにきてからまもなくのころだったと思う。カマンテは室内に迷いこんだ黒いこうもりのように耳をひろげ、手にさげたランプはアフリカの小さな鬼火のように見えた。そしておごそかな口調で、「ムサブ、起きたほうがいいと思うよ」と言った。私はベッドで身を起こしたが、当惑していた。もしなにか重大事件が起きたのなら、ファラが知らせにくるはずなのだ。出てゆくように言ったが、カマンテは動かない。「ムサブ、起きたほうがいいと思うよ。神様がやってくるらしいよ」これをきいた私は、もちろん飛びおきた。なぜそう思うのかとたずねると、カマンテは重々しく先にたって、丘の見える西向きの食堂に私を導いた。ガラス張りのドア越しに不可思議な現象が見えた。丘の上に大きな草火事がおこっていて、丘の頂きから平原にかけてずっと燃えていた。この家から見ると、火の線はほぼ垂直につづいていた。なるほどたしかにその光景は、偉大な存在がこちらに向かって動いてくるように見える。私はしばらく立ちつくしてその眺めに心をうばわれていた。カマンテもそばでじっと見いっていた。やがて私はことの実情をカマンテに説明してやった。この子がどんなにおどろいたことかと思い、安心させてやるつもりで話したのだった。だが私の説明を心にとめる様子はいっこうにない。カマンテは私を呼びおこすことで、自分に与えられた使命を全うしたと考えていた。「ええ、草火事なのかもしれない。だけど、神様のおいでだってこともあるし、それならムサブが起きていたほうがいいと思ったんだ」

3 野生の人たちと入植者の家

ある年、雨期がこなかった。

それは並みはずれたおそろしい出来ごとで、この年をどうやら生きぬいた農園主には一生涯忘れようにも忘れられない。この体験を経た人は、アフリカを離れて長くたった後も、北欧の湿った気候のなかで暮しながら、夜なかに俄か雨の降りだす音をきくと、衝動的に起きあがって叫ぶ。「とうとう降ってきてくれた！」

順調な年なら雨期は三月の終りの週にはじまり、六月なかばすぎまでつづく。雨期のくるまでは暑気と乾燥が日ごとに強まる。ヨーロッパで大雷雨がやってくる前のいらだたしさに似て、それよりさらに耐えがたい感じがつのる。

川をへだてて隣に住むマサイ族は、その時期をねらって、乾ききった大平原に火をはなつ。雨がはじまったときに家畜用の若草が生えるようにするためである。平原の上空はこの大火で躍りくるう。虹色をおびた灰色の長い煙の層が草の上を動き、溶鉱炉から流れでるような熱と焼け焦げる匂いが耕地にただよう。

見わたすかぎり巨大な雲が寄りあつまったり、また消えたりする。はるか遠くの軽い夕立が、地平に青い斜線を走らすのが見える。全世界は思いをひとつにする。

ある夕暮れ、日没の直前に、まわりの景色が身近に引きよせられてくる。丘は近くまでせまり、生気にみち、あざやかな濃藍と緑をおびて、意味深げに見える。数時間後、外に出て眺めると、星は消え、大気はやわらかく深々として、神の恵みを予感させる。

なにかが駆けまわる音がたちまち大きくなって頭上にせまったら、それは森の大樹の梢を鳴らす風の気配なので、雨ではない。地表を走りすぎる音、それは茂みや丈高い草を吹きぬける風であり、雨ではない。地表よりすこし上のあたりがカサカサいうとき、それはトウモロコシ畑を吹きすぎる風なのだ。この音は雨とそっくりなので、くりかえし雨だと思いこまされ、しまいには、強く望んでいることが実現しないまま、すくなくとも舞台で演じられるのを見るように、なにほどかの満足をさえ感じるようになる。だが、まだ雨ではない。

大地が共鳴板のように深いゆたかな響きをもって応え、あたり一面、天も地も、全世界が声をひとつにして歌うとき――それは雨のおとずれである。それは長いこと行かなかった海に戻ったときのようであり、恋人の腕に抱きしめられるのに似ていた。

だがある年、雨期はこなかった。それは宇宙が顔をそむけたのとおなじことだ。日ごとに涼しくなり、日によっては寒いくらいだったが、空気は乾燥しきっていた。すべてのものが乾いてかたくなり、あらゆる力も恵みもこの世から消え去ったかと思われた。

気候のよしあしの問題ではなく、気候そのものがまるで無期延期になったように消えうせる。日でりを思わせる荒涼とした風が頭上を吹きすぎ、あらゆるものが色を失ってゆく。平原も森も匂いをなくす。全能の力から見はなされた思いが胸をしめつける。南側には焼きはらわれた野原が黒くむなしく広がり、ただ白い幾すじもの灰が跡をのこすばかりだ。

雨のおとずれをむなしく待つ日々をかさねるにつれて、農園の見とおしは暗くなり、希望は消えていった。ここ数ヵ月間の土返しも枝おろしも、苗の植えこみも、すべては無益な労働になってしまった。農作業は進まず、やがて止まってしまう。

丘や平原では水場が干あがって、見たことのないカモやガンが家の池にやってきた。農園のはずれの池では朝と夕方に、二、三百頭のシマウマの大群が列をなしていた。母親に連れられた仔馬もいて、私が群れのなかを馬で通ってもすこしも怖れない。だが私たちとしては、農園の家畜の飲み水を確保するために、この大群を閉めださなければならなかった。池の水位はぐんぐん低くなる。それでもなお、池まで降りてゆくのはたのしみで、そこには周囲の茶褐色の景色とは対照的な葦が泥池に生いしげり、緑の蔭をつくっていた。

土地の人たちは日でりにやられてだまりこむようになった。われわれ移民よりも彼らのほうが天候の予想ができて当然だと考える向きもあるかもしれないが、先の見とおしについては一言も聞きだすことはできなかった。人びとは生死の瀬戸ぎわにおかれているのだが、それはこれまでにもあったことなのだ。代々、大旱魃のあった年には、家畜の十分の九を失ってきたではないか。シャンバは干あがり、枯れのこったサツマイモやトウモロコシがわずかばかり首を垂れていた。

やがて私は土地の人たちの態度から学ぶところがあり、この苦しい時節のことを話したりぐちをこぼしたりするのをやめた。そんなことは、はずかしめられた人間のとる態度なのだ。それでも私はヨーロッパ人であり、土地の人の完全な受け身の姿勢を体得するほどにはアフリカ暮しが長くなかった。何十年もアフリカに定住したヨーロッパ人のなかには、そういう境地に達する人もいる。私は若かったし、自己防衛の本能から、なにかに集中せずにはいられなかった。そうしないと農園の道にたちのぼる土埃や平原の煙にまかれて、自分が消え去ってしまいそうなのだ。夜になると物語やおとぎ話や恋愛小説を書くことにした。書いているあいだ、私の心は遠くはるかな国や別の時代に連れ去られるのだった。

それまでも、ある男友達が農園に滞在すると、こういう物語のうちのいくつかを話してきかせていた。

外に出ると、無情な風が吹きあれ、雲ひとつない空には数かぎりない星がギラギラしていた。すべてが乾きつくしていた。

はじめは夜だけ書いていたのだが、そのうち午前中も坐りこんで書きつづけるようになった。もちろん農園に出ているはずの時間だ。畑に出てみたところで、トウモロコシ畑をもう一度たがやして種をまきなおすべきか、枯れかけたコーヒーの実をもぎとって木を救うべきか、あるいはどちらもしないほうが結局いいのか、判断のくだしようがなかった。私は決定を一日延ばしにしていた。

書きものはいつも食堂でやっていた。物語を書く合い間に農園の収支決算や予算つくりもやらなければならなかったし、農園管理人が指示を求めてくる絶望的な質問のメモにも返事を書く必要があったりで、食卓は一面に紙だらけだった。なにをしているのかと、ハウスボーイたちがたずねた。本を書いているのだと言うと、この子たちはそれが農園を旱魃から救う最後の手段なのだと思いこんで、この仕事にとても興味をもった。それからは、仕事はどれくらい進んでいるかといつも聞く。少年たちは食堂に入ってきて、書きものの進行を長いあいだ見まもっていた。パネル張りになったその部屋にいると、少年たちの顔はパネル板の色そのままなので、夜、壁にもたれかかって私の仕事につきあってくれている彼らは、白い衣裳だけがそこに並んでいるとしか見えない。

この食堂は西向きで、石造りのテラスに出られる長窓が三つあった。テラスからは芝生へ、それから森へとつづいている。土地はこの側では川に向かって傾斜をなし、境界となる川のむこうにはマサイ族が住んでいる。川そのものは家からは見えないのだが、川沿いのアカシアの大樹の濃い緑の茂みのかたちによって、川床のまがり具合を見ることができる。対岸では木々に覆われた土地がふたたび盛りあがり、森を越えたさらに遠くの緑の平原はンゴング丘陵までつづいている。

「もしわれに山を動かすほどの強き信仰あらば、かの山こそわがもとに来たらしめんもの」

風は東から吹いていた。食堂の窓は風下にあたるので、いつもあけはなしてあり、そのせいで家の西側は土地の人たちの気にいりの場所だった。みんなわざわざまわり道をして西側を通り、家のなかの様子を見ようとした。小さな牧童たちもおなじ動機から、山羊の群れを連れてきて、西側の芝生で草をたべさせていた。

この幼い少年たちは父親の財産の山羊や羊の群れを連れて農園内を放牧して歩き、草をたべさせる世話をしていた。この子たちは私の文明化した生活と野生の生活とのあいだの、いわばつなぎ目の役割を果たしていた。ハウスボーイたちはこの牧童たちを信用せず、家に入りこんでくるのをきらったが、牧童たちは文明をしんから愛し、好奇心をもっていた。文明生活はこの子たちにとってなんの危険もない。いつでも好きなときに立ち去ればいいだけのことだったから。この子たちにとって文明生活を象徴する中心は、食堂に掛けてあるふるいドイツ製のカッコウ時計だった。アフリカ高地では時計はまったくのぜいたく品でしかない。一年を通じて人は太陽の位置によって時間を知るし、鉄道にかかわりをもたず、農作業を自分の好きなようにやっているかぎり、時計はなんの意味ももたない。だが、これはとてもいい時計だった。ピンクのばらの花の集りのまんなかから、毎時間ごとに扉をあけてカッコウが飛びだし、はっきりした横柄な調子で時を告げる。その姿は、現れるたびごとに、農園の子供たちに新鮮なよろこびを与えた。太陽の位置を見て子供たちは昼の十二時になるのを正確に判断することができる。十二時十五分まえになると、山羊の群れを追いながら私の家をさして四方から集る子供たちの姿が見える。山羊をおいてくるのは気がとがめるらしい。子供たちと山羊たちの頭が灌木《かんぼく》の茂みや長くのびた草の上を動いてくる様子は、蛙が池の上に頭を出しているようだった。

山羊の群れを芝生に残して、子供たちは音もなく、裸足で家に入ってくる。年かさの子で十歳、最年少は二歳までだが、たいへん行儀がよく、この家を訪問するについて自分らなりのとりきめをつくり、それを守っている。その作法とは、家のなかではなにもさわらず、腰をおろさず、家の人から話しかけられないかぎり口をきかないこと、というもので、これを守っていれば、家じゅうどこでも好きなだけ動きまわってもとがめられないことを子供たちは知っていた。カッコウが飛びだした瞬間、大きな感動とおさえたよろこびの笑いが子供たちの群れを揺りうごかす。山羊の群れに責任感をもてないほどにまだ幼い牧童が、朝早く、群れを放ったまま一人でやってきて、時計の前に長いあいだ立っていることがときどきあった。扉をとじて鳴こうとしないカッコウに向かって、キクユ語でゆっくりと歌うように「おまえが好きなんだよ」とくりかえし呼びかけ、やがてまじめな顔で立ち去ってゆく。ハウスボーイたちはこういう小さな牧童たちを笑いものにして、あの子らは馬鹿だから、カッコウが生きているると思っているんだと私に言った。

さて、そう言いながら、自分たちもタイプライターがめずらしくて、ハウスボーイたちは私の仕事を見にやってくる。カマンテは夜になると現れて、壁にもたれ、まつ毛の下で黒い眼を左右に走らせながら、一時間も立ちつくしていた。この機械を頭のなかでバラバラに分解してまた組みたて、その仕組みを知ろうとしているらしかった。

ある晩私が顔をあげると、この集中した深い目つきに出あった。一息おいてカマンテは言った。

「ムサブ、ほんとに本が書けると思ってる?」

自分でもわからないのだと、私は答えた。

カマンテとの会話を十分に理解するためには、彼が口をひらく前におく、その発言のもつ責任の重さを測っているかのような、意味深い長い沈黙のなかみを想像することが必要である。土地の人たちはだれでもこの間合いをおくわざに長じている。間合いには、対話の視野をひろげる働きがある。

カマンテはこのときとても長い間をおいた。それから、やおらこう言った。「ムサブにはできないと思う」

自分の本について相談する相手は誰もいなかった。私は紙を置いてカマンテにたずねた。「どうしてできないと思うの?」カマンテがこの話しあいをあらかじめ考え抜いてきているのはいまやあきらかだった。彼には準備があった。カマンテの後ろの書棚に

『オデュッセイア』があった。それを取りだして、カマンテはテーブルの上に置いた。

「見て、ムサブ。これはいい本だ。はしからはしまで、全部つながっている。持ちあげてきつく振ったって、バラバラにはならない。この本を書いた人はとても賢い。ムサブが書くものは――」と言いさして、カマンテは今度は軽蔑とやさしい同情のまじった調子でつづけた。「あっちこっちバラバラだ。誰かが戸を閉め忘れると風で吹きとばされて、床にちらばって、ムサブは腹をたてる。いい本になるわけない」

ヨーロッパでは本屋がいて、みんなまとめて一冊にしてくれるのだと、私は話してきかせた。

「そうすると、ムサブの本はこれくらい重くなる？」カマンテは『オデュッセイア』を手で測りながら言った。

答えをためらっていると、カマンテは私がその本の重さを測れるように手渡した。

「こんなに重くはならない。だけど、もっと軽い本もいろいろあるじゃないの」

「これくらい丈夫なのになる？」

かたくて丈夫な本をつくるのは高くつくのだと、私は答えた。

カマンテはしばらくだまっていた。それから私の本のことをうたがっていたのを後悔し、いまや大いに期待していることを示そうというのか、床にちらばった紙をひろいあつめてテーブルの上においた。それがすんでからもまだ出てゆこうとはしないで、テーブルのそばに立ってじっとしていた。「ムサブ、本というものにはどんなことが書いてあるの？」

私は『オデュッセイア』から例を引いて、ポリュペーモスとオデュッセウスの物語を話してきかせた。オデュッセウスが自分のことを「誰でもない」と名のり、そのおかげで首尾よくポリュペーモスの眼をえぐったこと、雄羊の腹の下に自分の体をしばりつけて脱出したこと。

カマンテはおもしろそうにききいり、それから自分の意見をのべた。その雄羊はきっと、エルメンテイタのロングさんのところの羊とおなじ種類にちがいない。自分はそれをナイロビの家畜競進会で見た、と言った。それからポリュペーモスのことに話を戻して、その巨人はキクユ族のように黒人だったのかとたずねた。そうではなかったと言うと、ではオデュッセウスはムサブとおなじ部族か、それとも親戚なのかときく。

「その人は『誰でもない』って、自分の言葉ではどう言ったの？　言ってみて」

「『ウーティス』と言ったの。自分は『ウーティス』だって。その人の国の言葉では『誰でもない』という意味になるわけ」

「ムサブもおんなじことを書かなければならないの？」とカマンテはたずねた。

「いいえ、だれでも自分の書きたいことを書けばいいの。私、カマンテのことを書こうかな」

心をひらいて話していたカマンテは、急に内にとじこもる様子をみせ、自分の姿に目を落として、低い声で、自分のどんなところを書くつもりかときいた。

「あんたの体がわるくて、野原で羊の番をしていたころのことを書こうかな。あのころどう思った？」

カマンテは部屋のあちこちに眼をやっていたが、しまいにあいまいな調子で「シジュイ」――わからない――と言った。

「こわかったの？」と、私はきいてみた。

しばらく間をおいたあと、カマンテははっきり言った。「そう、野原にいる男の子たちは、みんなときどきこわがるものだ」

「なにをこわがっていた？」

カマンテはちょっとのあいだ黙ってから、私の顔を見た。彼の表情は深い落ちつきを見せ、そのまなざしは自分の内面を見つめていた。

「ウーティスを。野原にいる子供たちはウーティスをこわがっている」

数日後、カマンテがほかのハウスボーイたちに説明しているのを耳にした。ヨーロッパでは私の書いている本をいっしょにくっつけることができるし、とてもお金がかかるけれど、『オデュッセイア』の本くらい丈夫につくることもできるんだ。そこでみんなにその本を見せる。だが、カマンテとしては、私の本が青い表紙でつくれるとは信じていなかった。

カマンテは私の家で暮すにつけて自分を護《まも》るのに役だつ独得の能力をもっていた。彼はどうやら、泣こうと思うとき、いつでも泣けるらしかった。

私が本気で叱ることがあると、カマンテは私の前に立ちつくし、まじまじと顔を見つめ、土地の人がよく一瞬のうちにうかべる深い悲しみの表情をとって、私の気配をうかがう。そのうち眼はうるみ、大粒の涙がポロポロと頰をつたう。こういうのはワニのそら涙なので、ほかの連中が泣いても私は心を動かさなかった。だがカマンテの場合はべつだ。こういう場合、カマンテの木彫りのようなひらたい顔は、彼が長いこと住みなれた暗黒の世界へ、無限の孤独へと沈んでゆく。幼いころ、野原で羊の群れにかこまれて、カマンテはこういう重くしめった涙を流していたのであろう。この涙は私を不安にし、いま現に叱っているカマンテのあやまちがべつの姿で見えてくる。そんなあやまちは小さなことなので、叱るまでもないのではないかという気持にさせられる。そういう感じをもつことは、たしかにある意味では規律をみだすにちがいない。それでもなお、二人のあいだに流れる真に人間らしい理解の力によって、カマンテには私の心の動きがわかっていたと思う。私はカマンテの流す悔いの涙を見とおし、それを過大視はしていなかったということを。じつはカマンテ自身、そうして泣くのは私をだますためではなくて、人間を超えた存在に捧げるひとつの儀式と見なしているのだった。

カマンテはよく自分のことをクリスチャンだと言った。クリスチャンという呼び名にカマンテがどのような意味づけをしていたかはよくわからない。そこで私は一、二度、キリスト教の教理問答をやってみようとした。ところがカマンテの言いぶんでは、自分はムサブの信じているものを信じているのだから、ムサブのほうがよくわかっているはずで、そちらが自分のほうにきくなんてずいぶんおかしいと言う。これは言いのがれどころか、カマンテの積極的信条であり、信仰告白なのだということがわかった。カマンテは白人の神に自分をゆだねたのだ。この神に仕えるためには、カマンテはどのような命令もやりとげるつもりでいる。だが、それをやりとげる流儀について根拠を説明するなどという責任を負おうとはしなかった。もともとその流儀なるものは白人たち一般の思考方法とおなじくらい非理性的なものであるかもしれないのだから。カマンテが入信したスコットランド教会宣教団の教えと私の生活態度が対立する場合がある。するとカマンテは、どちらが正しいのかとたずねた。

原始的な人たちはわけのわからないタブーをもつものだと考える人が多い。ところが、土地の人たちの偏見のなさにはおどろくべきものがある。これはおそらく、ここの人たちがさまざまの人種や部族と交渉をもつこと、また、東アフリカにもたらされた活発な人間交流の歴史からくるのであろう。昔は象牙商人や奴隷商人たちがいたし、そして今は移民や狩猟家たちがいる。土地の人ならほとんどだれもが、野原の羊飼いにいたるまで、若くて働きざかりのとき、それぞれまったくちがうさまざまな民族と顔をつきあわす体験をしている。それはシチリア人がエスキモーと出会うようなもので、イギリス人、ユダヤ人、ボーア人、アラブ人、インド洋沿岸のソマリ族、スワヒリ族、マサイ族、カヴィロンド族と、多様をきわめる。他人の考えかたをただちにつかみとる能力からいって、郊外や田舎に住む移民や宣教師よりも土地の人たちのほうがはるかに世慣れている。宣教師や移民たちは単一社会のなかで育ち、一定の考えかたしかできない。白人と土地の人とのあいだに生じる誤解のおおかたは、このちがいが原因になっている。

土地の人たちに向かってキリスト教を自分で体現してみせるのは危険なことである。キタウという名のキクユ族の少年がいた。キクユ族居留地から出てきて、私のところで働いていた。考えぶかく、気くばりのある働きぶりで、私はこの子を気にいっていた。三ヵ月たったある日のこと、彼は突然たのみごとをしにきた。モンバサに住んでいる私のふるい友人で、海岸地帯の長《おさ》であるシェイク・アリ・ビン・サリム宛てに推薦状を書いてくれという。私の家で見かけたこの人物のところで働きたくなったというのだ。キタウはこの家での仕事の手順をのみこんだところだし、私は手ばなしたくなかった。ここにいてくれるなら昇給してあげようともちかけた。キタウはそれをことわった。高い給料がほしくてよそにゆくわけではないので、ただもうここに留まる理由がなくなったのだという。居留地にいるころからキタウは、クリスチャンか回教徒になろうと心に決めていた。ただ、どちらをえらぶかは、まだわからない。私のところに働きにきたのは、私がクリスチャンだったからで、この三ヵ月間、クリスチャンなる者の生きかたを見るためにこの家にいた。これからの三ヵ月、今度はモンバサのシェイク・アリのところに行って回教徒の生きかたを観察し、そのうえで、どちらの宗教の信者になるかを決めるつもりだと言う。こういうことを明らかにされたら、たとえ大司教であっても、おそらく私とおなじことを言ったか、あるいは口には出さずとも、おなじことを思ったにちがいない。「まあ、キタウったら。はじめにここへきたとき、そう言ってくれればよかったのに」

回教徒は、教典にのっとった方法によって回教徒の手で喉《のど》をかき切った動物の肉しかたべない。わずかな食糧しか携行しないサファリの旅では、雇い人たちの食糧はその場でしとめた獲物にたよるから、この回教徒の習慣のせいで困ることがよくあった。レイヨウを一頭しとめると、回教徒たちが飛鳥のようにすばやく駆けつけて、その獲物が死ぬ前に喉を切ろうとする。射撃した当人は息をこらしてそれを見まもる。駆けつけた連中が気落ちした様子で立っているのが見えれば、到着前にレイヨウが死んでいたしるしで、そうなればまたもう一頭しとめなければならない。でないと、荷役の人たちは飢えてしまうことになる。

第一次大戦のはじまるころ、私は牛車でサファリに出ようとしていた。出かけるまえの晩、たまたまキジャベのイスラム教徒指導者に会った。そこで、サファリ参加中にかぎって、私の使用人たちにはこの宗教上の規則をゆるめてもらえまいかとたのんでみた。この指導者は若いが賢い人だった。ファラとイスマイルを呼んで話しあってから、指導者は宣言した。「この御婦人はイエス・キリストの教えに従う人である。ライフルを射つとき、『神の聖名によって』と言われるであろうし、たとえ口にされなくとも、心のなかではそう唱えておられる。したがって、このかたの射つ弾はまことの回教徒のかざす刃とおなじ働きをする。この旅がつづくかぎり、このかたのしとめた動物の肉をたべても、回教徒としてなんのさわりもない」

キリスト教の威信がアフリカにおいて弱いのは、各教派がほかの教派に示す不寛容さのせいである。

アフリカで暮していたあいだ、クリスマスの夜にはいつもフランス宣教団の真夜中のミサに出席した。例年このころは暑かった。アカシアの植林地帯を通って車を走らせていると、澄んだあたたかい空に宣教団の会堂の鐘がひびくのがきこえる。やがて、幸せそうで活きいきした人びとが集っている教会に着く。ナイロビからやってきた家族づれのフランス人、イタリア人の商人たち、修道院付属の学校の尼僧たちがきている。それから土地の会衆がいる。彼らの服装は華やかないろどりをそえる。壮大な教会には数百のろうそくがともり、神父たちの手づくりによる大きな透かし絵がいくつも飾ってある。

カマンテが家にきてから最初のクリスマスに、私は同信の友としていっしょにミサに行こうと誘った。ミサではどんなにきれいなものが見られるかを、神父たちのような口調で話してきかせた。カマンテは私の話に聞きいり、感動して、いちばんいい服を着こんだ。ところがいざ車を玄関につけると、カマンテはひどく興奮の態で戻ってきて、いっしょには行けないという。わけをきいても言いたがらず、しりごみしていたが、とうとうしまいに口を割った。カマンテはどうしても行くわけにはいかない。私が連れてゆこうとしているのはフランス人の宣教団だということに、彼は土壇場《どたんば》になって気がついたのだ。入院中カマンテはフランス人のカトリック宣教団についてさんざん悪口をきかされていた。そんなことはすべてつまらない誤解なのだと言ってきかせ、さあ、いっしょにいらっしゃいとさそったが、カマンテは私の目のまえで石になってしまった。死んだようになり、白眼をむいて、顔じゅう汗だらけだ。

「だめ、だめ、ムサブ」カマンテは小さな声で言った。「いっしょには行かない。おれ、よくわかっている。あの大きな教会のなかにいるムサブはムバヤ・サナ——とてもわるい人——なんだ」

これをきいて私はとても悲しかった。しかし、だからこそこの子をカトリック教会に連れていって、聖母に啓蒙していただかなくてはと思った。神父たちは青と白で塗った等身大の張りぼての聖母像を教会に置いていた。土地の人たちは一般にひらたい画像を理解するのはにが手だが、立体像には感心する。カマンテのことは私が護ってあげるから大丈夫と約束して、とうとういっしょに連れていった。私のうしろにぴったりくっついて教会に足を踏みいれたカマンテは、たちまち良心のとがめなどすべて忘れはてた。そのときのクリスマス・ミサは偶然にも、この宣教団はじまって以来のすばらしいものだった。教会のなかにはとても大きな聖誕の場面がしつらえてあった。パリから着いたばかりのセットで、洞窟のなかの聖家族は青い空からさす星の光で照らされ、そのまわりを百頭もの玩具の動物たちが取りまいている。木彫りの牛や純白な綿の羊たちは、大きさの割合いなど無視してつくってあり、それがキクユ族の人たちの心に強い恍惚感《こうこつかん》を呼びおこしていたにちがいない。

クリスチャンになってからしばらくすると、カマンテはもう死体にふれるのを怖れなくなった。

はじめのうちは死体をとてもこわがっていて、家のテラスまで担架で運ばれてきた男の人がそこでなくなったとき、カマンテはほかの連中と同様、死体をその人の家まで運ぶのに手を貸そうとはしなかった。ただカマンテは、ほかの人たちのように芝生までしりぞこうとはせず、小さな黒い彫刻のようにテラスに立ちつくして動かなかった。自分の死にはほとんど怖れを見せないキクユ族の人びとが、死体にふれることをなぜそんなにこわがるのだろうか。自分の死を怖れる白人は死体をやすやすと扱うのに。私にはそこが理解できなかった。この点についてもまた、土地の人びとの現実把握がわれわれのものとはちがうことを見せつけられる。死体に関しては土地の人たちを服従させることはできないし、すぐにあきらめたほうがめんどうを避けられることを、農園の経営者たちは誰もが承知していた。死体にさわるくらいなら死んだほうがましだと、ここの人たちは本気で考えているのだ。

さて、この恐怖がカマンテの心から消え去った。同族が死体を怖れるのをカマンテは軽蔑した。このかわりようを、彼はちょっとひけらかすふうさえあった。自分の神の偉大な力を誇ってみせようというつもりか。偶然カマンテの信仰をためす機会となったのは、この農園にいる期間に三回、私とカマンテが力をあわせて三人の死体を運んだことだった。はじめは私の家のそばで牛の荷車にひかれたキクユ族の少女。二度目は森で木を切りたおしているとき事故死したキクユ族の若者。三度目は年老いた白人で、この人は私の農園に住みつき、ここの生活にひとつの色どりをそえたあげく、ここでなくなった。

この人物は私と同郷で、クヌッセンという名の、年老いた盲目のデンマーク人だった。ある日ナイロビで、彼は私の車の前によろめき出てきて自己紹介をした。どこにも住むところがないので、私の地所内の家においてくれないかというのだ。そのころ家の農園では白人の雇用者の人減らしをしていて、空き家になったバンガローがあったので、彼に貸してやった。こうしてクヌッセンはやってきて、六ヵ月間農園で暮した。

高原の農園という環境のなかで、クヌッセンはいっぷうかわって見えた。海で生きるものという印象があまりにも強く、羽根をつめて飛べなくした年老いたアホウドリを一羽飼っているようだった。生活苦に押しひしがれ、病気とアルコールのせいで腰がまがっている。赤毛の人が白髪になると妙な色になるものだが、彼の場合は頭から灰をかぶったように見え、また、この人本来の活動領域である海の刻印をうたれて、塩漬けにされたようにも見えるのだった。しかし、クヌッセンのなかには灰で覆うことのできない不滅の炎があった。デンマークの親代々の漁師の家の出で、船員になり、どういう風の吹きまわしか、やがてアフリカのごく初期の入植者になった。

クヌッセン老はこれまでじつにいろんなことをやってきた。水や魚や鳥をあつかう仕事を好んだが、どれひとつとしてうまくいかなかった。一時はヴィクトリア湖で立派な漁業会社を経営していて、何マイルにも及ぶ世界一の漁網とモーターボートをもっていたという。しかし大戦中になにもかも失った。この悲劇の思い出話には、致命的な誤算か、あるいは友人の裏切りがもちだされるのだった。思い出話はきかされるたびにちがうので、どれが本当なのか私にはわからない。だが、彼の口演がこの暗い時期にさしかかると、クヌッセン老はいつも激昂するのだった。この話にはつまるところなにがしかの真実があったらしい。というのは、クヌッセンが私のところにいたあいだ、政府が補償金として一日一シリングを払いつづけていたから。

老人がこういう話をするのは、私の家まで訪ねてきたときだった。バンガローは居ごこちがわるいらしく、クヌッセンはよく私のところへ逃げだしてきた。この老人の世話係としてつけてやった土地の少年たちは、老人がめくらめっぽう頭からぶつかってきたり、ステッキでさぐったりするのを気味わるがって、繰りかえし逃げてしまう。だが機嫌のよいときのクヌッセンは家のベランダでコーヒーを飲み、デンマークの愛国的な歌をうたってくれる。それも大変な力をこめた独演で。デンマーク語で話せるのは互いにとってうれしいことだった。そこで私たちは、ただしゃべりあう楽しみのために、農園でのごくつまらない出来ごとのあれこれについて意見を交換した。しかし私にしてもそう毎度の我慢はできかねた。この老人はいったんやってきたが最後、話がとまらなくなり、いつまでもいるのだ。こういう日常的つきあいのなかではこの老人はあの老水夫*とか海の老人**を思わせた。

クヌッセンは漁網つくりにかけてはすぐれた腕をもっていたそうで、世界一だと自称していた。農園にきてからは自分のバンガローで、土地の人が使うキボコという鞭を、カバの皮を切ってつくっていた。土地の人やナイヴァシャ湖のあたりの農園主からカバの皮を買い入れて、一頭分の皮からうまくゆけば五十のキボコをつくれる。クヌッセンがくれた乗馬用鞭を私はいまでも一つもっている。立派な鞭だ。この仕事をすると、家のまわりじゅうひどい臭いがする。死肉をたべる老鳥の巣の臭いに似ている。しばらくして、私は農園内に池を造らせた。それ以来いつも、池のそばにいるクヌッセンの姿が見られた。動物園にいる海鳥のように水面に自分の影を映し、じっともの思いにふけっていた。

クヌッセン老の弱々しくくぼんだ胸のなかには、少年のように単純でたけだけしく、短気で手におえない心があり、彼はまじりけなしの喧嘩好きだった。ロマンティックで偉大なあばれ者であり、戦士なのだ。人を憎む能力にかけては抜群で、彼と接触をもつかぎり、個人であれ団体であれ、クヌッセンの怒りをぶつけられることからまぬがれる者はなかった。怒りのまとになった連中の頭上に天から火と硫黄をふりそそがせんばかりの勢いで、クヌッセンはつまるところ、デンマークのことわざで言う、「壁に悪魔を描いている」のだった。それもミケランジェロ級の壮大なやりかたで。他人同士のあいだにもめごとをひきおこすのに成功すると、クヌッセンはひどくうれしがった。ちょうど小さい子が二匹の犬に喧嘩をけしかけたり、犬と猫を戦わせてよろこんでいるのとおなじだ。長く苦しい人生の波をくぐったあげく、いわば静かな入江で帆を休ませている今もなお、少年のように抵抗と逆境を求めてやまないこの老人の魂は強烈な印象を与える。北欧伝説に登場するようなこの勇猛な戦士の魂に、私は頭をさげた。

自分について語るのに、この人は三人称以外は使おうとしない。「クヌッセン老」なる人物のことを際限もなく誇示し、もちあげて話すのだった。天が下にクヌッセン老が手をつけてやりとげなかったことはなく、クヌッセン老がたたきのめせなかったチャンピオンはいない。他人のことについては徹底して悲観的で、人のすることなすことに近い将来の破滅を予言し、しかもそれは当然の報いだとする。ところが、こと自分に関しては、猛烈な楽天家なのだ。なくなるすこしまえ、誰にも言わないと約束させたうえで、クヌッセンは途方もない計画を私にうちあけた。クヌッセン老はついに百万長者となり、彼の敵を顔色なからしめることになるはずなのだ。その計画とは、ナイヴァシャ湖に棲

*コールリッジの長篇詩『老水夫行』の主人公。

**「船乗りシンドバッド」の五回めの航海で、彼が取りつかれた酒飲みの怪物。

む水鳥が地球の歴史はじまって以来落しつづけてできた数十万トンの鳥糞石を、湖底から引きあげるというものだった。最後の超人的な力をふりしぼって、老は農園からナイヴァシャ湖まで出むき、この計画の細部を検討した。この計画が与えてくれた輝きのなかでクヌッセンはなくなった。深い水底、水鳥、かくれた宝、彼が愛してやまないもののすべてをこのもくろみはそなえていた。その話のなかには淑女に対しては明かすべきでないようなことの気配さえあった。有頂天になった彼は、三叉のほこを手にし、波を支配する勝ちほこった海神クヌッセン老を思いえがいていた。湖底から鳥糞石を引きあげる方法を彼が説明してくれたかどうかはおぼえていない。

クヌッセン老の偉大な業績や、あらゆることにおいてすぐれている話をその本人からきかされると、この弱々しく無力な老人とはあまりにも喰いちがいがあるので、しまいには、まったくちがう二人の別々な個人とつきあっているのだと思えてくる。常勝不敗を誇る英雄クヌッセン老の堂々たる姿が背後に立ちはだかり、私が直接会っているのは、この偉大な人物のことを語って倦むことを知らない、老いさらばえた彼の召使いなのだ。この卑小な男はクヌッセン老の名を賞めあげることを一生の使命とし、死にいたるまで忠実にそれを果たした。なぜならこの男は誰一人として会ったことのないクヌッセン老なるその人物をまことに見たのであり、その人物への忠誠をつらぬいたのだ。

たった一度だけ、クヌッセンが一人称を使うのをきいたことがある。彼が死ぬ数ヵ月まえだった。最後にはそれが命取りになったのだが、そのときもひどい心臓発作をおこしていた。何週間も音沙汰がないので、どうしているかと彼のバンガローまで行ってみると、がらんとした不潔な部屋で、カバの皮の悪臭につつまれて床についていた。顔は灰色にかわり、目はおちくぼんでいる。自分からはなにも言わず、話しかけても返事もしない。かなりたって、私が帰りかけようとすると、いきなり低いかすれた声で言った。「おれはとてもくるしい」その瞬間、決して敗れたことのないクヌッセン老の姿はかげをひそめた。ただ一度だけ、個人的悲惨と苦しみをうちあけることを自分に許した彼の召使いがそこにいた。

クヌッセン老は農園では退屈していた。ときどき家に鍵をかけ、どこかに出かけて、私たちの視野から消えうせた。それはおおかた、過去の栄光ある時代の開拓者だった老友がナイロビにきたというしらせを受けたときだったらしい。一週間か二週間留守にし、私たちがもう彼の存在を忘れかけたころになって、ふっと戻ってくる。いつもきまって疲れはて、体をひきずるようにして、ほとんど家の鍵もあけられないありさまだった。それから何日かじっと家に引きこもる。こういう場合のクヌッセンは私に出会うのを避けていたらしい。脱けだすことに私が反対し、彼の弱さにつけこんで、私が勝ちほこるにちがいないと勝手に思いこんでいるのだ。波を愛する船乗りの若妻の歌をうたったりすることはあったが、クヌッセン老は心中ふかく女に対する不信をもっていた。女は本能的に男の敵であり、主義として男の楽しみを押しとどめる存在だと見なしていた。

クヌッセンの死んだ日もこんな具合で、二週間ほど留守にしていて、彼が帰ったことは農園のだれも知らなかった。だが今回にかぎって彼はいつものやりかたを破ろうとしたらしい。自分の住まいから私の家にこようとして、コーヒー畠を横切る道ばたで倒れ、そこで死んでいた。午後おそく野原まできのこを取りに出かける途中、カマンテと私が死体を発見した。雨期のはじまりの四月のことで、若草のあいだにきのこが生える季節だった。

発見者がカマンテだったのは幸いだった。農園にいる土地の人たちのなかでクヌッセン老に同情していたのは彼だけだったから。カマンテは自分も一箇の変り者として、別の変り者であるこの老人に関心をもち、ときどき自前で卵を届けたり、老人の世話をする少年たちが揃って逃げだしたりしないように眼をひからせたりしていた。

老人はあおむけに倒れていた。倒れた拍子に帽子がとれてそばに落ち、眼はすこしひらいたままだった。死んですっかり落着いたように見えた。とうとう彼はあのクヌッセン老になったのだ。

彼の住まいまで死体を運ぼうと思ったが、このあたりの人も、近くのシャンバで働いている人も、キクユ族をあてにすることはできなかった。呼ばれたわけがわかるや否や、すぐ逃げ去るにきまっている。私はカマンテに、家まで帰ってファラを手伝いに呼びだすように言った。だがカマンテは動こうとしない。

「どうしておれに行ってこいと言うの？」

「わかるでしょ。私ひとりではこのブワナを運べないし、あんたがたキクユ族はものわかりがわるくて、死人を運ぶのをこわがるから」

カマンテは例の小馬鹿にしたような笑いをうかべた。「ムサブはまた忘れてる。おれはクリスチャンだよ」

カマンテが死体の脚を持ちあげ、私が頭を持った。そして二人でバンガローまで運んでいった。何度も立ちどまってはクヌッセンを横たえて休まなければならなかった。そういうときカマンテはすっくと立ったまま、クヌッセン老の足のところにまっすぐ視線をおとしていた。人が死んだとき、スコットランド宣教団ではそういう作法があるのをおぼえたらしい。

老人をベッドに横たえると、カマンテは部屋や台所を歩きまわって死体の顔を覆うタオルをさがした。古新聞しか見つからなかった。「クリスチャンは病院でこうしていた」とカマンテは私に説明した。

ずっと後になってからもカマンテはこのときの私の愚かさかげんを思いだしては悦にいっていた。私といっしょに台所で仕事をしながら、ひとりでおもしろがっていて、突然笑いだす。「ムサブ、あのときのこと覚えている？　おれがクリスチャンだってことをすっかり忘れて、あのムスング・ムセイ——白人の爺さん——を運ぶ手伝いをこわがるんじゃないかと思ったでしょう」

クリスチャンになったカマンテはもはや蛇を怖れなかった。ほかの少年たちに向かって、クリスチャンはいつでも一番大きな蛇だってこわがらずに、かかとで頭を踏みつぶしてしまうのだと演説しているのをきいた。カマンテが実際にそうするところを見たことはなかったが、あるときこわばった顔つきで、手をうしろに組んで、コック用の住まいのすぐ近くにじっと立っているのに気づいた。その住まいの屋根には猛毒をもつ大蛇が姿を見せていた。ハウスボーイたちは総出でその住まいを遠まきにして、大声で泣きわめき、おろおろしていた。ファラが家に入って私の銃を持ちだし、その毒蛇を射ちおとした。

すべてが終り、騒ぎがおさまってから、シセの息子ニョレがカマンテに言った。「おまえ、あのわるい大蛇の頭をかかとで踏みつぶすのじゃなかったっけ?」

カマンテは言った。「あれは屋根の上にいたからな」

あるとき私は弓矢を使うのを習おうとした。腕力はあったが、それでもファラが手に入れてくれたワンドロボの弓を引きしぼるのはむずかしかった。それでも、長いこと練習したあげく、ついに名射手になることができた。

当時カマンテはまだ幼くて、私が芝生で練習するところをいつも見物していた。私の試みを疑わしげな顔で見ていたが、ある日こう言った。「弓で射ても、それでもやっぱりクリスチャンなの?　ライフルを使うのがクリスチャンのやりかただと思うけど」

私は絵入り聖書のなかのハガルの息子の話のところを見せてやった。「神はこの童と共にいまし給うた。童は育ち、荒野に住み、弓を使う者となった」

カマンテは言った。「うん、この人はあんたみたいだ」

カマンテは土地の患者たちの手当てが上手なだけでなく、傷ついた動物の手当ても堂に入っていた。犬の足にささったとげを抜いてやるし、蛇にかまれた犬をなおしたこともある。

羽根の折れたコウノトリをしばらく家で飼っていたことがあった。この鳥は気性が強く、部屋から部屋へと歩きまわり、寝室に入ると、鏡のなかの自分の姿にむかって羽根をばたつかせ、細身の剣で決闘をいどむようにくちばしで突きかかるのだった。この鳥はカマンテの後にくっついてどこにでも行き、カマンテのぎくしゃくした歩きかたをまねているとしか思えない身ぶりをした。足のふとさはカマンテもその鳥もおなじくらいだった。土地の子供たちはこのこっけいさに気づき、両方が連れだって通るとよろこんで叫んだ。カマンテは笑いの種にされているとわかっていたが、他人が自分のことをどう思おうと、たいして気にもかけなかった。カマンテは子供たちにコウノトリのえさにする蛙を沼へ取りに行かせた。

ルルの世話をしたのもカマンテだった。

4　ガゼル

ルルは森から私の家へやってきた。カマンテが野原からやってきたように。

私の農園から東のほうはンゴング保有林で、当時はほとんどすべて原生林のままだった。太古からの木々が切りたおされ、そのかわりにユーカリやグレヴィリアが植えられたのは悲しいことだ。もとのままにしておけば、この森はナイロビ市のめずらしい自然公園になっただろうに。

アフリカの原生林は神秘的な地帯である。ふるいタピストリーのなか深く馬をすすめる。それはところどころ色あせたり、ふるびて黒ずんだりしているが、緑の陰影ゆたかなタピストリーだ。そこでは空はまったく見えない。しかし、葉の層をすかして射しこむ日光が、さまざまな遊戯を演じている。木の枝から長くのびるあごひげのような菌類や、いたるところに垂れさがる蔓科植物のせいで、原生林は謎《なぞ》めいた深遠なおもむきを呈する。農園でなにも仕事がないとき、日曜日に私はファラを連れてこの森へ遠乗りに出かけた。坂をのぼり、またくだり、森のなかの小川を渡った。森のなかの空気は水のようにつめたく、植物の匂いにみちていた。蔓科植物が花をつける雨期のはじまりには、香気の帯をつぎつぎに通りぬけてゆくことになる。クリーム色のねばつく小花をつけるアフリカジンチョウゲの一種は、ライラックやスズランに似た、気の遠くなるような甘い薫りがする。空洞になった木の幹を切ったものがあちこちに皮ひもでぶらさげてある。蜂に巣をつくらせて蜜を集めるためにキクユ族がしかけておくのだ。あるとき森のなかで道を曲ったとたん、そこにヒョウが坐っているのを見た。タピストリーに織りこまれた動物。

森の梢には騒々しく落着きのない集団が住んでいた。小さな灰色の猿たちである。この群れが道の上の枝づたいに通ったあとには、かわいてすえたネズミのような臭いが長いこと残っていた。路を進んでいるうち突然頭上にガサガサと音がきこえる。それはひとつの群れが猿の道を行くところなのだ。その場にしばらくじっとしていると、猿が一匹そこの木に身動きもせず坐っているのに気づく。やがてまわりの森じゅうが猿の一族でいっぱいなのがわかる。木の実のように枝につかまり、日光のあたりかたで灰色に見えたり黒く見えたりする。どれもみんな、長いしっぽを垂らしている。猿たちは音をたててキスしたあとちょっと咳きこむような、そんな声をたてていた。おなじようにまねて声を出してみせると、猿たちは感心したように首をかしげている。だが、ちょっとでも急激な動作をすると、猿たちはまたたくまにいなくなる。梢高くかけのぼる音、そして、いそいで立ち去ってゆくカサカサいう音が次第に遠ざかるのがきこえる。波のなかを魚群が泳ぎ去るように。

このンゴング森の深い茂みを横切る小径で、あるとても暑い日、私は大きなモリイノシシに出会った。この動物にはめったにお目にかかれない。モリイノシシは妻君と三匹の子供連れで、たいへんいそいで行きすぎた。家族全員、大小の差こそあれ、おなじかたちに黒い紙を切りぬいた影絵が、緑の明かりの背景の前を動いてゆくように見えた。それは千年も前の出来ごとが森の池にうつって見えるような、すばらしい眺めだった。

ルルはブッシュバックと呼ばれる属の幼いアンテロープで、このガゼルという種類はおそらくアフリカのアンテロープのなかで最も美しいと言えるだろう。黄鹿よりもやや大きめで、森や茂みに棲み、臆病で身をかくしているため、平原のアンテロープのようには姿を見せてくれない。だがンゴング丘陵とその周辺部はブッシュバックにとって棲みやすいところなので、丘にキャンプをしているときや、早朝や夕方の猟に出たとき、この種類のアンテロープが茂みから空き地に現れるのを見かけることができる。日光をあびるとその毛なみは赤銅色にかがやいた。雄は優雅に反りかえった角をもっている。

ルルが私の家族の一員になった次第を書いておこう。

ある朝私は農園からナイロビさして車を走らせていた。農園のコーヒー乾燥場が焼けたので、火災保険金の交付にかかわるあれこれの交渉のため、何回もナイロビに出かけなければならなかった。その朝も頭のなかは数字やこれからの見通しでいっぱいだった。ンゴング街道までくると、キクユ族の子供たちが道ばたにいて、声をかけてきた。子供たちはとても小さなブッシュバックを抱きあげて、私に見せようとした。茂みのなかでこの仔鹿を見つけ、私に売りつけるつもりなのだ。けれどもうナイロビでの約束の時間におくれかけていたし、ほかのことを考える気持のゆとりもなかったので、そのまま走り去った。

夕方、帰りがけにおなじ場所を通りかかると、またもや道ばたから喚声があがった。例の子供たちはまだそこにいて、すこし疲れ、気落ちしているらしかった。通りかかる人にあの仔鹿を売ろうと一日じゅうがんばっていたが、いまや日暮れまえにかたをつけようとあせっていて、獲物をたかだかとかかげて私を釣ろうとした。だが町ですごした一日は長く、おまけに保険金のことはうまく運ばなかったので、車をとめて言葉をかける気になれず、私はそのまま通りすぎた。家に着いて夕食をすませ、床につくまで、仔鹿と子供たちのことは思いだしもしなかった。

眠りにおちるやいなや、恐怖の思いに突きうごかされて目がさめた。子供たちと仔鹿の様子が、そのとき急にはっきりと目のまえによみがえった。首をしめつけられるような苦しさに、私は身を起こした。暑い日ざかりを一日じゅう立っていたあの子供たちに、足をしばられたまま何度も持ちあげられていたあの仔鹿はどうなったろう？　まだ乳ばなれもしていないだろうに。今日二度も通りかかりながら、良きサマリヤ人《びと》どころか祭司やレビ人のように、私は仔鹿を見捨ててきた。いま、この時間、あれはどこにどうしているだろう？　私はわれを忘れてハウスボーイ全員を呼び起こした。明日の朝までにあの仔鹿を見つけて連れてこなければ、みんなクビにすると申しわたした。一同はただちに指示に従って動きだした。ハウスボーイのうち二人がナイロビまで私と同行していたが、仔鹿を見たときには全然興味を示さなかった。それがいまや乗りだしてきて、仔鹿を見た場所、時間、仔鹿をつかまえていた子供たちがどこの家の子かまで、くわしく一同に説明した。月のある夜だった。家じゅうの者たちが、事件のことをさかんに話しあいながら、夜の風景のなかへと散っていった。万一仔鹿が見つからなければ、全員やめさせられるのだとしきりに話しあっているのがきこえた。

翌朝早く、ファラがお茶を持ってきたとき、ジュマがいっしょに入ってきた。仔鹿を抱いていた。それは雌だったので、みんなでルルという名にきめた。スワヒリ語で「真珠」という意味なのだそうだ。

あのときのルルはやっと猫くらいの大きさで、静かで大きな紫色の眼をしていた。脚はあまりにも優雅に細いので、立ち坐りするたびに、あんなに折りまげてもまた伸ばすことができるのだろうかとあやぶんだものだ。耳は絹のようで、このうえない表現力があった。鼻は西洋松露《トリュフ》のように黒い。普通より小さなひづめは、纏足《てんそく》をした古風な中国の貴婦人の風情をそなえている。これほどまでに見事な生きものを手にいれるのは、めったにないことだ。

ルルはやがてこの家にも人にも慣れ、くつろいだ様子を示すようになった。はじめの何週間かは部屋の磨いた床を歩くのがむずかしく、カーペットの敷いてないところにくると、とたんに脚がすべって四方にひろがってしまう。もうどうしようもないように見えるのだが、ルルはそれほど気にしている様子もなかった。やがてルルは、敷物なしの床でも歩けるようになった。その足音は腹をたてた人が指でなにかをトントンたたくのに似ていた。ルルの生活習慣は並みはずれて清潔だった。幼いころからもう気が強かったが、やりたいことを私にとめられるとあきらめた。「ごたごたをひきおこすより、まあおとなしくしておいてあげるわ」といわんばかりの態度だった。

カマンテはルルを哺乳びんで育て、夜は屋内に入れていた。日没後は家のまわりをヒヨウがうろつくので、油断がならない。こういう次第でルルはカマンテになつき、あとをついてまわった。ときどきしてほしいことをかなえてもらえないと、ルルはかわいい頭でカマンテの脚に頭突きをくらわせた。ルルはほんとうに美しく、カマンテといっしょにいると、美女と野獣を逆転した絵さながらだった。このきわだった美しさと優雅さの威力で、ルルは家中を支配する地位を手にいれ、誰からも敬意をもって遇された。

私がアフリカで飼っていたのはスコッチ・ディアハウンド種の犬に限られていた。これほどけだかくて優しい種類の犬はない。この犬たちの生きかたを見ていると、ディアハウンド種は何世紀も人間と暮しをともにした結果、人間の生活を理解し、犬の生活を人間に同化させるに至ったとしか思えない。ふるい絵画やタピストリーにディアハウンドの姿が見られる。この犬たちの姿や身ぶりは周囲をタピストリーの世界に一変させる力をもっている。中世的雰囲気をただよわせる犬なのだ。

私のディアハウンドの初代はダスク（たそがれ）という名で、結婚祝いとして贈られた。アフリカで新生活をはじめるにあたって、いわば「メイフラワー号」に乗って、私といっしょに船出してきた。ダスクは雄々しく寛大な気性だった。第一次大戦のはじまりの数ヵ月間、マサイ族居留地で私が政府のための輸送事業を牛車を使ってやっていたとき、ダスクはずっといっしょだった。だが数年後、シマウマに殺された。ルルが家にやってきたころには、ダスクの息子にあたる犬が二匹いた。

スコッチ・ディアハウンドはアフリカの景色とこの高地の人びとによく似あった。おそらくそれは海抜のせいなのだろう。三者ともに高地のメロディーを奏でていた。海岸のモンバサに置くと、おなじ犬でもそこではしっくりしない。平原あり、丘あり、川ありの、とっておきの雄大な風景画でも、ディアハウンドを描きこまないと完成しないようなものだった。ディアハウンドは狩りにすぐれ、グレイハウンドよりも嗅覚がするどいが、しかも眼で獲物をねらって追いたてる。この二つの能力を駆使するのを見るのはすばらしかった。禁猟区に遠乗りに行くとき、禁令を無視して犬たちを連れていった。犬たちはシマウマやヌーの群れを平原いちめんに追いちらし、そのありさまは全天の星がはげしく空を駆けめぐるように見えた。だがマサイ族居留地に狩猟に出かけるときは、ディアハウンドを連れてさえいれば、獲物をとりにがすことは決してなかった。

この犬たちは原生林のなかでも、暗灰色の毛色が小暗い緑の蔭と調和して美しかった。

私の飼い犬がこの森のなかで、単身巨大な雄のヒヒをしとめたことがある。この戦いで犬は鼻を真正面から嚙《か》まれ、以来その高貴な横顔の線はそこなわれたが、農園じゅうの人びとはそれを名誉の傷跡としてほめたたえた。雄のヒヒは猛獣で、土地の人に憎まれているからである。

ディアハウンドたちは賢くて、わが家のハウスボーイのなかで誰が回教徒であり、犬にふれるのを禁じられているかをよくわきまえていた。

アフリカにきた当初の数年間、私はソマリ族のイスマイルという猟銃運び人を雇っていた。彼は私がまだアフリカにいるあいだになくなった。この人物は、今はもういなくなってしまった昔かたぎの猟銃運び人で、アフリカ全土がまったくの動物の楽園だった今世紀初頭に、偉大な狩猟家たちに訓練されたのだ。イスマイルが文明にふれたのは狩猟の場に限られる。狩猟関係の英語をいくらか話し、大きな《ビッグ》ライフルとか、若い《ヤング》ライフルとか言うのだった。彼がソマリランドに帰ってしばらくしてから手紙をもらった。ライオネス・ブリクセン*と宛書きしてあり、あけてみると、書きだしは「尊敬する雌ライオン様」となっていた。イスマイルは敬虔な回教徒で、生命にかけても犬にさわるまいとした。これは彼の職業上とても困ることだった。しかしダスクについてだけは例外で、二輪馬車に同乗させても気にしないし、自分のテントに入れて眠らせさえした。ダスクは回教徒をひと目見ればそれとわかって、決して体にふれてこないからなのだ、とイス

*男爵夫人《バロネス》と書くところを、雌ライオン《ライオネス》のブリクセンとした。

マイルは言った。あるときイスマイルは私に話した。「あのダスクは奥さんとおなじ種族なのだとわかりましたよ。あの犬は人を笑いものにするからね」

さて、私の犬たちは家でルルが権力と地位をもつようになったことを理解した。すぐれた猟犬の尊大さをもってしても、ルルにとってはどこ吹く風だった。犬たちを押しのけてミルクの鉢を平気で独占し、暖炉の前のお気にいりの場所もちゃんと確保した。私はルルの首に小さな鈴をつけておいたが、しばらくすると、その鈴の音が近づいてくるのをきいただけで、犬たちはあきらめ顔で暖炉のそばのあたたかい寝場所をあけわたし、部屋のどこかべつの所に移るようになった。それでも、やってきて横になるときのルルのもの静かな立居ふるまいときたら、誰にもまねられないほどのものだった。その様子はつつましやかにスカートのひだをまとめて、誰の邪魔にもなるまいと心がける完璧なレディーの作法を思わせた。ルルは好意のあまり食物をすすめすぎる女主人のもてなしをしかたなく受けるといったふうに、礼儀正しく、しかもほしくないものを無理にたべるような様子でミルクを飲んだ。ルルは耳のうしろを掻《か》いてもらうのが好きだったが、その場合も若妻がしぶしぶ夫の愛撫をゆるすような愛らしい風情で、そうさせてあげているの、という態度だった。

ルルが成長し、若々しい美しさの絶頂に達すると、彼女はほっそりと、しかも優雅な丸みをおびた雌鹿になり、鼻から爪さきまで、信じがたいほどの美しさをそなえた。ハイネがうたったガンジス川のほとりの賢くおだやかなガゼルを精密な絵に描いたようだった。

だがほんとうは、ルルはおとなしくはなく、ひどく向うみずなのだ。ルルは全力をあげて本気で攻撃に出るとき、自分の品位をまもるためにもっぱら守勢にたつかのような様子をするという、きわめて女らしい特徴をもっていた。誰に反抗するのか？　全世界に対してである。気分がいらだって抑えきれなくなると、馬が気にさわれば、ルルはその馬にさえ突きかかっていった。ハンブルクで老ハーゲンベックに会ったとき、彼が言ったことを思いだす。肉食獣をふくめたあらゆる動物のなかで、いちばん気をゆるせないのは鹿なのだという。ヒョウのほうがまだ信頼がおける。だが、若い鹿を信じても無駄なことで、おそかれ早かれ、そいつは後ろからおそいかかってくるだろうと、彼は話してくれた。

まったく恥しらずな若い浮気女さながらにふるまうときでさえ、ルルはこの家の自慢のたねだった。だが私たちはルルをしあわせにしてやることはできなかった。ときどきルルは何時間も、長ければ午後いっぱい、家出をした。かんしゃくが起きたり、ここの環境への不満が極限に達したりすると、気を晴らすためにルルは家の前の芝生で戦いの踊りをした。その動きは短いジグザグをなす悪魔への祈りのように見えた。

私は心で呼びかけた。「ルルよ、あなたはとても強くて、自分の身のたけよりも高く跳ねあがれるのね。あなたは私たちに腹をたてている。みんな死んだらいいのにと思っている。もしあなたが殺してやってもいいと思うなら、私たちはほんとうに死ぬべきなのかもしれない。だけど問題はあなたがいま考えているようなことではないのです。私たち人間が、あなたに跳びこえられないほど囲いを高くしているというようなことではないの。すぐれた跳び手のあなたに対して、そんな障害物を私たちがつくれると思って？　ほんとうはね、私たちがなんの囲いもつくっていないことが問題なの。ルル、あなたは大変な力をもっている。そして障害物はあなた自身のなかにあるの。時が満ちるのは、まだ先のことなのですよ」

ある晩ルルは家に戻ってこなかった。私たちは一週間さがしたけれど無駄だった。家じゅうの者にとってこれはつらいことだった。澄んだ調べが家から消えさり、ほかの家とかわらない場所になってしまった。川岸でヒョウにやられたのではないかと考えた私は、ある晩そのことをカマンテに話してみた。

いつもながらカマンテは答えるまえにしばらく間をおいて、私の洞察力のなさをかみしめる風情だった。何日かして彼はやっとその答えを与えにきた。「ルルは死んだと思っているんですね、ムサブ」とカマンテは言った。

そんなにむきつけに言うのはいやだったので、私はなぜルルが帰らないのか考えているのだと言った。

カマンテの答えは、「ルルは死んだのではありません。結婚したのです」

このニュースはよろこばしい驚きだった。私はどうしてわかったのかとカマンテにたずねた。

「そうですとも、結婚したんです。ルルは森でブワナといっしょに住んでいますよ」ブワナとはルルの夫、あるいは主人ということだ。「だけどルルは人間のことを忘れたわけではありません。毎朝のように家までやってきますよ。台所の裏につぶしたトウモロコシを置いておくんです。そうすると日の出まえにルルは森から出てきて、そのへんを歩きまわって、食べてゆきますよ。雄もいっしょに出てくるけれど、人間とつきあったことがないからこわがっていて、芝生の向こう側の大きな白い木の下にいます。家には近寄らないんです」

今度ルルを見かけたらすぐ知らせにきてくれるように、カマンテにたのんでおいた。何日かして、日の出まえにカマンテは私を呼びだした。

美しい夜明けだった。待つうちに暁の星々は姿を消し、空はあかるんでいったが、地上はまだ小暗く、深い静けさに沈んでいた。草はしめり、木々の下の斜面では草露が鈍色の銀をまいたように光った。朝の大気はつめたく刺すようで、北国でなら霜のおとずれが間近いころの温度だ。この涼しさと小暗さのなかにいると、わずか数時間後に、耐えがたいほどの日射しとまぶしい空が待ちかまえているとは、何度おなじ体験をかさねても信じられないのだった。丘の上には灰色の霧がわだかまり、不思議にも丘陵のかたちをなぞっている。もし、あのへんで草を食べているバッファローたちがいれば、雲のなかにいるのとおなじで、ひどく寒いことだろう。

頭上の天穹は次第にワインを満たしたグラスの澄明さを帯びる。突然、丘の頂きがひっそりと最初の日光をとらえてあかるむ。大地が太陽のほうへとゆるやかに身を向けるにつれて、山裾《やますそ》の草地が、それからさらに低いマサイ族の森が、やわらかな金色に染まる。川のこちら側の森の高い梢が、いまやあかがね色に浮かびあがる。対岸の森で眠っていた大きな紫色のモリバトが飛びたつ時間だ。鳩たちは川を越えて私の森のクルミをたべにやってくる。モリバトは一年のうちわずかな期間しかこのへんにはいない。騎兵隊が空中を襲来するように、この鳥たちはすごい速さでやってくる。このためナイロビ在住の友人たちのあいだでは、朝、農園にきて鳩を射つのが好まれていた。ちょうど日がのぼる時にまにあうようにと暗いうちからやってくるので、彼らの車はまだヘッドライトをつけたまま、家の車寄せに集ってくるのだった。

こうして静かな蔭に立って金色の高みとあかるい空を見あげていると、いまほんとうは海底を歩いているところで、身のまわりを海流がひたひたと流れ、大洋の海面を下から見あげているのだという気持になる。

鳥が一羽鳴きはじめた。そのとき私は、森をすこし入ったあたりで鈴の音がするのを聞いた。このうれしさ。ルルが帰ってくる。もといた場所までやってくる！　鈴の音はさらに近づいた。そのリズムで私にはルルの動きが想像できた。歩いてくる、立ちどまる、また歩きはじめる。ハウスボーイの小屋をまわって、ルルは私たちのまえに姿をあらわした。これほど人家に近いところにブッシュバックが出てくるのは大変めずらしく、関心をそそる出来ごとなのだと、唐突に思いが走った。ルルはじっと立って身うごきしなかった。カマンテに会うのは予期していたようだが、私がいるとは思わなかったのだ。だが逃げはしなかった。ルルは過去の私との小ぜりあいも、無断で逃げだした自分の忘恩ぶりもいっさい記憶にないという様子で、おそれげもなく私を見た。

森に帰ったルルには威厳がそなわり、立派にひとりだちしていた。心のもちかたが変り、いまや落ちつきはらっていた。王位を要求して亡命を余儀なくされている若い王女と知りあった人が、後年権利を回復して王位につき、権勢にみちた彼女と再会する——私とルルとの再会は、まさにそんなふうだった。フランス王となったからには、オルレアン公時代の自分の不平不満は記憶にとめないと宣言したルイ・フィリップ王にひけをとらないほど、ルルには卑小さのかけらもなかった。ルルはいまや完全にあるがままの自分となった。攻撃心は消えさった。もう誰に対してもあたりちらす理由などなくなったのだ。ルルは自分の神聖な権利を静かに保っていた。それでも私をこわがるにはおよばないと思う程度には記憶があるらしい。ルルはしばらく私を見つめていた。その紫がかった眼はまったく無表情で、またたきもしない。神々は決してまたたきしないという。私は牛の眼をもつ女神ヘラと対面している思いだった。ルルは草の葉をかるく噛んで私のかたわらを通りすぎ、愛らしい一跳びを見せてから、カマンテがトウモロコシを用意してある台所の裏側に行ってしまった。

カマンテは私の腕をつついて森のほうをさし示した。その方向に目を向けると、森のはずれの大きなクルミの木の下に小さく見える黄褐色の姿は、雄のブッシュバックだ。

その見事な角はまったく動かず、木の枝と見まがうばかりだった。カマンテはしばらくその動物をながめ、笑ってこう言った。

「ほらね、泉のそばまできても、あぶないことはなんにもないって、ルルはあの連れあいに教えたんですよ。それでもあいつはやっぱりこようとしない。毎朝あいつは、今日こそいっしょに行ってみようと思うんだけど、家と人間を見たとたんに、胃のへんが石のようにかたくなるんだ」――これは土地の人のあいだではよくあることで、農園の仕事をするときも、おなじようになる人がいる――「だからね、木のところで止ってしまうんだ」

早朝のルルの訪問はかなり長くつづいた。首につけた鈴の澄んだ音が、丘の上に太陽がのぼったことを告げる。私は床のなかでその音を待っていた。ときどき一、二週間訪問がとだえると心配になり、私たちは丘のほうへ狩猟に行った人たちのことを話題にした。だがやがてまた、ハウスボーイがしらせにくる。「ルルがきていますよ」まるでとついだ娘が里帰りするような具合だった。それからも雄のブッシュバックが木のかげにいるのを何度か見かけたが、カマンテの観察は正しかった。雄はついに家までやってくる勇気をふるいおこすことはなかった。

ある日ナイロビから戻ってくると、カマンテが台所の戸口で待ちかまえていて、興奮の態ですすみより、今日ルルがトト、つまり赤ん坊を連れてきたとしらせた。数日後、ハウスボーイの小屋のそばで、私も母親になったルルに会うことができた。ルルは手出しされないように気を張りつめていた。ルルのうしろには、ちょうど私たちが出あったときのルルとおなじようにたよりない、しかも優雅な動きを見せて、小さな仔鹿がつきしたがっていた。それは雨期の終ったばかりのころで、その年の夏の数ヵ月、明けがただけでなく午後にも、ルルは家の近くにきていた。日ざかりのころ、小屋の日かげに暑さを避けていることさえあった。

ルルの子供は犬をおそれず、体じゅう嗅ぎまわられても平気でいた。だが土地の人や私にはなつかず、ふれようとするとこの母子はたちまち姿を消した。

この家を出ていって以来、ルルは決して私たちに体をさわらせるほど近づくことはなくなった。ほかのことではルルは親しみをみせ、私たちが仔鹿を見たがっていることに理解を示したし、サトウキビを人の手からたべたりもした。庭に向かってあけはなした食堂の戸口にきて、室内の薄暗がりをじっと見つめていたが、二度と敷居をまたごうとはしなかった。このころには鈴はもうなくなっていて、ルルの行き帰りを音で知ることはできなくなった。

ハウスボーイたちはルルの仔鹿をつかまえて、昔のルルのように家で飼おうとしきりにすすめた。だが、ルルの優雅な信頼に対してそんな無礼な仕うちでこたえることはできない。

それに、わが家とこのアンテロープとの自由なつきあいは、稀《ま》れにみる貴重な例なのだと私には思えた。野生の世界からやってくるルルは、この家の人びとがありのままの自然と仲よくしていることを示している。そしてルルは私の家をアフリカの風物と一体化させてくれる。アフリカ本来のものとこの家との境界がルルのおかげで曖昧になる。大きなモリイノシシの寝場所がどこにあるかをルルは知っているし、サイが交尾するのを見たこともあるだろう。アフリカには暑い日の昼ひなか、深い森のなかで鳴くカッコウがいる。その声はアフリカという世界の高らかな鼓動のようだ。だが私はそのカッコウを見る機会に恵まれたことはかつてなく、私の知るかぎり誰もまだ見たことはない。だからこの鳥の姿を知っている人はひとりもいなかった。しかし、ルルはおそらく、緑につつまれたせまい鹿の道を通るとき、頭上の枝にとまっているカッコウを見たにちがいない。そのころ私は中国の年老いた偉大な皇后の伝記を読んでいた。王子出産後、若き葉赫那拉《エホナラ》（西太后の実家の姓）は里帰りをする。彼女は翠帳《すいちょう》を垂らした金の輿《こし》に乗って紫禁城《しきんじょう》を出発する。この家はいまや、若い皇妃の里かたなのだと私は思った。

大小二頭のアンテロープは夏じゅう私の家のまわりにいた。ときおり二週間、三週間と訪れがとだえることもあるが、それ以外は毎日彼らの姿を見ることができた。つぎの雨期のはじまるころ、ルルがまた子供を産んで戻ってきたと、ハウスボーイがしらせてきた。今度は家の近くまで寄ってこないので、私は自分の眼で仔鹿を見ることはできなかったが、しばらくすると、三頭のブッシュバックが森にいるのが見えた。

ルルの家族と私の家との同盟は何年もつづいた。ブッシュバックたちはたびたび家の近くまでやってきた。私の庭が野生の国の領地となったように、森から出てきてはまた戻ってゆくのだった。やってくるのはほとんどいつも日没まえで、その姿はまず木々のあいだで暗い緑を背景に、黒い繊細なシルエットとなって動く。芝生まで出てきて草をたべるとき、午後の日ざしをあびてその毛なみは銅の色にかがやく。そのうちの一頭はルルだ。家のすぐそばまできて、落ちついた様子で歩きまわり、車が着いたり窓をあける音がしたりすると耳をたてる。犬たちはルルをおぼえている。年をかさねて毛色がふかくなっている。あるとき、友人を乗せた車を家のまえに着けると、テラスに三頭のブッシュバックがいた。牛のために置いてある塩をなめにきていたのだ。

あのクルミの木のかげで頭をあげていた、ルルの最初の連れあいの大きなブッシュバックをのぞけば、雄のブッシュバックは決して姿を見せないというのはふしぎなことだった。どうやら私たちは森の母系制とかかわりをもっているらしかった。

この植民地の狩猟家や生物学者たちがわが家のブッシュバックに興味をもちはじめた。野生動物監視官がわざわざ農園にやってきて、ブッシュバックがいるのを自分の眼でたしかめた。ある通信員が『イースト・アフリカン・スタンダード』紙にここのブッシュバックの記事を書いた。

ルルとその一族が家にきていたころが、私のアフリカ生活での最も幸せな時期だった。このため私は、森のアンテロープたちと知りあいになれたことを大変な好運、アフリカの友情の証しと思うようになった。この知遇のなかには吉兆、いにしえからの契約、歌、すなわちアフリカのすべてがあった。

「わが愛する者よ、請う、急ぎはしれ、香《かぐ》わしき山々の上にありて獐《しか》のごとく、小鹿のごとくあれ」*

アフリカにいた終りの数年のあいだ、ルルとその一族は次第に姿を見せなくなった。アフリカを去るまえの一年間は、一度もルルを見かけなかったと思う。ものごとは移りかわり、私の農園の南の部分は人手にわたり、森は切りはらわれて家が何軒も建った。斜面だったところをトラクターが平地にならしていた。新来の住人たちは熱心なスポーツマンで、ここの景観のなかにライフル銃の音がひびきつづけた。動物たちは西に後退し、マサイ族居留地の森に移っていったのだろう。

私はアンテロープの寿命を知らない。ルルはもうだいぶまえに死んだのかもしれない。

明けがたの静けさのなかで、いくたびとなく夢にルルの鈴の澄んだ音をきいた。眠る私の心はよろこびに波うち、いま、この瞬間、なにか思いもかけないすばらしいことがおこるにちがいないと期待して、眼をさますのだった。

それからまた横になってルルのことを思いめぐらす。そんなとき考えたのだが、森に帰ったルルは夢のなかであの鈴の音をきくことがあるのだろうか。ルルの思いのなかを、水にうつる影のように、人間や犬たちの影がよぎることがあるだろうか。

アフリカの歌——キリンや、その背にかかる新月、畠の鋤《すき》、コーヒー摘みの汗ばんだ顔の歌を私が知っているとするなら、アフリカは私の歌を知っているだろうか。平原の上にひろがる大気は私とおなじ色をおびて揺れるだろうか。子供たちは私の名にちなんだ新しい遊びを考えだすだろうか。満月は、車道の砂利の上に私に似た影をおとすだろうか。ンゴング丘陵のタカたちは空から私の姿をさがすだろうか。

アフリカを離れてからルルの消息をきくことはなかった。だがカマンテからは、そしてほかのハウスボーイたちからも、たよりがあった。最近のカマンテのたよりは、この文章を書いている今から一ヵ月ほどまえに届いた。アフリカからの彼らの通信は奇妙で非現実的な形をとるので、実際の近況報告というよりは、ものの影とか蜃気楼のような気がした。

というのは、カマンテは無筆だし、英語を知らない。カマンテなり、ほかの誰彼なりが私にたよりをしようと思いつくと、代筆屋のところへ出かけてゆく。代筆屋はインド人か土地の人で、郵便局の前に机を置き、紙とペンとインクを揃えている。そこで依頼人は手紙の内容を話して書いてもらう。この専門家たちもそれほど英語を知っているわけではなく、書きかたにいたってはさらにあやしいのだが、それでも自分ではちゃんと書けると確信している。腕前のほどを見せようと、この専門家たちはやたらに文章を飾りたがるので、もとの意味がますますわかりにくくなる。おまけに彼らは三種類か四種類のちがう色のインクを一通の手紙に使うくせがある。この動機はなになのかわからな

*旧約聖書『雅歌』第八章十四節。

いが、ともかくその結果、残りすくない幾つものインクびんの底をしぼりつくして書きあげたのだという印象を与える。こうした努力の果てにできあがったメッセージは、デルフォイの神託さながらになる。手紙にはたしかに私に深く訴えてくるものがある。送り手の心には伝えたいことがあふれ、その重さに耐えられなくなって、キクユ族居留地からはるばる郵便局まで出かけてゆく。手紙にはそれほどの切実な意味がこめられていることが、なんとなくわかるのだが、ただしそれは闇につつまれている。何千マイルも旅をしてきた安ものの汚れた小さな紙片は、やっと宛てさきに届いたとき、しゃべってしゃべりぬき、叫びかけてくるかとさえ思えるのに、なにも語りかけてはこない。

ところが、カマンテは、例によって手紙の出しかたについてもほかの人たちとはかわっていて、彼独特のやりかたをもっていた。三通から四通の手紙をおなじ封筒に入れ、「第一の書」「第二の書」としるしをしてある。どれもおなじ内容で、それを何度となく繰りかえすのだ。おそらく私に深い印象を与えるためにその繰りかえしをやりたかったのだろう。話をするときにも、私によくわからせようとしたり、おぼえておかせようと強く思う場合には、カマンテはおなじ方法をとったものだった。こんなにも遠く離れたところにいる友人に連絡をとるのだから、彼にしてみれば、繰りかえし念をおさないわけにはゆかなかったに相違ない。

手紙によれば、カマンテは長いこと職を失っているとのことだ。それはおどろくにあたらない。彼の真価はふつうの人たちにわかるようなものではないのだから。私は王室御用の料理人をしたてあげ、彼を新開地に置きざりにしてきたのだ。「ひらけ、ゴマ！」の呪文がカマンテの場合にあてはまる。いまや呪文は忘れられ、洞窟内の財宝は石の扉によって永遠にとざされてしまった。大変な知識を内に秘め、深く思いに沈んで歩いているこの偉大な料理人の姿を、小柄で足が外側にまがった、ひらたい顔の無表情なキクユ族として以上に見る者は誰もいなかった。

ナイロビに出かけて、強欲で尊大な代筆屋の前に立ち、地球を半周してゆくたよりを口述するとき、カマンテはなにを言おうとしたのだろうか。手紙の行はまがり、語順はむちゃくちゃだった。しかしカマンテの魂の偉大さを知る人なら、支離滅裂な演奏のなかからひとつの調べをききとることができる。それは羊飼いの少年ダヴィデのたて琴の調べにも似ていた。

以下は「第二の書」である。

「メンサヒブ、あなたを忘るられませぬ。尊敬するメンサヒブよ。今やあなたの召使いはみんなよろこんでおりませぬ、あなたがこの国から行ったから。もしも私たち鳥なら、飛んで会いに参ります。それから帰ってきます。あのころあなたの昔の農園は牛や仔牛や黒人にとってそこはよいところでありました。いまはまったくなにも、牛、山羊、羊、なにももっておりませぬ。いま悪い人たちみんな心でよろこんでいますあなたの昔の召使いが貧しい人たちになったので。いま神はこのすべてを見そなわし、いつかあなたの召使いを助けましょう」

そして「第三の書」のカマンテの言葉は、土地の人がすばらしい言いまわしのできることを示す良い例である。

「もし戻られるならおたより下さい。私たちはあなたが戻ると思います。なぜですか。あなたは決して私たちを忘れられないと思うからです。なぜですか。あなたはいまでも私たちみんなの顔をおぼえ、私たちの母親の名を知っていると思うからです」

白人なら、耳ざわりの良いことを言いたいとき、「あなたのことを忘れられません」と書くだろう。アフリカ人はこう言うのだ。「私たちのことを忘れられるようなあなたではないと思っております」

第２部　農園でおこった猟銃事故

1　猟銃事故

十二月十九日の夜、私は寝るまえに家の外に出て、雨の気配はないかと調べていた。この高地の農園主たちは何人も、おなじ時刻におなじことをしていたにちがいない。運のよい年には、クリスマスのころに大雨のくることがある。もし降ってくれれば、十月の短い雨で開花したあと実をつけはじめた若いコーヒーにとって、こんなありがたいことはない。その夜、雨のきざしはなかった。空は澄みわたり、まばゆいばかりの星々に覆われて、静かに勝ちほこっていた。

赤道付近の星空は北で見える星空よりもゆたかであり、夜に野外に出ることが多いから、星を眺める機会もしぜんに増える。北ヨーロッパでは冬の夜の寒さはきびしく、星を見て思いをめぐらすよろこびを許さない。そして夏は、イヌフグリの花びらのような薄青色の夜空に星を見つけることはむずかしい。

いかにも事務的な北方のプロテスタント教会にくらべると、ローマ・カトリック教会は人をたのしませてくれる。熱帯の夜はこの点カトリックの聖堂に似ている。大きな堂内には誰でも自由に出入りする。そこはなにかことの取りおこなわれる場所である。昼間は死ぬほど日ざしの強いアラビアやアフリカでは、旅をしたり企てごとをする時間は夜なのだ。星々はここでは名前をもち、東へ、西へ、また北や南をめざして砂漠や海を横断する人間たちの道しるべの役を、昔からずっと果たしてきた。自動車も夜になるとよく走る。それに星空の下で車を駆るのはたのしいことだ。そこで高地の友人を訪問する日どりをうちあわせる場合、つぎの満月の晩にしましょうということになる。サファリに出発するのは新月の日に限る。行動のあいだじゅう、夜はずっと月明かりを利用することができるからだ。こういう習慣が身につくと、ヨーロッパに出かけたとき、都市に住む友人たちが月の満ち欠けにかかわりなく暮し、ほとんどそれに気づかずにいることが奇妙に思えてくる。ハディジャのラクダ運送業の男にとっては新月が行動をおこす合図になる。新月が空にかかると、キャラバンは出発してゆく。月を見るこの男の顔は「月光から宇宙のなりたちを考えだす哲学者たち」の面影を帯びる。これまでいくたびとなく月を見あげてきたため、月はいまや彼にとって目的達成のしるしとなっているのだろう。

土地の人たちのあいだで私は一種の名声をもっていた。というのは、偶然、農園じゅうの誰よりも早く、日没の空に細い銀の弓のように現れる新月を見つけることがつづいたからだった。殊にこの名声を高めたのは、回教徒の聖なる一ヵ月であるラマダンのはじまりを告げる新月を発見する名誉が二、三年つづいたことによる。

農園主は地平線に沿ってゆっくりと全体を見まわす。まず東から眺めはじめるのは、もし雨がくるならその方角からのはずだからである。東の空には乙女座のスピカが輝いている。南に眼を転じて、偉大な世界の門守り、旅人の誠実な友である南十字星に挨拶《あいさつ》をおくり、さらに天頂近く明かるむ銀河のほとり、ケンタウルス座のアルファ星とベータ星に挨拶する。南西の空には天界の大ものシリウス、考え深げなカノプスがきらめき、西の方、いまやほとんどひとつづきに見えるンゴング丘陵のかすかな稜線の上には、リゲル、ベテルギウス、ベラトリクスと連なるダイアモンドの宝飾がかかる。さて、最後に眺めるのは北の方角だ。なぜなら、われわれは結局は北をさして帰るのだから。そこには大熊座がかかり、南半球から見ると静かに逆立ちしている。それはいかにも熊にふさわしいふざけぶりに見え、北欧の移民の心を活気づける。

夜眠るとき夢をみる人は、昼の世界がもたない特別な幸せを知っている。それはおだやかな恍惚感とやすらぎであり、舌にのせた蜜の甘さがある。夢というものの真のすばらしさは、その限りなく自由な雰囲気にあることを、夢みる人は知っている。夢みる者の自由、それは、自分の意志を世界におしつける独裁者の自由とはちがって、意志をもたない、つまり意志から解きはなたれた芸術家の自由さである。真の夢想者のよろこびは、夢の内容にあるのではない。夢のなかでは自分の側からの介入なしに事件がおこり、まったく抑えがきかない。まさにこれこそ夢のよろこびなのだ。雄大な風景がおのずからひろがり、かつて見たことも聞いたこともない豊かで繊細ないろどり、道や家々をそなえた眺めが延々とつづく。見も知らぬ人物が現れて、友人になり、また敵になる。夢みる人の側からは決してなにもしかけはしないのに。逃亡と追跡は繰りかえし夢のなかに現れ、どちらもおなじように熱狂させてくれる。誰もかれもが素敵に気のきいたことを語る。翌日思い出してみると、それらはみんな影がうすくなり、意味を失ってしまう。夢は異次元に属しているからなのだ。とはいえ、夢みる人が床につくやいなや、時の流れはふたたび閉ざされ、夢のすばらしさがよみがえる。巨大な自由の感覚が常に夢みる人を取りまき、空気のように、光のように、またこの世のものならぬ祝福のように体を走りぬける。夢みる人は特権を恵まれている。自分はなにもしていないのに、その人を豊かにし、よろこばせるために、ありとあらゆるものが集ってくる。タルシシの王たち*に贈りものを持ってこさせることさえもできる。夢みる人は大会戦や大舞踏会に加わり、こんなに大層な出来ごとのまっただなかで横になっていられる特権を享受する自分をあやしむ。人が自由の意識を失いだすとき、夢の世界に、なにによらず必要の観念が侵入してくるとき、たとえば書くべき手紙とか、列車をつかまえるとか、なにか急ぎのことや緊張することがあるとき、また、夢の馬たちを早駆けさせたり、ライフル射撃をしたり、働くべきことがあるとき、夢はおとろえ、悪夢にかわりはてる。それはもう、最も貧弱かつ野蛮な程度の夢でしかなくなる。

目のさめている状態で夢にいちばん近いのは、誰も知人のいない大都会ですごす夜か、またはアフリカの夜である。そこにはやはり無限の自由がある。そこではさまざまのことがおこりつづけ、周囲でいくつもの運命がつくられ、まわりじゅうが活動していながら、しかも自分とはなんのかかわりもない。

さて、ここアフリカの農園では、日没と同時にあたり一面コウモリが飛びかう。アスファルトの上を走る車のように音もなく、ヨタカが飛びすぎてゆく。路上にいる鳥の眼に車のヘッドライトが赤く反射し、ひかれる寸前に鳥は垂直に飛びたつ。小さなトビウサギたちが道路に出てきて、思うままに動きまわる。突然坐りこんだり、リズムに乗って跳びつづけたり、まるで小型のカンガルーのようだ。丈高い草のなかではセミが終りのない歌をつづけ、さまざまな匂いが地上にただよい、空には頬をつたう涙のような流星が見える。いまここに立つ人は、あらゆるものが贈られてくる特典を享受する。タルシシの王たちは貢ぎものをもたらすだろう。

何マイルか離れたマサイ族居留地では、シマウマがいま牧草地を移動している。灰色の野原に、その群れは同系のあかるい灰色の縞をつくって動く。バッファローたちは丘陵地帯の長い斜面に出て草を食べている。農園で働く若者たちが二、三人つれだって、芝生の上を細く暗い影のようにつぎつぎに通ってゆく。若者たちは自分の目的をめざしてまっすぐに行動しているのであり、私のために働いているのではない。そういう立場を強調するかのように、若者たちは家の前で私の煙草の火を認めても、立ちどまろうとはせず、ただちょっと歩度をゆるめて挨拶する。

*旧約聖書『列王紀 上』第十章二十二節。

「今晩は、ムサブ」

「今晩は、モラン──若い戦士たちよ──どこへ行くの」

「カゼグの集落に行くところですよ。カゼグは今夜大きなンゴマ（群舞のつどい。後出）をひらくのです。ではさよなら、ムサブ」

さらに大きな集りに出かけるときは、若者たちは踊りに自分の太鼓を持参する。その音ははるかかなたから、夜の指先に感じる小さな脈搏《みゃくはく》のように耳に届く。突如、そんな音をまったく予期していない耳には、大気の深い振動くらいにしか聞こえない音がする。どこか遠くで短く吠えるライオンの声だ。ライオンは活動している。狩りをしている。どこかわからないが、ライオンのいるその場所では、ことがおこっている。その声は二度と聞こえない。しかしその声は地平を押しひろげる。長い凹地と水たまりが目にうかぶ。

私がこうして家の前にいるとき、あまり遠くないところで射撃音がした。一発だけだ。それから夜の静けさがふたたびあたりを閉ざした。しばらくすると、耳をすませてだまっていたのがまた鳴きだしたのか、草のなかでセミの単調な低い歌が聞こえだした。

夜の一発の銃声にはなにか奇妙に決定的で、致命的な感じがある。誰かがただ一声叫んで危険を訴え、それきり二度と声をあげなかったように聞こえる。これはどういうことなのかと、私は立ったまましばらく考えた。この時間に獲物をねらう人がいるはずはないし、もしなにかをおどして遠ざけるための発砲なら、二発、あるいはそれ以上射つはずではないか。

うちの工場にいるインド人の老大工プーラン・シングがハイエナに向かって発砲したのかもしれない。あそこの囲いのなかには荷馬車の手綱をつくる牛皮を細く切ったのが、石の重しをつけてさげてある。それをたべようとハイエナがしのびこんだのか。プーラン・シングはべつに勇気のある人ではないが、それでも手綱を取られまいと、小屋の扉をすこしあけ、古い銃を発射したかもしれない。それにしても、やるからには両方の銃身から発射するはずだし、一度英雄的気分にひたれば、調子が出て、さらに弾込めをつづけて発砲しそうなものだのに。たった一発、そしてそのあと静まりかえっているとは。

二発目の音をしばらく待ってみた。なんの音もしない。空を眺めたが、雨の気配もない。そこで床につき、本をとりあげて、ランプをつけたままにした。アフリカにいると、堅牢な船がはるばるヨーロッパから運搬してくるにしてはひどい内容の見つくろい書籍のなかから、読むに耐える本を拾いだすことのできた人は、著者にとって最も望ましい読者になる。本を書きはじめたその調子を終りまでもちこたえられるようにと著者は祈るが、アフリカでの読者はまさにそのように読んでくれる。読む者の思いはみずみずしい深緑の道すじに乗せられてひた走る。

床について二分もしたころ、オートバイがとてつもない速度で車寄せをまわって家の前で止った。誰かが居間の長窓をはげしくたたいている。私はスカートとコートと靴を身につけ、ランプを手に出ていった。外にいたのは工場監督で、眼を血走らせ、汗をかいているのがランプの光で見えた。彼はベルナップという。アメリカ人で、機械を扱うことにかけては抜群の技量の持ち主だが、不安定な性格だった。彼にかかると、ものごとは至福の状態に近いか、あるいは希望のかけらもない暗澹《あんたん》とした見通しになるかの両極端に分かれる。うちで働くようになって最初のころには、話すたびに彼の人生観や農園の見通しがまったくちがうので、大きな精神的動揺の波にのせられて、不安な思いをしたものだが、それにも私はやがて慣れた。こういう気分の高低は、活気にみちたアフリカの気候に適応するための感情の体操の日課にすぎない。こういう気候のなかではおおいに体を動かすことが必要なのだが、気候にくらべて生活はあまりにも平穏だ。アフリカに住む活発な白人の若者、特に都会育ちの連中にとって、気分の不安定さはごくありふれた現象である。だがそのときベルナップは悲劇の現場から逃れてきたばかりで、その惨事を最大限にとりあげて自分の心のかわきをみたすか、それとも事態をできるだけ内輪にうけとって、苛酷な現実を避けるか、自分で決めかねていた。そのため彼は惨事を知らせに命からがら駆けつけた年端のゆかない少年のように見え、話すのもどもりがちだった。結局ベルナップはこの事件を大げさにとらないことにした。というのは、自分の演じる役割はないことがわかったからで、運命はふたたび彼を高揚した気分から引きおろしてしまった。

やがてファラが自宅からやってきて、私といっしょにベルナップの話をきいた。彼のベルナップによると、この惨劇はごくおだやかに、たのしくはじまったという。彼の料理人が一日休暇をとり、留守のあいだに七歳になる下働きの少年カベロが台所でパーティーをひらいた。カベロはこの農園内の借地人で、私の家にいちばん近い隣人であるしたたか者カニヌの息子だ。夜がふけるにつれて一座は陽気になり、カベロは主人の銃を持ちだして、野原やシャンバからやってきた野育ちの友人に白人の役を演じてみせた。ベルナップは熱心な養鶏家で、食用鶏や雛を育て、ナイロビの市場で買ってきた純血のひなを大切にしていた。ベランダにはタカやヤマネコを追いはらうための散弾銃が置いてあった。後でこの事件のことを話しあったとき、銃には弾込めしてなかったのだが、子供たちが弾をさがしだして自分で込めたのだと、ベルナップは主張した。しかし、これは彼の記憶ちがいだと思う。子供たちはたとえそうしてみたかったとしても、実際に実弾を込めたりするはずはない。そのときにかぎって、銃は弾込めしたままベランダに置きはなしてあったとするほうが実情に近いだろう。一座の人気の中心になり、子供らしく気が大きくなったカベロが、自分のまねいた客たちにむけて、まっすぐねらいをさだめ、引きがねを引いた時、誰が入れたにしろ、ともかく弾倉には実弾が入っていたのだ。射撃音は家中にとどろきわたった。子供たちのうち三人が軽傷を負い、恐怖に駆られて台所から逃げていった。重傷を負ったのか死んだのかわからないが、いま二人が台所に倒れている。ベルナップはこの話を、アフリカ大陸と、そこでおこる出来ごとに対する長い呪いの言葉で結んだ。

ベルナップが話しているあいだに、ハウスボーイたちはとても静かに外へ出てゆき、ハリケーン・ランプを持ってまた入ってきた。私たちは包帯と消毒薬を持って出かけた。車のエンジンをかけていると時間が無駄になる。私たちは森を抜けて、ベルナップの家まで足にまかせて走った。揺れるハリケーン・ランプの灯が狭い道の右へ左へとみんなの影をおとした。走っているうちに、切れぎれの短い苦しげな叫びが聞こえた。子供の断末魔の声だ。

台所の扉は開けはなしてあった。死が突如侵入し、ふたたびあわただしく立ち去っていったのだ。死の手が荒らした光景は見るも無残で、イタチに襲われたあとの鶏小屋のようだった。テーブルの上には台所用ランプがともり、天井まで煙をあげていた。部屋にはまだ火薬の匂いがたちこめている。銃はテーブルの上、ランプのかたわらに置いてある。台所じゅうに血が飛びちり、私は床の血だまりで足をすべらせた。ハリケーン・ランプの明かりは特定のものを照らしだすには向かないが、あたり全体に印象的な照明を投げかける。ハリケーン・ランプの明かりで見た光景のほうが、別の明かりで見たものよりも私の場合深く記憶に残っている。

撃たれた子供たちを私は見知っていた。農園内の草地で父親の羊を飼っている子供たちだ。ジョゴナの息子ワマイ、しばらくうちの学校にもきていたことのある、あの活発な少年が、扉とテーブルのあいだの床に倒れていた。ワマイは死んではいないが瀕死《ひんし》の状態で、ときどきうめき声をあげるが、ほとんど意識がなかった。私たちはせまい台所のなかを動けるように、この子をかかえてわきに寄せた。ずっと叫んでいたのは、この台所でのパーティーの仲間でいちばん幼いワンヤンゲッリだった。坐ったままで、ランプのほうに体をのりだしている。水道栓からほとばしる水のように顔から血が湧きでている。もしそれをまだ顔と呼べるならの話だが。銃が発射された時、おそらくこの子は銃口の真ん前にいたのだろう。銃弾はこの子の下あごをきれいに吹きとばしていた。ワンヤンゲッリは両腕を横にのばし、ポンプの取っ手のように上下に動かしていた。それは首を切りおとされた鶏が、そのあとしばらく翼を動かすのに似ていた。

このような惨劇にだしぬけに出あった場合、なすべきことはひとつしかない。猟場や農場での救済策、それはただちに、万難を排して、とどめをさしてやることである。とはいえやはり殺すにはためらいがあって、恐怖に動転する。私は絶望のあまり、ワンヤンゲッリの頭を抱きしめ、胸に押しあてた。そうすると、まるで私が実際にとどめをさしてやったように、この子はすぐに叫ぶのをやめ、木像さながらに両腕を垂れ、背をのばして坐ったまま身動きしなくなった。掌をあてて痛みをいやすとはどういうことなのかを、おかげで私は知ることができた。

顔の下半分がなくなった怪我人に包帯をするのはむずかしい。止血に気をとられていると、怪我人を窒息させかねない。この幼い少年をファラの膝に抱かせ、適当な角度に頭を支えてもらわなければならなかった。頭がうつむけになると包帯を巻けないし、あおむけになると出血が喉に流れこんでくるからだ。ワンヤンゲッリはじっと身動きもしないでいてくれたので、とうとう私は包帯を巻きおえることができた。

今度はワマイをテーブルにのせて、ランプの明かりで調べてみた。この子は散弾をまともに喉と胸に受けていた。出血はすくなく、口の端からわずかに流れだしているだけだった。仔鹿のように活きいきしていたこの野育ちの子供が、こんなに静かになってしまったのを目のあたりにするのはつらかった。私たちが見つめているあいだにワマイの表情はかわり、深いおどろきの様子を示した。私はファラに家から車をもってくるようにたのんだ。

車を待つあいだ、子供たちを病院に連れてゆくのは一刻を争う。

　車を待つあいだ、私はカベロがどうなったかをたずねた。銃を発射してこの流血をひ　きおこした子供だ。するとベルナップは奇妙な話をきかせてくれた。二、三日まえ、カベロはベルナップから古い半ズボンを一つゆずってもらい、自分の給料から一ルピー支払う約束をした。射撃音におどろいてベルナップが台所にかけつけると、カベロは煙のたつ銃をもったまま台所のまんなかに突ったっていた。一瞬ベルナップの顔を見つめたと思うと、カベロはこのパーティーのために着こんでいた買いたての半ズボンのポケットに左手を入れ、一ルピー貨をとりだして、右手に持っていた銃といっしょにテーブルの上においた。世間とのこの最後の交渉を了えると、カベロは姿を消した。そのとき私たちにはまだわからなかったが、カベロは実は、この印象的な態度とともに消息を絶ったのだった。これは土地の人にはめずらしいふるまいである。なぜなら彼らは借りというものをなるべく思いださないようにすることになっていて、殊に白人に借りがある場合にはなおさらそうするからだ。おそらくカベロにとってその瞬間は最後の審判の日と受けとれたのだろう。だからこそ、その場にふさわしい行動をとらねばと思ったのにちがいない。せっぱつまってわらをもつかむ思いで、カベロは友好関係を保っておこうとしたのだろう。それとも、この衝撃、爆発音、身近におこった友達の死が、この少年の小さな観念の領域すべてを打ちのめし、ほんの些細な借りなどということが逆に意識の中心を占めてしまったのかもしれない。

　当時私は古いオーバーランド車をもっていた。長いあいだ役にたってくれたのだから、この車についての悪口はいっさい書くまい。しかし、この車をなだめすかしても、二シリンダー以上で走ってくれることはまず稀れだった。ライトも具合がわるく、ムザイガ・クラブのダンス・パーティーに出かけるときには赤い絹のスカーフで包んだハリケーン・ランプを後尾灯の代わりにしていた。スタートするには後ろから押さなければならず、特に夜はとても時間がかかった。

　訪問客たちはこの農園内の私道の状態がよくないと、いつも文句を言っていたが、その夜の命がけのドライヴで、彼らの意見が正しいことを認めないわけにはゆかなかった。はじめはファラに運転させたが、深い穴やわだちの跡にわざと乗りかかるような走らせかたをしているような気がして、たまりかね、自分でハンドルを取った。おかげで私は池のところで車をとめて、暗い水で手を洗わなければならなかった。ナイロビは果てしなく遠く、こんなに時間がかかるなら、デンマークに着いてしまいそうだと思った。

　ナイロビの原住民用病院は市街のある盆地に降りてゆく手前の丘の上にある。病院は灯を消し、静まりかえっていた。病院の人を起こすのにずいぶん手間どったが、とうとう年配のゴア出身の医師だかそれとも助手だかを起こすのに成功した。その人物は奇妙なネグリジェのようなものを着て現れた。かっぷくがよく、とても落着いたものごしの人だが、まず右手で、つぎに左手で、おなじ動作を繰りかえす変なくせがあった。車からワマイを降ろすのを手つだうとき、私はワマイがかすかに身動きし、自分で体をのばしたような気がした。だが、明るく灯をともした病院の室内に連れてきてみると、ワマイは死んでいた。ゴア出身の老医師はワマイに向けて手を振る身ぶりを繰りかえしながら言った。「この子は死んでいる」今度はワンヤンゲッリに向かってまた手を振りながら、「こっちの子は生きている」私はこの老人に二度と会うことはなかった。それ以来夜なかに病院に行く機会がなかったし、その人はどうも夜勤だけらしかった。二人の子供を運びこんだときには、この老人の身ぶりにいらだたしい思いをしたのだが、あとからふりかえってみると、病院の敷居で私たちを迎えたのは、大きな白い衣を何枚もかさねて着た運命そのものだったので、彼が生と死を公平に扱うところを私は目のあたりにしたのだと感じるようになった。

ワンヤンゲッリは病院に運びこむときに意識をとりもどし、そのとたんにひどい恐慌状態に陥った。ひとりでそこに取りのこされまいとして、この子は私にしがみつき、手近の誰かれに手あたりしだいにしがみついて、声をかぎりに泣きわめいた。ゴア出身の老医師はなにかの注射でワンヤンゲッリを鎮静させ、眼鏡ごしに私を見て、また言った。

「この子は生きています」二つの担架の上に、一人は死に、一人は生きている子供たちを残し、それぞれの運命の手にゆだねて、私は病院を立ち去った。

ベルナップは車がスタートするときや、途中で止ったとき後押しをするために、ずっとオートバイでついてきてくれたのだが、病院を出ると、この事故を警察に届けるべきだと言いだした。そこで私たちは市街まで降り、リヴァー・ロード警察署に向かった。そこへ行く途中、ナイロビの夜の歓楽街を通りぬけた。私たちが着いたときには白人の警部は不在で、彼を迎えに行っているあいだ、私たちは車の外で待っていた。この通りには丈高いユーカリの街路樹が植えてある。ユーカリは高地の新開地につきものの木だ。夜になるとその細長い葉群は独特の気持よい薫りを放ち、街灯に照らされて奇妙なかっこうに見える。大柄で丸みのある体つきのスワヒリ族の若い女を、土地の警察官たちが連行してきた。彼女は力のかぎり抵抗し、警察官たちの顔をひっかき、豚のような声で叫びたてる。喧嘩沙汰をおこした人たちが連れこまれてくる。警察署の階段でもまだ互いにやりあっている。いま逮捕されたばかりの泥棒とおぼしい人がやってくる。そのうしろには酔っぱらいの野次馬が列をなし、ある者は泥棒の肩をもち、ある者は警察官を弁護して、大声で言いあいをしている。やっと若い警部が帰ってきた。たぶん陽気なパーティーの席から呼びもどされたのだろう。ベルナップはこの警部に失望していた。はじめはこのうえない熱意をもって、すごい速さで報告を書きとっていたのだが、やがてじっと考えこみ、筆の動きがにぶくなって、とうとう書くのをやめ、鉛筆をポケットにしまいこんでしまったのだ。夜の冷えこみがこたえてきた。やっと帰路につくことができた。

翌朝まだ床についているとき、家の外の緊張した静まりかたから、大勢の人びとが集っていることを感じとった。誰がきているのかはわかっている。農園内に住む長老たちだ。彼らは敷石にしゃがみ、煙草をかいだり、嚙んで吐きだしたり、低くささやきあったりしている。この人たちがなにを求めているかもわかる。昨夜の猟銃事故と子供たちの死についてキャマを開くことを知らせにきているのだ。

キャマとは農園の長老会議で、借地人のあいだのもめごとを解決する機関として政府から公認されている。キャマのメンバーは犯罪や事故を討議し、羊肉を思うさまたべ、災難についての話しあいをあきるほど楽しんで、何週間も一座をつづける。今やこの老人たちは例の事件をめぐるすべてについて私と話しあうことを望んでいる。そして、できればこの法廷に私が出席し、最後の判決を言いわたしてほしいと考えているのだ。あの惨事についての果てしない話しあいを、昨夜の今朝、またやりなおすのは気がすすまなかった。私は馬の用意を命じ、長老たちから逃げることにした。

予想通り、外に出てみると、家の左側のハウスボーイの小屋のあたりに、長老たち全員が集っていた。集会の品位を保つために彼らは私を無視するふりをした。だが、私が出かけることに気づくと、いそいで立ちあがり、手をふりはじめた。私もお返しに手をふり、それから馬を走らせた。

2 禁猟区を行く

私はマサイ族居留地に馬を進めた。途中で川を渡らなければならない。家から馬で十五分ほど行くと禁猟区に入る。馬で川を渡れる場所がわかるようになったのは、農園に住んでしばらくたってからのことだった。下りは石だらけの道で、対岸の登り道はけわしい。しかし、「ひとたびそこに入れば、心はよろこびにうちふるえる」。見わたすかぎり、草上のギャロップを百マイルもつづけられる広大な原野がひろがる。柵も溝もなく、道路もない。マサイ族の集落をのぞけば人跡はなく、それにこの偉大な遊牧の民マサイ族は、家畜を連れて一年のなかばは別の草原に移動している。原野にはとげのある低い灌木があちこちに生え、平たい石の並んだ水のない川床が長く深い谷をつくっている。その川床を越えるには方々にある鹿の道をさがすとよい。この原野にきてしばらくすると、ここがどれほどの静けさにみちているかが身にしみる。私はそのことを詩にしてみた。

いちめんの草が荒天を予知してなびきわたる
孤独のなかでともに遊ぶ、この平原と、風と、心

いまアフリカでの生活をふりかえってみると、結局のところそれは、あわただしく騒がしい世界から静寂の国に移ってきた人間の在りようだったと言えるような気がする。

雨期になるすこしまえ、マサイ族は枯れ草を焼きはらう。こうして平原が黒い焼け跡になっている時期、そこを移動する旅は苦しい。馬のひづめがあげる黒い灰を頭から浴びて眼が痛む。焼けた草の茎はガラスのように鋭いので、犬は足を傷つける。だが雨期がはじまり、緑の若草が平原を覆いつくすと、まるでスプリングの上を駆けているような感じで、馬はうれしさのあまり正気を失い気味になるほどだ。さまざまな種類のガゼルが草をたべに緑地に出てくる。ビリヤード台の上に置いた玩具の動物たちのようだ。アフリカカモシカの群れのなかに馬を乗りいれることもある。この巨大でおだやかな動物たちは人間が近寄ってもおどろかず、後ろにのびる長い角をもつ頭をあげ、やがて歩みを移してゆく。ゆるやかに駆けるときは胸のあたりのたるんだ皮膚がゆれ、いくらか野暮なふうだ。アフリカカモシカは古代エジプトの墓碑銘から抜けでてきたように見える。昔エジプトではこの動物は耕作に使われていたので、そのせいか今でもなんとなく親しみのある、家畜のような様子を保っている。キリンは禁猟区のはるか奥にとどまっている。

雨期に入った最初の月に、薫りのたかい野生の白い石竹《せきちく》の一種が禁猟区全体に咲きみちることがある。遠くから見ると平原のあちこちに雪がつもったようだ。
私は人間界から動物の世界に思いを向けた。昨夜の事件で心は重く沈んでいた。うちで坐りこんでいる老人たちのことを考えると不安になる。昔、近くに住む魔女が誰かの上に呪いをこらし、自分の着衣のなかにろう人形を入れ、呪いをかけた当人の名前をその人形につけたその瞬間、呪いを受けた当人は今の私のようなゆえ知らぬ不安をおぼえたことだろう。

農園内での訴訟ごとに関する私と土地の人たちとの関係は、つまるところ奇妙なものだった。なによりもまず、私はこの土地が平和であってほしかったので、もめごとを避けて通るわけにはゆかなかった。借地人のあいだでおこる対立は、きちんとかたをつけずに放置すると、アフリカ特有の草原瘡という腫れもののようになる。この腫れものは放っておくと表面は治癒したように見えながら、じつはその下でじわじわと進行し、深部に達して、ついには徹底的にえぐりとるほか方法がなくなる。土地の人たちもこのことは承知していて、ほんとうに解決せねばと思うときには私に判定を求めてくるのだった。

土地の人の掟について私はなにも知らないので、こうした大法廷で占める私の立場は、全然せりふをおぼえていないプリマドンナに似ていた。ほかの登場人物たちが総がかりで、その場でせりふをつけなければならないのだ。この仕事を長老たちは気くばりと忍耐をもってやりとげるのだった。場合によっては自分に振られた役柄に仰天して演技をこばみ、プリマドンナがステージから降りてしまうこともあった。そうなると観客たちは運命の手ひどい仕打ちと受けとり、理解を超えた神のおはからいと考え、だまってことのなりゆきにまかせ、つばを吐くのだった。

ヨーロッパとアフリカでは正義の観念がちがう。双方にとって、異なる世界の正義の観念は耐えがたいものである。アフリカ人にとっては殺傷や危害をつぐなう方法は一つしかない。それは賠償による。殺傷の動機はまったく問われない。敵を待ちぶせて暗闇で喉をかき切ろうと、木を切りたおすとき、たまたま思慮の足りない人が通りかかり、下敷きになって命を落そうと、処罰に関するかぎり、土地の人たちにとって、両方ともおなじことである。ある共同体に損失がふりかかった以上、その損失はどこかの誰かによってつぐなわれなければならない。土地の人は犯罪の処罰の軽重をはかるのに時をついやしたりはしない。そんなことをしていると取りかえしがつかなくなることを怖れてか、それともまったく関心がないかのどちらかなのだろう。土地の人は犯罪または被害を羊や山羊に換算することに熱中し、きりもない談合にふける。ことこれに関しては、どれほど時間がかかろうとかまわない。土地の人はおごそかに、詭弁《きべん》の神聖な迷路に相手をさそいこむ。当時の私の正義観にとって、これはがまんならなかった。

すべてのアフリカ人はこのしきたりに関するかぎりおなじである。ソマリ族はキクユ族と非常にちがう精神構造をもち、キクユ族をひどく軽蔑しているが、彼らもやはり殺人、強姦、あるいは故国ソマリランドで家畜が盗まれた場合、まったくおなじ方法でその損失を家畜によって弁償する計算に没頭する。特に彼らの愛してやまない家畜、雌ラクダや馬たちは、それぞれの名前と血統がはっきりと記憶にきざみこまれているのだ。

あるとき、十歳になるファラの弟がブラムルという所でほかの部族の子供に石を投げ、その子の前歯を二本折ったという知らせがナイロビに届いた。二つの部族の代表たちがこの農園までやってきて、ファラの住まいの床に坐り、幾晩もこの事件をめぐって談合をかさねた。メッカ巡礼をしてきたという、緑のターバンをつけた痩せた老人、こうした深刻な事態に参画しないときには有名なヨーロッパ人の旅行家や狩猟家の銃の運び手をつとめている気位《きぐらい》の高い若者たち、それから黒い眼をした丸顔の少年たちがやってきていた。少年たちは、家族を代表する役目をはじらいがちにつとめ、一言も口出しはしないが、じっと耳をすませ、ことの成りゆきを学習していた。ファラの話によると、事態は深刻だった。なぜなら被害者の少年の容貌がそこなわれたからで、成年に達したときおそらく結婚は困難になるだろう。したがって、嫁とすべき対象を、生まれも容姿も劣った娘のなかから選ばなければならなくなるだろう、というわけだった。結局賠償は五十頭のラクダということで手打ちになった。一財産の目安はラクダ百頭だから、これは一財産の半分にあたる。そこではるかソマリランドのファラの実家では五十頭のラクダを買いいれ、被害者に贈った。十年後にソマリ族の乙女の誰かに結婚の代償として支払われ、花婿の欠けた二本の前歯に目をつむってもらうために。おそらく、ひとつの悲劇の種がここで播かれたことになろう。ファラとしては、比較的安く切りぬけられたと考えているようだった。

農園に住む土地の人たちは、彼らの掟のしくみに私がどんな意見をもっているかを決してわかろうとしなかった。不運がふりかかると、なにをおいてもまずそれを補償するために、私のところへやってきた。

あるとき、それはコーヒー収穫の季節だったが、ワムボイという名のキクユ族の少女が私の家の前で牛車にひかれて死んだ。荷車は畠からコーヒーを工場に運んでいて、その車に人が乗ることを私はかたく禁じていた。もし禁止しなければ、コーヒー摘みの娘たちや子供たちが群がって、ゆっくりと農園を横断する牛車に乗ろうとするからだ。牛車の速度より人の歩くほうが速いのだから、乗るといってもまったく遊びのためなのだが、山と積んだコーヒーの上にさらに人を乗せたのでは牛は重さに耐えられない。ところが若い車夫たちは、牛車についてくる夢みるような眼をした若い娘たちに、おもしろいから乗せてちょうだいとせがまれると、私の禁止などどこへやらで、ただ私の家から見えるあいだだけは降りて歩くようにと言ってきかせるだけだった。だがワムボイは跳びおりたとたんにころび、牛車の車輪がこの娘の小さな黒い頭をひいて、頭蓋骨が割れた。車道に血がすこし流れた。

私はワムボイの年老いた両親を呼びにやった。二人はコーヒー摘みをやめてかけつけ、娘の死を嘆いた。この事件も、彼らにとっては手ひどい損失にあたるということを私はわかっていた。というのはワムボイは適齢期で、嫁にやる代償として両親はたくさんの羊や山羊、さらに若い雌牛を一、二頭手に入れ得るはずだったのだから。この女の子が生れてこのかた、両親はずっとこの収入をあてにして育ててきたのだ。どの程度までこの両親に援助を与えたものかと私が考えていると、いきなり二人はすごい勢いで私に先制攻撃をかけ、十分な弁償をしろと迫ってきた。

いや、なにも弁償するつもりはない、と私は言いわたした。農園の娘たちには荷車に乗ることを禁じてあるし、誰でもそれは承知しているはずではないか。二人の老人もうなずいた。その点についてはまったく異議はないのだ。だがしかし、二人は不動のかまえで要求に固執した。彼らの主張は、誰かがこの損失をつぐなわねばならないというものだった。私の出した原則に対する反論があるわけではないし、この事故の因果関係について自説をもっているわけでもなかった。私が話を打ちきって家に戻るとき、二人がうしろにピタリとくっついてきたのも、欲得ずくのためではない。私に磁力があるのとおなじこと、つまり、自然の法則なのである。

老夫婦は家の前に坐って待っていた。貧しく小柄で栄養不良の二人は、小さなアナグマが二匹芝生にいるように見えた。日没後もそこに坐りつづけ、草の上にいる姿が闇にまぎれて見わけがつかなくなった。この人たちは深い悲しみに沈んでいた。肉親との死別と経済的損失がまざりあって大きな絶望となっていた。ファラはその日休日で出かけていた。彼の判断を得られないまま、灯ともしごろになって、私は二人に羊を買ってたべるようにと金を与えた。こういうことをしてはいけなかったのだ。彼らは包囲中の都市が陥落するきざしと受けとって、一晩じゅう坐りつづける構えを示した。夜おそく、娘をひいた車夫に損害賠償を請求しようと思いついて、二人は立ち去った。その思いつきがなければおそらくずっと家の庭に居つづけたのだろうと思うが、よくわからない。ともかく彼らは突然、一言もいわず芝生から腰をあげ、翌朝早く、ダゴレッティの地方弁務官補佐のところに出向いた。

そこで農園は殺人事件の延々たる調査を受け、大勢の若い土地出身の警察官が威張って歩きまわることになった。だが弁務官補佐の提案は車夫を殺人罪で絞首刑に処することだけで、しかも事件の実情が明らかになると、弁務官補佐はその提案も撤回してしまった。長老たちは弁務官補佐と私が手を引くまではキャマを開かないと言う。結局年老いた両親は、一言も理解できない相対主義の原則に従わざるを得ないはめになった。これまでにほかの人たちもそうしなければならなかったとおなじように。

キャマを構成する長老たちにうんざりして、自分の考えをあからさまに言ってやることもあった。「あなたがた年寄りは、若い人たちが自分のための財産をたくわえることができなくなるように、あの人たちをしぼりとっているのでしょう。若い連中は年寄りのせいで動きがとれないのだから、年寄りが娘たちみんなを自分で買いとることとね」私がこう言うと、老人たちは注意ぶかく聞きいった。乾いたしわだらけの顔のなかで、小さな黒い眼だけが光っていた。私の言葉を反芻するように老人たちは唇を動かした。彼らはおもしろがっている様子だった。めずらしくも私がなかなか的を射たことを言ったと思ったらしい。

互いの見解の相違にもかかわらず、キクユ族の人びとに対する裁定者としての私の立場は豊かな可能性をはらみ、私はそれをたのしんだ。当時私は若かったし、正、不正の観念をほとんどいつも裁かれる人の側から考察していた。裁判官として裁きの座に坐ったことはなかった。公平に裁定し、農園を平和に運営してゆくためには、私は労をいとわなかった。ときとして問題がこじれると、私は自宅に引きこもり、集中するためほかのことをすっかり遮断し、誰からも事件について話しかけられない状態をつくって、ひとりでゆっくり時間をかけて検討するのだった。これは農園の人たちに対してはなかなか有効な方法だ。ずっと後になって耳に入ったのだが、その事件はとてもむずかしくて、一週間くらいでは誰もその全貌を見通すことはできないはずなのにと、尊敬の念をもって話題にされたのだそうだ。ものごとについて、土地の人がついやす以上の時間を浪費してみせると、常に土地の人を感動させることができる。ただ、それをやりぬくのが難しいだけだ。

しかし、土地の人たちが私を裁定者にすることを望み、私の判断が彼らのためになるとすることについて説明を求めるなら、それは彼らの神話的、あるいは神学的なものの考えかたにあるとしか言いようがない。ヨーロッパ人は神話やドグマを形成する力をすでに喪失し、それらを求める場合には過去の歴史にあおぐほかない。だが、アフリカ人の心は生まれつきやすやすと、影ふかい神話の小径をたどれるのだ。彼らのこの才能は白人と交渉をもつ場合、特に強く発揮される。

アフリカ人の神話的才能は、知りあってまもない白人につける名前のたくみさからも、つとに明きらかである。友人宛ての手紙を届けさせたり、車で友人宅に行く途中、道をたずねたりした場合、この白人の通称を知らされることになる。土地の人は自分たちでつけた名前でしか白人を呼ばないからだ。近所に住む人のなかで、人づきあいがわるく、家で客をもてなしたことのない人物がいたが、彼の呼び名はサハナ・モジャ——一人分の食器——だった。スウェーデン人の友人エリック・オッターはリサシ・モジャ——一発の弾丸——で、獲物をしとめるのに一発以上の弾は使わない人を意味する。これはなかなかはばの利く呼び名である。自動車狂の知人は「半人半カー」と呼ばれていた。土地の人が白人に、魚、キリン、肥えた雄牛など、動物にちなんだ名前をつける場合、土地の人の思いははるか昔の寓話にまでさかのぼる。そういう名をつけられた白人たちは、私が思うに、土地の人の深い意識の底で、半人半獣の姿をとっているのであろう。

言葉には魔力がある。長年にわたって周囲の人たちに動物の名で知られてきた人は、しまいにはその動物に親しみを感じ、自分とつながりがあるとさえ思うようになる。つまり、彼はその動物のなかにみずからを認めるようになるのだ。ヨーロッパに帰ってからは、誰もその動物を自分と結びつけてくれないので、それがかえって奇妙に感じられる。

あるとき、定年退官した植民地官吏とロンドン動物園で再会した。この人はアフリカでブワナ・テンボ――象の旦那――と呼ばれていた。彼はひとりで象舎の前に立ち、象に思いをこらしていた。おそらく度々そこへ出かけているものと見えた。かつてこの人に仕えたアフリカ人の使用人たちなら、彼が象に会いに行くのを自然の理《ことわり》だとするだろう。だが、たまたま数日間の滞在中彼に出会った私をのぞいては、ロンドンじゅうの誰ひとりとして、彼のこの行動を理解する人はいないだろう。

土地の人の精神はふしぎなしかたで働き、過去の人びとの精神とつながりを保っている。彼らの流儀によれば、オーディンの神は全世界をくまなく見そなわすために眼をひとつ失ったのだし、愛の神は愛のことなどわからぬ子供の姿をとる。農園内に住むキクユ族が私に裁定者としての偉大さを認めるのは、どうやら私が彼らの掟をなにひとつ知らないまま、それにのっとって裁定する点にあるのらしかった。

土地の人たちは神話をつくりだす才能に長じているため、この裁定者の例のみならず、白人に対して思いがけないことをしかけてくる。白人はそれをふせぐことも避けることもできない。土地の人たちは白人を象徴に変身させてしまうのである。私はこの変身の過程を十分に自覚し、自分が象徴として使われることについてひとつの見かたをもっていた。心中ひそかに、私はこの過程を「青銅の蛇にすること」*と名づけた。これは聖書にのっとれば正確な使いかたとはいえないが、アフリカ人と長く生活をともにしたヨーロッパ人なら、私の表現したいことを理解できるはずである。アフリカの英領植民地における白人のあらゆる活動、科学や機械を使った進歩への努力、あるいはまたイギリス《パクス・》による平和《ブリタニカ》そのものにもかかわらず、アフリカ人が白人を実際上自分の暮しに役だてたのは、この象徴としての働きに限られると私は思う。

　アフリカ人といえどもあらゆる白人をこの目的のために使えるわけではないし、使える人のなかでもそれぞれ程度の差がある。アフリカ人は自分たちのあいだで、青銅の蛇として役にたつ順番によって、白人に席次をつけていた。私の友人たちのおおかた、デニス・フィンチ＝ハットン、ガルブレース・コールとバークレー・コール、ノースロップ・マクミラン卿たちは、青銅の蛇としての力を特に高く買われていた。

　デラメア卿は第一級の青銅の蛇だった。ちょうどイナゴの大群が襲来した時期に高原地帯を旅行したときのことを思いだす。その前年にもその地帯はイナゴにおそわれていて、一年たった今、黒い小さな幼虫が育ち、去年親たちがたべのこしたありとあらゆるものを喰いつくし、草の葉一枚残さない勢いだった。去年の災害に耐えてきたあげく、ふたたびこんな目にあうのは、土地の人びとにとって手ひどい打撃である。胸も張りさけんばかりで、死に瀕した犬のようにあえぎ叫び、目前のイナゴの壁にむかって頭を打ちつけるのだった。私はたまたまデラメア卿の農園を通ってきたこと、そこでもやはり、馬のための牧場といわず、牛や羊の牧草地といわず、一面にイナゴがいたことを話題に

＊旧約聖書『民数記略』第二十一章四節〜九節。モーセがつくった青銅の蛇を見上げると、毒蛇に噛まれた人たちがいやされる話。

し、デラメア卿がイナゴにひどく腹をたて、絶望しているとつけくわえた。そう言ったとたん、みんなは急に静まり、なにかホッとしたような様子を見せた。土地の人たちはデラメア卿が自分の不運をなんと言って嘆いたかとたずね、私が答えると、さらにもう一度おなじことを繰りかえしてほしいと言い、その求めに応じると、あとはもうなにも言わなくなった。

青銅の蛇として、私はデラメア卿ほどの重鎮ではないが、それでも土地の人たちにとって役にたつ場合が時折りないではなかった。

第一次大戦中、輜重隊の運命が土地の人の社会全体にかかわりをもったとき、農園の借地人たちは毎日私の家にきて、そのへんに坐りこんでいた。誰も私に話しかけてこず、お互いのあいだでもしゃべらない。ただ一同は私に目をそそぎ、私を青銅の蛇にしているのだった。べつにこれという迷惑をかけられているわけではないし、私はこの連中を追いはらいかねた。それに、もし私のところから追いだしたとしても、どこかべつの白人の家に移動して、また坐りこむにちがいない。これは不可思議な、耐えがたい体験だった。私がかろうじて耐えぬくことができたのは、弟の所属する連隊が当時ヴィミー・リッジの最前線の塹壕に配置されていたおかげだった。私は弟に注意をそそぎ、弟を私の青銅の蛇にすることができた。

農園で大きな不幸が起きると、キクユ族は私を喪主あるいは泣き女の頭《かしら》にするのだった。この猟銃事故についてもいまやおなじ成りゆきになるだろう。事故にかかわった子供たちのことを私が悲しんだのを見て、農園の人たちは、今度のことをいたみ嘆くのは今のところ私にまかせることにきめた。この農園にふりかかった不運な出来ごとについて、みんなは私のことを、会衆になりかわって聖杯の中味を一人で飲みほす牧師をながめるように注視していた。

いったん魔法をかけられると、そこから完全に自分を解きはなつのはむずかしいものだ。青銅の蛇として杖の上に高くかかげられることが、私にとっては苦痛でならなかった。できることなら逃れたかった。ところが、それから何年もたって後、思いがけなくもつぎのように自問している自分に気づいてハッとすることがある。「私がこんなふうに扱われたりしていいものだろうか？　かつては青銅の蛇だったこの私が！」

農園にひきかえす途《みち》すがら、川を渡る。ちょうど流れのなかほどで、私はカニヌの息子たちに出会った。三人の若者と少年がひとり連れだち、槍を手にして、いそぎ足でやってきた。呼びとめて、弟のカベロはどうなったかとたずねると、四人はひざまである流れのなかで立ちどまり、かたい表情で目をふせたまま、低い声で答えた。カベロは帰っていない。昨夜事故現場から逃げだして以来、ゆくえがわからない。もう今ごろは死んでいることだろう。絶望のあまり自殺したか――自殺しようという考えは土地の人のあいだでごく自然なものであり、子供たちのあいだでさえ、これはかわらない――それとも藪に迷いこんで、野獣に喰われてしまったかにちがいない。われわれ兄弟は四方八

＊トマス・ディネセン。カナダ陸軍に志願して戦闘に参加。

方探したあげく、これから禁猟区のほうまで足をのばしてみるつもりだ。

川岸を登って自分の地所内に着くと、私はふりかえって平原を見わたした。私の土地は禁猟区よりも高い。だが、はるかかなたで草をたべては駆けまわっているシマウマをのぞいて、平原には生きものの影はどこにもなかった。川の対岸の藪からやがて捜索隊が姿をあらわし、足早に一列をなして歩いていった。この小さな一隊は草の上をいそいでたどってゆく短い毛虫のように見えた。彼らの手にした槍が日光を反射してキラッとひかる。この一行は目的地がはっきりわかっているような自信のある進みかたをしていたが、いったいどうなるのだろう。行方不明の子供をさがすには、平原にある死体をかぎつけてその上空を飛びめぐり、ライオンを射てる場所を教えてくれるハゲタカを道案内にするほかないのに。

だが、この場合はごく小さな死体にすぎないし、空とぶ貪食家にとってたいした餌食でもないことだから、ハゲタカもたくさんはこないだろうし、それほど長くその場にとどまっているはずもなかろう。

こうしたことを思いめぐらすと心が痛んだ。私は家路をさして馬を進めた。

3　ワマイ

私はファラを連れてキャマに出かけた。キクユ族と交渉する場合はいつもファラといっしょだった。ファラは自分の争いごとについては一向頭の働きを示さないし、ほかのソマリ族たち同様、こと部族中心の感情や反目にかかわるや、まるっきりカッとなってしまうのだが、他人のあいだの仲たがいについては思慮分別を見せるのだった。おまけにスワヒリ語の達人で、私の通訳をつとめてくれる。

話し合いの議題はカニヌの財産をぎりぎりまで分かちどりにすることだと、集会に到着する前から私にはわかっていた。カニヌの羊の群れはいくつにも分けられて、死傷した子供たちの家族に賠償として贈られ、またキャマ開催の費用にあてられる。こういうことがそもそも私には気にさわった。ほかの被害者同様、カニヌも息子を失った父親ではないか。それに、私の見かたでは、カニヌの息子こそ最もつらい運命のくじを引いたのだ。ワマイは死んだのだからこれ以上運命にもてあそばれることはないし、ワンヤンゲッリは入院中で、手当てを受けている。だがカベロはすべての人から見捨てられ、どこに骨をさらしているかもわからない。

いまやカニヌは祭祀のためにふとらされた牛の役割を、みずからすすんで立派に引きうけていた。カニヌは借地人のなかでは大立者のひとりで、控え帳によると三十五頭の牛、五人の妻、六十頭の山羊の持ち主だった。彼のいとなむ集落はうちの森の近くにあるので、カニヌの子供たちや山羊はいつでも見かけるし、女たちがうちの森の大木を切り倒すので、よく文句を言いに行かなければならないという関係だった。キクユ族はぜいたくを知らない。いちばん富んだ人でも貧しい人とおなじ暮しかたをする。カニヌの住いの小屋のなかには、家具といっても小さな木の腰かけが一つあるくらいのものである。だがカニヌの集落にはいくつもの小屋があり、老女や若者や子供たちが元気に動きまわっている。日暮れどき、乳しぼりの時間になると、平原を横切ってくる牛たちが長い列をつくって集落に向かう。牛の群れはゆっくりと動く青い影を草上にうつす。この牛の群れはすべて、皮のマントをまとった痩せた老人の意のままになる。埃にまみれ、細かいしわに覆われた黒いしたたかな顔は、農園の家長の伝統的な貫禄を示している。

私はカニヌと何回もはげしい口論をしてきたし、彼の不正行為を非難して、農園から出てゆくようにとおどしてもいた。カニヌは近隣のマサイ族と友好関係をもっていて、娘たちのうち四、五人をマサイ族に嫁がせていた。これはキクユ族自身が話してくれたことだが、昔はマサイ族はキクユ族との婚姻を軽蔑していたのだという。だが、私のいたころには、このふしぎな滅びゆく民族は、消滅の時をできるかぎり引きのばすために、誇りを捨てていた。マサイ族の女には子供が生まれないので、多産なキクユ族の娘たちの需要が高くなる。カニヌの娘たちは器量よしぞろいなので、娘たちを嫁がせるのと引きかえに、カニヌは居留地の境界を越えて、毛なみのよい元気な若い雌牛を何頭も連れて帰るのだった。そのころおなじようにして分限者になったキクユ族の老家長は何人もいる。聞くところによると、キクユ族の大族長キナンジュイは二十人以上の娘たちをマサイ族に嫁がせ、その代償として百頭にあまる牛を手にいれたという。

しかし一年前に、マサイ族居留地は口蹄疫《こうていえき》発生のために隔離地区に指定され、家畜を外に移すことは禁止された。カニヌの生計にとってこれは深刻な痛手だった。マサイ族は遊牧民で、季節や雨の有無、牧草の状態にしたがって住まいを移動する。法的にはカニヌに属する雌牛たちもこの家畜群とともに移動してゆき、時には百マイルも遠くへ行ってしまう。こうなってはなにがどうなろうと、まったくわからない。マサイ族は誰に対しても無節操な家畜商人だが、軽蔑しているキクユ族に対してはなおのことである。マサイ族は偉大な戦士で、しかも女を愛することにかけてもすぐれている。マサイ族の男たちの手くだにかかると、カニヌの娘たちの心は古代ローマのサビニ人の女たちのようにとろけてしまい、カニヌはもはや自分の娘たちをあてにすることはできないのだ。そこでこのしたたかな老キクユ族カニヌは、地方弁務官や家畜管理局が寝しずまっているはずの夜なかに、マサイ族居留地から川を越えて自分の牛の群れをうちの農園内に移動させるという手段に出た。これは大変下劣な行為である。なぜなら隔離条令を土地の人は十分に理解し、尊重しているのだから。隔離指定地域から移動してきた家畜が万一うちの敷地内で発見されれば、この農園全体が隔離指定に入ってしまう。そこで私は川岸に夜警をたてて、カニヌの手の者たちをとらえさせることにした。月のある晩には劇的な待ちぶせと追跡が、銀色に輝く川沿いに何度もくりひろげられるのだった。争いの焦点をなす雌牛の群れは驚きにかられて四方八方に逃げ散った。

殺された子供ワマイの父ジョゴナは、カニヌとちがって貧しかった。年老いた妻が一人いるだけで、三頭の山羊が彼の全財産だった。頭の働かない男で、これ以上財産がふえる見込みもない。私はジョゴナをよく知っている。今度の事故でキャマが開かれる一年まえ、おそろしい殺人事件が農園でおこった。川の上流にある私の所有の水車を借りてキクユ族相手の粉ひき業をしていた二人のインド人がある夜殺され、商品が盗まれた。犯人は見つからなかった。この殺人は付近一帯のインド人の行商人や商店経営者を恐怖の淵に陥れた。うちのコーヒー工場で働くプーラン・シングには、ふるい散弾銃を一挺与え、説得をかさねて、やっと居つづけてもらえることになった。殺人事件のあった翌晩、私も自分の家のまわりに足音がきこえたような気がしたので、一週間夜警をたてた。その夜警がジョゴナだった。彼はおだやかな人物で、殺人犯にたちむかう役を果たすとは思えなかったが、人好きのする老人で、話をかわすと心がなごむ。ほがらかな子供のような態度の持ち主で、大きな顔は興味ぶかげな活きいきした表情をたたえ、顔をあわすたびに笑いかけてくる。ジョゴナは私がキャマに出席したのを見て、とてもよろこんでいるようだった。

しかし、当時私が学んでいたコーランにいわく、「貧しき者のために法の正義を曲げることなかれ」。

この集会の目的はいまやカニヌの財産をしぼりとることにあるという事実に気づいている人が、私以外にもう一人だけいた。それはほかならぬカニヌその人である。老人たちはこの上なくいんぎんな態度で座を占め、ことの成りゆきに全神経を集中していた。地べたに坐ったカニヌは大きな山羊皮の衣を頭からかぶり、その下からときどき、哀れっぽい泣き声をもらしていた。吠え疲れた犬が自分のみじめさを示しつづけているようだった。

老人たちはまず傷ついたワンヤンゲッリの件から相談をはじめようとした。このほうが、きりもない長話をたのしむことができるからだ。万一ワンヤンゲッリが死んだ場合の補償はどうなるか？　不具になった場合は？　いや、声が出せなくなった場合はどうなるか？　そこでファラが私にかわって申しわたした。私がナイロビに出かけて病院の医者に会うまでは、この話は取りあげない。老人たちは失望をおさえて、つぎの話題に移ることにした。

この事件の結着をすみやかにつけるのはキャマの責任であり、参加者一同は残る一生をキャマで坐りつづけたりしてはならないと、私はファラを通じて一同に宣言した。これが殺人事件ではなく、悲しい事故だったということはあきらかなのだ。

キャマの参加者は私の意見を尊重して注意ぶかく耳をかたむけたが、発言が終るやいなや反対しはじめた。

「ムサブ、私たちにはなにもわかりません。しかし、あなたにもよくわかってはいないらしい。あなたの言うことはすこししか理解できません。発砲したのはカニヌの息子です。そうでなければ、あの子だけ傷を負わなかったわけがわからない。事情についてもっと知りたければ、ここにいるマウゲがお話しします。マウゲの息子は現場にいて、耳を片方射ちとばされたのです」

マウゲは借地人のなかでもとびぬけた財産家の一人で、農園内ではカニヌのいわばライバルである。マウゲは堂々たる風采で、重々しい話しかたをするのだが、ひどくゆっくりしゃべり、途中で言葉を止めて考えこむことが多い。マウゲは言った。「ムサブ、息子が申しますには、子供たちはみんな、かわるがわる銃をとってカベロをねらったのだそうです。しかし、カベロは発砲のしかたを教えなかった。全然教えようとしなかったのです。しまいにカベロが銃を取りもどしたら、そのとたんに銃が発射して、子供たちみんなに傷を負わせ、ジョゴナの息子ワマイを殺したのです。事件は私のいま申した通りで、まちがいありません」

「そんなことは全部わかっています」と私は言った。「これは不幸な事故だったのです。私だって自分の家でそういう事故をおこしたかもしれないし、マウゲ、あなたの家でおこってもふしぎはなかったのですよ」

この発言はキャマを震撼《しんかん》させた。全員がマウゲに注目し、マウゲはとても不安そうになった。それから参加者は互いに低い声でしばらくささやきあっていた。しばらく待たされてから、やっとまた談合がはじまった。「ムサブ、お言葉ですが、今度は私たちには全然わかりません。あなたはライフル銃のことを頭において言っておられるとしか思えません。あなたはライフル射撃はとてもお達者でいらっしゃるが、散弾銃はそれほどお上手ではない。もしあれがライフルなら、お言葉の通りだったでしょう。しかし、お宅から、それともマウゲの家から、ブワナ・メナニャ（ベルナップのこと）の家へ向けて散弾銃を発射して、そこにいる者たちを殺すなんて、誰にもできるわけがない」

しばらく間をおいてから私は言った。「発砲したのがカニヌの息子だという点では、誰にも異議はありません。損害をつぐなうために、カニヌはジョゴナに適当な数の羊を渡すことになるでしょう。でも、カニヌの息子は悪い子ではないし、ワマイを殺すつもりなどなかったことは、みんな知っているはずです。カニヌは故意の殺人事件の場合ほどにたくさんの羊を支払う必要はないことも、みんなはわかるはずです」

ここでアワルという老人が発言した。この人はほかの人たちよりも西欧文明とかかわりが深かった。というのは、七年間投獄されていたからである。

「ムサブ、カニヌの息子は悪い子ではなかったのだから、カニヌはそうたくさんの羊を支払うべきでないとあなたは言われる。しかし、もしあの子にワマイを殺すつもりがあって、とても悪い子だったとして、さて、それがカニヌにとって良いことだったでしょうか。悪い子だったら羊をもっとずっと多く支払うことになったはずだとして、それでカニヌはよろこんだりしますかね?」

私は答えた。「アワル、カニヌは自分の息子を失ったことを知っているでしょう。あなたも学校にきていたのだから、カベロが良い生徒だったのは知っているはずです。ほかのことでもカベロがおなじように良い子だったとしたら、カニヌにとってそんな息子を失うのはとてもつらいことではありませんか」

長い沈黙がきた。車座のなかは物音ひとつしない。とうとうカニヌが、忘れていた苦痛あるいは義務を思いだしたのか、突然長い嘆きの声をあげた。

ファラが言った。「奥様《メンサヒブ》、キクユの連中の考えている数を言わせてみましょうよ」一座の者にわからせようと、彼はわざとスワヒリ語でこう言って、みんなを不安に陥れるのに成功した。なぜなら数字は具体的なもので、土地の人はそれをはっきりさせることを誰も好まない。ファラは一座を見わたし、高圧的な調子で切りだした。「百頭」羊百頭とは途方もない数で、誰も本気にする気づかいはない。沈黙がキャマを領した。老人たちはソマリ族のあざけりにさらされていることを感じとり、その下にひれふすことにきめた。とても年とった老人が小声で「五十頭」と言ったが、その数はまったく重みをもたず、ファラの冗談が捲きおこした風に乗って高く舞いあがったにすぎなかった。

一息おいてファラは、計算や家畜に精通した経験ゆたかな家畜商人のきびきびした口調で、「四十頭」と言った。これは集会の表面に現れない彼らの考えを刺激した。一同は自分たちのあいだで活発にしゃべりはじめた。いまや彼らは時間をかけて考え、おおいにやりあわねばならない。だがなんといっても、交渉の基礎はすでに置かれたわけだ。帰宅してからファラが、ここだけの話だがと前おきして言った。「あの老人連中はカニヌから羊四十頭をせしめるでしょうよ」

カニヌはキャマでさらにもう一つの試練に耐えねばならなかった。農園内のもう一人の大立者で、大家族の父であり祖父でもあるお腹の出た老人カゼグが立って、カニヌがゆずりわたす羊や山羊を一頭一頭調べることを提案したのだ。これはキャマの慣習にまったく反することで、ジョゴナ自身が思いつくはずはない。私の想像ではこれはカゼグとジョゴナのあいだの密約によるもので、カゼグの利益が約束されていたのだと思う。この件がどう片付くか、私はしばらく待ってみることにした。

なによりもまず、カニヌは自分にふりかかった災難に参りこんでいる様子だった。家畜が一頭ずつ選びだされるたびに、歯を一本ずつ抜かれるようにうなだれ、弱々しい泣き声を洩らした。だが、カゼグがさすがにためらいながらも、角のない黄色の大きな山羊を指定したとき、ついにカニヌは絶望に陥り、自制力を失った。かぶっていた皮衣から グイと体をのりだした。そして一瞬、助けを求める雄牛さながらに、私に向かって怒号した。それはおそるべき悲嘆の淵からの叫びだった。私が彼を支持していることをたちまち見ぬくや、カニヌは声をおさめてふたたび坐りこんだ。ただしばらくのあいだ、カゼグに向かって強い辛辣《しんらつ》な視線をそそいでいた。

さらに一週間を通常および特別のキャマについやしたあげく、四十頭の羊がカニヌからジョゴナに賠償として支払われること、ただし、引きわたしにあたっては、特に一頭ずつえらぶことは行なわないと決定が出た。

二週間ほどたって、ある晩夕食をたべているとき、ファラが例の一件にかかわる新情報をもたらした。

ニェリからやってきた三人のキクユ族の老人が一昨日農園に着いた。今度の事件のうわさが遠くニェリの彼らのもとまで届いた。三人がわざわざやってきたのは、つぎのような理由からだという。つまり、ワマイはジョゴナの実子ではなく、三人の老人のなくなった弟の子である。したがって、ワマイの死に対するつぐないを受ける権利は、法的にはジョゴナではなく自分たちにあるというのだ。

このあつかましさに私は笑いを催し、それはとてもニェリのキクユ族らしい申したてだとファラに言った。ところがファラは、いいえ、と考えぶかげに言う。あの連中の言いぶんは正当だと思いますよ。ジョゴナは実際六年まえにニェリからこの農園にやってきたので、ファラが知るかぎりでは、ワマイはジョゴナの息子ではなかったし、「農園にくるまえも息子じゃありませんでした」。二日まえにジョゴナが約束の四十頭のうち二十五頭の羊を受けとっているのは彼にとって大変な好運だ、とファラは言う。もしそうでなければ、カニヌはもと自分のものだった羊を農園内で見なければならない苦痛を逃れるために、よろこんで羊をニェリに送ってしまったろう、というわけだ。しかしジヨゴナはまだ用心する必要がある。ニェリのキクユ族を振りきるのは容易なことではない。三人の老人は農園内に泊りこみ、この件を地方弁務官に訴えて出るとおどしてきた。

こうして私は数日後、自宅の前で、ニェリの人たちと会うことにした。彼らはキクユ族のなかでも階層が低く、ワマイの血の匂いを追って百五十マイルの道のりをたどってきた、汚れて醜い三匹のハイエナそのままだった。ジョゴナもいっしょにやってきたが、ひどく動揺し、気落ちしていた。この二組の態度のちがいはおそらく、ニェリのキクユ族にとって失うものはなにもないのに対し、かたやジョゴナにとっては二十五頭の羊がかかっているところからくるのであろう。初対面の三人が石の上に坐った様子には、まったく人間らしさというものがなく、羊にたかる三匹のダニのようだった。私はこの三人の要求にまったく同情をもたなかった。事情がどうであれ、なくなった子供が生きていたあいだ、彼らはなんの関心も払わなかったではないか。いまや私はジョゴナに同情していた。彼はキャマでも態度がよかったし、ワマイの死を悲しんでいたと思う。私の質問に対してジョゴナはふるえだし、ため息ばかりつくので、なにを言っているのかわからない。そこでその日は話しあいを打ちきりにした。

ところがそれから二日後の朝早く、私がタイプを打っているとき、ジョゴナはまたやってきた。なくなった子供とその家族と自分の関係について報告書を書いてほしい。それを持ってダゴレッティの地方弁務官のところに出向くつもりだと言う。ジョゴナの率直な態度は感動的だった。彼はものごとを強く感じとり、しかもまったく自意識をもたない。今度実行しようときめたことを、危険をともなう一大事業だとジョゴナが考えているのはあきらかだった。彼は畏《おそ》れをもって、しかもそのことをやりとげようとしていた。

ジョゴナが述べることを私は文章にしてやった。とても時間がかかった。六年あまりもまえの、しかもひどくこみいった事情の報告なのだ。ジョゴナは何度も話を途中で止めては考えなおし、さかのぼって陳述を組みかえるのだった。この間じゅう頭を両手でかかえこみ、記憶をよみがえらそうとして、時おり頭のてっぺんをまじめな様子で叩いていた。壁ぎわに行って、キクユ族の女性が出産のときするように、壁に顔を押しつけさえした。

私はこの報告書の写しをつくった。今もまだ保存してある。

話の筋をたどるのは困難をきわめた。複雑な事情や見当ちがいの枝葉がたくさんある。記憶をよみがえらすのにジョゴナが苦労するのももっともだった。むしろ、これだけ思いだせたのは驚くべきことと言わねばならない。その陳述はつぎのように始まる。

「ニェリの人ワウェル・ワマイが死にかけたとき——スワヒリ語ではナタカ・クファ、すなわち死のうと望んだとき、と言う——彼には二人の妻がおりました。その一人は三人の娘を産み、ワウェルの死後はほかの男にとつぎました。もう一人の妻については、ワウェルはまだ結婚の支払いが残っていて、妻の父親に山羊を二頭渡すはずになっていました。この妻は薪を一束持ちあげようとして力をいれすぎ、流産しました。もう一度子供を産めるかどうかは不確かでありました……」

こういった調子でつづき、読んでいるとキクユ族の生活状態や人間関係の入りくんだ迷路にさそいこまれる。

「この妻にはワマイという幼児がおりました。母親が流産した当時ワマイは病気で、おそらく天然痘だろうといううわさでした。ワウェルはこの妻と息子を深く愛し、自分が死に瀕したとき、残される二人の身のうえを気づかいました。そこでワウェルは遠から ぬ場所に住む友人ジョゴナ・カニャガを呼びました。当時ジョゴナ・カニャガは靴一足の代金として、ワウェルに三シリングの借りがありました。そこでワウェルはジョゴナに、つぎのような取りきめを申しでました……」

その取りきめとは、ジョゴナが瀕死の友人の妻と息子を引きとり、妻の父に未払い分の山羊を二頭工面して渡すというものだった。報告書はこのあと、ワマイを養子にしてからジョゴナが負担した費用の明細書になる。ワマイは病気だったので、引きとってまもなく、この子のためにジョゴナはとても良い薬を買ってやった。トウモロコシがのどを通らないときは、インド人の商人から米を買ってきてたべさせた。ワマイが七面鳥を一羽池に追いつめて溺《おぼ》れ死にさせたと近所の白人の農園主がねじこんできたときは、五ルピー弁償した。この多額の現金をつくるためにジョゴナはさぞかし苦労をしたのだろう。この記憶はしっかりと頭にきざみつけられていると見え、ジョゴナは一度ならずそこに話を戻すのだった。ジョゴナの態度から察するに、死んでしまったワマイが彼の実子ではなかったという事実をこの時まで忘れてしまっていたようだ。ニェリからやってきた三人の主張に、ジョゴナはいろんな意味で動転していた。非常に単純な人間は養子を取る能力にめぐまれ、実子同様の感情をもつことができる。ヨーロッパの農民の柔軟な心は、やはりおなじようにやすやすと養子を受けいれるものである。

ジョゴナがついに話しおえ、そのすべてを私が書きとめたところで、さて、これから記録を読みあげますよ、と私は言った。朗読のあいだ、ジョゴナはもう気持を乱されるのはまっぴらだと言わんばかりに顔をそむけていた。

ところが、「そこでワウェルは遠からぬ場所に住む友人ジョゴナ・カニャガを呼びました」という箇所で自分の名が読みあげられるや、ジョゴナは急に向きなおって、強く燃えるようなまなざしを私にそそいだ。その眼には笑みがみちあふれ、彼は老人から一瞬にして若々しさそのものの、一人の少年に変身したかと思われた。そしてふたたび、私が報告書を読みおえ、末尾にジョゴナが確認の拇印を押した箇所で彼の名を読みあげたとき、例のいきいきしたまなざしがよみがえった。今度は深みと落着きがそなわり、これまでにない威厳のある眼つきだった。

神が土くれからアダムをつくりだし、鼻孔から生命の息を吹きいれたとき、そして人が生ける魂をそなえたとき、アダムはこのようなまなざしで神を見たのだ。私はジョゴナなる人物を創造し、彼に自分自身を示したのである。ジョゴナ・カニャガの永遠に続く生命を。私が書類を手わたすと、ジョゴナはうやうやしく、かつむさぼるような様子でそれを受けとり、マントのはしに包みこんで、手でおさえた。万一にもなくすようなことがあってはならない。ジョゴナの魂がその紙のなかにあり、それは彼の存在の証しなのだから。ここにこそジョゴナ・カニャガがなしとげたなにごとかがあり、彼の名を永遠に伝える。げに、肉体は言葉となり、恵みとまことにみちてわれらのなかにいましたもう。

文字の世界の扉がアフリカ人に開かれたのは、ちょうど私がアフリカに住んでいたころのことだった。当時こそ、過去のなごりをとらえ、かつての西欧の歴史の一齣をたどりなおしてみる絶好の機会だった。すなわち、ヨーロッパ人口の大多数を占める庶民たちが、やはりこのようにして文字の世界にめざめた時代があったのだ。デンマークではそれは百年あまりまえのことだった。私が子供のころ、ごく年とった老人たちから聞かされた話からおしはかると、デンマークの場合もアフリカの場合も、その反応はほぼまったくおなじであったと思われる。芸術のための芸術という原理に人間がかくも謙虚になり、我れを忘れた愛着を示したためしは稀れである。

この土地の若者たちのあいだでの通信は、私のいたころもまだおおかたは専門の代筆屋の手で書かれていた。というのは、一部の老人は時代の波にのせられ、そのうちの何人か、とても年とったキクユ族は私が農園でひらいた学校に出席して、忍耐づよくＡＢＣから学ぶ努力をしていたが、年かさの世代に属する人たちのほとんどはこの文字という新事態を信用せず、距離を置いて対していたからである。文字が読めるのは土地の人のなかではごくわずかだった。そこでハウスボーイ、借地人、農園の雇い人たちは私のところへ手紙を持ってきて、読んでもらう。そういう手紙をひとつひとつ開いて読んでみると、その内容のなさが不思議でならなかった。しかしそれは文明化によって偏見をもつようになった人間のおかしやすいあやまちである。洪水のあと、ノアの放った鳩がくわえて帰ったオリーヴの小枝の場合とおなじく、小さな切れはしから全体をおしはかることができるのだ。オリーヴの小枝はたとえ取るにたらないように見えても、動物たちを満載したノアの方舟の全重量にもまさる重みがあった。その小枝のなかには新しい緑の大地があったのだ。

土地の人の手紙はどれもこれもおなじようだった。きまりきった宗教的定式にのっとり、つぎのような文章になる。「敬愛するわが友カマウ・モレフよ、私はいまやわが手にペンをとり」――これは文飾というべきだ。実際にペンを手にして書いているのは代筆屋なのだから――「あなたに一筆したためようとしております。長いことそうしたいと思ってきました。私はしごく元気です。あなたも神の恵みによってお元気でおられることと思います。私の母は元気にしております。妻は具合がよくありません。しかし、あなたの奥様は、神の恵みによって、お元気であってほしいと思います」――ここから後はそれぞれ短い近況報告をつけた名前が延々とつづく。近況報告といっても大体はとるにたらぬことばかりだが、時として奇想天外な報告もなくはない。そして結びの句は、「さて、わが友カマウよ、いまや私はこの手紙を終ります。手紙を書くには時間があまりにも足りません。あなたの友ンドゥエッティ・ロリより」。

百年まえ、ヨーロッパの勉強好きな若者たちのあいだでかわされた、これとおなじような手紙を届けるために、馭者たちは鞍に跳びのり、馬たちは疾駆し、郵便馬車のラッパは鳴りわたり、また、まわりが波型で金ぶちの凝った紙が生産されもした。当時の手紙はよろこびをもって受けとられ、大切に保存された。私はそうした手紙をいくつか見たことがある。

スワヒリ語を話せるようになるまでは、この土地の人の手紙と私とのつながりは一種の奇妙な特徴をもっていた。つまり、書いてある内容は一言もわからないのに、私はそれを朗読することができたのだ。スワヒリ語には文字がなく、白人がアルファベットによってこの言語を書きあらわすことをはじめた。スワヒリ語の発音をそのまま注意ぶかくうつしとる綴りになっているので、たとえば英語に見られるような古めかしい、実際の発音とはちがう正綴字法などは全然ない。したがって、ただ一語一語、書いてあるとおりに読みあげれば、それが正統のスワヒリ語にきこえ、手紙をもらった人びとは私をかこんで息をこらして耳をすませ、内容がまったくわからぬままのこの朗読が立派に効果をあげるのだった。ときには私の読みあげる言葉を聞いて涙にくれ、手をにぎりしめ、またあるときは喜びの声をあげる。この朗読がひきおこす反応で最もひんぱんなのは笑いだった。聞き手たちは私が読んでいるあいだ、たてつづけに笑いの発作におそわれ、腹をかかえていることが多かった。

やがて手紙の内容がわかる程度にスワヒリ語ができるようになると、わずかな消息でも、ひとたびそれが文字として伝えられた場合、その効果は幾層倍にも増幅されることに私は眼をひらかれた。もし口頭で伝えられたとしたら、疑いとあざけりであしらわれたにちがいない情報が――土地の人は誰もが偉大な懐疑主義者である――いまや絶対の真実として受けとられる。土地の人たちは懐疑主義者であるだけでなく、話し言葉のなかのちょっとした混乱にひどく敏感であり、人の言いまちがいには悪意をこめたよろこびをもって飛びつき、決して忘れてはくれない。白人が口をすべらせた言いまちがいをもとに、一生つきまとうあだ名をつけたりする。代筆屋はあまり教育のない人たちなので、よく字を書きちがえるのだが、たとえ書き文字にまちがいがあっても、手紙を受けとった人たちはなんとか解釈して意味を通そうとやっきになり、考えをめぐらし、議論をかさねる。書かれた文字をまちがいだとするよりはむしろ、そこから引きだされる荒唐無稽なことがらをまるごと信じようとするのだ。

農園のある少年に読んでやった手紙のなかで、発信人はいろんな消息にそえて、簡潔にこう書いていた。「私はヒヒを料理した」スワヒリ語で「とらえる」と「料理する」は似かよった発音だから、これはたぶん、ヒヒをとらえたというつもりなのだろうと私は説明した。だが受信人はいっこうに同意しない。

「ちがう、ムサブ、ちがいます。手紙にはなんと書いてあるの？　書いてあるとおり言ってよ」

「手紙にはこの人がヒヒを料理したと書いてありますよ。だけど、ヒヒを料理したりするはずはないでしょう。もしほんとだとしたら、この人はなぜそうしたのか、どんな具合に料理したのか、もっとくわしく書いてよこすと思うけれど」

書きしるされた文字に対するこうした批判をきいて、このキクユ族の少年はとても不安そうになった。手紙を返してくれと言って、大切そうにそれをしまい、そそくさと立ちさった。

私が書きとめたジョゴナの陳述に話をもどせば、それは彼のためにたいへん役立った。地方弁務官はこの陳述書を読むと、ニェリの人びとの訴えを却下した。三人は農園からなにもとりたてることができぬまま、不平をこぼしながら自分の村へ帰っていった。

この書類はいまやジョゴナの大切な宝物になった。私は一度ならずそれを見ることになる。ジョゴナはビーズで刺繡した皮袋をつくって書類を入れ、ひもで首につるせるようにした。ときどき、日曜の朝が多かったが、ジョゴナは突然うちのドアの前に姿をあらわし、例の袋を引きだして書類を取り出すと、私に読んでくれと言う。一度私が病気でしばらく床につき、回復後はじめての遠乗りに出かけたとき、ジョゴナは遠くから私を見つけ、長い道のりを走りつづけてきた。息をきらせて馬のかたわらに立ち、また例の書類を渡すのだった。朗読のたびごとに、ジョゴナは深い宗教的勝利感にみちた表情をたたえた。読みおわるとまた、念いりに書類のしわをのばし、ていねいにたたんで例の袋にしまう。この記録の重要さは減るどころか、時を経るにつれてさらに増してゆくのだった。ジョゴナにとってなによりおどろくべきことは、その内容がいつまでたっても変らないという点にあった。記憶を呼びもどすのにあれほど苦労した過去の出来ごと、思いだすたびごとにちがう、あのあやふやな過去が、この記録のなかにとらえられ、征服されてジョゴナの眼前に固定されている。その過去はすでに歴史となったのであり、もはや不動であり、変化の影響をこうむることはありえないのだ。

4　ワンヤンゲッリ

つぎにナイロビに出かけた機会に、私はワンヤンゲッリを見舞いに寄った。

私の地所内にはとても大勢の借地人がいるので、いつも病人や怪我人の絶えまがなく、おかげで私は病院の顔なじみになり、婦長や付添人たちと親しかった。ここの婦長ほどに厚化粧をした人を、私はまだ見たことがない。白い頭巾をピッタリとかぶったこの婦長の大きな顔は、ロシアの木製人形、ねじってあけると中に小型のおなじ人形があり、それをまたあけるとさらに小さいのが出てくる、カティンカ（マトリョーシカのこと）と呼ばれるあの人形にそっくりだ。この婦長はカティンカからも想像できるように、親切で有能な人だった。病室の清掃と換気のために、毎週木曜にはすべてのベッドを中庭に運びだす。これは病院ではたのしみな日である。庭からの眺めはすばらしく、乾燥したアジ平原を前景に、はるかに青色をおびたドニョ・サブク山と、延々とつづくムア丘陵が見わたせる。うちの農園のキクユ族の老女たちが白いシーツにくるまってベッドに寝ているのを見ると、なにか奇妙な気がした。荷役に使われ、老いさらばえたラバかなにかがベッドにいるようなのだ。老女たちのほうも、自分のそうしたありさまをおかしがって、私に笑ってみせる。ただし土地の人たちは病院を怖れているので、それは年老いたラバが笑うことがあるとすれば見せるかもしれないような苦笑いではあったが。

最初にワンヤンゲッリを病室に見舞ったときは、この子はどうしようもなくおびえきっていて気力もなく、本人にとってはこのまま死ぬのがいちばんよいのではないかとされえ思えた。ワンヤンゲッリにはあらゆるものがおそろしかった。私がそばについているあいだじゅう泣き通しで、農園に連れて帰ってくれとしきりにせがんだ。包帯のなかで全身をふるわせていた。

一週間おいてつぎに行ってみると、ワンヤンゲッリは落着きをとりもどしていて、威厳をもって私を迎えた。とはいえ私に会うのをとてもよろこんで、待ちかねていたと礼儀正しく言うのだった。というのは、口に通した管からようやく言葉を吐きだすような話しかたではあるが、ともかく今日は話せるようになっているからで、この子が確信をもって言うには、昨日自分は殺されていて、あと何日かするともう一度殺される予定なのだそうだ。

ワンヤンゲッリの治療にあたった医師はフランスで従軍したことがあり、顔の整形は数をこなした人だった。この人が手がけてくれて、ワンヤンゲッリの手術はみごとに成功した。顎骨のかわりに金属のバンドを入れ、それを残っていた骨に固定し、さらに破れた皮膚をひっぱって縫いあわせ、なんとか顎に近いものをつくりあげた。ワンヤンゲッリによると、医者はこのパッチワークの穴埋めに肩のところの皮をすこし取ってたしたのだという。治療が終って包帯がとれると、この子の顔はずいぶんかわり、トカゲのような奇妙な具合になった。顎がなくなったからである。しかしふつうにものもたべられ、発音こそいくらか舌たらずだが、話すこともできるのだった。ここまで回復するには何ヵ月もかかった。見舞いに行くたびにワンヤンゲッリは砂糖をほしがるので、いつもスプーンに何杯かの砂糖を紙に包んで持っていってやった。

病院で出会う未知のものごとへの恐怖で麻痺状態にならない場合、土地の人は病院について不平を鳴らし、なんとかして脱走しようとする。脱走手段のひとつは死である。彼らは死をおそれない。土地の人たちのために病院を建て、諸設備をととのえ、そこで働き、しかも患者を引きつけておくのに苦労しているヨーロッパ人たちは、苦々しげにこう言う。土地の人たちというのはまったく感謝の気持がなく、なにをしてやろうとおなじことなのだと。

土地の人たちのこうした精神状態のなかには、白人にとってなにかいらだたしく、気持を傷つけるものがある。まったく、なにをしてやろうとおなじことなのだ。白人にできることはごくわずかで、しかもそれは消えうせ、痕跡をとどめない。土地の人は感謝しないが、かといって悪意をもっているわけでもない。たとえ白人がこの状態をなんとかしたいと思っても、どうしようもないのだ。土地の人のこういう気質にはおどろくべきものがある。それは白人の人間個人としての存在を消し去り、白人に自分ではえらんだおぼえのない役割を押しつけてくる。土地の人は白人をある自然現象、たとえば天候のようなものとしてとらえている。

この点ソマリ族の移民はこの土地の人とはちがう。白人の態度は彼らに対して大いに影響力をもつ。実際、この激しい気性の砂漠のやかまし屋に影響を及ぼさずには行動できないくらい、ソマリ族は敏感に反応するし、彼らを深く傷つけてしまうこともたびたびおこる。ソマリ族は強い感謝の念をもち、また同時に永い怨恨をいだきもする。恩恵も敵意も軽蔑も、すべてひとしく彼らの心にきざみつけられる。ソマリ族は厳格な回教徒であり、あらゆる回教徒に共通の道徳律をもち、それによって人を判断する。ソマリ族に対する場合、白人は一時間とたたないうちに信望をかちうるか、失うかに分かれるだろう。

マサイ族はこの土地の人のなかで一種特別な位置を占める。マサイ族は記憶がよく、感謝の念をもつことができ、恨みをいだくこともできる。彼らはあらゆる白人に対して恨みをもっている。この恨みはマサイ族が絶滅するまで消えることはないだろう。

しかし偏見をもたないキクユ族、カンバ族、カヴィロンド族にはこれといった規準はない。おおかたの人間にはおおかたのことができるものだというのが彼らの考えかたで、この人たちを驚かすのはなかなかむずかしい。なにかしてやるといくらかちがう反応を示すのは、キクユ族のなかでもよほど貧しいか、ひねくれているかの場合に限られるといえるだろう。もともとの性格からしても、部族の伝統からしても、彼らは白人のすることを自然現象とおなじものと見なす。白人を彼らの規準できめつけようとはしないが、しかしよく観察している。この観察の積みかさねによって、個々の白人の名声または悪評が土地の人たちのあいだで決められる。

ヨーロッパの極貧階層の人びとはこの点キクユ族と共通している。彼らは他人をきめつけようとはせず、むしろこういうものだとして納得する。誰かを好いたり尊敬したりする場合、それは人間が神を愛するのに似ている。断じてなにかをしてもらったためにではなく、その人の在りかたそのもののために敬愛の念を寄せるのである。

あるとき病院のなかを歩いていると、新入りの患者が三人いるのに出あった。一人は頑丈そうな頭をしたとても色の黒い男で、あとの二人は少年だった。三人揃って喉に包帯をしている。その病棟の看護人は猫背で話し好きな人物で、患者のむずかしい症例を説明するのが大好きだった。新患のベッドで私が立ちどまったのを見ると、この看護人はさっそくやってきて、三人のことを話してくれた。

三人はヌビア人で、イギリス植民地軍の兵士、つまりケニアの黒人兵であり、少年たちは鼓手、男はラッパ手だった。ラッパ手は私生活上のむずかしいもめごとのせいで気が狂った。これは土地の人に時おりおこることだ。はじめ彼は兵舎の上めがけてライフル銃をうちまくり、弾がなくなると二人の少年をトタンづくりの自分の住まいに連れこんで閉じこもり、そこで少年たちと自分の喉を切って死のうとした。先週病院に送りこまれてきたときの三人の様子を見られなかったのは残念でしたね、と看護人は言う。全身血まみれで、絶命しているとしか思えなかったそうだ。今はもう危機を脱し、殺人犯は正気をとりもどしていた。

病棟の語り部が物語るあいだ、話の登場人物である三人の患者は息をこらして聞きいった。話の細部について本人たちが口をはさむ。少年たちは出ない声をふりしぼって訂正し、二人にはさまれたベッドに寝ている男に意見をただした。少年たちは、この殺人犯が自分たちの物語をできるかぎりおもしろく私に伝える手助けをしてくれると信じきっていた。

「あんたは口から泡をふいていただろ？　大きな声でわめいていなかった？」少年たちは男にたずねる。「あんたはおれたちをイナゴぐらいにこまぎれにしてやると言っていたよね」

この人殺しは悲しげな様子で「そうだ、そうだったよ」と言った。

私はときどきナイロビで半日ほど時間をつぶさなければならないことがあった。仕事上の会合待ちのこともあり、海岸からの列車がおくれてヨーロッパからの来信を待つこともあった。そんなとき、なにもすることがないと、土地の人のための病院に行って、回復期の患者を二、三人気晴らしの短いドライヴにさそうことにしていた。ワンヤンゲッリの入院中、エドワード・ノーゼイ総督はロンドン動物園に送る予定の若いライオンを二頭飼っていて、総督公邸の庭のおりに入れていた。このライオンは患者たちの興味の的になり、みんなが見に行きたがった。私はこのイギリス植民地軍の鼓笛隊の患者たちに、よくなったら見に連れていってあげると約束していたが、彼らは三人揃ってよくなるまで、誰も抜けがけしようとはしなかった。ラッパ手の回復がいちばんおくれた。この男がよくなって外出できるようになるよりずっと前に、少年のうち一人はもう退院になっていた。この子は毎日病院にやってきて男の病状をたずね、いっしょにドライヴに行く機会をのがすまいとしていた。ある日の午後、病院の庭で私はこの少年に出あった。ラッパ手はまだひどい頭痛がするのだが、それも頭のなかが悪霊でいっぱいなのだからあたりまえだと、少年は話してくれた。

ついに一同揃って出かけられる日がおとずれ、三人はライオンのおりの前で深いもの思いに沈んだ。若いライオンのうち一頭は、長いこと見つめられたのでいらだって、突如身をおこし、のびあがるようにして短く吠えた。見物人たちはおびえ、いちばん年弱の少年はラッパ手のうしろに身をかくした。帰り道にこの子がラッパ手にむかって言った。「あのライオンはあんたみたいに悪いやつだね」

この間ワンヤンゲッリの事故の処理は、農園内ではずっとそのままになっていた。家族の誰かれはときどき治療の経過を聞きにやってきたが、病院がこわいので誰も見舞いにはゆかず、ワンヤンゲッリの幼い弟がただ一人の例外だった。カニヌもまた、劫《こう》を経たアナグマが様子をさぐりにくるように、夜更けになるとやってきては、ワンヤンゲッリのなおり具合を私からききだそうとする。ファラと私はときどき二人だけのあいだでワンヤンゲッリの苦痛の程度をおしはかり、それを羊の数に換算してみる。

事故がおきて二、三ヵ月後、ファラがこの事件の新しい展開をしらせてきた。こういう場合、ファラは私の夕食中に食堂に入ってきて、背筋をのばしてテーブルの向かい側に立ち、私の蒙をひらく優越した態度を示すのだった。ファラは英語もフランス語も達者だが、独特の言いまちがいがいくつかあって、決してそれをなおそうとしない。「を除外して（except）」のかわりにいつも「正確に（exactly）」と言う。「灰色の牛を正確に、全部の牛が帰ってきました」このあやまりをなおすかわりに、ファラに話すときには私のほうが彼の言いぐせにならうことにした。ファラの表情は落着きと威厳にみちていたが、話を切りだすときにはよくあいまいな態度を見せるのが彼のやりかただ。「メンサヒブ、例のカベロのことですが……」これがその晩の番組だった。なにを言いだすのかと、こちらは待ちかまえる。

しばらく間をおいて、ファラはふたたび話題をとりあげる。「メンサヒブ、あなたはカベロが死んでしまって、ハイエナに喰われたと思っておられる。ところが死んではおりません。マサイ族のところで暮しているのです」

私は半信半疑で、どうしてファラがそれを知ったのかとたずねた。「わかりきったことです。カニヌはあんなに大勢の娘たちをマサイ族にとつがせています。マサイ族を正確に（除いては）助けてくれる人はいないと思って、カベロは姉の夫のところへ逃げていったのです。カベロが危険な目にあったのはたしかですがね。逃げる途中木の下で夜あかしして、ハイエナにねらわれたことでしょう。いまカベロはマサイ族と暮しています。牛を何百頭と持っている年とったマサイ族がいまして、その人は子供がありません。カベロを養子にしたがっています。カニヌはこういうことを百も承知で、養子にやる相談に何回も出かけています。けれどカニヌはあなたに話すのがこわいのです。もし白人にこのことが知れたら、カベロはナイロビで絞首刑になるだろうと思っていますから」

ファラはいつもキクユ族を見くだした態度で話す。「マサイ族の妻たちは子供を産みません。キクユ族の子供でさえ、よろこんで養子にするのです。だから、子供がよくさらわれてゆくのですよ。しかし、このカベロの場合には、成人したら農園に戻ってくることになるでしょう。カベロはマサイ族のようにいつもあちこち移動しながら暮すのがいやなのです。キクユ族はなまけ者だから、そういう生きかたはできません」

消えゆくマサイ族の運命が年をおうごとにみじめにかわってゆくさまは、川をへだてたこの農園からも見てとることができた。マサイ族は戦士でありながらもはや戦いを禁じられ、爪を抜かれて死にゆくライオン、去勢された部族と化していた。槍は没収され、華やかで巨大な楯《たて》すら取りあげられたかつてのライオンたちは、禁猟区で家畜を放牧している。あるとき農園で、荷役に使う若い雄牛を三頭去勢したことがある。手術のあと、コーヒー工場の庭に閉じこめておいた。その夜、血の匂いをかぎつけたハイエナがやってきて、三頭とも喰い殺した。マサイ族の運命はこの牛たちを思わせる。

「カニヌの妻君は息子を長いこと手ばなさなくてはならないので、悲しがっていますよ」とファラは言った。

ファラの言葉を信じてよいものかどうかわからなかったので、私はカニヌを呼びつけることはさしひかえた。だが、カニヌが自分のほうからやってきたとき、このことを話してみようと思って、いっしょに外へ出た。「カニヌ、カベロは生きているの？　マサイ族のところにいるの？」土地の人が不意うちをくらってあわてることは決してない。私はカニヌは私の質問を聞くや、いきなりなくなった息子のことを嘆いて泣きだした。私はしばらく泣くにまかせ、その様子を観察していた。そしてもう一度こう言った。「カニヌ、カベロを連れて帰りなさい。首をくくられるようなことはありませんよ。この農園で母親といっしょに暮させておやりなさいな」私が話しているあいだも、カニヌは泣きつづけて耳をかそうとはしなかったので、たまたま不運にも「首をくくられる」という言葉だけが聞こえたらしく、その嘆きぶりはさらにひどくなった。カベロの将来がどんなに有望だったか、子供たちの誰よりもカベロを可愛がっていたのに、と、くどきはじめた。

カニヌには子供や孫が大勢いて、彼の集落は私の住まいのじき近くなので、いつも幼い子供たちがうちのまわりに来ていた。カニヌの孫にあたる小さな男の子がいる。マサイ族にとつがせた娘たちの一人が子供を連れて出戻ってきた。その子の名はシルンガという。マサイ族とキクユ族の混血が、この子にいっぷうかわった活力を与えていた。到底人間とは思えないくらい、野生的な創意と気まぐれにみち、この農園に住みついた小さな炎、夜ウグイス、小鬼そのものである。だがこの子はテンカンもちで、そのためほかの子供たちは気味わるがって、遊びからのけものにし、シェイタニ（悪魔）とあだ名をつけていた。こうした様子を見て、私はこの子をうちに引きとることにした。病気があるので仕事はできないが、シルンガは私にとってこのうえない道化者の役を果たした。どこへ行くにも、チョコチョコうごく小さな黒い影のように私についてまわる。この子を私が可愛がっているのをカニヌは知っていて、それをほほえましく見まもる祖父らしい態度をとっていたのだが、いまや彼はシルンガへの私の愛着につけこみ、逆にそれを武器にして迫ってきた。カベロをなくすくらいなら、シルンガが十回もヒョウに喰われるほうがましだったと、カニヌは大げさに強調した。カベロがいなくなった今となっては、シルンガもいなくなればいい。それでもどうということはない。カベロこそ、目にいれても痛くない愛し子《いとご》であり、心の支えだったのだから、と言う。

もしカベロがほんとうに死んだのなら、カニヌの嘆きは息子アブサロムの死を嘆くダビデとおなじで、悲しいことにはちがいないが、放っておくほかない。だがもしカベロが生きていて、マサイ族のところにかくれているとしたら、これは悲劇どころの沙汰ではなく、カニヌの態度はわが子を逃がしおおせるための戦いであり、子供の生命を救うための苦闘にほかならない。

生まれたての仔鹿をかくしてある場所に、それと知らずに近づいたとき、平原でガゼルがこれとおなじふるまいをするのを見たことがある。ガゼルは踊ったり、目のまえまで近づいたり、跳びはねたり、ふざけてみせたり、脚をいためて走れないふりをしたり、あらゆる努力をはらって、仔鹿がいることを人間にさとらせまいとする。ふと気がつくと、まさに馬のひづめにかからんばかりのところに、生まれたての仔鹿が身うごきもせず草に頭を伏せて、息をひそめている。母鹿はこの仔鹿を救うために踊りまわっていたのだ。小鳥も雛たちをまもるためにおなじ手を使う。人間の気をひくように飛びまわり、なんとも賢いことには、羽根を地面に引きずって、傷ついて飛べずにいる演技さえやってのける。

カニヌはいま、私にむかっておなじことを演じているのだ。息子の生命がかかっていると思えば、これほどの熱意と演技力を、この老いたキクユ族は発揮できるのか。嘆きの身ぶりに骨身を惜しまず、その演技のなかで性別を変えることさえためらわない。カニヌは年老いた母親、雌鶏、雌ライオンとおなじ様子を見せている。この演技は明白に、女性特有のものである。なんともグロテスクだが、それは同時に尊敬に値いする演技だった。雌と交代で卵をあたためる雄ダチョウを思わせる。こうした策略に心を動かされない女はいない。

「カニヌ、カベロが農園に帰りたければ、いつでも帰れるのですよ。なにもあぶないことはありません。でも、そのときにはかならずカベロを連れてきて、私に会わせるようにね」カニヌは急にだまりこみ、それからおじぎをして悲しげに立ちさった。広い世間で最後の友を失った人のように見えた。

カニヌはこのときの私の言葉をおぼえていて、その通り実行したことを、ここで言いそえておこう。五年たって、私のほうは事件のことをあらかた忘れてしまったころ、カニヌがファラを通じて面会を求めてきた。出てみると、カニヌは片足で立ち、威厳のある態度を示したが、内心は不安らしい。愛想よく挨拶してから、やおらこう言った。「カベロが帰っています」もうそのころには私も間をおくすべにたけていたから、私はひとことも言わずだまっていた。老いたキクユ族は私の沈黙の重さを感じとり、立っている足を変え、まぶたをふるわせた。「うちの息子のカベロが、この農園に帰ってきました」と彼はくりかえした。「マサイ族のところから？」と私はたずねた。とたんにカニヌは、私に口をひらかせることができたからには、これで和解が成立したと思ったらしい。まだ笑いこそしないが、ずるい様子の笑いじわを顔いちめんに見せ、いまにも笑みをこぼしそうになった。「はい、ムサブ、そのとおりです。マサイ族のところから帰ってきました。あなたのお役にたつためにです」カベロのいないあいだに政府は土地の人の住民登録制度、キパンダなるものを制定していたので、ナイロビから警察官に出張してもらって、カベロをこの農園の住民として正式に登録してもらう必要がある。そこで、カニヌと相談して日を決めた。

当日、カニヌと息子は役人の到着よりずっとまえにやってきた。カニヌはほがらかな調子でカベロを私にひきあわせたが、実のところこの取りもどした息子にいくらかおびえてもいるようだった。それももっともなことで、というのは、マサイ族はこの農園から引きとった仔羊を若いヒョウに変えて戻してよこしたからだった。カベロにはマサイ族の血統がまじっていたとしか思えない。マサイ族のなかで暮し、その習慣になじみ、訓練を受けただけでこれほどの変身がおこることはあり得ない。私の前に立つカベロは、頭から爪さきまで、マサイ族そのものだった。

マサイの戦士は立派な風采をそなえている。この若者たちは、西欧人が「シック」と呼ぶ特殊な知性のひらめきにこのうえなく恵まれている。勇敢で荒々しく、異様に見えながら、しかも彼らはみずからの天性に不動の信念をもち、内なる理想に忠実である。その態度には気どりがなく、外来の作法を模倣しない。内面からにじみでる、マサイ族とその歴史そのものが彼らの動作となって現れている。マサイ族の武器と美々しい装束は、雄鹿の枝角とおなじで彼らの存在の一部をなしているのだ。

カベロは髪型をマサイ族ふうに変えていた。長くのばして紐といっしょにふとい三つ編みにし、皮製の鉢巻をしめている。マサイ族特有の、あごを前に突きだす姿勢が身につき、その様子は盆の上でむっつりした尊大な顔を相手に見せつけているようだ。カベロはまた、マサイの若い戦士によくある、かたくるしく受動的で、しかも横柄な態度をも身につけていた。このように変身したカベロは、いわば一種の観賞品と化したも同然で、彫像のように人から眺められはするが、自分のほうからは見ようとしないのだ。

若いマサイの戦士たちはミルクと血を常食とする。彼らの皮膚のすばらしいなめらかさと光沢はおそらくこの食事からくるのだろう。高い頬骨と、勇ましく張ったあご骨をもつ顔はつややかで、しわひとつなく張りきっている。ものを見ようとしない細い眼は、モザイクのなかにしっかりはめこまれた二つの黒い石のようだ。若い戦士は全体としてモザイクに似ている。首の筋肉は一種不気味な感じに盛りあがり、怒ったときのコブラか雄のヒョウ、または闘牛の首を思わせる。この首の筋肉の厚さはあきらかに生殖力を示すもので、女性をのぞく全世界に対して戦いを宣するほどに強力なものである。ふくらんだなめらかな顔、ふとい首、はば広く丸みをおびた肩に対してきわだった対照をなす、ほっそりした胴と腰、ぜい肉のないひきしまったふともとひざ、そして長くまっすぐで力強い脚。こうした体型は、飽くことを知らぬ貪欲さの極致に達するほどのきびしい鍛錬を経た人間の印象を与える。

マサイ族は一直線上を踏んでゆくような堅苦しい歩きかたをするが、腕や手首や手の動作はきわめてなめらかだ。若いマサイ族が弓矢を使うとき、ひきしぼった弦をはなつ長い手首の筋肉の動きは、はなたれた矢とともに音を発するかとさえ思われる。

ナイロビからきた警察官はイギリスから着任したばかりで、ひどく仕事熱心だった。あまり流暢《りゅうちょう》なスワヒリ語を話すので、カニヌと私は彼がなにを言っているのかさっぱりわからなかった。この警察官はずっとまえにおこった猟銃発射事故にとても関心をもち、カニヌをくわしく尋問したので、カニヌはだまりこんでしまった。ようやく尋問をおえた警察官が言うには、カニヌはひどい目にあわされた。この事件はナイロビで再審されるべきだ。そこで私は、「そうしたら、あなたも私も、何年間かその再審にかかりきりになることでしょうよ」と答えた。警察官は、失礼ながら、正しい裁判が実施されるためには、時間のことなど問題にすべきではないのですと言った。カニヌは私のほうを見た。一瞬自分がわなにかかったと思ったのだ。結局、この事件はもう時効にかかっていて、いまさらどうしようもないことが判明した。カベロは法的にこの農園の住民として登録された。

しかし、こうしてカベロが無事に帰ったのはずっと後のことである。五年間、カベロは農園の人びとにとっては死んだも同然で、マサイ族と放牧生活をしていたし、カニヌにはまだいろいろ解決すべき問題があった。事件のかたがつくまでには、さまざまな圧力がカニヌに加えられ、ズタズタに切りきざまれるも同然の目にあわなければならなかった。

この経過を私はくわしくは知らない。というのは、ひとつにはそれはあきらかにされにくい性質のものだったし、それに当時私自身にとっても事が多く、その後のカニヌの運命に関心をもちつづけるゆとりがなかった。農園内の雑事すべては私の心のなかで遠い背景として押しやられていた。ちょうど、時によって見えかくれするはるかなキリマンジャロ山のように。土地の人たちは私の気持がほかのことに向けられているこうした期間をやさしく受けとめていた。まるで私がべつの次元に行っていたように受けとり、ふたたび私がふだんの状態に戻ると、気持がそれていた時期のことを私が実際に農園を留守にしていたときとおなじ言いかたで話してくれるのだった。「あなたが白人たちのところに行っていたあいだに、あの大木が倒れましたよ。そして、うちの子供が死にました」

ワンヤンゲッリがよくなって、退院できるようになったので、私はこの子を農園に連れて帰った。その後はンゴマの会場とか平原でときたま出あうだけだった。

ワンヤンゲッリが農園に戻ってから数日後、父親のワイナイナと祖母が訪ねてきた。ワイナイナは小柄でまるまる肥っている。ほとんどの人が痩せているキクユ族としてはめずらしい。うすいまばらなひげをはやしたこのワイナイナのもう一つの特徴は、人の顔をまっすぐに見られないことだった。これは一人でひきこもるのが好きな、一種の精神的穴居人のような印象を与える。同行してきた彼の母親は、たいへん年のいったキクユ族だった。

この土地の婦人は頭をそっている。ふしぎなことだが、なにか黒ずんだ木の実のように見えるこのまるく小さなすっきりした頭を、ほんとうの女らしさのしるしとうけとり、逆に髪のある女の頭はひげをはやしているのも同然の、女らしくないことだと感じるようになるのに、それほど時間はかからない。ワイナイナの老母はしなびた頭に一房の白髪をたくわえ、その様子はひげをそらない男同様、だらしなくたしなみに欠けた感じだった。老母は杖にすがって、ワイナイナが話すのにまかせていたが、話のあいだじゅう、その沈黙は火花を散らすかと思われるほどだった。この老母は荒々しい活力にみちあふれているのに、しかもそれがまったく息子にはうけつがれていない。この二人はまったくウラカとラスカロの組みあわせ*なのである。しかし、もっと後になるまで私はそのことに気づかなかった。

二人がもちだした用件はおだやかなものだった。父親が言うには、ワンヤンゲッリはトウモロコシを嚙めない。ところが自分たちは貧しくて、小麦粉も十分にないし、乳牛ももっていない。だから、ワンヤンゲッリの件がかたづくまで、私の乳牛のミルクをすこしずつ分けてもらえまいか。そうしないと、賠償の家畜がもらえるまで、子供の生命を保つことはおぼつかない、と言う。ファラはソマリ族相手の自分の裁判沙汰でナイロビに出かけていた。そこでファラとの相談なしに、私はうちの乳牛から毎日びんに一本分のミルクをワンヤンゲッリに与えることを承諾した。ハウスボーイたちにこの毎朝のミルクの手配を言いつけたところ、みんな奇妙に気のすすまない、不愉快そうな様子を示した。

それから二、三週間たったある晩のこと、カニヌがやってきた。夕食後、暖炉の火のそばで本を読んでいるところへ、いきなり姿をあらわしたのだ。土地の人はだいたい戸外で相談ごとをするほうが好きなので、部屋に入って扉をしめたカニヌのふるまいから察して、なにかおどろくような話があるにちがいないと私は思った。まず第一におどろかされたのは、カニヌがだまりこんでいることだった。例の巧妙でおせじたっぷりの弁舌は、舌を切られでもしたように全然発揮されず、そこにカニヌがいるのに、部屋は静まりかえっていた。この大柄な老キクユ族はひどく大儀そうで、杖に身をささえ、人間なしの衣類だけがそこに立っているかと思えた。眼は死人のようにおぼつかなく、カニヌはくりかえし乾いたくちびるを舌でしめらせていた。

ついに口をきったカニヌは、ただのろのろと陰気な調子で、ものごとがうまくいっていないと言うだけだった。しばらくして、どうでもいいことなのだが、といったあいまいな口ぶりで、もうワイナイナに羊を十頭渡したのだとつけくわえた。さて、ワイナイナはさらに雌牛一頭と雌の仔牛一頭を渡せと言っている。自分はそれに応じるつもりだ、とカニヌは言う。まだキャマでの結論が出ていないのに、なぜそんなことをするのかとたずねても、カニヌは答えないし、私を見ようともしない。その晩のカニヌは、つぎの目的地を失った旅人か巡礼さながらだった。なにかのついでにふらりと立ちよって私に報告し、またなんとなく立ち去ろうとする。これは病気としか考えようがない。すこし間をおいてから、明日病院に連れていってあげると私は言った。するとカニヌは、つらそうな眼つきでちらりとこちらを見た。人をあざむく手くだにたけたこの人物が、いまや手ひどく人からつけこまれている。出てゆくまえ、彼は奇妙なことをした。手を顔にもっていって、涙をぬぐうようなしぐさをしたのだ。カニヌに涙があるとは！　しかも

＊魔術を使う母親と無気力な息子の組みあわせ。ハイネの詩『アッタ・トロル』に登場。

役にもたたないとき涙を流すとは！　これは巡礼の杖が芽ぶき、花ひらくのとおなじくらいの奇跡である。私がほかのことに気をとられているあいだ、農園ではなにがおこったのだろう？　カニヌが帰ると私はファラを呼んで事情をたずねた。

ファラはときどき、この土地の人の事件など、彼が気にかけるに値いしないし、私の耳にいれる値うちもないという態度を見せて、話したがらないことがある。しまいにやっと話してはくれたが、そのあいだじゅう、私の後ろの窓から見える星に眼をやっていた。カニヌが気落ちしたのは、ワイナイナの母親のせいだという。この老婆は魔女で、カニヌに呪いをかけたのだ。

「でもファラ、もちろんカニヌは年の功をつんでいるし、賢いのだから、呪いを信じたりするわけはないでしょう」と私は言った。

ファラはゆっくり答えた。「いいえ、メンサヒブ。そうではありません。あのキクユ族の婆さんはほんとうに呪いをかけられるらしいですよ」

あの老婆はカニヌに言った。そのうちお前さんの雌牛たちは残らずひどい目にあうだろうよ。そのときになったら、はじめから全部の牛をワイナイナにくれてやったほうがましだったと思うだろうよ。やがてカニヌの牛たちはつぎつぎに盲目になっていった。この試練のせいでカニヌの心は、ゆっくりと重いものを積みかさねてゆく昔の拷問にかけられた人たちの骨や筋肉のように、次第にバラバラに崩れていった。

キクユ族の魔術のことを話すファラの口調は、農園で口蹄疫が発生したときのように事務的かつ心配げだった。それをつきとめることはできないが、農園の家畜は被害をこうむるだろう。

その夜私はおそくまで眠らずに、農園内での魔術の働きを考えていた。はじめは古い墓場から起きあがってきたものが窓に顔をおしつけてなかをうかがっているような不気味な思いがした。どこか川岸のあたりでハイエナの鳴く声がする。夜になるとハイエナに変身する老婆たちがいるという、キクユ族の狼人間の伝説を思いだした。ワイナイナの老母は、いま川岸を徘徊し、夜の大気に歯をむきだしているのかもしれない。私は次第に魔術の存在をうけいれる気持になった。それはあって当然なのかもしれない。アフリカの夜のなかではさまざまなことがおこる。

「あのお婆さんはずるい」と私はスワヒリ語で考えた。「術を使ってカニヌの雌牛を盲目にしておいて、自分の孫を養うのは私にたより、ミルクを私の雌牛から取りたてているのだから」

私はさらに考えつづけた。「この事故が原因でおきた一連の出来ごとは、農園の健全な運営をそこなうところまできている。これは私の責任だ。新手の援軍を求めないと、このままでは農園は悪夢のなかをさまようことになりかねない。そうだ、キナンジュイに来てもらおう」

5　キクユの族長

大族長キナンジュイは農園の北東九マイルほど、フランス宣教団に近いキクユ族居留地に住み、十万人あまりのキクユ族の長として君臨していた。彼は威厳のある態度と大きな器量をもつ、世故にたけた老人である。世襲の族長の子として生まれたのではないが、だいぶ前にイギリス人の任命で族長になった。というのは、イギリス人がこの地方のキクユ族の正嫡の支配者とそりがあわなくなったからだった。

キナンジュイは私の友人で、いろんな場合に助けてくれる。彼の集落を何度か訪ねたことがあるが、ほかのキクユ族の集落同様きたなくて蠅《はえ》がたくさんいる。だが、私の知るかぎりどこの集落よりもはるかに規模が大きい。というのは、族長の地位にふさわしく、キナンジュイは結婚のよろこびを大いに享受していたからである。集落は瘦せて歯のない、杖にすがって歩く老婆から、丸顔にガゼルの眼をした細身の若い女まで、あらゆる年齢層の妻たちで活気にみちている。妻たちはみんな、輝くしんちゅうの輪で腕と長い脚を覆っている。子供たちは蠅のようにそこらじゅうにかたまりをつくっている。

成人した息子たちは頭に飾りをつけ、まっすぐに背をのばしてあちこち動きまわり、いろんなもめごとをひきおこしていた。いつかキナンジュイは私に、いま戦士の年齢の息子たちが五十五人いると言っていた。

この老いたる族長は豪華な毛皮の衣をつけ、白髪の長老たちを二、三人従え、戦士の息子たちを何人かひきつれて、私の農園に遊びにきたり、または政府の仕事の帰りに一息いれにたちよったりする。そんなときは、芝生まで運びだしたベランダの椅子に腰をおちつけ、長老たちや護衛の戦士にかこまれて、私の届けさせた葉巻をふかしながら、ゆっくりと午後のひとときをすごすのだった。キナンジュイがきたと知ると、うちのハウスボーイや借地人たちは芝生に寄りあつまり、農園での出来ごとをあれこれ話してもてなした。この寄りあいは大木の下でやる政治談義のようなものだった。こうした集りでのキナンジュイは彼独特のふるまいを見せる。議論が長びきすぎると、彼は椅子にふかくもたれ、火のついた葉巻を持ったまま、眼をとじて深くゆっくり呼吸し、低い規則的ないびきをかく。これは一種の公式的な居ねむりなので、おそらく彼が自分の宰領する会議用に発見したものらしい。ときどき私も椅子を持ちだしてキナンジュイと話をかわした。そういう場合彼はまわりの者たちを遠ざけて、これは人びとを治めてゆくための真剣な話しあいなのだということを示そうとした。私が知りあったころのキナンジュイはもはや人生に疲れ、昔のおもかげはなかったそうだが、私と二人だけでのびのびと話すときにはたいへん独創的なひらめきを見せ、ゆたかでおそれを知らぬ、想像力にみちた心の動きを示した。キナンジュイは人生というものを考えぬき、それについて独自のかたい信念をもっていた。

何年か前、ある出来ごとがあって、おかげでキナンジュイと私のあいだには強い友情が結ばれた。

キナンジュイが訪ねてきたとき、ちょうど私はこれから高地に出かけてゆく友人と昼食をしていた。友人が出発するまで、このキクユの族長のために時間をさくわけにはゆかなかった。日照りのなかを長く歩いてきたことだろうし、こちらが待たせるあいだ、キナンジュイになにか飲みものを出さなければならない。ところが一杯分に足るだけの飲料を切らしていた。そこで私と来客は、家に残っていた強い酒をいろいろ集めて、やっとタンブラー一つ分にした。アルコール分が強いほど、飲むのに時間がかかるから、キナンジュイをしばらく放っておかねばならない私にとっては都合がよいと思った。ところがキナンジュイは、にっこりして飲みものに軽く口をつけたあと、これまで私が男性から受けたなかでもとびきりの深いまなざしで見つめると、あおむけになってタンブラーの中味を一気に飲みほしてしまった。

半時間後、友人が車で出発すると、ハウスボーイがやってきて言った。「キナンジュイが死にました」その瞬間、悲劇とスキャンダルが大きな墓の影のように私のまえに立ちはだかる思いがした。私は様子を見に外へ出た。

キナンジュイは台所のわきの日かげに横たわっていた。まったく無表情で、唇も指も蒼くなり、冷えきっている。これは象を射殺したも同然だ。大地を闊歩《かっぽ》し、あらゆることについて彼独自の意見をもっていたこの偉大な存在が、私の手にかかって倒れるとは。キクユ族たちが猿の毛皮の衣をぬがせて水をかけたので、キナンジュイは見るかげもなくなっていた。裸にされたその様子は、狩の記念に角や牙を切りとったあとの獲物のようにみじめだった。

ファラに医者を迎えに行ってもらおうとしたが、車が動かない。それにキナンジュイの従者たちは、なにか手をうつのはもうすこし待ってほしいと言ってきかないのだった。

一時間後、もう一度従者たちと話しあおうと、重い気持で外に出ようとしたとき、ハウスボーイがやってきて報告した。「キナンジュイは帰りましたよ」キナンジュイは突然意識をとりもどし、衣をまとうと、従者をひきつれて、一言の挨拶もなしに、九マイルはなれた自宅をさして歩いて帰っていったのだ。

この事件をキナンジュイは、彼をよろこばせるために私があえて危険をおかしたのだと取ったらしい。というのは、土地の人にアルコール飲料を与えるのは禁止されていたからである。その後農園を訪ねてくれるとき、キナンジュイは私たちといっしょに葉巻をたのしみはしたが、決して酒を求めようとはしなくなった。もしほしいと言われれば私はもちろん出すつもりだったが、もう二度とたのむ気はしなくなったらしい。

さて、私はキナンジュイの村に飛脚をさしむけて、猟銃発射事故の次第を説明し、農園まで出むいて決着をつけてほしいという依頼状を送った。ワイナイナにはカニヌが話していた雌牛と雌の仔牛を与えることにして、それで一件落着としてはどうかという私の意見も書きそえた。私はキナンジュイがきてくれるのを待ちかねていた。人を心服させる力のある人を友人にもつのはありがたいことだ。

この手紙のせいで、しばらく沈静状態だった例の事件は再燃し、一挙に結末にこぎつけることになった。

ある昼さがり、馬で家に帰る途中、猛烈なスピードで走ってきた車が片側の車輪だけを使う急カーブをきって、私の家の車寄せに乗りつけるのを見かけた。ニッケルの装飾をゴテゴテつけた真紅の車で、一目でナイロビのアメリカ総領事のものだとわかった。総領事がこれほどいそいでここにやってくるとは、いったいなんの用なのかと、私はいぶかしく思った。裏庭で馬を降りると、ファラがやってきて、族長キナンジュイが到着していますと言う。キナンジュイは、つい昨日アメリカ領事から買いとったばかりの自家用車で乗りつけてきたわけで、車中にいる彼の姿を私が見とどけるまでは、車から降りないと言っているのだそうだ。

背すじをまっすぐにのばして車におさまりかえったキナンジュイは、偶像さながら、微動だにしなかった。アオザルの大きな毛皮をまとい、キクユ族が羊の胃袋でつくる、頭にぴったりはまる小さな丸い帽子をかぶっている。この人物は丈高く肩はばも広く、どこにもぜい肉がなくて、いつ見ても堂々としている。アメリカ・インディアンのように頭頂に向けて斜めになった額をもつ骨ばった長めの顔は、誇りにみちている。その鼻梁は太くきわだっていて、鼻こそが人間という存在の中心であり、この堂々たる全身像はすべてただこのはばひろい立派な鼻を運ぶためにあるのだと思いたくなるほどだ。キナンジュイの鼻は象さながらに勇敢でものおじせず、また極度に敏感で思慮に富み、攻撃にまわっては激しく、守備にあたってたじろがない。つまるところ象は、キナンジュイ同様、あれほど賢げに見えさえしなければ、その顔は最上の高貴さを示すところだったのに。

車中のキナンジュイは、私が車をほめても返事もせず、ピクリとも動かない。私の位置から彼の顔がメダルに打ちだしたプロフィールそのままに見えるよう、まっすぐ前を見つめたままでいる。ためしに車の前方にまわってみると、今度はキナンジュイは真横に首をねじって、公式の横顔をそのまま保とうとする。おそらく、ルピー貨に打ちだしてある英国王の横顔が彼の念頭にあったのだろう。運転手はキナンジュイの若い息子で、車のエンジンは乱暴な運転のせいで焼けきっている。この謁見の儀式が終ったところで、私はキナンジュイにどうぞお降り下さいとたのんだ。彼は大きな毛皮の衣を威厳のある身ぶりでかきよせ、ゆったりと車から出た。その一歩でキナンジュイは二千年をさかのぼり、キクユ族の法廷に臨んだのである。

うちの西側の壁ぎわに石の腰かけがあり、その前に石臼《いしうす》でつくったテーブルが置いてある。この石臼にはいたましい前歴がある。殺された二人のインド人が使っていた石臼の上半分なのだ。殺人事件のあと、だれもこの石臼にはふれようとせず、長いこと置きざりになっていた。それをうちまで運ばせて、テーブルがわりにしたてることにしたのは、デンマークの暮しを思い出させてくれるからである。この石臼はボンベイから海を渡ってきた。アフリカの石は硬度が足りなくて、製粉用には使えないのだと、インド人の製粉業者たちは言っていた。表面には模様がきざんであり、茶色の大きなしみがいくつか見える。うちのハウスボーイたちはそれを殺されたインド人たちの血痕だと思いこみ、だから決して消えないのだと言っていた。土地の人たちと交渉するとき私はいつもこの石臼をはさんで話しあうので、石臼はある意味で農園のかなめとしての働きをもっていた。ある年のはじめ、新月と金星と木星が、三つともごく近く、群をなして空にかかるのを、デニス・フィンチ＝ハットンと私が目のあたりにしたのは、この石臼のテーブルに向かう石の腰かけに坐っていたときだった。それは現実とは思えないほどの輝かしい眺めだった。この現象を私はそれ以来二度と見ていない。

　私はその腰かけに坐り、左手にキナンジュイが座を占めた。ファラは私の右側に立ち、キクユ族たちに注意ぶかい眼をそそいでいた。キナンジュイ来訪のうわさが農園にひろがり、キクユ族たちは私の家めざしてつぎつぎに集ってきて、家をとりまいた。

　ファラが土地の人たちに示す態度は十分画題になる。マサイ族の戦士たちの装束や顔だち同様、ファラの態度も一朝一夕に身についたものではなく、過去数世紀にわたる歴史の産物なのである。それを築きあげた力はかつて石造りの大建築をつくりだしもしたが、もはやそれらの建物は崩れ果てた。

アフリカに着いてまずモンバサに上陸すると、灰色のバオバブの老木が見える。この木はこの世の植物とは思えないようなかたちで、巨大な多孔性の化石、箭石《やいし》を思わせる。そうした老木群のなかに、家々やミナレットや井戸の遺構が散在している。同様の遺構が海岸沿いにははるかタカウンガにもカリフィにも、またラムにも見られる。昔、象牙と奴隷の売買にたずさわったアラブ人の町々の名ごりである。

アラブ商人たちの大三角帆船はアフリカをめぐる良風の途を知りつくし、ザンジバルの中央市場に至る海上の路をたどった。アラジンが宝石を背負った四百人の黒奴をスルタンのもとに送った時代、そして夫の留守中、黒人の情夫と宴にふけったスルタンの妃が、狩猟から帰って妃のふるまいを知ったスルタンによって死刑にされたその時代、すでにアラブの商人たちはザンジバルへの航路に親しんでいた。

この偉大な商人たちは富み栄え、やがて寵妾たちをモンバサやカリフィにともない、大洋の白浪の続く海岸のほとり、火炎樹の花咲くあたりに別邸をかまえ、さらに内陸の高地へと商いをひろげていったのだろう。

というのも、このきびしい荒地、灼けこげて乾いた平原、水のない人跡まれな広野、川沿いにはば広いイバラの茂みのつづく地、黒い土に小さな目だたない、強い薫りをはなつ小花の咲くこの土地から、アラブ商人たちは富を得ていたからである。アフリカの屋根ともいうべきこの高地には、偉大な賢い存在が、象牙をはやしたその巨体をゆすって動きまわっていた。象は深く思いにしずみ、誰からもさまたげられたくなかった。だが、ひそかにその跡を追う者たちがいた。象は小柄で褐色の肌をしたワンドロボ族の毒矢にかかり、アラブ人たちの銀の象眼で飾った長い先込め銃で射たれ、わなにかかって深い穴に落ちた。すべては例の長くなめらかな薄茶色の牙のためで、アラブ商人たちはその富を得ようと、ザンジバルで待ちかまえていた。

この高地にいたのは象だけではない。森林をわずかばかり切りひらき、焼け畑をつくって芋やトウモロコシを植えている、争いごとを好まない温和な人びとが住んでいた。戦いも苦手、道具を考案するのも苦手で、ただ自分たちのあるがままの暮しをつづけたいとねがっているこの人びとが、象牙とともに市場で高値を呼んだ。

大小さまざまの猛禽類《もうきんるい》がこの高地に襲来した。

ありとある人肉喰いの悲しい鳥たちが……

集っている。頭骨があらわになるまでむさぼり食う鳥もあり、

他の鳥たちは絞首台の上で鹿毛色のくちばしをぬぐい、

また別の鳥は、折れた帆柱から船具をひきはがし……

冷酷で好色なアラブ人たちがやってきた。彼らは死をさげすみ、商売の余暇は天文学、

代数、妾たちに熱中した。アラブ人とともにやってきたのが、その庶出の弟分のソマリ族である。ソマリ族は気短で喧嘩早く、性については禁欲的、金銭については欲がふかい。アラブ人として生をうけなかったふしあわせを熱烈な回教徒になることで埋めあわせ、マホメットとおなじ民族に生れあわせた人びと以上に、この聖なる予言者の掟に忠実であろうとする。このソマリ族と行動をともにしたのがスワヒリ族である。スワヒリ族はもともと奴隷根性の持主で、残酷、卑猥、陰険、しかも分別に富み、人を笑わせる能力があり、年とるにつれてふとる。

高地への侵入者たちは、そこで土着のべつの猛禽類に出あった。マサイ族である。細長く黒い影のようにおしだまり、槍と重い楯を手にしたマサイの戦士たちは、侵入者を信頼せず、しかも同胞を奴隷に売るという悪事を働いた。

かつては、この高地にさまざまの猛禽類が集って談合したことだろう。ファラの話では、昔、ソマリ族がソマリランドから女たちを連れてくるようになるまえ、ソマリの若者たちはこの地方の民のなかでマサイ族の女としか結婚を許されなかったという。これはさまざまな点で、奇妙な結びつきだったといえよう。ソマリ族は信心ぶかいのにひきかえ、マサイ族はまったく宗教というものをもたず、現世を超えた存在などには一片の興味も示さない。ソマリ族は清潔で、よく体を洗い、衛生状態に気をくばることに労をいとわないが、マサイ族は不潔である。ソマリ族は花嫁が処女であることをなによりも重要視するが、マサイ族の娘たちは貞潔の徳など気にかけていない。こうした違いが問題にされない理由を、ファラはひとことで言ってのけた。マサイ族は未だかつて奴隷になったことがない。奴隷にはなれない気質の持ち主で、囚人にすらなれない。万が一牢に入れられれば、マサイ族は三ヵ月もしないうちに死んでしまう。そこで英国の植民地法はマサイ族に投獄刑を適用せず、罰金刑だけにしている。隷属の下では生き得ないこの頑固さのゆえに、この土地のあらゆるアフリカ人のなかで、マサイ族のみが、移民してきた上流階級のあいだで地位を得ている。

この高地に住む温和なリスやウサギのような人びとに対して、これらさまざまの猛禽類が飢えた眼をそそいだ。この土地でソマリ族は独自の地位をもっている。ソマリ族は自治がうまくない。カッとなりやすい気質で、どこであれソマリ族だけの集団内では、自分たちの伝統的な道徳規準をめぐって血で血を洗うもめごとに時をついやす。ところが命令を受けて行動する場合はすぐれた部下になれる。おそらくアラブ人の資本家たちは大胆な事業計画やむずかしい輸送をソマリ族に指示して全権をゆだね、自分たちはモンバサで待機していたのであろう。こうした背景があるので、土地の人びととソマリ族のあいだは牧羊犬と羊の関係に似ていた。海岸に到着するまで死なないように、途中で逃亡しないように、ソマリ族はするどい歯をむきだして油断なく奴隷たちを見張った。ソマリ族は金銭と利にさとく、与えられた命令をなしとげるためには食事も睡眠も犠牲にしてはばからない。高地からの輸送を果たして主人のもとへ帰りついたソマリ族は、おそらく骨と皮ばかりにやつれきっていたことだろう。

この昔の習慣はいまだにソマリ族の血のなかにうけつがれている。農園でスペイン風邪が流行したとき、ファラは自分も感染し、かなりの重症だった。だが、高熱にふるえながらも、ファラは私といっしょに借地人の家をまわって薬を届け、無理やり飲ませる仕事をやりとげた。この風邪にはパラフィンがよく効くと、どこかからきいてきたファラは、農園の住人たちのためにパラフィンを大量に買いこんだのだった。そのころファラの弟のアブドライが農園にいて、重症の風邪に苦しみ、ファラはたいへん心配していたのだが、それは単に個人としての彼の心を重くするにすぎず、大局的にはとるにたらぬことだった。農園の仕事には自分の義務と生計手段と信用がかかっている。死に瀕したこの牧羊犬は、なおも仕事から手を引かなかった。ファラはまた、土地の人たちの社会でなにがおこっているかによく通じていた。どこから情報を集めていたのか、いまもってよくわからない。ファラは限られた大もの以外には、キクユ族と交渉をもっていなかったのに。

反抗心をもたず、羊のようにがまん強い土地の人たちは、権力も保護者もないまま、自分たちの運命に耐えてきた。偉大なあきらめの才能によって、いまもなお彼らは耐えている。キクユ族はマサイ族のように隷属に耐えず死をえらぶことはないし、ソマリ族のように、傷つけられ、だまされ、軽んじられた場合、運命に挑戦することもない。異国の神とも親しみ、とらわれの境涯にも耐えてきた。キクユ族は、自分を虐待《ぎゃくたい》する人びととのかかわりのなかで、いっぷうかわった自分らしさの感覚をつちかってきた。虐待者たちの利益と特権は、虐待される側である自分たちなしには成立しないというからくりに気づいていた。奴隷狩りと奴隷売買での主役は、その商品である自分たちなのだ。血と涙にぬれた長いとらわれの旅のなかで、この羊のようにおとなしい人びとは暗くしめりがちな心のなかで、切りつめて単純化した哲学を考案し、羊飼いや犬どもをそういしたものとはとらないことにした。「お前さんたちは、夜昼なしにがんばっているね。熱くなった舌を出して、息をきらせて走りまわったり、夜どおし起きていて、昼間は眼がチクチク痛んだりして、それもこれも、みんな私たちのためなのさ。お前さんたちがここにこうしているのは、私たちのためだよ。お前さんたちがこっちの御用をしているので、こっちはそっちのことなど知るものか」仔羊が牧羊犬をからかって走りださせようとし、眼のまえで逃げるようなそぶりを見せることがある。農園のキクユ族たちも、時おりファラに対しておなじような態度を示す。

ファラとキナンジュイ、牧羊犬と去勢していない強い雄羊とがこの場で相いまみえた。赤と青のターバンを巻き、刺繍のある黒いアラブ式のチョッキに長い絹のアラブ服を着たファラはすっくと立ち、思慮ぶかげで、世界じゅうどこにも見あたらないほど飾りたてた身なりである。キナンジュイは石の腰かけに坐って大きくかまえた。肩からまとった猿の毛皮のほかはなにも身につけていない。この老いたるキクユ族は、アフリカ高地の土そのものだった。二人は互いに敬意をもって対していたが、直接のやりとりを必要としない儀式の進行中は、互いの存在を無視するふりをしていた。

百年あまり前、この両人が出会ったとしたらどんなふうだったかが目に見えるようだ。キナンジュイは自分でえらびだした部族のなかのやっかい者たちを奴隷として引きわたす交渉をし、ファラのほうはこの老いたる族長というごちそうにおそいかかって積荷に入れるすきを絶えずつけねらったことだろう。キナンジュイはファラの思考の動きをひとつひとつ適確にとらえ、交渉のあいだじゅう、事態の重さを一身にひきうけ、同時に自分自身の沈みこんでゆく心の重さにも耐えていたことだろう。なぜならキナンジュイこそが中心人物であり、彼もまた商品にほかならないのだから。

散弾銃発射事故に決着をつける大集会はおだやかにはじまった。農園の人びとはみんな、キナンジュイがきたのをよろこんでいた。借地人のなかでも年のいった人たちは、進みよってキナンジュイと言葉をかわし、それから戻って銘々の座を占めた。人垣のはずれのほうにいる老女たちが私に「ジャンボ・ジェリ！」と大声で呼びかけて挨拶した。ジェリとはキクユ族が使う名前で、農園の老女たちだけがこの名で私に話しかける。ごく幼い子供たちも私にジェリと言うが、若者層や男たちは決してこの呼びかけを使わない。カニヌは大家族にかこまれて出席していた。カカシに生命が宿ったような様子で、注意ぶかく眼をひからせている。ワイナイナと例の母親は、人の群れからすこし離れたところに坐った。

私はゆっくりと、納得のゆくような話しかたをえらんで、群衆に対した。カニヌとワイナイナとのもめごとは片がついたこと、その約束は紙に記録され、キナンジュイが証人となるためにここにきていること、カニヌはワイナイナに、雌牛一頭に雌の仔牛一頭をつけてゆずり、これですべて終りにすること、もうこれ以上解決をのばすのは誰にもがまんがならないことを話してきかせた。

カニヌとワイナイナはあらかじめこの決定を知らされていて、カニヌは雌牛と仔牛を用意しておくように言われていた。ワイナイナの活動は表面にあらわれない性質のものなので、日中おおやけの場では地上に出たモグラも同然、ごくおとなしくしていた。

協定書を朗読したあと、私はカニヌに牛を連れてくるように言った。カニヌは立ちあがると、両腕を上下に何度もふって、ハウスボーイの小屋のうしろで待機していた息子たちに合図した。人垣はやぶれ、二頭の牛がそこを通りぬけてゆっくりと中央に引きだされた。

そのとたん、集会の雰囲気は一変した。雷雲が地平にかかり、見るみるうちに天頂まで覆いつくすときに似ていた。

キクユ族にとって、生まれてまもない雌の仔牛つきの母牛ほどに貴重なものはこの世に存在しない。流血沙汰、魔術、性愛、または白人社会のめずらしいものも、家畜に対するキクユ族の情熱のはげしさのまえではすべて消しとんでしまう。この情熱には石器時代の匂いがする。火うち石でつけた火のような匂いだ。

ワイナイナの母親は長い嘆声をあげ、しなびた手で例の雌牛をゆびさした。ワイナイナも母親にならい、なにか憑きものがしたようにどもりながら、とぎれとぎれに、しかも声を張りあげて、空にむかって叫んだ。こんな雌牛は受けとれない。カニヌの家畜のなかでもいちばん老いぼれたやつで、この仔牛を最後に、もうこれ以上産めない牛ではないか、と言う。

カニヌの一族が叫びだし、怒りをこめた切り口上で雌牛の値うちをつぎつぎに指摘し、ワイナイナの文句を粉砕しようとした。彼らの態度には大変な辛辣さとともに、死などものともしない気配があった。

雌牛と仔牛が話題にのぼった以上、農園の人たちはもう誰もだまってはいられない。その場にいるすべての人が、それぞれの意見を言いたてはじめた。老人たちは互いの腕をにぎりあい、ぜいぜい息をふりしぼって、雌牛をほめたりけなしたりの言いあいをしている。老女たちのかんだかい声が割ってはいり、輪唱のように一段おくれてついてゆく。若者たちは深くひびく声で短い断定的な意見を戦わせている。二、三分のうちに、わが家のわきの広場は魔女の大鍋さながらに煮えかえった。

ファラのほうを見ると、彼も私を見かえしたが、なにか夢のなかにいるような顔つきをしていた。私の見るところ、ファラはさやからなかば引きぬいた剣となり、いまにもこの争いのなかで右に左にきらめきそうだった。ソマリ族は家畜を飼い、家畜の売買には長じている。カニヌは急流におちこんで溺れる寸前の人の眼つきで私を見た。私は雌牛をじっくり眺めてみた。ぐっと曲った角をもつ灰色の雌牛は、自分がひきおこしたこの台風のまっただなかで忍耐づよく立っていた。まわりを取りかこむ人たちすべての注目が向けられるなかで、雌牛は仔牛をなめはじめた。どうもこの牛は、なんとなく老いぼれて見えるにはちがいない。

ついに私はキナンジュイに目をやった。キナンジュイはいったい牛を見たのだろうか。それさえわからない。私が顔を向けても、彼は眉ひとつ動かさず、身動きひとつせずに坐っている。わが家のそばに据えられた、知性も同情心もない土のかたまりのようだ。キナンジュイは叫びたてる群衆に対して横顔を向けていた。突然私は、この横向きの顔こそまことに王者の顔なのだということを理解した。このようにして、一瞬のうちに自分を生命のないものに変身させるのがこの土地の人の能力なのだ。キナンジュイがなにか発言したり、身ぶりを示したりすれば、群衆をとらえている炎はさらに燃えあがるにちがいない。だからこそ彼は、人びとを鎮めるために、じっと坐りつづけているのだ。これは決して誰にでもできることではない。

興奮は徐々におさまり、人びとは叫びあうのをやめてふだんの口調に戻っていった。しまいに一人また一人と口をつぐんだ。ワイナイナの母親は、あたりをうかがって、誰も自分に注意を向けていないと知ると、杖にすがってにじりより、雌牛をじっくり観察した。ファラもわれにかえって文明世界にたち戻り、ちょっと苦笑いを見せた。

すべて落着いたときを見はからって、この事件の当事者たちを石臼のテーブルに召集し、荷車用の油に親指をつけて、協定書類に拇印《ぼいん》を押してもらった。ワイナイナはいかにも気のすすまない様子で、拇印を押すとき、やけどでもしたような泣き声をあげた。

協定書の内容をつぎにかかげる。

九月二十六日当日、ンゴングにおいて、ワイナイナ・ワ・ベムとカニヌ・ワ・ムトゥレ両人のあいだに下記の協定が取りむすばれた。族長キナンジュイがこれにたちあい、終始を見とどけた。

協定は、カニヌがワイナイナに対して雌牛一頭、ただし雌の仔牛を一頭そえて贈与するものとする。この雌牛と仔牛は昨年十二月十九日、カニヌの息子カベロが誤射した散弾銃によって傷を負わされたワイナイナの息子ワンヤンゲッリに与えられ、以後ワンヤンゲッリの所有となる。

この雌牛と雌の仔牛の譲渡によって、係争は最終的解決に達したものとする。今後誰であれ、この事件をとりあげ、口にすることは許されない。

ンゴングにおいて、九月二十六日

ワイナイナの拇印
カニヌの拇印

自分はこの場に臨席し、書類の朗読を聞きとったことを証明する。

族長キナンジュイの拇印

雌牛と雌の仔牛は私の面前でワイナイナに譲渡されたことを証明する。

ブリクセン男爵夫人（署名）

第3部　農園への客たち

「破滅の後に」

1　踊りの大会

　農園には大勢の来客があった。開拓地という場所では、手厚いもてなしは旅人にとってだけでなく入植者にとっても、生きてゆくうえで欠かすことのできないものである。孤立した場所に住む人びとは、情報に飢えているので、よしあしを問わず、ともかく新しい情報を伝えてくれる来客はいつでも歓迎される。ほんとうによい友人の訪れは、天来の食物《マナ》をもたらしてくれる天使の来訪にほかならない。

　長い探検の旅から戻ったときのデニス・フィンチ＝ハットンは会話に飢えきって農園にたどりつき、おなじく会話に飢えている私に会う。そこで二人は夕食のテーブルについたまま、午前一時、二時まで話しつづける。思いつくかぎりのことを話題にし、内容を完全にわかりあい、すべてを笑いの種にする。土地の人たちのなかでただ一人で暮す白人は、感情をおしかくす必要も機会もないので、思ったことをそのまま口にするくせがつく。だから白人同士が出会ったときでも、土地の人に似た調子で会話をすることになる。お互いに率直なこういう話しかたのなかで、二人はつぎのような説をつくりあげた。はるか丘のふもとで野営するマサイ族たちにとって、遠くに見えるこの家は、いま夜空の星のように光りかがやいているにちがいない。昔、聖フランチェスコと聖クララが神学論をかわして楽しんでいるその家を、ウンブリアの農夫たちがはるかに眺めたときとおなじように。

農園での最大の社交行事はンゴマ——土地の人の踊りの大会である。ンゴマの催しがあるとき、うちでは千五百人から二千人の人びとをもてなす。とはいっても、ごくわずかなもてなしにすぎない。踊りに参加するモランとンディト、つまり若者たちと娘たちのつきそいとしてくる頭のはげた老母たちには嗅ぎ煙草を、そして踊りの見物にくる子供たちには、カマンテが木のさじで一杯ずつ砂糖をふるまう。それと、時たま私が地方弁務官に許可を求めたうえで、借地人たちはサトウキビを材料にテンブという強い酒をつくる。しかし、この祭に輝きとゆたかさを与えるのは、実際に踊りに参加する、疲れをしらぬ若い踊り手たちなのだ。この踊り手たちは外来のものになどまったく無関心で、みずからのなかに燃えたつ火と甘やかな思いに熱中する。外の世界に踊り手たちが求めるものはただひとつ、踊り場になる平らな地面だけである。私の屋敷の、木々にかこまれた広い芝生と、森のなかのハウスボーイ用の小屋のまんなかに切りひらかれた広場は、踊り場にあつらえむきの場所だった。土地の若者たちが私の農園を尊重してくれたのは、この踊り場としての役割のせいであり、この農園で催されるンゴマに呼ばれるのはたいしたことだとされていた。

ンゴマが催されるのは昼間のこともあり、夜のこともある。昼間のンゴマには、踊り手たちとおなじくらいの数の見物人が集るので、広い場所が必要になる。そこで、昼間のンゴマは屋敷の芝生でひらかれる。ンゴマのとき踊り手たちはたいてい大きな円陣を一つつくるが、いくつかの小さな輪にわかれることもある。そして頭をのけぞらせ、跳躍を繰りかえし、リズムにのって足ぶみをする。片足をふみだしては体を前に折りまげ、またもう一方の足で後ろに反りかえる。また、踊りの名手が円陣の中央に進みでて、跳ねたり走ったりの演技を見せるときには、一同は顔を円陣の内側に向けたまま、円周をたどってゆっくりとおごそかに行進する。昼間のンゴマがすむと、芝生の上には踊り手たちの踏み跡が大小の茶色の輪型になって残り、そこだけ芝生が燃えたように見える。この魔法の輪が消えるにはかなり時間がかかる。

昼間の大きなンゴマは踊りの会というよりはむしろ市場がひらかれるのに似ている。大勢の見物人が踊り手についてきて、木かげに座を占める。ンゴマが催されるというわさが遠くまで伝わると、スワヒリ語でマラヤという美しい名で呼ばれるナイロビの気まぐれなきれいどころが、アリ・カーンの二輪馬車をラバに引かせて出向いてくる。華やかな大柄の長いキャラコの衣裳をまとい、それぞれに座を占めた姿は芝生に大輪の花が咲いたようだ。昔ながらの油を引いた革のスカートとコートを着た農園の若い娘たちは興味をかくさず、ナイロビの御婦人がたのすぐそばまで行って、その衣裳や身ごなしをあれこれ率直に論じあう。だが街からきた美女たちは、ガラスの眼をいれた黒檀の人形のように静かに足を組んで坐ったまま、小さい葉巻をふかしている。子供たちの群れは踊りに心をうばわれ、なんとかおぼえこんでおなじように踊ってみようと、踊りの輪をつぎつぎにまわって歩いたり、芝生のすみで子供だけの小さな輪をつくっては、跳びはねて踊ったりしている。

ンゴマに出るときキクユ族は特別な淡紅色のチョークを全身に塗りつけるので、このチョークの粉の需要は高く、さかんに売り買いされる。この粉をつけると奇妙に白っぽく見える。動物にも植物にも見られない色で、これをつけた若者たちは岩壁に刻んだ彫像さながら、化石が動いているようである。娘たちはビーズ刺繡をほどこしたなめし革の踊りの衣裳にも、体とおなじくこの粉をつけるので、衣裳も体もひとつになって、熟練した彫刻家の手になる、衣裳のひだやしわづけが見事に表現された像のように見える。若者たちはンゴマには裸で出場するが、祭祀用《さいしよう》の特別な髪型にして、房や編み髪にたっぷりチョークをふりかけ、石灰岩の胸像のようになった頭を誇らしくまっすぐにたてている。私のアフリカ滞在の終りごろ、植民地政府はこのチョークを頭にかけることを禁止した。男女をとわず、このチョークのよそおいは最大の効果をあげる。ダイアモンドや宝石の装身具をつけても、とうていこのチョークほどに正装したという印象を与えることはできない。この淡紅色のチョークを塗ったキクユ族たちが並んで歩いているのを野外で遠くから見かけただけで、あたりの空気が祭の気分で高鳴っているのを感じる。

日中の踊りの会は空間に仕きりがないのでやりにくい。まず舞台そのものが大きすぎて、どこからどこまでが踊りの場なのかはっきりしない。一人ひとりの踊り手の小さな姿は、なるほどたしかにチョークで塗りあげ、ダチョウの尾羽根一羽分が頭のうしろを飾ってなびいたり、コロブスモンキーの皮でつくった大胆なけづめが騎士のよそおいにふさわしくかかとを飾ったりしてはいるのだが、大木の下では踊り手たちはどうしても散漫な印象をまぬがれない。大小の踊りの輪、なんとなく広がる見物の群れ、そこいらじゅうを走りまわる子供たちすべてをふくむこの観ものは、焦点が定まらず、気が散ってしかたがない。全体の光景は、高台から眺めおろしたものとして描かれる昔の戦場場面に似ている。騎兵隊が一方から行進してくると、逆の側には大弓隊が陣をかまえ、孤立した砲兵隊が視界を斜めに横切って突進してくるといった画面を思わせる。

そしてまた日中のンゴマは、たいへん騒がしい催しでもある。笛と太鼓による踊りの音楽は見物人のざわめきに消されがちだし、若い戦士の踊り手がすばらしい跳躍をしたり、槍を頭上でふりまわすようなめざましい技を披露すると、それに対して踊り手の娘たちが、ふしぎなするどい悲鳴に似た嘆声をながながとあげる。芝生に坐った年寄りたちのあいだでは、親しげなおしゃべりが絶えまなくつづく。キクユ族の老女が二、三人集まり、ひょうたんに汲んだ酒を飲みまわしながら、昔自分たちが踊りの輪のなかでひときわめだったことなど話しあっているのか、午後の太陽が西にかたむき、ひょうたんにいれたテンブ酒も残りすくなくなるにつれて、ますますしあわせそうにあかるい表情で、活きいきとしゃべりあう様子を見ていると、こちらまで楽しくなる。このおしゃべり仲間に老いた夫たちが加わったりすると、若い日の思い出にひたりきった老女のひとりが、ふと立ちあがり、足をふみ、腕をゆらめかせ、ほんとうに若い娘そのままに早足の踊りをひとふし踊る。一般の見物人はこの踊りに気をとめないが、同年配の老人たちは夢中になって喝采をおくる。

しかし夜のンゴマのほうはまじめにとりおこなわれる。

夜のンゴマは秋に限られ、トウモロコシの収穫が終ったあとの満月の晩にひらかれる。べつに宗教的理由によるわけでもなさそうなのだが、あるいは昔の宗教のしきたりのなごりなのかもしれない。踊り手も見物人も、なにか神秘で神聖な行事に参加するような敬虔《けいけん》な態度をとる。この踊りは千年このかたつづいているのかもしれない。踊りのなかには、踊り手の母親や祖母たちがたいへんよろこぶものがいくつかあるが、白人の植民者たちにとってはそういう踊りは不謹慎としか見えず、法律によって禁止されるべきだと言っている人たちが多かった。あるとき、ヨーロッパでしばらく休暇をすごして帰ってみると、コーヒー摘みの最盛期だというのに、農民の働き手で戦士の年齢の若者たちが二十五人も投獄されていた。この逮捕を要請したのはうちの農園の管理人で、理由は若者たちが夜のンゴマで禁制の踊りをしたからだという。管理人が言うには、彼の細君がその踊りを見るに耐えなかったのだそうだ。私は借地人の長老たちを呼んで、管理人の家の近くでンゴマをひらいたりするのは考えが足りないと注意した。ところが長老たちはまじめな顔で、いや、そんなことはないので、ンゴマをひらいたのはここから四、五マイルも離れたカゼグの村なのですよ、と言う。それから私はナイロビまで出かけて地方弁務官と交渉し、投獄された踊り手たち全員をコーヒー摘みのために農園に帰してもらった。

夜の踊りはすばらしい観ものである。踊りの舞台がくっきりと浮きたっている。焚き火の明かりが舞台をつくりだし、その明かりの届く範囲に広さが限られる。ンゴマの中心をなすものは焚き火の明かりにほかならない。アフリカ高地の月光はあかるく冴《さ》え、踊るために焚き火の明かりをべつに必要としない。だから、焚き火をするのはまったく舞台効果のためだけなのだ。焚き火は踊りの場を第一級の舞台と化すことができ、その明かりのなかのあらゆる色彩と動きに統一感を与える。

土地の人は効果をあげるのに度を越すことはめったにない。大きなかがり火をたこうとしたりはしない。そのンゴマを主催する心づもりの借地人の女たちが、踊りの前日、予定地に薪をはこび、踊りの輪の中心にあたるところに積みあげる。踊りの当夜、来賓の老女たちはこの中心の焚き火をかこんで坐り、夜を通して、この元火から星がめぐるように小さな火が列をなしてともされてゆく。踊り手たちは火を中心に、暗い夜の森を背景にして踊り、かつ走る。年老いた見物人たちが火や煙で眼をいためないためには、かなり広い場所をえらばなければならない。とはいえ、踊りの場はそこに居あわせる人たちすべてを容れるにたる大きな一つの家のように、一種の囲われた場所であることに変りはない。

自然につながる臍帯《さいたい》がまだいくらか残っているためだろうか、土地の人たちは明暗の対照をきわだたせることに関心をもっていない。ンゴマを催すのは満月のときに限られる。月が最大の力を発揮するのとおなじとき、人間のほうも力のかぎりをつくして踊るのだ。天から降りそそぐ静かで力づよい光にあたりの景色がひたされるとき、このアフリカの大いなる夜のあかるさに、人間は小さく赤い輝きをそえる。

人びとは三人、十二人、十五人と、小さな群れをなして集ってくる。招きをうけた友人たちが誘いあってきたり、ゆきずりに踊りのあることをきいて、そのままやってくる人もある。踊り手のおおかたは、十五マイルも歩いてンゴマに参加する。大勢揃ってくるときは笛や太鼓をはこんでくる。だから大きな踊りのある晩は、この土地のあらゆる小径から音楽が響きわたり、それは月に向かって打ちふる鈴の音かと思われる。招きをうけずにふらりとやってきた人たちは、踊りの場の入口で立ちどまり、踊りの輪がひらいて自分たちを受けいれてくれるのを待つ。遠いところからはるばるきた人とか、近隣の大族長の息子たちなどの場合、借地人の長老か、農園の踊りの名手か、または踊りの世話役が輪のなかにさそい入れる。

ンゴマの世話役は踊り手たちとおなじ農園の若者なのだが、踊りの儀礼の監視役をつとめ、おおいにその地位をひけらかす。踊りのはじまるまえ、監視役たちは眉をしかめ、深刻な顔で踊り手たちの面前を行ったりきたりする。踊りが活気づいてくると、監視役たちは輪のなかをあちこち走りまわり、すべてがしかるべくはこんでいるかどうかを見張る。監視役は棒を何本かたばねたものを持ち、その一端をときどき中央の焚き火につけては燃やしつづける。これはなかなか手ごわい武器になる。踊り手たちに油断なく目をくばり、不穏当なふるまいを見つけると、監視役はただちに駆けより、おそろしい顔でどなりつけ、燃える松明を違反者の体につきつける。やられた踊り手は熱さをこらえかねて体を二つ折りにかがめるが、決して声はあげない。おそらく、この種の火傷を負ってンゴマから帰るのは、決して不名誉なことではないのだろう。

なかにはこういう踊りがある。娘たちがそれぞれまじめな顔で相手の若者の足の上に乗り、腰にすがりつく。若き戦士は娘の頭をかこうように腕をまわし、槍をまっすぐ縦に両手で握って、くりかえし力いっぱい地面に突きたてる。なにか大きな危険にさらされて、同族の若者の胸のなかに逃げこんだ娘たちを、若者らは身を挺して保護する。蛇のように地面からおそってくる危険から娘たちをまもろうと、自分の足の上に乗せてやるほどまでに。それはなんともいえず可憐な眺めだった。この踊りが何時間もつづくと、踊り手たちは天使のように気高い恍惚の表情をうかべ、お互いのためにいつでも死ねるといった風情を見せる。

べつの踊りでは、踊り手たちが火のなかを通りぬけるのもある。おもだった踊り手が、何回も高い跳躍をして火を飛びこえ、槍をふりまわす。おそらくこれはライオン狩りから題材をとったものなのだろう。

ンゴマには歌い手がいるし、笛と太鼓の楽師たちもいる。歌い手のなかにはこのへん一帯に名のひびいた人もいて、わざわざ遠くから招かれてくる。ンゴマの歌は歌うというよりも一定のリズムにのった朗唱に近い。歌い手たちは即興詩人で、その場でいくつものバラードをつくりだし、踊り手たちは即座にそれに応じたふさわしい合唱でこたえる。夜の大気のなかで、ひとりの静かな声がバラードを歌いあげ、大勢の若々しい声があとについて一定のリズムで合唱部を繰りかえす。それに耳をかたむけるのはこころよかった。しかしこの歌が、ときどき響く太鼓の効果音とともに一晩じゅうつづくと、ひどく退屈できくに耐えなくなってくる。それはちょうど、音楽がもうこれ以上つづくのに耐えられなくなるという感じでもあり、また、音楽が終ってしまって、もはやきこえなくなるのに耐えられないという感じでもあった。

私がいたころの最高の歌い手はダゴレッティから招かれてきていた。澄んだ力強い声の持ち主で、おまけに大変な踊りの名手でもあった。踊りの輪のなかを、ひざが地面にふれるほどの大またで歩いたり走ったりしながら歌いつづけ、片手をひろげて口の横につけていた。たぶんこれは声をまっすぐに届かせるためなのだろうが、その身ぶりはなにか大きな危険のともなう秘密を聴衆にうちあけているような効果をあげる。この歌い手はアフリカのこだまの化身そのものに見えた。よろこびへ、戦いに臨む気分へ、あるいは笑いの渦へと、思いのままに聴衆をみちびいてゆく。その持ち歌のひとつ、戦いの歌はおそろしい歌だった。歌い手が村から村へと駆けあるき、虐殺と略奪のさまを伝えて、同族すべてをふるいたたせ、戦いに召集するという歌らしい。百年まえならこの歌は白人の入植者たちに血も凍る思いをさせたにちがいない。だが、こういうおそろしい歌を演じることはめったになかった。ある晩この歌い手が三つの歌を披露したとき、私はカマンテにたのんでそれを通訳してもらった。最初のは幻想の歌で、その場にいる踊り手全員が船に乗りこみ、ヴォライアさして航海に出るというものだった。二つめの歌は歌い手自身や踊り手一同の母親や祖母たちをたたえる老人讃歌だという。この歌は優しく美しい感じのもので、大変長かった。歯が抜け、頭のはげたキクユの老女たちの智慧とやさしさを、くわしい例をひきながら歌いあげたものらしく、輪の中心の焚き火に近く座を占める老女たちは、うなずきながらじっと耳をかたむけていた。三番目の歌は短いものだったが、聴衆はひとりのこらず大笑いで、歌い手が大声を張りあげなければきこえなくなるほどだった。当の歌い手も笑いながら歌っている。前の歌でおおいにもちあげられた老女たちは上機嫌でふとももをたたき、ワニのように大口をあけて笑った。カマンテは通訳に気がすすまないらしく、ただおもしろおかしいだけだと言って、手短な説明で済ませてしまった。主題は単純で、最近おこったペストの流行のとき、政府がネズミの死体に値をつけて、地方弁務官の役所で買いとることにした話だった。そこかしこで追いつめられたネズミたちが、逃げ場を失って土地の老若の女たちの寝床にもぐりこみ、さてそこでなにがおこったか、という歌らしい。かんじんのくわしいところは話してもらえなかったが、気のすすまない様子であらすじを訳すカマンテ自身、苦笑をおさえきれないでいた。

夜のンゴマで、あるとき劇的な事件がおこった。

そのンゴマは、私がヨーロッパ旅行に出かけるまえ、送別の宴として催されたものだった。その年の収穫はゆたかだったので、ンゴマは大がかりなものになり、千五百人ほどのキクユ族が出席した。踊りはもう何時間もつづいていた。寝るまえにもう一度見物しようと思って出てゆくと、人びとはハウスボーイの小屋の前に椅子を置いて、私のために席をつくってくれ、借地人の長老が二、三人きてもてなしてくれた。

突然踊りの輪に戦慄《せんりつ》が走った。それはふかいおどろきなのか、怖れなのか、葦の茂みを風が吹きぬけるときに似た微妙なざわめきだった。踊りはしだいに速度を失ったが、停るところまではゆかないでいる。長老のひとりに、なにかあったのかとたずねてみた。長老は低い声で早口に答えた。「マサイ・ナクジャ——マサイ族がやってくる」

誰かが走ってきてこのしらせを伝えたらしい。実際にことがおこったのはそれからかなりたってからだった。おそらくキクユ族の側がマサイ族に、来客を歓迎するという返事を伝えていたのだろう。マサイ族はキクユ族のンゴマに参加することを法律上禁じられていた。これまでに繰りかえしもめごとがおきたのをふせぐ処置である。うちのハウスボーイたちは私の椅子のまわりに集った。踊り場の入口にみんなが目をそそいでいた。

いよいよマサイ族が現れると、踊りはまったくとだえた。

やってきたのは十二人のマサイ族の若い戦士たちだった。入口から何歩か進んだところで彼らは足をとめ、左右に目もくれず、じっと待っていた。焚き火の明かりのまぶしさにまたたきするだけだった。武器をたずさえ、見事な頭飾りをしているだけで、ほかにはなにも身につけていない。なかの一人は戦闘に出るときのライオンの毛皮の頭飾りをしている。ひざから下は真紅のたて縞にいろどられ、血が流れているように見える。戦士たちはかたくるしい姿勢をとってすっくと立ち、頭をそらせ、だまりこんで重々しい様子を示している。その態度は勝利者のものでもあり、同時にとらわれ人のおもむきもあった。自分たちの意志に反してンゴマにきてしまったという気配が読みとれた。かすかな太鼓のひびきが川を越えてマサイ族居留地に達し、絶えまなく鳴りつづけ、マサイの若い戦士たちはそれが気がかりでならなかった。そのうちの十二人が、ついに太鼓の呼びかけに抗しきれなくなったのだ。

キクユ族の人びとも興奮していたが、客人たちを鄭重《ていちょう》にあつかった。農園きっての踊り手が出て輪のなかにまねきいれ、マサイの戦士たちはふかい沈黙のなかで場所につき、ふたたび踊りがはじまった。だが、これまでの調子とはうってかわり、緊張がみなぎっていた。太鼓はまえよりも大きな音で早いリズムを打ちだした。このままンゴマがつづけば、キクユ族とマサイ族が踊り手としての活力と技を競いあう、印象ぶかい祭を見られることになったはずなのだが、そういう具合にはことがはこばなかった。その場にいる誰もが善意をもっていても、うまくゆかない場合というのはあるものだ。

なにがいったいおこったのか、私にはわからなかった。突然踊りの輪がゆれたかと思うと踊り手たちはバラバラになり、誰かが大声で叫んだ。またたくうちにその場は駆けまわったり押しあったりする人びとの修羅場と化し、なぐりあう音、人の倒れる音があちこちで聞こえた。頭上では夜の大気が槍の動きでかきみだされている。みんなが立ちあがった。中央にいた賢い老女たちさえも、薪の山の上に這いあがって騒ぎを見ようとした。

感情の爆発がおさまり、かたまりになって争っていた人びとが散ると、私は自分が群衆のまっただなかにできた空き地にいるのに気づいた。長老が二人やってきて、しぶりながら事件を説明した。マサイ族が踊りの儀礼をやぶったのでこういうしまつになったのだという。マサイ族が一人、キクユ族が三人、重傷を負った。長老の表現を使えば「バラバラになってしまった」。おそれいりますが、と長老たちは深刻な口調で言う。もとにもどるように縫ってやってくれませんか。さもないと、セリカリ――政府――からゴタゴタ言ってくるので、困るのです。喧嘩した人のどこがバラバラになって落ちたのかとたずねると、誇らしげに「頭ですよ」。これは惨劇を最大級に言いたがる土地の人の衝動からくる表現である。ちょうどそのとき、広場を横切ってカマンテがこちらにやってくるのが見えた。長い糸をつけたかがり針と私の指ぬきを持っている。それでもまだ私がためらっていると、年老いたアワルが進みでた。アワルは七年の獄中暮しのあいだに裁縫の技術を身につけていた。実際に人の前で針を運んで、自分のわざを披露する機会をねらっていたのだろうか、アワルはこの治療を買ってでて、たちまちみんなの注目を集めた。ほんとうにアワルは怪我人の傷を縫いあわせ、みんな彼のおかげでよくなったし、それ以来彼はずいぶん腕をあげた。だがカマンテが確信をもって言うには、どの怪我人も頭が落ちたりはしていなかったそうだ。

マサイ族が踊りに出るのは法にふれることなので、私たちは長いこと怪我人を白人の来客の召使いが泊る小屋にかくしておいた。マサイ族の若者はこの小屋で回復し、しまいにアワルへの感謝の言葉ひとつ残さず、小屋から姿を消した。キクユ族に傷つけられ、おまけにキクユ族の手で治療されるとは、マサイ族にとってとてもつらいことだったにちがいない。

このンゴマのあった夜の明けがた、怪我人の様子をたずねに出かけてみると、青灰色の朝の大気のなかで、焚き火はまだくすぶりつづけていた。火のまわりにはキクユ族の若者たちが何人も動きまわっている。たいそう年老いた借地人の老女、ほかならぬワイナイナの母親の指図にしたがって、跳びあがっては熛火《おきび》に長い棒をつきさしていた。マサイ族がキクユ族の娘たちに恋をしかけ、それが成就したりすることのないよう、まじないをかけているのだった。

2 アジアからの客

ンゴマは昔からつたわる地域社会の社交行事である。時がたつにつれて、踊りにやってくるのは私が最初に知りあった踊り手たちの弟や妹になり、さらに息子や娘の世代へと移っていった。

農園には遠い国からの客もおとずれた。モンスーンはボンベイからアフリカに向けて吹き、人生経験ゆたかな賢い老人たちが、インドからはるばる船旅をして、農園にやってきた。

ナイロビにショレイム・フセインというインド人の大材木商がいる。ここに入植して土地を整地するとき、私はこの人と何度も取引きをした。フセインは熱心な回教徒でファラの友人でもある。ある日この人物が訪ねてきて、インドからきた高僧をひきあわせたいと言う。この高僧はモンバサとナイロビにいる回教徒たちを査察するために、わざわざ海を渡ってきたのだと、ショレイム・フセインは話した。当地の回教徒側としては最高のもてなしをしたいと頭をしぼり、そこで考えついたのが、この農園を訪問することなのだ。おさしつかえないでしょうか？　どうぞおいで下さいと答えると、ショレイム・フセインはさらにくわしい説明に入った。この老僧はたいへんに高位の聖職者なので、回教の教典がけがれたものと定める食物を調理したことのある鍋を使ってつくったものはたべられない。しかし、とフセインは大いそぎでつけくわえて、こちらにはお手数をかけません。ナイロビの回教徒たちがしかるべく食事をととのえ、時刻を見はからって農園までとどけます。ただ、こちらの邸内で高僧が食事できさえすればいいのです、と言う。どうぞお望みのようにと答えると、ややしばらくして、フセインはまた訪問のことに話題を戻し、なんだか今度は話しにくそうだった。じつはもうひとつ、ほんとにあとひとつだけ、おねがいがあるのです。高僧が訪問する場所ではどこでも贈りものをさしだす習慣がありまして、お宅ていどのお邸ですと、百ルピー以下ではまずいのです。しかし、とまたフセインは大いそぎでつけくわえて、あなたが御心配下さるにはおよびません。そのお金はもうナイロビの信徒たちから集めてありますから、ただそれを高僧に手渡してさえ下さればいいのです。そうは言っても、坊さんはそのお金を私からの贈りものだと思うでしょうか、と私は問いかえした。この点についてはショレイム・フセインは確答を避けた。その暮しをまもるためには、ものごとをはっきり説明してはならない場合が有色人種にはある。はじめ私は自分にふられた役を辞退した。だが、それまで希望にかがやいていたショレイム・フセインとファラの顔が失望の色をうかべるのを見て、自分の誇りを保つことをあきらめ、私の手から渡す贈りものをどうとるかは高僧の側にまかせることにした。

訪問の当日、私はそのことをすっかり忘れ、畠に出て新しいトラクターの試運転をしていた。カマンテの弟のティティが私を呼びにきた。トラクターが大きな音をたてているので、ティティの言うことはひとつもきこえないし、それにこの機械は始動するのがとてもむずかしいので、止める気にならなかった。ティティは狂った小犬のように畠じゅうをトラクターについて走り、深く掘りおこされた土とひどい埃のなかであえぎながら、なんとか私にとびつこうとしていた。畠のはずれにきて、ようやくトラクターは止った。「坊さんたちがきているよ」とティティはどなった。「なんの坊さん？」「ぜんぶの坊さんさ」ティティは得意げに説明した。それぞれ六人ずつの坊さんを乗せた馬車が四台着いているという。さっそくティティといっしょに戻ることにした。家の近くまでくると、白衣の人たちが大勢芝生に群らがっているのが見えた。それは白い渡り鳥の群れが家のまわりで羽根を休めているようにも見え、また天使の一群が天降《くだ》って農園をおそったようにも見えた。宗教的権威を構成する人びとが、ここアフリカで正統的信仰の炎を燃えつづけさせるべく、インドから派遣されたものらしい。だが、その威厳をそなえた風采からして、どの人が問題の高僧かはまぎれもなかった。下位の僧を二人したがえ、さらに距離を置いてうやうやしく歩くショレイム・フセインをしたがえて、高僧は私に近づいてきた。たいそう古い象牙彫刻のように繊細で高雅な顔をした、背の低い老人だった。初対面の挨拶をかわすのを見とどけようと、随員一同は私たちをとりかこみ、やがて引きさがった。それからは私ひとりでこの高僧をもてなすことになっていた。

高僧は英語もスワヒリ語もわからないし、私のほうも彼の言葉が話せないので、二人とも会話は一言もできなかった。互いに相手をおおいに尊敬していることを身ぶりで示さなければならない。高僧はもう家のなかの見物はすませたらしい。家じゅうにある皿という皿がテーブルにならべてあり、インド風、またソマリ風の方式で花が活けてあった。私は外に出て高僧といっしょに西側の石の腰かけに坐った。さてそこで、一同の息づまるような注視をあびて、私は百ルピーを高僧に手渡した。お金はショレイム・フセインの緑色のハンカチに包んであった。

私はなんとなく、この老僧のきちょうめんさに反感をもっていたが、会ってみるとひどく小柄な年寄りなので、私と二人だけで時間をすごすのはこの人にとって気づまりなのではないかと、ふと思った。ところが、午後の日ざしのなかで、会話をかわすふりなどまったくせず、しかも互いに親しい気持でいっしょに坐っているうちに、この人物には気づまりなことなどいっさいありえないのだとわかってきた。この老僧は、どんな危険にも侵されることのない、完全な安心立命の境地にいるという、あるふしぎな印象を与えた。僧はめだたないがていねいな作法を身につけていて、私が丘や大木をゆびさして彼に示すと、静かにほほえんでうなずいた。あらゆることに興味をもち、しかもなにごとにもおどろかないという様子だった。この調和はいったい、この世の悪をまったく知らないことからくるのか、それともこの世の悪を知りつくし、それを受容することからくるのかと、私は首をかしげた。なぜなら、毒蛇などというものが世界に存在しない場合も、あるいは強力な蛇毒ワクチンの予防注射をうけ、完全な免疫性をもって毒蛇のいる地帯にきた場合も、両方とも結局はおなじことなのだから。この老人のおだやかな顔つきは、まだ口もきけず、あらゆるものに興味を示し、だから当然、おどろいたりすることのない、ごく幼い嬰児《えいじ》のものである。午後の一時間ほどを、私は石の腰かけに坐り、だれか昔の巨匠の描いた幼な児イエスのような高貴な赤ん坊のお守りをしていたのかもしれない。時おり心の足でそっとゆりかごにふれて揺らせつづけながら。世俗の人でも、人生の一部始終を見つくし、生涯を生きぬいてきた老女には、これとおなじ顔つきを見ることがある。この表情は男性のものではない。赤ん坊のうぶ着や女の衣裳に似合わしい表情で、だからこの老いたる客人の美しい白地カシミアの長衣にもよく似あった。男の衣類を着た人のなかでこの表情に出会ったのはこれまでにただひとり、サーカスのかしこい道化役がいるだけだ。

この老人は疲れていて、ほかの僧たちがショレイム・フセインの案内で水車を見物に川まで降りていったときも、動こうとしなかった。自分も鳥のように見えるせいか、この人は鳥に興味をもっているらしい。そのころ私の家には飼いならしたコウノトリがいたし、カモの群れもいた。このカモを殺してたべることは決してなく、ただこの農園にデンマークの雰囲気をそえるために飼っていた。老僧はこの鳥たちがとても気にいった。鳥たちがどこからやってきたのかを知ろうとして、彼はあちこちをゆびさし、私に問いかける身ぶりをした。うちの犬たちは芝生に出ていて、その日の午後の至福の感じをさらに完璧なものにたかめてくれた。ファラとショレイム・フセインは、犬たちを犬小舎にとじこめるにきまっていると私は思っていた。というのは、忠実な回教徒たるショレイム・フセインは、仕事で農園にくるごとに、犬を見ると大恐慌におちいるからである。ところが今日は犬たちは、白衣の僧侶たちのあいだを自由に歩きまわっている。まことに、ライオンは羊と共に伏し、という光景だった。この犬たちはイスマイルによればひと目で回教徒を見わけられるのだそうだ。

帰るまえ、高僧はこの訪問の記念として真珠の指輪をくれた。そこで私も、例の自分のお金でない百ルピーとはべつに、なにか私からのものを贈りたくなった。しばらくまえ農園内でしとめたライオンの毛皮を、ファラに言って倉庫から持ってこさせた。老人はライオンの前脚を手にとり、澄んだ注意ぶかい眼をして爪を自分の頬にあて、その鋭さをためしていた。

老僧が去ったあと、私は考えてみた。あの人はいったい、あの骨ばったけだかい頭のなかに、農園内のありとあらゆるものを納めていったのか、それとも、まったくなにも受けいれずに立ち去ったのだろうか。彼がなにかを心にとめていたことがやがてわかった。というのは、三ヵ月後インドから手紙が届いた。住所がまちがっていて、たいへん遅れて届いたのだが、それはインドのある公子からの手紙で、例の高僧から私のところで見た「灰色の犬たち」の話をきいたので、一匹譲ってはもらえまいか、ついては、値段はどのくらいだろう、という内容だった。

3　ソマリ族の女たち

来客たちのなかでも、特にこの農園で大きな役割を荷なった人びとがいる。だがその人たちのことをくわしく書くのはさし控えなければならない。書かれたりすることを、おそらく本人たちが好まないだろうから。それはファラの家の女たちのことである。

ファラが結婚し、ソマリランドから農園に妻を連れてきたとき、活きいきしたもの優しい鈍色《にびいろ》の鳩の群れがつきそってきた。花嫁の母親、妹、それに、家族の一員として育てられた年下の従妹の三人である。これがソマリの習慣なのですとファラは言っていた。ソマリランドでの婚姻は、適齢期の男女の生まれや財産、身もちの評判について、年配の人たちがいろいろ考えた末に取りきめられる。上流家庭間の結婚では、花嫁と花婿は式の当日まで互いに顔も知らない。しかしソマリ族は弱者をまもることをよしとする民族で、花嫁となる少女を新しい環境のなかで孤立させるようなことはしない。新婚の夫は妻の村に移り住み、結婚後六ヵ月はそこに滞在するのが礼儀とされている。この期間中、新妻は結婚後といえども夫に対して客をもてなす主人役をつとめ、その場所にくわしく、知人も多いという、夫に対する優位を保ちつづける。この同居期間を夫が実行できない場合、花嫁の親族の女たちは花嫁といっしょに夫の住む場所に移って、しばらく生活をともにすることをいとわない。たとえ遠い異国に旅をしなければならない場合でも、これはかわらない。

　私のところにやってきたソマリ族の女たちの群れには、しばらくしてもうひとり、母親をなくした同族の少女がくわわった。ファラが養女にしたのだが、どうやらこれは、この子が適齢期に達したとき、モルデカイとエステルの場合*のように、嫁にやることで一財産つくれるという見通しによるものらしい。この少女は人並みすぐれて賢く活発な子供だった。年たけるにつれて、この家族の娘たちは念いりに少女を磨きあげ、非のうちどころのない若い乙女につくりあげてゆく。それはなかなかおもしろい見ものだった。この子がこの農園に住むようになったのは十一歳のときだったが、よくファラの家族のところから抜けだしては、私のあとをついてまわっていた。私のポニーに乗って銃を運んだり、キクユ族の子供たちといっしょに養魚池に出かけ、スカートをたくしあげ、魚とりの網を持って、葦の茂る水辺をはだしで駆けまわっていた。ソマリ族の女の子は頭の周囲をまるく縁どるカールと、頭頂の長い房だけを残して、あとはきれいに髪を刈りあげている。これはかわいらしい髪型で、この子の場合、とても陽気でいたずらな小坊主のように見えた。だが時がたつにつれ、年かさの娘たちに感化されて、この女の子は次第に変りはじめ、本人自身も自分が変身してゆく過程に心をうばわれ、それに熱中するようになった。まるで両脚に重いものをゆわえつけたような具合に、少女はそろそろと歩くことを心がけた。このうえなく優雅な様子で眼をふせることをおぼえ、見知らぬ人が着いたその瞬間、サッと姿をかくす礼儀を身につけた。もう髪を刈られることはなく、そのままのばし、十分な長さになると、ほかの娘たちがいくつもの小さな三つ編みに編みあげた。新米の娘は、一人前の娘となる儀式のつらさをすべてまじめに、誇りをもって耐えぬいた。一人前になるために通らねばならない義務を果たしおおせないくらいなら、死んだほうがましだと思っているらしかった。

ファラの姑の老女は、娘たちに立派な教育をほどこすことで故郷ではたいへん尊敬されているのだとファラは言う。この老女の育てた娘たちは、ソマリランドではふるまいの手本であり、処女の鑑なのだそうだ。まったく彼の言葉どおりで、この農園にきても、三人の娘たちはこのうえなく美しい品位とまじめさをそなえていた。彼女らほどに淑女らしい淑女を私は見たことがない。その娘らしいつつましやかさは、衣裳のかたちでひときわ強調される。ソマリの娘たちはたっぷりした大きなスカートをはく。私はときどきたのまれて絹やキャラコの布地を買ってきたのでよく知っているのだが、一着分十ヤールは必要だ。この豊かな布の波のなかで、娘たちのひざはあやしくなまめかしいリズムをもって動く。

*旧約聖書『エステル記』参照。エステルは長じて後、ペルシャ王の妃になる。

おまえのけだかい両の脚はスカートの裾を蹴って動き
欲望を生み、欲情をかきたてる
ちょうど二人の魔女が
深い器のなかの媚薬をかきまぜるように

母親のほうも、豊かに肥えた印象ぶかい風采で、その力強く情愛にみちた穏やかさは、自分の力に満足している雌象を思わせる。この人が怒っているのを私は一度も見たことがない。彼女が内にひめている、人をふるいたたせる力はたいへんなもので、教師と名のつく連中をうらやませるに足る。この人につけば、教育にはなんの強制も、くそ努力も必要ない。生徒たちはただ彼女の偉大で高貴なはかりごとに参加する特権を与えられるだけだ。この家族用として森のなかに建てた小さな家は、白魔術の高等教育の場になり、家のまわりの森の小径をしとやかに歩きまわる三人の娘たちは、力のかぎりをつくして修行している三人の若い魔女たちとも見えた。修行期間が終れば、偉大な能力が彼女たちのものになるのだ。三人はそれぞれ仲間を引きはなして優秀な娘になろうと、仲よく競いあっていた。自分が実際に市場に出され、公然と値ぶみされる環境にいれば、競争もおのずから率直で正直なものになるのだろう。自分の値段が決まらない状態をもはや卒業したファラの妻は、すでに魔術の学位を得た優等生のように特別の地位をたのしんでいた。彼女だけが年老いた魔女の頭と密談することを許される。この名誉は嫁いりまえの娘たちには決して与えられない。

若い娘たちはみんな自分の値段をたいへんに重んじる。回教徒の処女は自分より身分の低い人と結婚することはできない。そんなことをすれば自分の家族一統を最大の侮辱にさらす結果になる。男のほうは、自分さえそれをいとわないなら、身分の低い女と結婚してもさしつかえない。ソマリ族の若者がマサイ族の女を妻にするのはそれほどめずらしくはない。しかし、ソマリ族の娘がアラブ人の妻になることはあっても、アラブ人の娘がソマリランドに嫁いりしてくることはあり得ない。なぜならアラブ人は予言者マホメットを出したすぐれた民族なのだから。またアラブ人のなかでも、マホメットの家系に属する娘はそれ以外の家系の男の妻となることはできない。若い女性たちは女性であるという長所のおかげで社会的階層をのぼる特権をもつ。この原則を娘たちは無邪気にも、純血種の馬の種つけになぞらえていた。ソマリ族は雌馬をとても大切にするのだ。

互いに親しくなると、娘たちはこんな質問をするのだった。ヨーロッパでは娘をただで夫にくれてやる国があるそうだけれど、ほんとうなのですか。それに、娘を嫁にやるのに、婿側に金を渡すほど堕落した階級があると聞きましたが、どう考えてもわけがわからないのです。両親も両親なら、そんな扱いをさせて平気でいる娘のほうもあきれたものですわ。自尊心というものをもたないのでしょうか。女を尊敬する気持、処女性を尊ぶ気持はないのでしょうか。もしもそんなひどい部族に生まれあわせたとしたら、未婚のまま死んだほうがましです、と娘たちは言った。

現代のヨーロッパでは、乙女らしく優雅にふるまう技術をまなぶ機会はもうなくなっているし、古い本を読んでも私はそういう優雅さに魅力を感じることはできなかった。だが、いまこそ、私の祖父や曾祖父がその前にひざを屈せずにはいられなかった乙女の偉力がどのようなものだったかを会得することができた。このソマリ方式は自然の必要でもあり、同時に芸術でもあるのだった。それは宗教であり、戦略であり、同時に舞踊でもあり、それぞれの側面に似かよった献身、修練、巧みさを要求する。このソマリの娘たちの手管の甘やかさは、じつは内に秘められた正反対の力に由来する。相手をじらす万古不変の素質の裏にはなみならぬ寛大さがあり、そして気どりの裏にはたいへんな笑い癖と、死をものともせぬ強さがある。この戦闘的民族の娘たちは、成人となる儀式を偉大で優雅な戦いの踊りのようにやりとげる。彼女らは口にいれたバターも溶かさないほどしとやかで、また同時に競争者の心臓の血を飲みほすまではあとにひかないほど猛々しい。この娘たちは、みめよい羊の皮をかぶった三匹の雌狼のように人目をひく。ソマリ族は砂漠と海できたえられた頑丈な人びとである。生活の重荷、緊張を強いる仕事、高波、そして長い時代が、ソマリの女たちをこのように硬くかがやく琥珀にかたちづくってきたのであろう。

女たちはファラの住まいを家庭らしくととのえたが、それはいつなんどきでも必要に応じてテントをたたんで移動する遊牧民の生活様式そのままで、壁にはたくさんの織物や刺繍した覆い布が掛けてあった。ソマリ族は家庭生活のなかで香をたくことを特に重んじている。その香はほとんどがひどく甘い薫りである。農園の暮しで女の人に会う機会はすくない。そこで私は夕方になると、ときどきファラの家を訪ね、老母や娘たちといっしょにしばらく静かに時をすごすのだった。

ファラの家の女たちはあらゆることに興味を示し、ごく小さなことでもおもしろがった。農園でのちょっとした出来ごととか、この地方でおきた事件についての冗談などを話題にすると、みんなが家じゅうに鳴りわたる鈴のように笑い声をあげる。私が毛糸の編みかたを教えたときなど、女たちはまるでこっけいな人形劇でも見るように笑いこけていた。

この娘たちは無邪気だが、決しておろかではない。出産や臨終の場に出かけて手助けをし、それぞれの症例を冷静に母親と話しあう。時おり私をもてなすために、『千夜一夜物語』の様式でおとぎ話をしてくれる。話のほとんどはこっけいなものだが、率直な態度で恋を話題にしたものが多かった。女主人公は、貞潔であるなしを問わず、男の登場人物よりも優位にたち、男を負かしてしまうというのが、どの話にも共通した主題である。母親は静かに坐り、ほほえみをうかべて娘たちの話す物語に聞きいっていた。

このかこわれた女の世界、いわば女の城砦《じょうさい》の壁の内側に、偉大な理想があるのを私は感じた。この小さな女性守備隊が立派に運営されているのは、すべてこの理想あってのことなのだ。それはほかでもない、女が最高位にあって世界を統治する黄金時代の理想である。そういう時代がきたならば、この老母はかたちをあらため、予言者の語った唯一神よりもさらにさかのぼる太古に存在した偉大な女神の象徴として、その黒いどっしりした姿で王座にのぼるだろう。この女神を中心とした理想を常に念頭におきながらも、ファラの家の女たちはまずなによりも実際的で、その場の必要に応じて臨機応変に事を処理できるのだった。

娘たちはヨーロッパの習慣を知りたがり、白人の淑女たちの礼儀作法、教育、衣裳の話を注意ぶかくきく。異人種の男たちがどのようにして征服され、抑えこまれるか、その方法を知ることで、自分たちの戦略的教育の総仕上げをしようとしているのかもしれない。

服装はソマリの娘たちの人生で大きな役割を占める。これはあたりまえのことなので、つまり衣裳は娘たちの武器であり、戦利品であり、同時に敵の軍旗をうばうのとおなじく、勝利のしるしでもあるからだ。彼女らの夫となるソマリの男たちは禁欲的なたちで、食事や飲みものに関心がなく、安楽な暮しを求めず、その出生地の風土とおなじようにきびしくて無駄がない。女だけが彼らのぜいたくである。ソマリの男たちは女に対して飽くことをしらぬ欲望をもつ。女こそが人生至上のものである。馬、ラクダ、食用の家畜も当然大切だし望ましいにはちがいないが、妻の尊さにくらべれば遠くおよばない。ソマリの女たちは、男たち生得のこうした性格の両面をいっそう発揮するように励ます。女たちは男の柔弱さを仮借なく責めたて、また一方では大変な個人的犠牲をはらって、女としての自分の価値をつりあげる。ソマリの女たちはたとえスリッパ一足でも、男にたよる以外には手にいれることができない。自立することは不可能で、父親なり兄弟なり、夫なり、誰か男性に依存しなければならないが、しかもなお、ソマリ族にとって女たちが人生最高の目標であることにかわりはない。ソマリの女たちがどれほど多くの絹、黄金、琥珀、サンゴを男たちからしぼりとることか。それはおどろきに価いするが、ソマリ族にとっては女の側にも男の側にも名誉なこととされる。長く苦しい交易の旅の末に、旅の危険も困難も、商いのかけひきも忍耐も、あらゆるものの成果が女の装身具になってしまう。しぼりとる対象をもたない若い娘たちは、小さいテントのような家のなかで髪を美しく結いあげることに熱中しながら、将来自分たちが征服者を征服し、搾取者を搾取する日のくるのを待ちのぞむ。ファラの家にきている娘たちは、誰もが自分の装身具や衣裳をお互いにこころよく貸しあう。年のゆかない妹ぶんの養女は誰よりも美しかったが、結婚している姉のとっておきの衣裳でこの子を着かざらせるのが娘たちのたのしみだった。処女は使ってはならないことになっている金地の頭巾をふざけてかぶらせてみたりしていた。

ソマリ族は訴訟だの、長期にわたる対立抗争だのに夢中になる。そのためファラがたびたびナイロビに出かけたり、または相手のソマリ族が農園に出むいてくるような事件が繰りかえしおこっていた。そういうとき、私がファラの家を訪ねると、例の老母はおだやかな賢いものごしで事件について聞きだそうとする。もちろんファラに直接たずねれば、彼はこの姑をとても尊敬しているのだから、なにもかもうちあけるに相違ない。

だがこの老母は外交的見地からべつの方法をえらんでいたのだと思う。こういう廻り道をとれば、男のかかわることに女は無知だし、そんなむずかしいことはひとこともわからないという、女らしい無力さをよそおうことができるからだ。そういうふりがこの賢い女性に似合わしいかどうかはべつの話だが。この老母がなにか忠告する場合、それは女予言者シビルの方法に似て、遠まわしにそれとすぐにはわからない表現をとり、彼女がよい忠告を与えたことに誰も気づかないまま、その方向に導かれるのだった。

ソマリ族の大きな集りや回教徒の祭が農園でひらかれるときには、女たちは食事その他万端の準備でいそがしい。女たちは宴会には出席しないし、モスクのなかに入ることもできないのだが、その集りがすばらしいものになり、大成功をおさめるようにと、熱心につとめる。しかも、たとえ女同士のあいだでさえ、集りについての感想を洩らすようなことは決してしない。こういうときのソマリ族の女たちは、私の祖国の古い世代の女たちにあまりにも似かよっているので、ファラの家の女たちは私の想像のなかで、スカートをふくらませる腰あてをつけ、長く裾をひいた古いヨーロッパの衣裳をつけているように思える。私の母の時代、祖母の時代のスカンディナヴィアの女たち――お人よしの野蛮人に仕える文明化した奴隷にほかならない女たち――も、神聖かつ大仰な男たちの祭を尊重して、これとまったくおなじことを繰りかえしていたのだ。たとえばキジ狩りとか、秋の狩猟期などに。

ソマリ族はずっと昔から、何世代にもわたって奴隷を使ってきた。だからソマリ族の女たちはここの土地の人びとに対して無頓着でおだやかな態度を保ち、上手につきあっていた。土地の人びとによってはソマリ族やアラブ人の下で働くほうが白人のところで働くよりもたやすい。というのは、有色人種の生活のテンポは、所はかわっても似かよっているからである。ファラの妻は農園のキクユ族のあいだで人気が高かった。カマンテはファラの妻がどんなに賢いかを、何度も私に話してきかせた。

バークレー・コールやデニス・フィンチ＝ハットンのように、たびたび農園にきては滞在する白人の客たちに対して、ソマリ族の娘たちは親しみのある態度を見せた。繰りかえし私の友人たちのことを話題にするのをきいていると、いろんなことを彼らについて知っているのでおどろかされた。バークレーやデニスに出あうと、娘たちは両手をスカートのひだにかくし、兄に対する妹のような心おきない態度で話をかわす。しかし、バークレーもデニスもソマリ族の従者を使っているので、ことはずいぶんめんどうになる。この娘たちは生命にかけても、ソマリ族の男と顔をあわせてはならないからだ。ターバンを巻き、ほっそりした体つきで黒い眼をしたジャマやビレアが農園に姿を見せるやいなや、うちの娘たちはたちまち姿を消す。どこに沈んだものやら、水泡ひとつ見せないすばやさで。ソマリ族の従者の滞在中、私に会う用事ができると、娘たちはべつのスカートですっぽり顔を覆いかくし、家のかどをこっそり廻ってくる。イギリス人の男たちはソマリ族の娘たちが自分を信用してくれるのがうれしいと言っていたが、実のところ、男としてそんなにも無害だと思われていることにいくらか興ざめしていたらしい。

この娘たちを連れてドライヴや訪問に出かけることもあったが、そういうときにはかならず母親にさしつかえないかどうかをたずねるように気をつけていた。ディアナの顔のようにけがれのない娘たちに汚名をきせるようなことがあってはならないからだ。農園のはずれに住んでいたオーストラリア人の若い妻とは、彼女がそこにいた何年かのあいだ親しくしていた。その家に、ソマリ族の娘たちといっしょにお茶によばれることが時たまあった。これは大変な出来ごとで、娘たちは花束のように美々しく着かざり、ドライヴのあいだじゅう、車の後部座席は鳥小舎そのままのかしましさだった。娘たちは家や服装にこのうえない興味を示し、しまいには馬に乗ったり耕作していたりする姿が遠くから見えるだけの、私の友人の夫にまで、好奇の眼を向けた。さてお茶が出されると、それは既婚婦人か子供たちだけが飲むもので、若い娘たちには刺戟《しげき》が強すぎるから禁じられているということがわかった。娘たちはケーキだけにしなければならなかったが、それをたべる様子はいかにもつつましやかで優雅だった。いっしょに連れていった、年のゆかない養女のことで議論がはじまった。まだお茶を飲んでもかまわない年齢だろうか、それともお茶が悪い影響を与える年齢に、もう達していると考えるべきなのか。結婚している長姉の意見では、少女はまだお茶を飲んでもよい年齢だということだったが、かんじんの本人はその場にいる一同に、深く暗い、誇らかな一瞥を与え、お茶のカップを取ろうとしなかった。

ファラの妻の従妹はあかるい茶色の眼をしたもの静かな娘で、アラビア語を読むことができ、コーランの章句をいくつか暗誦していた。この娘は神学に興味をもっていて、私たち二人はたびたび、この世界のふしぎさについて宗教的議論をかわしたものだ。旧約聖書のヨセフとポテパルの妻の物語*の真相を、私はこの娘から教えてもらった。イエス・キリストが処女から生まれたことは認めるが、神の子として生まれたはずはなく、なぜなら神は肉体をそなえた息子をもつことはできないのだそうである。処女たちのなかで誰よりも美しいマリアンモは庭を歩いていた。神からつかわされた大天使が翼の羽根でマリアンモの肩にふれ、それによって処女はみごもった。ある日のこういう議論のなかで、私はこの娘にコペンハーゲン大聖堂にあるトルヴァルセン作のキリスト像の絵はがきを見せた。すると彼女はたちまち、控えめながらわれを忘れて救い主を恋いこがれるようになってしまった。イエスについてどれほど聞いても気がすまず、私が話すあいだため息をつき、顔色をかえた。ユダのことが気にかかってならないらしく、いったいどんな人なのか、よくもそんな人間がいたものだ、その人の眼をひっかいてやったら、どんなに気がせいせいするだろう、と言う。ソマリ族が家でたく香は、遠くの山に生える黒い木材でつくられる。甘く強く薫るその香は、白人の感覚にとっては奇妙なものに感じられる。この娘のイエスに対するはげしい情熱は、この香の薫りと同質のものだった。

*旧約聖書『創世記』第三十九章。雇い主の妻から姦通を強いられ、それをこばんだヨセフは、逆に妻から訴えられ、投獄される。

回教徒の若い婦人たちを教会に連れていってもよろしいでしょうかと、私はフランス人の神父たちに聞いてみた。神父たちはめずらしいことがおこるのをおもしろがって、かまいませんとも、と愛想よく上機嫌で言ってくれたので、ある日の午後、私たちは揃って車で出かけ、一列に並んで厳粛に、ひんやりした教会堂に入った。若い女たちはこんなに巨大な建物に入るのははじめてだったので、天井を見あげ、いまにもそれが落ちてくるのではないかと思って、両手で頭を覆った。会堂には彫像があったが、女たちはこれまでそのたぐいのものは絵はがきでしか見たことがなかった。このフランス宣教団には白とあかるい青の衣裳をつけ、百合の花を手にした等身大のマリア像があり、その隣にはこれも等身大の聖ヨセフが幼な児イエスを抱いている。娘たちはその前に釘づけになり、処女マリアの美しさにため息をもらした。聖ヨセフについては予備知識があって、処女妻マリアを大切に保護したことをとても尊敬していたので、いま、マリアの産んだ子供をみずから抱いている姿を見て、娘たちはふかい感謝のまなざしをヨセフ像にむけた。ちょうどそのとき身重だったファラの妻は、会堂にいるあいだじゅうずっと聖家族像の前を離れようとしなかった。

神父たちは紙でステンド・グラスを模した会堂の窓をとても自慢にしていた。それは一連のキリスト受難の場面を描いたものだった。例の従妹はこの窓にすっかり心をうばわれ、会堂の壁面沿いにまわってつぎつぎに窓をながめては、手をにぎりしめ、自分が十字架の重みを肩に荷なっているように、ひざを折りかがめるのだった。帰り道でみんなはとてもおとなしかった。なにか質問したら、自分たちのもの知らずぶりがばれてしまうと思って、警戒しているらしかった。何日かたってから、やっとこうたずねた。神父さんたちは、あの処女マリアや聖ヨセフを台座から降りてこさせることができるのでしょうか。

ファラの妻の従妹はこの農園からとついでいった。そのころちょうど空いていたきれいなバンガローがあったので、そこをソマリ族の結婚式のために提供することにした。婚礼は豪華なもので、七日間つづいた。私は最初の重大な儀式に参列した。歌いながら花婿を連れてくる男たちの行列に、これも歌いながら女たちが列をつくり、花嫁をみちびいて引きあわせる式である。花嫁はその瞬間まで花婿の顔を知らない。いったいこの花嫁は、夫がトルヴァルセン作のキリスト像に似ていることを期待しているのか、それとも騎士道物語の手本にならって、天上の愛と地上の愛と、二つの理想をもっているのか、どちらなのだろうと私は思った。七日間の祝いのあいだ、私は一度ならず会場のバンガローを訪ねてみた。どんな時間に行こうと、家は祝いごとの気分に湧きかえり、婚礼用の香の薫りでむせるばかりだった。剣の踊りや女たちのさかんな踊りが華やかに演じられ、年寄りたちのあいだでは家畜の大きな取引きがかわされている。銃を発砲する人もいれば、ラバに引かせた車が町から着いたり、町をさして帰っていったりしている。夜にはベランダにともしたハリケーン・ランプの明かりのなかで、アラビア産、ソマリランド産の最上等の美しい染めの衣裳をつけた人たちが、家を出入りしたり、馬車に乗り降りしているのが見える。紅色、純粋のあんず色、スダン焦茶、ベンガル・ローズ、そしてサフラン色が映える。

ファラの息子が農園で生まれた。アハメッドという名だが、みんなサウフェと呼んでいた。それは鋸という意味になるらしい。この子にはキクユ族の子供たちのはにかみ癖がまったくなかった。どんぐりのように体じゅうを布で巻かれ、黒くまるい頭のほかはほとんど体などないように見える、ごく小さな乳児のころから、この子はしゃんと身をおこし、相手の顔をまっすぐに見つめるのだった。その様子は手にとまらせた小鷹、ひざに抱かれたライオンの仔を思わせた。この子は母親の陽気な気質をうけついでいて、やがて走りまわれるようになると、農園の地元の子供仲間のがき大将になり、たのしい冒険の音頭をとるのだった。

4　クヌッセン老

時おり、難破船の船材が入江に流れつくように、ヨーロッパ出身の人たちが農園にただよいつくことがあった。この船材たちはしばらくのあいだ入江のなかをぐるぐるまわり、結局はまた外海に流れだすか、それとも沈んで姿を消す。

デンマーク人のクヌッセン老は体をこわし、盲目になって農園にたどりついた。そして死ぬまでの時を、孤独な生きものとしてここですごした。クヌッセンは自分のみじめさに打ちひしがれて道を歩きまわった。そのみじめさの重みを荷なうことで力を使いはたし、長いあいだ口をきかなかった。時たま話すことがあっても、その声は狼かハイエナのように悲しげだった。

だが呼吸が楽になり、苦痛を感じないでいられるしばらくのあいだは、消えかけた火がふたたび炎をあげる。そんなときクヌッセンは私を訪ねてきて、自分のどうしようもない憂鬱《ゆううつ》気質、ものごとを悲観的にうけとる変った癖に対していかに戦わなければならないかを説明する。状勢にはべつに不都合はないし、悪魔に誓って、人に見くだされるようなことはなにもないのだから、わしが憂鬱になったりするのはまったく理屈にあわんのです。ただ悲観主義ね、悲観主義。これはまったく困ったものだ。

農園が例年よりもさらに行きづまっていたとき、炭を焼いてナイロビのインド人たちに売ったらどうかと言ってくれたのはクヌッセンだった。何千ルピーもかせげますよ、と彼はうけあった。このクヌッセン老が後見すれば、炭はかならずうまくできます。その波瀾にみちた経歴の一時期、クヌッセンはスウェーデンの北のはずれにいて、そこで炭の焼きかたを習ったので、こんなことは朝めしまえなのだそうだ。彼はほんとうに土地の人たちに炭焼きを教える労をとった。こういうわけで、森でいっしょに働くあいだ、私はクヌッセンといろんな話をした。

炭焼きはたのしい仕事である。たしかになにか人を酔わせるものがこの仕事のなかにはあり、炭焼き職人はほかの人とちがったものの見かたをすると言われている。炭を焼く人たちは詩的昂揚とたわいない嘘のとりこになり、森の悪霊たちがその仲間いりをする。窯《かま》が焼きあがり、口をひらいて中味を地面にひろげるとき、できたての炭はとても美しい。不純物がとりのぞかれ、重さから解きはなたれ、朽ち腐ることのなくなった、劫を経た黒い小さな木のミイラは、絹のようになめらかだ。

炭焼き芸術の舞台装置はなんとも美しい。ふとい幹を使って炭はつくれないから、切りたおすのは小さい下生えの木に限られる。そこで、木を切るとはいえ、なお大木の茂りあう緑の屋根の下で働くことができる。切りたおした木は、アフリカの森林の静けさと蔭のなかでグースベリーの匂いをたて、また燃える炭焼き窯の新鮮で刺すように強い酸味をおびた匂いに包まれていると、海風に吹かれている感じがする。あたり全体が劇的雰囲気をおび、特に劇場というもののない赤道地帯では、それは人をひきつけずにはおかない。一定の時間をおいてかすかな青い煙の渦が窯からたちのぼり、いくつか並んだ暗い窯は舞台にしつらえたテントのように見える。その光景はロマンティック・オペラの盗賊の巣窟か、兵士の野営場を思わせる。土地の人びとの黒い影が音もなく窯のまわりを動きまわる。アフリカの森林では下生えを切りはらった場所にかぞえきれないほどの蝶が集る。切株にとまるのが好きらしい。炭焼きをめぐるすべてのことが神秘的で浄らかだった。こういう環境のなかにおくと、クヌッセン老の腰のまがった小柄な姿はいかにもふさわしかった。いまや大好きな仕事を与えられ、熱中してすばしこく飛びまわり、叱咤したりはげましたりする彼の様子は、年老いて盲目になり、意地わるくなった小妖精パックそのままだった。クヌッセンは仕事に忠実で、炭の焼きかたを習う土地の人たちに忍耐づよく対していた。ときどき意見が対立することもあった。娘のころ私はパリで美術学校にかよっていて、そこでオリーヴの木でつくる炭が最上等だと教えられていた。ところがクヌッセンが言うには、いや、オリーヴの木にはふしがない。地獄の七千の悪魔たちにかけて、炭でかんじんなのはふしだということを知らない奴はない。

森のなかという特別な環境はクヌッセンのかんしゃくを鎮めた。アフリカの木々は繊細な葉をつけ、そのほとんどが掌状をなしているので、厚く茂った下生えを、いわば森林に洞穴を掘るような具合に切りはらうと、木洩れ日はちょうど故郷デンマークの五月、ほぐれはじめるころの樺林の日ざしに似て見える。クヌッセンにそのことを言うと、彼はよろこんだ。炭焼きのあいだじゅうクヌッセンは、デンマークで聖霊降臨祭の祝日のピクニックに出かけているという空想をあたためていたからだ。ほらあなのある老木にクヌッセンは、コペンハーゲン近郊の遊園地にちなんで、ロッテンバーグと名をつけた。ある日そのロッテンバーグの奥ふかくデンマーク産のビールを何本か隠しておいて、さあ一杯やりましょうと誘うと、クヌッセンはこいつはいい思いつきだと、いくらか恩きせがましく認めてくれた。

すべての窯に火をつけたあと、私たちは坐りこみ、人生について、またクヌッセンが流浪生活のあいだに出あったさまざまな冒険について話しあった。こういうときにはまともなクヌッセン老自身のことだけを話題にしなければいけない。さもないと、かねてクヌッセンが気をつけるように言っている例の暗澹たる悲観主義に、私のほうが陥らされる危険がある。クヌッセンはさまざまのことを体験してきた。難破、疫病、見たこともない色あいの魚たち、あらゆるものを吸いこむ渦巻き、竜巻き、太陽が空に三つかかって見えるありさま、不実な友人、悪事、つかのまの成功、金がザクザク舞いこむかと思うと、たちまちまた干あがってしまったこと。

クヌッセンのオデュッセウス譚《たん》はひとつの強烈な感情に貫かれていた。それは法律、法の効力、その執行を忌みきらう感情である。クヌッセンは生まれついての反逆者であり、無法者なら誰であれ共感をもつ。英雄的行為などというものは彼にとっては違法行為以外のなにものでもない。好んで話題にするのは王や王族たち、道化役者、矮人や狂人などで、こういう人たちは法の埒外にいると彼は考えていた。法を無視した犯罪や革命、詐欺、いたずらのたぐいも、クヌッセンの好きな話題だった。だが善良な市民に対しては深い軽蔑をいだき、遵法《じゅんぽう》の観念をもつ人は誰であろうと、奴隷根性の持ち主としてきめつけた。重力の法則さえも信じない、あるいは尊重していないのだ。それがわかったのはいっしょに木を切りたおしていたときで、偏見をもたない、新しいことに手を出してみようという人なら、重力の法則を逆に働かせてみようとしたっていいではないか、とクヌッセンは言う。

彼は自分の知りあいの名、それもなるべくなら詐欺師やならず者たちの名を私の記憶に焼きつけようとつとめるのだった。だが、話のなかで女性の名をあげることは一度もなかった。ヘルシンゲルのやさしい娘たちのことも、世界じゅうの港々のしたたかな女たちのことも、時間がきれいさっぱり彼の記憶からぬぐい去ったものらしかった。しかもなお、この人と話していると、その名はわからないが、ある一人の女の存在が彼の生涯を通じてありありと感じとれるのだった。どういう人なのかはわからない、妻なのか、母親か、女教師か、それとも最初の雇い主の奥さんなのか。私は自分の想像のなかだけで、ひそかにこの女性をマダム・クヌッセンと呼ぶことにきめた。クヌッセン自身とても背が低かったので、彼の意中のこの女性もきっと背の低い人にちがいないと思う。男のたのしみを滅茶滅茶にし、しかもその行動は常に正しいとする型の女性である。寝床で夫に小言をならべる妻、大洗濯にはりきる主婦、あらゆる新しい企てをやめさせ、男の子たちの顔をゴシゴシ洗い、ジンをついだコップを男が手にする一瞬まえにサッとテーブルから奪ってしまうような、法と秩序の権化そのものの女性。絶対権力を主張する点で、こういう女性はソマリ族の女性のあがめる女神にいくらか似かよっているが、マダム・クヌッセンの場合は愛によって相手を奴隷にしようなどとは夢にも思わず、正義正論で支配するのだ。まだ若くて感じやすく、一生消しがたい印象を受ける年齢のころ、クヌッセンはその女性に会ったのだろう。クヌッセンは彼女から逃れようとして海に出た。そのひとは海がきらいで、海上までは彼を追ってこないからだ。しかしアフリカにきてふたたび陸上で暮すようになると、もう逃げるわけにはいかない。その女性はいまもクヌッセンとともに生きている。その荒びた心、白茶けた髪に覆われた頭のなかで、クヌッセンがどんな男にもまして怖れていたのはこの女性で、あらゆる女は彼にとってマダム・クヌッセンの仮りの姿とうけとれるのである。

私たちの炭焼き業は結局収入をあげることはできなかった。何度も窯が火事をおこし、炭になるはずの材料はただの煙になって消えてしまった。クヌッセンはこの失敗をたいへん気にかけ、原因を一心に考えた。彼の達した結論は、窯の温度を下げる雪がいくらでも手近にある場所でないと、炭はうまく焼けないというものだった。

クヌッセンは農園に池をつくることも手つだってくれた。農園内の道で草の生えた広いくぼ地を通っている所があり、そこに泉がひとつある。私はこのくぼ地の下にダムをつくり、そのくぼ地全体を湖にするという計画を考えていた。アフリカでは絶えず水不足に悩まされる。家畜が牧草地のなかに水飲み場をもてれば、わざわざ川まで長い道のりを歩かせなくてもすむようになる。このダム計画は農園じゅうの人の関心を集め、夜も昼もそれをめぐって議論がかわされた。意見が出つくして結論に達したとき、農園で暮す一同にとってそれはすばらしい大事業だということになった。そのダムは二百フィートの長さになる。クヌッセン老はこの計画に熱中し、大工のプーラン・シングにダムのつくりかたを教えた。完成後もこのダムにはずいぶん困らせられた。長い乾期のあと大雨の降る季節がくると、水量をささえきれなくなる。ダムがあちこちで決壊し、なかば流失する憂き目にあったのは一度や二度ではない。農園で使う牛や借地人の家畜を池に連れてきて水を飲ませるとき、かならず土手の上を歩かせて土をかためてゆく方法を思いついたのはクヌッセンだった。山羊であれ羊であれ、一頭の例外もなくこの大事業に参加して、ダムの構造を堅固にしてゆくのだ。家畜の群れを連れてくる子供たちと、クヌッセンはよく大喧嘩をしていた。彼は群れをゆっくり歩かせるようやかましく言うのだが、子供たちのほうは家畜が尾を宙になびかせ、速駆けで土手を走りぬけるほうがおもしろいのだ。結局私がクヌッセンの方針を支持する態度をはっきり見せ、子供たちも言うことをきくようになった。長くつづく家畜の列が、空を背景にしてゆっくりした足どりでせまい土手の上を通ってゆく様子は、ノアの方舟に向かう動物たちの行進のように見え、杖をついてその気配に耳をこらすクヌッセン老は、方舟をつくったノアその人が、自分以外の人間はやがてすべて溺れ死ぬことに満足しているように見えるのだった。

やがてこのくぼ地は深さ七フィートにもおよぶ水がたくわえられるようになり、この池を横切る道の眺めは美しかった。さらに低い所にも二つダムをつくり、糸に通した真珠のように、一連の池ができたのだ。こうして今や池は農園の心臓ともいえる場所になった。家畜や子供たちがいつでも池のまわりにいて、あたりは活気にあふれ、平原や丘陵地帯の水たまりが干あがる暑い季節には、野鳥たちが農園にくるようになった。アオサギ、トキ、カワセミ、ウズラ、十種類以上のガンやカモの群れが見られた。夕方、最初の星が空に見えはじめるころ、私は池に出かけて水のほとりに腰をおろす。すると鳥たちはやがて家路にむかう。水鳥はほかの鳥たちとちがって計画をもった訪れかたをする。一定の場所から場所へと旅をつづけているのだ。この泳ぎの達者な野生の渡り鳥たちは、なんという遠近感覚の持ち主だろう！　カモの群れはガラスのように透きとおった空の高みで軌道を決め、天の射手がひきしぼった矢がつぎつぎに射こまれるように、暗い池の水面に音もなく急降下してくる。あるとき私は池でワニを一匹しとめた。どうしてそこにいたのか、ふしぎでならない。アジ川からここまで、十二マイルの道のりをやってきたことになるからだ。以前は水のなかったこの場所に池ができたと、どうしてワニにわかったのだろう？

はじめての池が完成したとき、クヌッセンは魚をそこに放す計画をもちだした。アフリカにはスズキに似た魚がいて、なかなかおいしい。そこで私たちは農園でたくさん魚がとれるようになるというこの思いつきをあれこれ検討した。活きた魚を手にいれるのは決してたやすいことではない。動物保護局ではあちこちの池にこの種のスズキの放流をはじめていたが、まだ獲るのは禁止していた。ところがクヌッセンは、誰も知らないある池にこのスズキがいて、そこに行けばいくらでもほしいだけとれると、私に耳うちする。その池まで車で行き、網を張って魚をとり、ブリキかんや大桶にいれて車まではこぶ。水と水草をいっしょに入れてやりさえすれば、魚たちを活かしたまま持って帰れるというのだ。クヌッセンはこの計画に熱中のあまり、私に話すあいだにも震えが止まらないほどだった。彼にしかつくれないという魚とりの網を、手ずからつくりさえした。だが、この遠征の実現が近づくにつれて、いろいろわけのわからない点が出てきた。満月の晩、それも真夜中に実行しなければならないと、彼は主張する。はじめ三人の少年を助手としてつれてゆく予定だったのに、クヌッセンは二人にへらし、さらに一人にしぼると言いだし、おまけにその子は絶対に信用のおける奴かとしつこくきくのだった。しまいには、クヌッセンと私の二人だけで行くのが結局一番いいと断言した。二人だけではかんを車にはこぶのは大変だから、それはうまくない計画だと言ったのだが、それでも彼は二人だけでやるに越したことはないと言い張り、さらに、このことは誰にも洩らしてくれるなとつけくわえた。

動物保護局には親しくしている人が何人もいる。私はしかたなく、こうたずねた。

「クヌッセン、私たちがとりに行く魚は、ほんとうは誰のものなの?」クヌッセンは一言も返事をしなかった。例の水夫独特のやりかたでつばを吐き、つぎだらけの古靴をはいた足をのばして地面のつばの跡を踏み消すと、くるりと後ろをむいて、ひどくゆっくりと歩き去った。がっくりと頭をたれ、もうまったくなにも見えなくなった様子で、杖で行きさきをまさぐりながら行ってしまった。彼はまたもとの、みじめでつめたい世界をさまよう疲れはてた逃亡者に戻っていた。クヌッセンの気おちした身ぶりは私に魔法をかけ、勝ちほこったマダム・クヌッセンの立場に私を立たせてしまった。

魚をとる計画はその後二人のあいだで絶えて話題にのぼらなかった。動物保護局の援助でスズキを池に放すことができたのは、クヌッセンが死んでしばらくしてからのことだった。魚たちは池で繁殖し、そこで生をいとなむほかの生きものの仲間として、静かで落着いた、めだたないゆったりした存在になっていった。日ざかりに池のふちを通ると、日に照らされてわずかにうかがえる薄暗い池の水面近くに、暗色のガラス製の魚のような姿が見えた。不意の来客があるときは、いつもハウスボーイのトゥンボが池まで出かけ、ごく簡単なたもを使って、一匹二ポンドはあるスズキをつかまえてくる。

クヌッセン老が農園内の道路で死んでいるのを発見したとき、私はすぐナイロビ警察に使いを出して死亡報告をした。農園の敷地内に葬るつもりでいたところ、その日の夜おそく、警察官が二人、車に棺をのせて死骸を引きとりにやってきた。ちょうど雷雨がはじまり、降雨量三インチのひどい雨になった。長い雨期のはじまりにあたっていた。激流のような水のシーツのなかをかきわけて、クヌッセンの家にたどりついた。棺を車に運びいれるとき、頭上に雷鳴がとどろきわたり、あたり一面、畑にびっしり生えたトウモロコシの穂のように、稲妻が走った。その車には感電よけのチェーンがついていないので、雷にたたかれるとひどい衝撃をうけ、道をまっすぐ走れずに、左右にヨタヨタしながら進んでいった。クヌッセン老はこのようにして農園から退場してゆくのにさぞ満足したことと思う。

後のことだが、クヌッセンの埋葬のしかたについて私は市当局のやりかたに不満をもち、はげしい論争がはじまった。私はこの件で何度かナイロビまで出かけなければならなかった。これはクヌッセンから私にあてた遺産、つまり法に対抗する、代理人による最後の争いだった。こうして私はマダム・クヌッセンの位置を脱けて、今度はクヌッセンの兄弟分になったのだ。

5　さすらい人の憩い

農園にきて一泊し、翌日また出ていって、それっきり戻らなかった旅人がいた。以来私は折にふれてその人のことを思いだす。エマヌエルソンという名のスウェーデン人で、最初に知りあったときは、ナイロビのあるホテルで給仕長をしていた。赤い風船のような顔の小肥りの若者で、私がホテルで昼食をするときはいつでも椅子のそばに立ち、馬鹿ていねいなもの言いで祖国のことや、故郷の共通の知人のことを話題にして、私をもてなすのだった。あまりそのおしゃべりがしつこいので、そのうち私は、当時ナイロビにもう一つだけあったべつのホテルに食事の場所を変えてしまった。それ以来エマヌエルソンの動静はほとんど耳にしなくなった。この青年はごたごたに巻きこまれやすい癖があり、それに人生の快楽についての好みと考えが、並みの人とはいっぷうかわっているらしく、そのためここのスカンディナヴィア出身者たちから爪はじきされるようになっていた。ある日の午後、突然農園に現れたエマヌエルソンは、気も動転し、おびえきった様子だった。いますぐタンガニーカに向けて出国しなければ投獄されるかもしれない。出国する旅費を貸してほしいと言う。私の助けがおそすぎたのか、その金をエマヌエルソンがべつのことに使ってしまったせいか、それはわからないのだが、ともかくやがて、彼がナイロビで逮捕されたという話をきいた。投獄こそまぬかれたらしいが、しばらくのあいだ彼は私の視野から消えていた。

夕方おそく、もう星の出たころに、馬で家に帰ってくると、外の石畳で待っている男の姿が見えた。エマヌエルソンだ。ていねいな声で、「放浪者がやって参りましたよ、男爵夫人」と言う。どうしてこんなところにいるのかとたずねると、道に迷ったのでお寄せていただきましたと言う。どこへ行く途中迷ったの？　タンガニーカへでございます。

とても本当とは思えない。タンガニーカへの道は大きな公道で、すぐに見つかるはずだし、私の農園への道はその公道からつづいているのだ。どんな方法でタンガニーカに行くつもりかときいてみると、歩いて行くと言う。そんなことは誰にもできるはずはない、と私は言ってやった。水のないマサイ族居留地を三日間歩きとおすことになるし、今はライオンにおそわれる危険が高い。ちょうどその日にマサイ族がやってきて、ライオンの被害を訴え、私にしとめにきてほしいとたのんでいったばかりなのだ。

はい、はい、そういうことは全部わかっておりますとも。それでもやはり、タンガニーカまで歩いて参ります、とエマヌエルソンは言う。ほかに方法がないからなのだそうだ。道に迷ったので、夕食をふるまって、一晩だけ泊めてはもらえまいか。明日の朝早くここを発ってゆく。もしさしつかえがあるなら、いますぐ出発する。星明かりがあるから大丈夫だ、と言う。

話をかわすあいだ、来客として歓迎するわけにはいかないという態度をはっきりさせるため、私は馬に乗ったままでいた。彼といっしょに食事をするのは気がすすまなかったからだ。だがその話しぶりをきいているうちに、エマヌエルソンのほうも招待をあてにしてはいないことがわかった。私のもてなし心を信じてもいなければ、自分の説得力も信じていない。戸外の暗がりで、友をもたない孤独な人間の姿をさらしている。エマヌエルソンの率直な態度は自分の体面を保つためではなく——それはもう手おくれだ——私の体面のためだった。もし私がいま彼を追いだしても、それは不親切ではなく、ごく当然だとうけとれるようにしむけているのだ。これは追われる動物が見せる礼節である。私は馬丁を呼んでくつわを取らせ、馬から降りた。「おはいりなさい、エマヌエルソン。夕食をして、一晩泊ってゆきなさい」

ランプの明かりのなかで見るエマヌエルソンはみじめだった。アフリカでは誰も着ないような長い黒のオーバーを着こみ、ひげだらけで、髪も長いこと刈っていないし、靴は爪さきが口をあけていた。タンガニーカに行くというのに、持ちものひとつなく、手ぶらでいる。私の立場は神にいけにえの山羊を捧げるため、生きたまま荒野に追いやる聖職者のようなものだった。こういう場合にはワインが必要だと私は思った。わが家の酒倉のめんどうを見てくれるバークレー・コールが最近送ってくれた、めったに手に入らないブルゴーニュがある。それを一本あけるようにと、ジュマに言っておいた。夕食の席に坐り、グラスにワインが注がれると、エマヌエルソンは半分飲みほしたあと、グラスを明かりに向けてかざし、音楽にききいるようにして長いことその色を眺めていた。すばらしい、と彼はつぶやいた。「すばらしい。一九〇六年もののシャンベルタンですね」そのとおりだった。エマヌエルソンを尊敬する気持が湧いた。

このきっかけがなければ、彼は言葉すくなにしていたし、私もなにを話してよいやらわからないでいた。なぜ仕事を見つけることができなかったのかと、私はたずねてみた。この土地の人たちがたずさわっているような仕事についてはなにも知らないからだと、エマヌエルソンは答えた。ホテルはくびになった。それに、もともと給仕長の経験などなかったのだ、と言う。

「簿記はできるの？」ときいてみた。

「いいえ、全然。二つの数字を足して一つにするなんて、とてもむずかしくてやれません」

「家畜のことはいくらか知っていて？」「牛ですか？　いえいえ、牛はこわいです」

「それでは、トラクターの運転はどうかしら？」すると彼の顔にふと希望の明かるみがきざした。「いいえ、でも、これから習うことはできると思います」

「私のトラクターで練習するのは御免こうむりますよ。でも、あなたはいったいなにをしていたの？　なにで暮しをたてていた人なの？」

エマヌエルソンは姿勢をただした。「私の職業ですか？」と彼は大きな声で言った。

「私は役者なのです」

それならば、ありがたいことに、この途方にくれた人を実際の場で助けることは私の力のおよばないところだ、と私は思った。これでふつうの人間同士らしい会話がかわせるようになった。「役者ですって？　それはすばらしい仕事だこと。舞台に立っていたころは、どんな役がお得意でした？」

「私は悲劇役者なのです」とエマヌエルソンは言った。「得意の役どころは『椿姫』のアルマン、それから『幽霊』のオスヴァルでした」

そこでしばらく二つの戯曲のことを話題にし、彼も私も見たことのある誰かれの役者の演技ぶりをあげつらい、あそこはこう演じなければ、などと言いあった。エマヌエルソンは部屋を見まわして言った。「ここにヘンリック・イプセンの戯曲集をお持ちではありませんか？　もしあれば、『幽霊』の最後の場を御一緒にやってみたいのです。アルヴィング夫人の役をやっていただけたら」

イプセンの戯曲集を私は持っていなかった。

「でも、せりふを憶えていらっしゃいませんか？」と、エマヌエルソンは自分の思いつきに熱中して言った。「私はオスヴァルのせりふなら完全に、はじめから終りまで言えます。最後の場がなんといっても一番ですね。あの迫真の悲劇的効果！　あれにまさるものはないでしょう」

星は消え、気持よい暖かな夜だった。まもなく長い雨期がはじまる。ほんとうにタンガニーカまで歩いて行くつもりなのかと、私はあらためてエマヌエルソンにたずねた。

「はい、そのつもりです。自分で自分のプロンプターをつとめるわけですね」

「あなたが結婚していなくてよかったわ」と私は言った。

「そう、そうですね」しばらくして彼はそっとつけくわえた。「結婚はしているのですけれども」

　話題のなかでエマヌエルソンはこんなことをこぼしていた。ここアフリカでは、白人はとても土地の人との競争に勝てるわけはない。土地の人は白人よりもずっと低い賃銀で働くからだ。「今のパリでなら、いつでも好きなとき、どこかのカフェかなにかで、しばらくウェイターとして働くのは簡単なのですが」

「それならなぜパリにずっといなかったのかしら？」と私はきいてみた。

　エマヌエルソンはすばやく、はっきりと私の眼を見かえした。「パリですって？　いいえ、まっぴらです。私はきわどいところでパリを脱出したのです」

　エマヌエルソンにはこの世にただ一人だけ友人がいるのだそうで、その晩の会話のなかでくりかえしその人物にふれた。彼と連絡がとれさえすれば、すべてはがらりとかわってうまくゆくのだ。その友人は仕事が順調にいっていて、それにとても寛大な人だから。彼は奇術師で、世界じゅうを上演してまわっている。このまえ連絡があったのはサンフランシスコからだった、とエマヌエルソンは言う。

　文学や演劇のことをあれこれ話しあうのだが、やはりまた話題はエマヌエルソンのこれからの身のふりかたに戻った。アフリカにいるスウェーデン出身の人たちが、どのように一人また一人と彼を裏切ったかを彼は話すのだった。

「ほんとうにつらい立場にいるのですね、エマヌエルソン。そんなふうにものごとがうまくゆかない人は、考えてみても、私の知りあいのなかにはほかにいないかもしれないわ」

「ええ、私もそう思います」エマヌエルソンは、さらに言葉をついでこう言った。「しかし、このごろひとつ考えついたことがありまして、いくらか突飛にきこえるかもしれませんが、つまり、全人類のなかで、誰かがいちばんつらい立場を荷なわなければならない、ということなのです」

彼は瓶をあけ、グラスをすこし押しやった。「この旅は私にとって一種の賭けです。赤か黒か。私は逃げおおせるかもしれないし、それともこの世のすべてから解放されるのかもしれません。しかし、万が一、命をまっとうしてタンガニーカにたどりつけば、道がひらけるだろうと思うのです」

「きっと無事にタンガニーカに着けると思いますよ」と私は言った。「公道を走っているインド人のトラックにひろってもらえるかもしれないし」

「ええ、でもライオンがいますしね、それにマサイ族も」とエマヌエルソンは言った。

「あなたは神を信じていますか、エマヌエルソン」

「はい、もちろんです」エマヌエルソンはそう言ってから、しばらくだまっていた。

「これから私の言うことをおききになったら、たぶん、私のことを大変な懐疑主義者だとお思いになるかもしれません。しかし、神をのぞいては、私はほかのなにものも決して信じてはおりません」

「ちょっと、エマヌエルソン。あなたはお金をもっているのですか」

「もっております。八十セント」

「それでは足りないでしょう。ところが私もいま家に全然現金を置いていないの。でも、ファラがいくらかもっているかもしれない」ファラは四ルピーもっていた。

翌朝、日の出まえに、朝食の支度をしてエマヌエルソンを起こすようにと、私はハウスボーイに言いつけた。タンガニーカに向かう最初の十マイルを、せめて私の車で送ろうと、床についてから思いついたのだ。その先まだ八十マイル歩かなければならないのだから、たいしたちがいはないのだが、それでもエマヌエルソンが、その不確かな運命に向けて、私の家の敷居からそのまま歩きはじめるのを見るにしのびなかった。それに、彼のこの喜劇あるいは悲劇のなかにいくらかでもかかわってみたい気持が動いていた。私はサンドイッチとゆで卵を用意して彼に持たせ、昨夜あんなに気にいってくれた一九〇六年もののシャンベルタンを一瓶そえた。これがエマヌエルソンにとって、この世で最後の飲みものになるかもしれないと思いながら。

明けがた起きてきたエマヌエルソンは、葬られたあとでひげがどんどんのびるという、伝説に出てくる死骸のように見えたが、それでも彼の墓場から品位をもって起きだし、ドライヴのあいだもきわめておだやかで落着いていた。ムバガジ川を渡ったところで車から降ろした。朝の空気は澄みわたり、空には雲ひとつなかった。彼はここから南西に向かう。その方向と正反対の地平には、鈍く赤い太陽が低くかかっていた。硬ゆで卵の黄身のようだ。三、四時間すると、この太陽は白熱してきて、放浪者の頭上に容赦なくふりそそぐだろう。

エマヌエルソンは私に別れの挨拶をすると、歩きはじめた。やがてまた戻ってきて、もう一度挨拶をした。車のなかから私は彼を見まもっていた。歩き去ってゆく自分を見物している人が一人いるということを、エマヌエルソンはよろこんでいるのだな、と思った。彼の内面にある劇的衝動は非常に強く、今この瞬間、立ち去る自分を舞台から退場する俳優としてあざやかに意識し、観客の眼から自分自身を眺めているのだ。エマヌエルソン退場。丘陵やイバラ、砂埃のたつ道が、彼をあわれんで、つかのま張りぼての舞台装置にかわりはしないものか。

黒の長いオーバーの裾が、朝風に吹かれてバタバタした。オーバーのポケットから、ワインの瓶がのぞいていた。家庭におさまっている人びとは、船乗りや探検家、放浪者など、世界をさまよい歩く人たちに対して愛情と感謝の気持をもつ。そのおなじ思いが私の心をみたした。丘の頂きに着いたエマヌエルソンは、ふりかえって帽子をとり、私に向かって振った。額にかかる長い髪が吹きさらされた。

車に同乗していたファラがたずねた。「あのブワナはどこへ行かれるのですか」ファラがエマヌエルソンをブワナの尊称で呼ぶのは、ファラ自身の品位のためである。ともかく彼は私の家の客として泊ったのだから。

「タンガニーカへ」と私は答えた。

「歩いてですか」

「そう」

「アラーの神のおまもりを」とファラが言った。

その日私はエマヌエルソンのことが気にかかってならず、家の外へ出てタンガニーカへ向かう道のほうを眺めた。夜十時ごろ、南西の方角でライオンの吠え声がした。半時間ほどして、また吠え声をきいた。エマヌエルソンは、あのふるい黒のオーバーを敷いて坐っているのだろうかと、私は思ってみた。その後一週間、彼の消息をたしかめようと、私はファラにたのんで、彼の知り合いでタンガニーカ行きのトラックを運転しているインド人たちに、途中でエマヌエルソンをひろってやった人はいないかとたずねてもらった。だが、誰も知らないと言う。

半年後、ドドマから書留郵便が送られてきたのでおどろいた。ドドマには知人はひとりもいない。手紙はエマヌエルソンからだった。最初に彼がケニアから出国しようとしたとき私が貸した五十ルピーと、あの晩ファラが出した四ルピーが同封してあった。この世のなかで最も返ってきそうになかったこの金にそえて、エマヌエルソンはなかなか感じのよい、長文の手紙を書いてきた。そこにどんなバーがあるのかはわからないが、ともかくドドマでバーテンダーの職を得て、ちゃんと暮しているのだそうだ。彼には感謝する才能があるとみえて、農園ですごした晩のあらゆることを憶えていてそれにふれ、繰りかえし、あのときは友情に恵まれていると感じましたと書いていた。タンガニーカへの旅のこともくわしく書いてあって、マサイ族のことをほめちぎっていた。道で出あったマサイ族が彼を家につれてゆき、親切にもてなしてくれた。そしてタンガニーカまでの道のりの大部分を、かなりまわり道にはなったが、いっしょに移動させてくれたのだという。エマヌエルソンはいろいろな国での自分の冒険談をしてマサイ族を楽しませたので、もっといっしょにいるようにとひきとめられたそうだ。彼はマサイ語を知らないのだから、その遍歴譚はパントマイムで演じられたにちがいない。

彼がマサイ族のところに避難所を求め、マサイ族がそれを受けいれたのは、両方にとってふさわしい、と私は思った。この世におけるまことの貴族階級とまことの無産階級は、どちらも悲劇を理解する能力がある。双方にとって、悲劇とは神の本質であり、人間存在とはなにかを解く手がかり、小さな手がかりなのである。彼らはこの点、上下を問わずあらゆるブルジョア階級とはまったく異なっている。ブルジョア階級の人びとは悲劇を否定し、受けいれようとせず、悲劇という言葉そのものに不快をおぼえるのだ。白人中産階級の移民と土地の人びととのあいだにおこる誤解の多くは、このことが原因になっている。無愛想なマサイ族は貴族であり、同時に無産階級であり、そのゆえにこの黒衣のさすらい人のなかに、悲劇の人物を直感したのに相違ない。そしてこの悲劇役者は、マサイ族とともにいることで、彼の真価を発揮することができたのである。

6　友のおとずれ

私の暮しのなかでいちばんうれしいのは友人が訪ねてくることで、それは農園のみんなによくわかっていた。

デニス・フィンチ＝ハットンの長いサファリが終るころになると、ある朝、マサイ族の若者がその長い脚の片方だけで家の前に立っているのを突然見つけるのだった。「ベダール*がお帰りになります」と若者は報告する。「二、三日のうちにここへお着きになるはずです」

その日の午後、農園のはずれに住んでいる借地人の子供が芝生に坐りこんで、私の出てくるのを待っていた。「川筋が曲るところに、ホロホロチョウの群れがいるよ。ベダールがきたときの用意にあれを射つのだったら、日の沈むころに案内してあげるよ」

この農園が私の友人の偉大な放浪者たちをひきつけるのは、いつなんどき訪ねてきても、なにひとつ変らずおなじ状態でいる点なのだろうと思う。広大な地域を移動し、さまざまな場所でテントを組みたててはまた片づけることを繰りかえしてきた冒険家たちは、星の軌道のように変ることのないわが家の車寄せをまわるのをよろこび、おなじみの顔ぶれに再会するのをよろこんだ。アフリカにいたあいだじゅう、私はずっとおなじ人たちを雇っていたからだ。農園にいる私は外へ出かけたくてたまらず、逆に冒険を終えた友人たちは、本だの麻のシーツだの、日よけのある大きな部屋の涼しさだのを求めて農園に戻ってくる。野営生活のあいだ、焚き火のそばで農園の暮しのよろこびをさまざまに思い描いていたこの友人たちは、着くやいなや熱心に私にたずねる。「例の猟師ふうオムレツのつくりかたを料理人に教えておいてある？　それから『ペトルーシュカ』のレコードは最近の便で届いている？」この友人たちは私が留守のときでも農園にきて滞在した。デニスは私がヨーロッパに行っているあいだ農園の住まいを使っていた。バークレー・コールはここを「わが森のかくれが」と呼んだ。

文明がもたらす品々へのお返しとして、この放浪者たちは狩猟の記念品をもってきてくれた。パリでコートに仕立てるようにと、ヒョウやチータの毛皮をもらい、また靴にする蛇やトカゲの皮を、それからハゲコウの羽根を贈られた。

この友人たちをよろこばせようと、私は彼らのいないあいだ、古い料理の本を見てはさまざまなめずらしい調理法をためしてみた。それからヨーロッパ産の花々を家で栽培しようと、園芸に精をだした。

故郷を訪ねていたとき、デンマークのある老婦人から立派な牡丹の球根を十二個もら

*ソマリ語で「はげてゆく人」の意味。

った。ケニアに戻って再入国するとき、植物の輸入制限がとても厳しいので、持ちこむのに苦労した。この球根を植えると、たちまちえんじ色の芽がぞくぞくと、優しい曲線を描いて生え育ち、やがてたくさんの繊細な葉と丸い蕾《つぼみ》をつけるに至った。最初に開花したのは「ヌムール伯夫人」という種類で、みごとな大輪の白牡丹だった。けだかく豪華な花は、新鮮な甘いかおりをはなって咲きほこった。切って居間に活けると、部屋に足をふみいれた白人はひとりのこらずこの花に目を留めた。あ、牡丹ですね！　だが、それからまもなく、ほかの蕾はぜんぶしおれて落ちてしまい、最初の一輪以外はひとつも花は咲いてくれなかった。

何年かして、チロモのマクミラン夫人のところのイギリス人の庭師に、この牡丹の話をしたことがある。庭師は言った。「アフリカで牡丹の栽培に成功した例はまだないのです。アフリカの土に植えつけた球根に花を咲かせ、その花から種をとることができるまでは、それは不可能でしょう。この土地にヒエンソウを咲かせられるようになったのも、おなじ方法をとるしかなかったのですから」それなら私には、あの牡丹の花から種をとってアフリカに根づかせ、ヌムール伯夫人とおなじように、あの花の創始者として不窮の名をとどめる機会があったのに、あのたった一輪咲いた貴重な花を切って活け花にし、未来の栄光をぶちこわしてしまったことになる。あの白牡丹が枝に咲いている夢を、それから何回か見た。そのたびごとに、結局私は花を切りはしなかったのだと、夢のなかでうれしく思うのだった。

高原に散在する農園からも、そして町からも、友人たちが訪ねてきた。土地管理局のヒュー・マーチンは、私を楽しませようと、わざわざナイロビから出かけてきてくれた。世界じゅうのめずらしい文学に通じ、機智に富んだ人で、東洋のイギリス植民地の官吏として平穏な人生を送るあいだに、さまざまな能力を身につけていたが、でっぷり肥った中国の偶像のように見えるという生来の才能がそのうちでも特にきわだっていた。彼は私のことをカンディードと呼び、自分のことは農園のいっぷうかわったパングロス博士に擬していた。この人は人間性および全人類の卑劣さとくだらなさに根強い確信をもち、その信念に満足していた。人間がそんなふうだとしても、べつにかまわないではないか、というのだ。大きな椅子にいったん腰をおろしたが最後、ヒュー・マーチンはもうほとんど動こうとしない。酒の瓶とグラスを手もとに置き、落着いた微笑をたたえながら、そこに坐ったままで彼の人生観を展開してゆく。なにか幻想的にまたたく燐光が次第に大きくなってゆくように、例話や考えに満ち、自分の発想で輝いているこの肥った人は、世間に満ち足り、悪魔に心をゆるしている。そして悪魔の弟子に特有の清潔さの印を帯びている。これは主なる神に従う人たちのおおかたに、むしろ欠けているものだ。

ノルウェー出身の、大きな鼻をした若いグスタフ・モールは、ナイロビのむこう側にある農園のマネジャーである。彼は遠い道をいとわず、ある夜突然飛びこんでくる。この人は熱心な農業家で、この地方の誰にもまさって、言葉と行動の両面で私の農園経営を助けてくれた。農業にたずさわる者なら、あるいはスカンディナヴィア人であるなら、互いの役にたつのに労をいとわないのはごくあたりまえのことだとする単純で力強い態度が、この人の手助けの特徴だった。

この若者は噴火口からふきでた火山礫のように熱くなって私の農園に飛びこんでくる。牛やサイザル麻の話だけで人間が生きてゆけると思っているこの土地に我慢ならなくなり、魂が飢えかわいて、もういたたまれない、という。部屋に入ったとたんにしゃべりはじめ、夜なかすぎまでたてつづけにしゃべりまくる。恋、共産主義、売春、ハムスン*、聖書――そのあいだじゅうひどい煙草を絶えまなく吸って体を悪くする。食物にはほとんど手をつけず、人の話に耳をかさない。私が口をはさもうとするとカッとなってどなり、薄色の手入れのわるい髪をふりみだす。彼の心にたまっているものから抜けだしたくてたまらず、しゃべればしゃべるほどその気持がつのるのだ。夜なかの二時ごろ、突然もうなにも言うことがなくなる。それからしばらくのあいだ、彼はじっとおとなしく坐っている。病院の庭に出ている回復期の患者のようなつつましい表情をうかべている。やがて立ちあがると、おそろしいスピードで車を走らせて帰ってゆく。もう一度、牛やサイザル麻のことだけを話題にしてしばらくのところ生きてゆく元気をとりもどしたのだ。

イングリッド・リンドストロームは、一日か二日手があいたとき、ンジョロにある農園から訪ねてきてくれた。彼女のところでは七面鳥と市場出荷用野菜の栽培をしている。イングリッドはその美しい白い肌とおなじように美しい心の持ち主で、スウェーデン官吏の娘として生まれ、やはりスウェーデン官吏にとついだ。夫や娘たちといっしょにアフリカにやってきたのは、ピクニック気分の楽しい冒険で、手っとりばやく一財産つくるつもりだったのだ。当時は亜麻が一トンあたり五百ポンドの高値を呼んでいたので、この夫婦は亜麻栽培農園を買いこんだ。ところがその直後亜麻は四十ポンドに暴落し、亜麻農園も亜麻精練機械装置もなんの値うちもなくなってしまった。

イングリッドは家族を支えるために農園を救おうと全力をつくし、食用鳥飼育と市場用野菜の栽培に切りかえて、奴隷のように働きづめだった。こうして努力するうち、イングリッドは農園に対して、つまり、牛や豚、野菜、土地の人たち、彼女の所有するこのアフリカの土地の一切れに対して、抜きさしならぬ恋におちた。その恋はどうにもならぬほどに深く激しく、農園を保つためになら夫や娘たちさえ売りとばしかねなかった。不運な年がつづいたとき、イングリッドと私は互いに抱きあって、私たちの土地を失うかもしれないことを思い、涙を流した。イングリッドがこの農園にきているあいだ、私はとてもうれしかった。彼女には昔ながらのスウェーデン農民女性特有の、のびのびとして勇敢な、深く根をおろした陽気さがあり、笑うとき、日焼けしたその顔はヴァルキューレのように強い真白な歯を見せる。この資質あればこそ、世界の人びとはスウェー

*クヌート・ハムスン。ノルウェーの小説家、一八五九〜一九五二。

デン人を好きになるのだ。悲しみのさなかにあっても、スウェーデン人はそれを胸の奥ふかくひそめ、雄々しくふるまう。その態度は光を放ち、はるかかなたにまで及ぶ。イングリッドのところにはケモサという名のキクユ族の老人がいて、料理人兼ハウスボーイをつとめていた。ケモサはイングリッドといっしょにさまざまな仕事をこなし、彼女の仕事すべてを自分のことのように親身に思っていた。菜園でも鳥の飼育場でも、ケモサはイングリッドのために身を粉にして働き、三人の幼い娘たちの乳母役で、寄宿学校への送り迎えまでする。私がンジョロの農園を訪ねたとき、イングリッドが言うには、ケモサは頭がどうかしてしまった。仕事をぜんぶ放りだし、七面鳥を何羽もしめて、私を歓迎する支度に熱中している。それというのも、ファラの偉大さにケモサが感じいったせいだという。ファラと知りあいになれたことを、ケモサは自分の人生で最大の名誉と思っているのだそうだ。

ンジョロに住むダレル・トムプソン夫人という人がいて、私とはべつに交際はなかったのだが、医者からあと数ヵ月の寿命ですと宣告されると、急に私を訪ねてきた。トムプソン夫人はアイルランドで障害競技に優勝したポニーを買いとる手配をすませたところだという。彼女にとっては、生きているうちも死後もかわりなく、馬こそが至高の存在なのだそうだ。さて、医者たちに自分の症状をうちあけられたので、はじめは馬の発送を中止するよう電報を打とうかと考えたが、思いなおした。自分の死後は私に馬を遺贈するから、受けてほしいという。その話を聞かされたときはべつに気に留めなかったのだが、半年後トムプソン夫人がなくなると、プア・ボックスというポニーがほんとうにンゴングに送られてきた。いっしょに暮してみると、このプア・ボックスは農園じゅうで一番賢い生きものだということがわかった。ずんぐりした冴えない姿かたちで、若い盛りはとうに過ぎていた。デニス・フィンチ＝ハットンはいつもこのポニーに乗っていたが、私はあまり乗る気にならなかった。ところが、英国皇太子歓迎のためにカベテで開催された障害競技で、この植民地の富裕階層の人たちが出場させた、若い輝くような、活力にみちた立派な馬たちを相手に、自分がなにをやりたいのかを十分にわきまえたこの馬は、駆け引きと慎重さを武器にして、優勝をさらってしまったのだ。いつもとかわらぬ落着いた気どりのない様子で、プア・ボックスが大きな銀の優勝メダルを持ち帰ったとき、一週間この馬のことを案じつづけていた農園のみんなは、よろこびに湧きかえった。それから六ヵ月後プア・ボックスは病死し、廏舎の近くのレモンの木の下に葬られた。みんなが嘆きかなしみ、その名は死後も長く記憶にとどめられた。

老バルペット氏、ムザイガ・クラブでは通称チャールズおじさんは、たびたび私のところでいっしょに夕食をたべた。この老人は私の大好きな友達で、私にとってのひとつの理想像とも言えた。ヴィクトリア時代のイギリス紳士であり、しかもこの時代にも楽々と順応している。かつてヘレスポント海峡を泳ぎ渡り、マッターホルンへの最初の登頂者の一人にかぞえられ、おまけに青年のころ、おそらく一八八〇年代だと思うが、あの「うるわしのオテロ」の情人だったのだ。オテロは彼をしぼりあげて破産させ、あげくに放りだしたのだと聞かされた。まるでアルマン・デュヴァルかシュヴァリエ・デ・グリューと夕食に同席しているような気がした。バルペット氏はオテロの美しい写真をたくさん持っていて、彼女のことを話すのが好きだった。

ンゴング農園での夕食のとき、一度私はこうたずねてみた。「うるわしのオテロの回想記が出版されたようですけれど、あなたは登場しておられますか？」

「ああ、出てきますな。偽名になっておりますがね」

「どんなことを書いてあるのでしょう？」

「オテロはね、私のことを、彼女のために十万ポンドを六ヵ月のうちにつかい果たしてしまった若い男がいたが、それだけの値うちはあったはずだと書いています」

「ほんとにそれだけの値うちはあったとお考えになります？」とたずねて、私は笑ってしまった。

バルペット氏はほんのちょっとだけ考えたあと、すぐこの問いに答えた。「そうですな。たしかにそれだけの値うちはありました」

バルペット氏の七十七歳の誕生日に、彼とデニス・フィンチ＝ハットンと私の三人は、ンゴング丘陵の頂きへピクニックに出かけた。坐って話しているうちに、こんなことが話題になった。ほんとうの翼を生やしてやろう、ただし、いったん生えたらもう取れない、と言われたとしたら、その申し出を受けるか、それとも断わるか。

老バルペット氏は眼下にひろがるンゴングの緑の大地から、さらに西に横たわる大地溝帯にわたってはるかに見おろし、今すぐにでも飛びたちそうな様子を示した。「私ならお受けしますな。もちろん、そうするでしょうな。気にいるにちがいありません」そしてしばらく考えたあと、こうつけくわえた。「しかし、私がもしレディーだったとしたら、ちょっと考えものですが」

7　高貴な開拓者

バークレー・コールとデニス・フィンチ＝ハットンにとって、私の家は共産主義制だった。家にあるものはすべて彼らと共有で、二人ともこの家をとても誇りにしていた。そして、なにか足りないと思うものがあると、あれこれ持ちこんでくるのだった。二人ともこの家で使うワインと煙草については高い水準を保とうとつとめ、また、ヨーロッパから本やレコードを私のために取りよせてくれた。バークレーはケニア山麓にある自分の農園でとれた七面鳥、卵、オレンジを車に満載してやってくる。二人とも私を彼らとおなじ程度のワイン通にしたてようという野心をもち、その目的達成のためには時間と工夫を惜しまなかった。私のデンマーク製グラスや陶器を二人はおおいに享楽し、グラス類一揃い全部を持ちだして、一段の上にまた一段と積みかさね、食卓の上にきらめくピラミッド型をつくりあげては、その眺めを楽しんだ。

バークレーが農園に滞在中は、毎日午前十一時に、シャンペンを一瓶持って森に出かけてゆく。一度こんなことがあった。滞在を終えて帰るとき、いろいろありがとうとお礼を言ったあと、すばらしい滞在だったが、ひとつだけ難を言えば、森でシャンペンを飲むとき、下等で粗末なグラスを使わせられたのは残念だったとつけくわえた。「バークレー、それは私もわかっていたのよ」と私は言った。「でも、上等のグラスはもうわずかしか残っていないし、森のなかのあんなに遠くまで運ぶあいだに、ハウスボーイはグラスをこわすかもしれませんもの」バークレーは握手したまま、まじめな顔で私を見つめた。「しかしね、君、あれは情けなかったよ」それ以来、バークレーは森の奥まで、私の最上等のグラスを届けてもらえることになった。

移民したとき、バークレーもデニスもイギリスの友人たちから深く惜しまれ、また植民地にきてからは、ここの人たちからあれほどまでに敬愛されながら、しかも結局疎外されるほかなかったとは、思えば奇妙なことである。二人を追放したのはある特定の社会でもなければ、世界のなかのある国や地域がそうしたのでもない。時代が彼らを追放したのだった。バークレーもデニスも、自分の生まれあわせた世紀に帰属することのできない人間だった。イギリス以外のどの国も彼らのような人間を創りだすことはできなかったであろう。だが、二人は隔世遺伝の典型だった。この人たちにとってふさわしい時代は昔のイギリス、もはや存在しない世界なのである。今の時代に安住できず、彼らはここかしことさまようことを余儀なくされ、その放浪の一時期をこの農園ですごしたのだ。二人とも、このことについては自覚がなかった。逆に、自分たちがそこから立ち去ってきたイギリスでの生活に対して罪障感をもっていた。なにか、ただ飽きあきしてしまったというだけの理由で、友人たちがイギリスで耐えている義務から逃避してきたことへのうしろめたさである。デニスが自分の若いころのことを話すとき——彼はまだとても若かったのだが——また自分の将来の見通しや、イギリスの友人たちから言ってくる忠告のことを話題にするとき、いつも引用するのはシェークスピアのジェークイズ*の言葉だった。

愚かなる　まねをしたくて
富を捨て　安楽を避け
意地を張り　強情をとおす
その日々を　愛するものは（小田島雄志訳）

だがデニスの自己評価はまちがっていたし、バークレーもおなじことだった。おそらくジェークイズもまちがっていたのであろう。彼らはそれぞれ自分を逃亡者と見なし、時には自分のわがままの代償を払わねばと思っていたのだが、実際にはみんな追放された人びとだったのであり、その追放に品位をもって耐えていたのである。
もしもバークレーがその小ぶりな頭に長い絹のような巻き毛のかつらをつければ、チャールズ二世の宮廷に出入りするのが似合わしい。彼はイギリスからきた俊敏な若者として、老ダルタニアンの足もとに坐り、「二十年後のダルタニアン」として彼の智慧の言葉に耳をかたむけ、それを心にとめたことだろう。バークレーには引力の法則があてはまらないような感じがあり、夜に暖炉のそばで話しているうち、いつなんどき煙突を抜けて空に昇ってしまうやらわからない気がした。バークレーの人間評価は適確で、幻想も悪意もふくまない。どういう魔術を使うのか、彼は自分が最も軽蔑する人たちに対して最大の魅力を発揮できた。自分でそうする気になったときには、バークレーは比類のない道化になれた。しかしこの二十世紀にコングリーヴやウィチャリーふうの機知を発揮するためには、コングリーヴまたはウィチャリーがもっていた資質だけでは足りず、さらになにかが必要である。バークレーにはそのなにか、熱烈さ、偉大さ、荒々しい希望があった。道化ぶりがものおじしない尊大さに至るほどまでに発揮されると、時としてそれは悲壮な影を帯びる。ワインが入って半透明になったようないい気分で、バークレーがほんとうに興に乗ると、彼はまるで興という馬にまたがっているようで、うしろの壁にはその馬の影がうつって次第に大きくなり、動きはじめ、ついには傲岸で夢幻的な速歩にまで移ってゆくかと思われる。その馬は由緒ある血統で、先祖の名はロシナンテという。しかし、孤独なアフリカ生活を送る半病人で――彼は心臓の故障でいつも苦しんでいた――しかも比類ない道化であるバークレー自身は、ケニア山麓の彼の愛してやまない農園が日一日と傾き、いくつかの銀行の所有に移ってゆく状態のなかで、このドン・キホーテふうの悲壮なおかしさの影を認めようとせず、また怖れも抱いていなか

*『お気に召すまま』で、追放された侯爵と森で暮す貴族。

った。

小柄で痩せ、赤毛で手足のきゃしゃなバークレーは、背すじをまっすぐにのばし、いくらかダルタニアンふうに頭を左右に動かす。それは不敗の決闘者の控えめな身ぶりだった。猫のように音もなく歩き、自分が腰をおろすところをすべて居ごこちのよい場所にしてしまう点でも猫に似ていた。その様子は彼自身のなかに暖かみとおもしろさの源をもつことからきているようだった。わが家の焼け跡に立ちつくしていたとしても、もしそこにバークレーが来あわせていっしょにいてくれるなら、彼は猫とおなじように、災難に遇った人を特別居ごこちのよい場所にいる気分にみちびいてくれるだろう。バークレーがくつろいでいるときは、大きな猫さながらゴロゴロ満足げに喉を鳴らすかと思われる。彼が病気のときはなんとも悲しく痛ましく、病気にかかった猫といっしょにいるのと同様耐えがたい。つまり、つつしみを失い、たいへんな偏見のかたまりと化す点が猫とおなじなのだ。

バークレーをスチュアート朝時代の宮廷騎士とするなら、デニスはエリザベス朝時代のイギリスの風景のなかに置くのにふさわしい。彼はそこでサー・フィリップやフランシス・ドレークと腕を組んで歩いたことだろう。そしてエリザベス朝の人びとは、当時彼らが夢想し、書くことを好んだ古代アテネの人物を彷彿とさせるデニスを愛したに相違ない。ほんとうに、デニスは西欧文明を通じてどの時代に置いても、そこに楽々と居つき、調和したにちがいない。ただし、十九世紀の初期までが限度である。彼はどの時代にあっても際立ったことだろう。なぜなら彼は陸上競技に長じ、音楽のたしなみがあり、芸術を愛し、すぐれたスポーツマンでもあったから。デニスは彼が実際に生まれあわせた時代のなかでも際立ってはいたが、しかし、どこに置いてもそぐわなかった。イギリスの友人たちは地位や仕事を斡旋する手紙を絶えず送ってきては、デニスに帰国をすすめていたが、アフリカが彼をとらえて放さなかった。

バークレーやデニス、そして彼らと似かよったところのある何人かの人びとに対してアフリカ人が示す特別な本能的愛着を見せられると、私はこんなことを思わずにはいられなかった。それはどの時代であってもかまわないのだが、過去の時代の白人のほうが、有色人種を理解し共感するうえで、工業化時代のわれわれよりもはるかにすぐれているのではないか。最初の蒸気機関がつくられたとき、世界における人種の歩む道が分かれ、それ以来というもの互いに出あうことができなくなってしまったのだ。

バークレーの若い召使いのソマリ族ジャマは、うちのファラの氏族と敵対関係にある氏族に属している。これはバークレーと私の友情に暗い影をおとした。ソマリ族が自分の氏族に対してもつ帰属感の強さを知っていると、ジャマとファラがそれぞれバークレーと私の給仕をしながら夕食のテーブル越しにかわす暗く深刻な憎しみのまなざしは、なんとも不気味なものだった。夕食後おそくまで話しこむなかで、明日の朝、ファラとジャマが互いの心臓に短剣を突きさして冷たくなっていたらどうしようと、バークレーと私は案じあった。こうした氏族間の対立で敵同士になると、怖れを知らず、良識も消えてしまうものだが、ジャマとファラはそれぞれバークレーと私への愛着のせいで、どうやら流血沙汰と破局に陥らずに踏みとどまっているのだった。

バークレーは言った。「ここからエルドレトに行く予定だったけれど、今度はやめておくつもりなのだ。しかし、この予定変更を今夜はジャマに話さないでおくほうがいい。エルドレトにはジャマと恋仲の娘がいるのでね。あそこに行かないと知ったら、ジャマは私に反感をもって、私の服の手入れなどそっちのけにするだろうし、ファラを殺しに出かける気になるかもしれないから」

しかしジャマは決してバークレーに反感をもったりはしなかった。長いことバークレーのところで働き、またバークレーもいつもジャマのことを話題にのぼせた。なにかについてジャマが、自分のほうが正しいと主張したとき、バークレーはカッとして、このソマリ族の若者をなぐったのだそうだ。「すると、どうなったと思う?」とバークレーは言うのだった。「そのとたんに、ジャマは私の顔をなぐりかえしたのだ」

「それからどうなったの?」と私はたずねた。

「ああ、べつに。うまく解決したさ」とバークレーは控えめに言う。「たいしたことはなかった。ジャマは私より二十歳若いのだから」

この出来ごとは主人の態度にも召使いの態度にも、なんの痕跡もとどめなかった。ジャマはバークレーに対してもの静かなやや保護者めいた姿勢を保っていた。これはソマリ族のほとんどが雇い主に対して示す態度である。バークレーの死後、ジャマはケニアに留まりたくないと言って、ソマリランドに帰っていった。

バークレーは海に大きな愛情をもっていたが、その愛は満たされることがなかった。私たちが金をつくれたら、共同で帆船《ダウ》を一艘買い、ラムからモンバサ、ザンジバルと交易してまわりたいというのが、バークレーの好んで語る夢だった。私たちは細部まで計画を練りあげ、乗組員の顔ぶれまで決めていたが、金をつくることはとうとうできなかった。

疲れたり体の調子が悪かったりすると、バークレーの思いは海へと引きよせられる。そういうとき、海の上以外の場所で生涯をすごしてしまった自分の愚かしさを嘆き、激しい言葉で呪うのだった。私がヨーロッパへ出かけるとき彼がたまたまこういう気分に陥っていたので、なんとかなぐさめたいと思い、船の右舷用左舷用のランタンを手にいれて、この家の入口の左右にかけるという考えをもちだしてみた。

バークレーは言った。「ああ、それはなかなかいい。この家が船のようになるな。しかし、ほんとうに航海に使ったことのあるランタンでなければいけない」

そこでコペンハーゲンの昔からある運河沿いの船具屋で、私は大きな古びた重い船用ランタンを一対買った。長年バルチック海を航海した船で使っていたものだった。持ち帰ったランタンを入口の左右にかかげた。入口は東に面しているので、この一対はしかるべき位置に置かれることになるのを、私たちはよろこんだ。地球が東に向けて宇宙のなかを回転してゆくにあたって、このランプがともされていれば、衝突の心配はない。

この一対のランプはバークレーを満足させた。彼は夜おそくなってから着くことが多く、いつもひどいスピードで運転してくるのだったが、ランプをともすようになってからは私道をゆるやかに登ってくるようになった。こうして闇のなかに輝く赤と緑の小さな星を彼の心の奥ふかく受けいれ、昔の船の暮しを思い描き、暗い海上に停泊する静まりかえった一艘の船に近づいてゆく感じを楽しむのだ。私たちは互いのあいだでこのランプを使った信号を考えだした。位置を変えたり、片方をはずしたりすることで、バークレーがまだ森のなかを走っているうちから、めざす家の女あるじがどんな気分でいるか、今夜の食事のでき具合はどうかがわかるようになった。

バークレーは、兄のガルブレース・コール、義兄にあたるデラメア卿とともに初期の移住者であり、この植民地の開拓者だった。そして、植民がはじまった当時この土地で勢力をもっていたマサイ族と親しかった。マサイ族が、内心憎んでやまないヨーロッパ文明によって伝統の根を絶たれる以前から、そしてマサイ族が北方の美しい父祖の土地から強制移動させられる以前から、バークレーは彼らを知っていた。バークレーはマサイ族の過去の暮しのことを、彼らの言語を使って話しあうことができた。バークレーがマサ農園にくると、かならずマサイ族が川を渡って訪ねてくる。年老いた族長たちは現在かかえている問題をいろいろ彼に相談する。バークレーの冗談で族長たちが笑うと、硬い石が笑うように見えた。

バークレーがマサイ族をよく知り、彼らと親しかったため、大変重要な儀式がこの農園でひらかれることになった。

第一次大戦開始のしらせを受けると、マサイ族の昔ながらの戦士の血は湧きたった。華麗な戦闘と虐殺を夢み、過去の栄光がよみがえる思いに、彼らは熱狂した。大戦開始後はじめの数ヵ月間、私は農園を留守にして、キクユ族とソマリ族をひきい、三台の牛車でイギリス政府のための物資輸送にあたり、マサイ族居留地を横断していた。道すがら、私の到着を知ると、その地域のマサイ族が私の野営地に集り、眼を輝かせて、ドイツ人との戦いのことをきりもなく聞きだそうとした。ドイツ人は空から襲ってくるというが、本当なのか？　マサイ族たちは想像のなかで、危険と死をめざして息をきらせて走っているのだった。深夜、若い戦士たちは戦闘に臨むときの紋様で体じゅうをいろどり、槍や剣を手にして私のテントを取りまいた。自分たちの強さを示そうとして、時折ライオンの吠え声をまねた低いうなりを洩らす。そのころのマサイ族は自分たちが戦闘に参加できると信じて疑わなかった。

しかし、マサイ族を組織して白人と戦わせるのは、たとえ相手がドイツ人であっても賢いことではないというのが、イギリス政府の判断だった。政府はマサイ族に戦闘参加を禁じ、彼らの希望のすべてに終止符を打った。キクユ族は輸送班として戦争に一役買ったが、マサイ族はせっかく手にした武器をふたたび置かなくてはならなかった。しかし一九一八年にこの植民地すべての原住民に対して徴兵令が公布されたとき、政府はマサイ族にも呼びかけるべきだと考えた。イギリス植民地軍の将校が一連隊を引率してナロクに派遣され、三百人のマサイ族の戦士を徴兵しようとした。だがこのころにはもうマサイ族は戦いへの共感を失っていて、この徴兵に応じなかった。ナロク地区の戦士たちは森や茂みのなかへ姿をかくした。戦士たちを追跡するうち、軍隊は誤って集落に向けて発砲し、老婆が二人殺された。二日後、マサイ族居留地は反乱を開始し、戦士の群れが全土を襲い、何人ものインド人商人を殺害し、五十以上の雑貨屋を焼きはらった。事態は深刻になったが、政府は強硬手段をとることを望まなかった。デラメア卿が派遣されてマサイ族と折衝し、ついに和解が成立した。マサイ族は三百人の戦士を自分たちの手で連れだすことを許可され、居留地内での破壊行為に対する処罰としての共同罰金を支払うことでかんべんしてもらうことになった。だが戦士はひとりも現れなかった。そうこうするうちに大戦が終結し、いっさいにけりをつけてくれた。

こうした出来ごとのあったあいだ、マサイ族の大族長のうち何人かは、配下の若者たちを斥候に出して居留地内や境界線周辺のドイツ人たちの動静をさぐらせ、イギリス軍に貢献していた。さて大戦が終ると、政府はマサイ族の働きを認めていることを示そうとした。本国から沢山の勲章が送られてきて、マサイ族のなかで分配されることになった。そのうち十二の勲章配布がバークレーにゆだねられた。彼がマサイ族をよく知り、マサイ語を話せるからである。

私の農園はマサイ族居留地と地つづきなので、バークレーはここに滞在して、うちでこの勲章授与をしてもかまわないだろうかと言ってきた。この仕事をバークレーはいくらか気に病んでいた。というのは、いったい自分がどんな役割を果たせばよいのか、いっこうにはっきりしないのだそうだ。日曜にバークレーと私は居留地の奥まで長いドライヴをし、名ざされた族長たちをしかるべき日に農園に召集するために、いくつもの集落を廻り歩いて人びとと話しあった。バークレーはごく若いころ第九騎兵連隊の将校をつとめ、連隊中で最も有能な若手士官だったと聞かされた。それでも、日没近く帰路につく道すがら、バークレーは軍人という職業と軍人特有のものの考えかたについて話しはじめ、それらについての彼自身の見解を、民間人の立場から述べるのだった。

勲章授与はそれ自体べつにたいしたことではないのだが、行事としては大層な重々しさをもつ。与える側、受ける側の双方が、この行事を世界史の一齣あるいは一つの象徴と見せるだけの大変な智慧と如才なさを発揮する。

「……色黒の貴人と色白の貴人とが
このうえない鄭重さで挨拶をかわした」

年老いたマサイの族長たちが、従者や息子たちをしたがえて到着した。芝生に坐って待つあいだ、そこで草をたべている私の雌牛たちのことをときどき話しあっている。自分たちの奉仕への報酬として雌牛を一頭ずつもらえるのではないかと、漠然と期待していたのかもしれない。バークレーはマサイ族たちを長いこと待たせた。それはおそらく、マサイ族にとって当然の秩序と受けとられるのだろう。やがてバークレーは勲章授与の儀式のあいだ坐るアーム・チェアを一脚、家の前の芝生に運ばせた。ついに屋外へ姿を現したとき、黒人の一群に囲まれて、彼はひどく色白で髪が赤く、眼の色が淡く見えた。いまやバークレーは、有能な若手士官のじつにきびきびした陽気な動作と表情を見せていた。彼はいつもは表情ゆたかで多くのことを顔で表現するのに、必要とあればまったくの無表情を保つこともできるということを、私はこのとき学んだ。彼に従うジャマは、金銀で一面に刺繍をほどこした見事なアラビアのチョッキを着ていた。バークレーがこの儀式のためにわざわざ求めさせた衣裳である。ジャマは勲章の入った箱を捧げ持っていた。

バークレーは椅子の前に立ち、やおら口をきった。その瘦せて小柄な体をまっすぐのばした様子はいかにも活力にみちていたので、老人たちは一人また一人と立ちあがり、バークレーの前に並んで、まじめに彼の眼に見入った。演説はマサイ語だったので、私には内容はわからなかった。語調から察するに、信じがたい恩恵がマサイ族に与えられたこと、それは一にかかって、彼らのまことに勇敢かつ賞讃に価いする行動によるものであると、手短に伝えているものらしかった。しかし、話しているバークレーの顔を見ても、マサイ族の表情を見ても、なにも想像がつかない。この演説は、あるいは私の思いもかけない、まったくべつのことを言っていたのかもしれない。話しおえるや否や、ただちにバークレーはジャマに箱を持ってこさせ、勲章をとりだすと、マサイの族長の名を一人ひとりおごそかに呼び、それぞれに対してぐっと腕をさしのべて、勲章を手わたした。マサイ族たちはたいへん静かに、やはり腕をのばして勲章を受けとった。この儀式はそれぞれ高貴な血統と偉大な一族の伝統をもつ二組の人びとによってこそ、このように見事にとりおこなわれ得たのだ。民主主義が気をわるくしないとよいが。

勲章というものは、裸でいる人に授与するには不便なものである。どこにもつけるところがない。そこでマサイの老いた族長たちは勲章を手に持ったまま立っていた。やがて大変年のいったある族長が私のところにきて、勲章をさしだし、これにはなにが書いてあるのかとたずねた。私はできるだけくわしく説明した。銀のメダルの一面には、かぶとをつけて三叉鉾を持つ女人像ブリタニアの頭部が浮彫りされ、その裏には「文明をまもる偉大な戦い」という言葉が彫ってあった。

後にこの勲章をめぐる出来ごとをイギリス人の友人たちに話すと、みんなは「なぜ国王の肖像にしなかったのだろう？　それは大変な手ちがいではないか」と言った。私自身はこの意見に同調しない。勲章というものはあまり魅力的であってはならないと私は思うし、勲章授与は全体としてうまくいったと思う。私たちの行ないが「天にておおいに報い」られるときにも、私たちが与えられるのはこの程度のものなのではなかろうか。

私が休暇をとってヨーロッパへ出発しようとしていたとき、バークレーの病気が重くなった。当時彼は植民地総督の立法諮問機関の一員だったので、私は電報を送った。「カイキチュウンゴングタイザイイカガ。サケジサンノコト」返電があった。「デンポーテンゴクヨリトハイジュ。サケジサンニテウカガウ」だが、車にワインを満載して農園に到着はしたものの、バークレーにはもう飲む気力はなかった。ひどく顔色がわるく、時おりじっと黙りこんだ。心臓の具合はよくなかった。心臓を楽にする注射を習いおぼえたジャマの助けなしでは耐えられず、またさらに心臓の負担を重くするいくつもの心配ごとをかかえていた。バークレーは自分の農園を失う瀬戸ぎわの恐怖のなかにいたのだ。しかもなお、バークレーの存在は、わが家を世界のなかでも選りぬきの安楽な場所に変える力をもっていた。

バークレーは重々しくこう言った。「タニア（デニスがつけたディネセンの愛称）、私はもう、最高の車しか運転できず、最上等の葉巻しか吸えない、最高の収穫年のワインしか飲めない、そんな段階にきてしまったようなのだ」このときの滞在中、ある晩彼は、医者から一ヵ月間床についていて安静をまもるように言われていることを話した。私は言った。医者のすすめに従って、ンゴング農園で一ヵ月安静期間をすごす気があるのなら、私は旅行をやめてここに残り、看病しよう。ヨーロッパには来年行くことにすればいいのだから。バークレーは私の申し出をしばらく考えていた。「せっかくだけれど、それはできないな。もし私が君をよろこばすためにそうしたとしても、そのあと私はどうなると思う？」

私は重い心でバークレーにさよならを言った。帰国の旅の道すがら乗った帆船《ダウ》はラムやタカウンガに寄港し、私はバークレーのことを考えていた。しかし、パリに滞在中、彼の死のしらせが届いた。彼は車で自分の農園に帰り、下車したとたんに倒れたのだ。なきがらはバークレーの希望に従って彼の農園内に葬られた。

バークレーがなくなると、この土地はそれまでのようではなくなった。親しい友人たちは彼の死後ただちに、大きな悲しみをもってその変化を感じとり、ほかの大勢の人びとはしばらくしてからおなじことを感じるようになった。この植民地の歴史におけるひとつの時代が、彼の死と共に終ったのである。それからはさまざまなことがこの転機をひきあいにして話しあわれるようになり、人びとは「バークレー・コールが生きていたとき」とか、「バークレーがなくなったあとのこと」と言うのだった。彼がなくなる以前のこの土地は楽しい狩猟の場だったが、その死後はだんだんに事務的な性格に変っていった。バークレーが世を去ると、いくつかのことの水準が低下した。すぐにそれとわかったのは機智の水準である。それは植民地にあっては悲しむべきことだった。そして苦痛に耐える雄々しさの水準――彼の死後まもなく、人びとは自分たちの苦労にぐちをこぼすようになった。もうひとつは、人間性の水準の低下である。

バークレーが退場すると、舞台の逆の袖からきびしい女性が登場してきた。人間と神々を支配する、無情な実利本位である。あの痩せた小柄な人物が生きているあいだ、たった一人でこの現象の侵入をくいとめていたとは、思えばふしぎなことだった。この土地のパンからパン種が除かれた。優雅さ、陽気でのびやかな気分、電気のような活気の原動力が去ったのだ。猫は立ちあがって部屋を出ていった。

8
翼

デニス・フィンチ＝ハットンはこの農園以外にアフリカには定住の場所をもっていなかった。サファリから戻ると、つぎのサファリまで私の家に住み、自分の本やレコードをそこに置いていた。デニスが農園に帰ってくると、農園はそこにあるすべてを惜しみなく彼に与えた。コーヒー園の木々が雨期のはじめの雨にこたえていっせいに花ひらき、濡れて雫《しずく》をしたたらせながら、チョークの雲のようにひろがって自分を表現するように、農園も自分を表現するのだった。デニスが戻るはずの日、待っているうちにやがて私道を彼の車が走ってくるのがきこえる。それと同時に、農園じゅうのあらゆるものが、そのまことの在りようを私に告げはじめるのがきこえる。デニスは農園にいるのを楽しんだ。彼は来たいと思ったときだけ農園にやってくる。そして農園は、外の世界が気づかない資質が彼のなかにあるのを知っている。それは一種の謙遜であった。デニスは自分が望んだことしかしないし、心にもないことを言ったこともない。

デニスには私にとって大変貴重な特徴があって、それは物語をきくのを好むことだった。というのは、あるいは私はフィレンツェでペストが流行したときに異彩を発揮できた*かもしれないと、いつも思っていたからである。あの時代にくらべて流行はかわり、物語に耳をかたむける技術はヨーロッパでは失われた。文字を読めないアフリカ人たちは今もこの技術を身につけている。「ある男が野原を歩いておりました。歩いていると、そこでもう一人の男に出会いました」という具合に物語をはじめれば、語り手はもう完全にアフリカ人をつかむことができ、彼らの思いは野原にいる二人の男たちの歩く道を想像し、そこを共に歩くのだ。だが白人は、たとえ耳をかたむけなければと思っていても、物語を聴くことはできない。そわそわしてきて、今すぐしなければならないことを思いだしたり、そうでない場合は眠りこんでしまう。そのおなじ人たちがなにか読みものをほしがり、内容はなんであれ印刷物を渡されると、坐りこんで夜おそくまで読みふけるのだ。彼らは演説でさえ印刷されたかたちで読みたがる。白人は眼を通じて印象を受けることに慣れきってしまったのだ。

　聴覚で生きているデニスは、物語を読むよりも聴くほうを好んだ。農園にくると彼はこうたずねる。「なにか話ができた?」デニスがいないあいだ、私は物語をいくつもつくっておくのだった。彼は毎晩暖炉の前にクッションを長椅子のかたちに並べてその上にくつろぎ、シェヘラザードさながら脚を組んで床に坐った私の話す長い物語に、はじめから終りまで、眠そうなふうも見せずに聴きいるのだった。デニスのほうが私よりも話のあとさきをよく憶えていて、ある人物を劇的効果満点に登場させると、そこでこう口をはさんだりした。「その男は話のはじめのほうで死んだのだけれどね。でも、気にしないでいい」

デニスは私にラテン語を教え、聖書とギリシャの詩を読むことを教えてくれた。彼は旧約聖書の大半を暗記していて、旅に出るときはいつも聖書を持ち歩いた。これは回教徒から尊敬を寄せられる結果を産んだ。

デニスは私に蓄音機を贈ってくれた。それは私の心のよろこびであり、農園に新しい生活をもたらし、農園の声となった――「ナイチンゲールこそは林間の空地の魂」。時として、デニスは予告なしに到着することがあった。私がコーヒー畠やトウモロコシ畑に出ているあいだに、新しいレコードを持ってやってくる。そしてレコードをかけつづけ、私が日暮れに馬で帰ってくると、澄んでつめたい夕方の大気のなかを流れてくる旋律が、彼のきていることを私に告げた。その音楽はまるで私をからかっているようだった。実際にも、彼はよく私をからかったものだったが。土地の人たちは蓄音機が大好きで、家のまわりに集ってはじっと聴きいっていた。ハウスボーイのうち何人かは自分の気にいりの節を憶え、私がひとりで家にいるとき、そのレコードをかけてほしいとせがんだ。おもしろいことに、カマンテはベートーヴェンのハ長調ピアノ協奏曲のアダージオにすっかり感心し、それればかり聴きたがった。最初にその曲をかけてくれとたのむとき、カマンテが望んでいるのがどの節なのかを私にわからせるのに、彼はいささか苦労

*『デカメロン』の作者ボッカチオをさす。

をしなければならなかった。

しかし、デニスと私は好みのうえでは一致しなかった。私は昔の作曲家が好きだし、デニスのほうは自分が調和することのできないこの時代に対して、せめて礼儀上接近する態度を示すつもりなのか、あらゆる芸術について、できるかぎり現代的なものを好んだ。音楽は最も前衛的なものを聴くのが好きだった。「ベートーヴェンも、あんなふうに俗悪でなければ我慢するのだけれど」と彼は言う。

デニスと私が一緒のときは、ふしぎとライオンにめぐりあう好運に恵まれるのだった。あるとき、二、三ヵ月間にわたるサファリから戻ったデニスは、すっかり当惑していた。ヨーロッパからサファリをしにきた人たちを引率して出かけたのに、ライオンに一頭も出会えなかったのだ。いっぽうマサイ族が私のところへ訪ねてきて、彼らの家畜を殺す雄ライオンまたは雌ライオンがいて困っていることを訴え、しとめてほしいと頼みこむ。そこでファラと私が出むき、集落にキャンプを張って、夜を徹してライオンの現れるのを待ったり、明けがたにあたりを歩きまわったりするのだが、ライオンの足跡すら見つからない。ところが、デニスと私がドライヴに出かけると、平原のライオンたちは私たちの付添いのようにそのへんに現れる。食事中のライオンたちにばったり出会ったり、干あがった川床を横切っているところに出くわしたりするのだった。

元旦の日、日の出まえに、デニスと私はナロクに向かう新道のでこぼこ道を、できるかぎりのスピードで車を走らせていた。

その前日デニスは、サファリに加わって南に行く友人に自分の大きなライフル銃を貸したのだが、その晩おそくなってから、そのライフルの特殊な仕かけをひとつ、説明するのを忘れたことを思いだした。その仕かけを知らないと、触発引きがねが故障する危険がある。デニスは狩猟家が銃の扱いかたを知らないせいでなにかの危険にさらされるかもしれないと心配した。そこで考えた末、すぐに出発して新道を通り、ナロクでサファリの一行に追いつくほかないということになった。人跡稀れな荒地を横断する六十マイルの行程である。サファリの一行は旧道をとり、重い荷物を積んだトラックがあるから、ゆっくり進んでいるはずだ。ただひとつ問題なのは、新道がナロクまで開通しているかどうか、はっきりわからないことだった。

アフリカ高原の早朝の空気は手でさわれるほどのつめたさと新鮮さをそなえていて、そのなかにいるごとに、くりかえしおなじ幻想に誘いこまれる。地上にいるのではなく、暗く深い水のなかにいて、海底を前進しているという幻想である。自分のほうが動いているのかどうかも定かでない。顔にあたる冷気は深海流かもしれないし、車は動作の鈍い発光性の深海魚のように海底にうずくまり、ヘッドライトの眼を光らせて、深海の生きものたちが自分のそばを行きすぎるのを見ているだけなのかもしれない。星々は途方もなく大きく見える。なぜならそれらは本当の星ではなくて、水面に届いた光の反映なのだから。海底の道の両側には、背景よりもさらに暗い生きものが現れては跳ねあがり、カニやハマトビムシが砂にもぐりこむように、丈高い草のなかに姿を消す。あたりは次第にあかるさを増し、日の出のころには、海底が浅くなってきて海面に接近し、新たに創られた島へと上陸する。さまざまな匂いの渦がすばやくおそってきては行きすぎる。オリーヴの茂みのあざやかな強い匂い、焼けた草の塩からい匂い、突如流れてくる、押さえつけるような腐敗臭。

後部座席にいたデニスの銃運びの少年カヌジアが、軽く私の肩にふれて、右側を指さした。道路から十二ないし十五ヤード入ったところに、砂の上で寝そべっている海牛のような黒いかたまりがあり、その上でなにかが動いているのが、暗い水のような大気を通して見えた。そのかたまりは、後になって見きわめたのだが、巨大な雄のキリンの死骸で、二、三日まえに射殺されたものらしかった。キリンを射つのは禁止されている。後の話だが、デニスと私はこのキリンを射殺した嫌疑を晴らすのに申しひらきをしなければならなかった。私たちがそこを通過した日時には、もうそのキリンは殺されて何日かたっていたと証明することができたが、誰が、なぜこのキリンを殺したのかはついに不明のままだった。巨大なキリンの死体の上でその肉をたべていた雌ライオンが一頭、いまや頭をもたげ、肩をいからせて、通りかかる車を見まもっていた。

デニスは車を止め、カヌジアは肩にかけて運んでいたライフル銃をはずした。デニスは低い声で私にたずねた。「僕が射とうか?」――こう言ったのは、彼がンゴング丘陵一帯を私の狩場として尊重していたからである――私たちはこのおなじ居留地を横切って、家畜がライオンに襲われることを訴えにきたマサイ族のところに出かける予定だったし、もしこれがマサイ族の雄牛や仔牛たちをつぎつぎに殺しているライオンだとすれば、今がとどめをさす好機だった。私はうなずいた。

デニスは車を飛びおり、数歩後ろに戻った。と同時に雌ライオンは跳躍し、キリンの死体のかげにかくれた。デニスはキリンの体を回りこみ、射程に達すると、発砲した。雌ライオンが倒れるところは私のいる場所からは見えなかった。車から降りてその場まで行ってみると、雌ライオンは大きな黒い水たまりのなかに横たわって死んでいた。

皮をはぐゆとりはなかった。ナロクでサファリの一行に追いつくには、ドライヴをつづけなければならない。私たちはあたりを見まわし、場所の憶えを書きとった。キリンの死体の臭気がひどいので、ここと気づかずに帰りに通りすぎることはまずあるまいと思えた。

だが、そこから二マイルほど進むと、道は終っていた。道路工事の道具が置きざりにしてあった。そこから先は岩だらけの荒野で、夜明けの明かりに灰色にひろがり、人の手の加えられた跡はまったくなかった。私たちは放りだされた道具を眺め、荒れ地を眺めた。デニスの友人はあのライフル銃については運を天にまかせるほかない。後にその人が帰ってきて言うには、借りたライフル銃を使う機会は一度もなかったとのことだった。そこから引きかえして東に向かうと、平原と丘陵の上の空が次第に赤くなってくるのが見えた。その空めざして走りながら、私たちはずっとあの雌ライオンのことを話しあった。

キリンの死体が見えてきた。今度ははっきりと見え、殊に夜明けのあかるみがさす側では毛皮の暗褐色の四角な模様まで見わけることができた。近くまでくると、キリンの上に雄ライオンが一頭いるのに気づいた。私たちのいる側は死体よりもいくらか低くなっていた。そこから見るとライオンは死体の上にまっすぐ頭をあげて立ち、いまや炎と燃えたつ東の空を背景に、黒々と浮き出していた。金地に獅子の紋章（デンマーク王室の紋章）だ。たてがみが風に吹かれてかすかになびく。そのライオンの印象はあまりに強烈で、私は思わず車のなかで立ちあがっていた。その様子を見たデニスは言った。「今度は君の番だ」私はデニスのライフルをうまく扱えなかった。長すぎるのと重すぎるのが具合わるく、おまけに発砲後の反動が私にはきつすぎる。とはいえ、この場合、射撃が愛の宣言である以上、使うライフル銃は最大口径のものであってしかるべきだ。射った瞬間、ライオンはまっすぐ空中に躍りあがった。そして、四つ脚を体の下にちぢめて落ちてきた。私は草のなかに立ち、射撃が人間に与える完全な力の行使の感覚に燃えたっていた。それは遠くから力を届かせ得ることからくる。私はキリンの死体のまわりを歩いて裏側に行った。そこには古典的悲劇の第五幕が展開していた。今や舞台上の全員が死んでいる。こわばった四本の脚と長い頸をさらし、ライオンに腹を喰い裂かれたキリンはおそろしく大きく、おごそかに見えた。仰向けに倒れた雌ライオンの顔には傲然たる怒りが浮かび、この悲劇で男を破滅させる女主人公の地位を占めている。雄のライオンは雌の死体からほど遠からぬところに横たわっていた。彼女の陥った運命からなにも学ばなかったとは、どういうことなのか。前脚のあいだに頭をおとし、堂々たるたてがみは王衣のように身を覆っている。雄もおなじように大きな水たまりのなかに倒れているが、いま、朝のあかるい光のなかで見ると、その水たまりは黒くはなくて、真紅の色をしている。

デニスとカヌジアは袖をたくしあげ、太陽が昇るあいだにライオンの皮をはいだ。休憩のとき、車から持ちだしたクラレット一瓶、それからレーズンとアーモンドを分けあった。その日は元旦だったので、途中でたべるように私が用意しておいたのだった。草がすこし生えたところに坐り、私たちは飲んだりたべたりした。すぐ近くにいる死んだライオンたちは皮をはいだ裸の状態で、実に堂々としていた。余分な脂肪はいっさいなく、ひとつひとつの筋肉が大胆で制御された曲線をなしている。彼らはうわべの飾りを必要としない。ライオンたちは終始一貫して、彼らのあるべき姿そのものを保つのだ。

坐っていると、影がひとつ草の上をかすめ、私の足の上を行きすぎた。見あげると、薄青い空の高みを旋回するハゲタカたちを認めた。私の心は、高くあがった凧のように軽やかに空のなかをただよった。詩がひとつできた。

　ワシの影は平原を横切り、
　かなた、名もない空色の山々に向かう。
　ひとむれの若いシマウマの影は

ほそいひづめのあいだにしずまり、
　永い一日を動かずにいる。
この影たちは夕暮れを待つ。
夕日が煉瓦色に染めあげる平原に、
青く長くみずからのかたちを延ばし、
水場をさして歩いてゆくときを待つ。

デニスと私はライオンについてもうひとつ、劇的な体験をしている。それは実際にはあの元旦の日の出来ごとよりまえ、私たちが知りあって間もないころにおこった。春の雨期のある朝、当時私の管理人をつとめていた南ア連邦出身のニコルズが、ひどく興奮して私の住まいにやってきた。夜のうちにライオンが二頭農園にきて、雄牛を二頭喰い殺したのだという。雄牛の囲いをこわして侵入し、殺した雄牛をコーヒー畠までひきずっていって、一頭はそこでたいらげ、もう一頭はそのままコーヒーの木の下に残してある。私が手紙を書けば、それを持ってナイロビまで出かけ、ストリキニーネを買ってくるとニコルズは言う。残された牛の死体に今すぐ毒薬をしかけておきたいのだそうだ。ライオンたちは今夜かならず、食べ残しをかたづけに戻ってくるにちがいないのだから。
　私はこの提案を考えてみた。ライオンにストリキニーネを盛るのは気がすすまなかった。そこで、それはやめておくつもりだとニコルズに言った。彼の興奮は怒りにかわった。こんな悪事をはたらいたライオンをみすみす放っておけば、味を占めてまたおなじことを繰りかえすにちがいない、と言う。殺された去勢牛は農園で一番の働き手だったから、これ以上やられたら農作業にさしつかえる。私の廏舎は牛の囲い場から遠くないのだと、彼は注意をうながし、いったいあなたはそのことを考慮にいれているのかと強く言った。そこで私は、べつにライオンを農園で飼うつもりはないので、ただ毒殺ではなく、射殺すべきだと思っているのだと説明した。

「それでは、いったい誰が射つのですか」とニコルズはたずねた。「私は臆病者ではありませんが、しかし結婚して家庭をもっています。不必要に生命を危険にさらす気はありません」本当に彼は臆病者どころか、なかなか大胆な男だった。「その計画には感心しませんと」とニコルズは言う。いや、あなたにライオンを射たせるつもりはない、と私は答えた。昨夜からフィンチ＝ハットン氏がきて泊っておられる。あのかたと私と二人で射ちに行きましょう。「ああ、それなら結構です」とニコルズは言った。

それから私は家に入って、デニスをさがした。「さあ、いっしょに出かけて、生命を不必要な危険にさらしていただけないかしら。もしも生命になにかの価値があるとしたら、生命は無価値だということこそ、その価値なのね。自由に生きる人間は死ぬことができるという言葉があるでしょう」

私たちはコーヒー畠まで出かけて、殺された去勢牛を見つけた。ニコルズが言った通りだった。これにはライオンはほとんど手をつけていない。濡れてやわらかな土の上に足跡が深くはっきりとついていた。昨夜、二頭の大きなライオンがここにいたのだ。コーヒー畠を抜け、ベルナップの家をまわって森に登ってゆく足跡をたどるのはたやすかった。だが、森まできたころ雨が激しくなって、見通しがきかなくなり、森のまわりの草藪のなかで足跡を見失った。

「どう思う、デニス」と私はたずねた。「ライオンは今夜戻ってくるでしょうか?」

デニスはライオンについて経験ゆたかだった。このライオンたちは夜それほどおそくならないうちに戻ってきて、食物をかたづけようとするだろう。われわれはライオンが食事に夢中になるのを待たなければならない。九時に出かけるのがよかろう、と彼は言った。デニスのサファリ用の道具のなかから懐中電灯を持っていって、射撃の補助に使わなくては、ということになった。彼は私に役目をえらぶように言ってくれたが、私としてはデニスに射ってもらい、自分は電灯で照らすほうがよかった。

暗闇のなかでも牛の死体のある場所にたどりつけるように、私たちは紙を細長く切って、ヘンゼルとグレーテルが白い小石でそうしたように、道しるべとしてコーヒーの木の列の両側に結びつけていった。この印は私たちを狩の獲物にまっすぐ導いてくれるはずだ。牛の死体から二十ヤード手前が終点で、そこにはほかのよりも大きな紙を結んでおいた。そこで停止し、明かりを照らして射つ手筈だ。午後もおそくなってから、懐中電灯を取りだして試してみると、電池が切れかけていて、光が弱いことがわかった。今となってはもう、ナイロビまで行って電池をかえる余裕はない。そのままの状態で、できるだけうまく活用するほかなかった。

その日はデニスの誕生日の前日にあたっていた。夕食のとき、デニスはこれまでの年月、人生を充実して生きてこなかったことを考えこみ、憂鬱な気分でいた。だが、誕生日の朝までに、なにかすばらしいことがおこるかもしれないではないか、そう言って、私は慰めた。私たちが狩から帰ったとき飲むために、ワインを一瓶用意しておくようにと、ジュマに言いつけておいた。私はライオンのことをずっと考えつづけていた。今、この瞬間、ライオンたちはどうしているのか。ゆっくりと、音をたてずに、一頭がもう一頭の先にたって、川を渡っているのだろうか。川のつめたくおだやかな流れがライオンの胸と脇腹を洗っているかもしれない。

九時に私たちは出発した。

小雨が降っていたが、月は見えた。幾重にもかさなる薄雲のかなたから、月は時おりほのかに白い顔をのぞかせ、コーヒー畠の白い花の群がりに、その明かりがかすかに映るのだった。私たちは農園の学校が遠くに見える道を通った。学校にはあかあかと灯がともっていた。

その光景を見ると、私の胸は大きな勝利感と、農園の人びとを誇りに思う気持にみたされた。私はソロモン王の言葉を思いだした。「怠惰な人は言う、道には獅子がいる、街路には獅子がいると」いま、扉の外にはライオンが二頭いるのに、私の学校の子供たちは怠けてはいない。ライオンさえ、子供たちが学校にくるのをさまたげることはできないのだ。

印をつけておいた二列のコーヒーの木を見つけると、私たちはしばらく息をいれ、それから列のあいだを、一人がもう一人の先に立って前進した。二人ともモカシンをはいていて、音もなく歩けた。興奮のあまり私はふるえが止まらなかった。デニスに近よりすぎれば、彼は私の状態に気づいて、帰れと言うかもしれないので、すぐ後ろを歩くのはこわかった。しかし、離れすぎているわけにもゆかない。いつなんどき、明かりが必要な事態がおこるかわからないからだ。

ライオンたちは獲物のところにいたのが、後でわかった。私たちの気配を聞きつけたか、それとも嗅覚でさとったのか、コーヒー畠のなかをいくらか後退して、私たちをやりすごそうとしたのだ。おそらくこちらの動きかたがおそいのにいらだったのだろう。一頭が私たちの前方、右にあたるところで、ごく低いうなりを洩らした。それはとてもかすかで、本当にきこえたのか、気のせいなのか、はっきりしないほどだった。デニスは一瞬足を止め、ふりかえらずに言った。「きこえた?」「ええ」と私は答えた。

さらにいくらか進むと、深いうなり声がもう一度、今度はまっすぐ右側からきこえた。「明かりをつけて」とデニスが言った。それは決してたやすい仕事ではなかった。私よりもずっと背の高い彼の肩越しに、ライフル銃のねらう方向をまっすぐ照らさねばならない。電灯をつけた瞬間、全世界があかあかと照明された舞台にかわった。濡れたコーヒーの木の葉が照りはえ、地面の土くれがくっきりと見えた。

照明の輪が最初にとらえたのは小狐のようなジャッカルで、大きな眼を見ひらいていた。私はやや照明を移動させてみた。するとそこにライオンがいた。まっすぐ私たちに向きあい、漆黒のアフリカの夜を背にしたライオンは、しろじろと浮きたって見えた。射撃音がしたとき、それはあまりにも身近でおこり、私には心の準備ができていなかった。その音がなにを意味したかもわからなくなり、突然雷におそわれたような気がし、私自身ライオンの立場と入れかわった思いがした。ライオンは石のように地に落ちた。「明かりを動かして！」とデニスが叫んだ。私は電灯をさらに横に動かしたが、手がひどくふるえるので、そのなかに全世界を閉じこめ、私が支配しているはずの照明の輪はたよりなくフラフラと踊るのだった。闇のなかで、私は横にいるデニスが笑う声をきいた。――「二つめのライオンの照明はいささかたよりなかったな」と、後でデニスは私をからかった。――だが、踊る明かりは、それでも二頭めのライオンの姿をとらえた。逃げようとして、半身はコーヒーの木のかげにかくれていた。明かりが届いた瞬間、ライオンはこちらに振りむき、とたんにデニスが射った。ライオンは光の輪からはずれてよろめいたが、ふたたび身をおこすと、光のなかに入り、私たちめがけて身を躍らせた。ライオンは二度めの射撃音と同時に、このライオンは怒りたけった長い咆哮《ほうこう》をあげた。

アフリカは一瞬にして果てしなくひろがり、その大地に足をふみしめるデニスと私は無限に小さくなった。電灯の明かりの外は暗黒のみ、その闇のなかの二つの地点にライオンがいて、天から雨が落ちてくる。だが、咆哮のとどろきが止むと、あたりにはなんの気配もうかがえなかった。ライオンは嫌悪のそぶりを示すように頭を横に向け、身動きせずに横たわっていた。二頭の巨大な動物がコーヒー畠で死に、夜の静けさがあたりを領している。

私たちはライオンのところまで歩いて、歩幅で距離をはかってみた。射撃地点から、最初のライオンは三十ヤード、二つめのは二十五ヤードだった。両方とも成年に達し、若くて強い、健康なライオンである。この仲のよい友達同士は、いっしょに大冒険をこころみようと、昨日遠くの丘からか、または平原からか、連れだって出発し、その冒険でともに命を失ったのだ。

やがて学校の子供たちが一人残らず出てきて道にあふれ、私たちのほうから見えるあたりで立ちどまり、低くおさえた声で叫んだ。「ムサブ、そこにいるの？　そこにいるの？　ムサブ、ムサブ」

私はライオンの上に腰をおろし、叫びかえした。「ここにいますよ」

すると子供たちは大胆になって、さっきより大きな声で叫んだ。「ベダールはライオンを射った？　二頭ともやっつけた？」その通りだと知ると、あっというまに子供たちはあたりを占拠し、小さな当歳のトビウサギの群れが夜に現れたように、ピョンピョン跳びはねた。子供たちはその場でこの出来ごとを即興の歌につくった。「三発で、二匹のライオンやっつけた　三発で、二匹のライオンやっつけた」歌いながら子供たちはすこしずつ修飾をくわえ、表現をゆたかにしてゆく。澄んだ高い声がつぎつぎに、なにかをつけくわえた連を歌う。「三発のとてもいいねらい射ち、二匹の大きな強いやつ、わるいこわいライオンやっつけた」この連を歌うと、あとは全員熱のこもったリフレーンに声をあわせて、「A、B、C、D」と歌う。子供たちは学校からまっすぐここにきたのだから、頭のなかは智慧でいっぱいなのだ。

しばらくすると大勢の人たちが集ってきた。水車小屋で働く人、近くの集落の借地人たち、ハリケーン・ランプを手にしたハウスボーイたちなどが、ライオンを取りまいてあれこれ話しあった。やがてナイフ持参できたカヌジアと馬丁が皮をはぎはじめた。後に私がインドからきた高僧に贈ったのは、このときのライオンの皮である。大工のプーラン・シングまで登場した。彼は寝衣を着たままで、その姿だと信じられないほどほっそりと見えた。厚く生やした黒いひげのなかで、彼は蜜の湧くようなインドふうの笑いに顔をほころばせ、よろこびのあまり、どもりがちに話すのだった。彼はライオンの脂肪をもらえまいかと、熱心にたのんだ。インド人のあいだでは、薬用として貴重なのだという。私にしてみせたパントマイムから察するに、どうやらリューマチと性的不能に効力があるらしい。この騒ぎでコーヒー畠は大にぎわいになった。雨はやみ、月がその場にいる人びとすべての上に光をそそいだ。

私たちが家に帰ると、ジュマがワインを運んできて瓶をあけた。二人とも雨で濡れ、血と泥でよごれきっていたので、腰をおろしてワインをたのしむことはできなかった。

そこで食堂の暖炉の火の前に立ったまま、活きいきした歌のようなワインをたちまち飲みほした。一言も話しあおうとはしなかった。この狩のあいだじゅう私たちは終始一体だったので、このうえなにも言う必要はなかったのだ。

共通の友人たちは私たちのこの冒険を話題にしておおいに楽しんだ。この事件後はじめて、クラブのダンスの催しに私たちが出席したとき、老バルペット氏は一晩じゅう私たちに口をきこうとしなかった。

農園での私の生活のなかでも最大の、われを忘れるようなよろこびを与えてくれたのはデニス・フィンチ＝ハットンである。私は彼とともにアフリカの空を飛行した。ほとんど道路がなく、しかも離着陸できる平原のあるアフリカでは、飛行は人生にとって正真正銘の重大事件である。なぜなら、空を飛ぶことはひとつの世界を展開してくれるからだ。デニスはモス機をもっていた。この機種は私の家からほんの数分のところにある農園内の原っぱに着陸することができ、私たちは毎日のように空を飛んだ。

アフリカ高地の上空にあがると、雄大な景観がひろがる。光と色のおどろくべき調和と変化、日に照らされた緑の大地にかかる虹、高くそびえたつ巨大な雲の峰と荒れ狂う黒い嵐が、身のまわりを駆けすぎ、踊りまわる。たたきつけるような激しい雨が横なぐりにおそって、あたりの空気が真白になる。飛行の体験を表現するには、これまでの言葉では不十分だ。将来、新しい言葉を創りだしてゆかなければならないだろう。大地溝帯の上空、そしてススワ火山やロンゴノット火山の上を飛行してきたとき、その旅ははるか遠く、月の裏側までまわってきたのである。またべつの飛行では、平原の動物たちが見えるほどの低空をとる。すると、これらの動物たちを創りだしたばかりの神の気分になる。まだ、動物たちをアダムにゆだねて名前をつけさせる以前の神の状態である。

しかし、人をしあわせにするのは幻影ではなくて行動である。飛行する者のよろこびと栄光は飛行そのものにある。都市に住む人びとにとって、動くといえばただひとつ、一次元的運動しかない。これはみじめな、奴隷同然の状態だ。都市の人びとは一筋の糸に導かれるように線上を歩くだけである。野原や森を歩きまわるとき、人は線上の動きから平面をなす動きへ、二次元へとひらかれる。これはフランス大革命にも比すべきことで、とらわれている人びとにとってすばらしい解放である。しかし空中では、人は三次元のゆたかな自由のなかに解きはなたれる。長い流刑と自由へのあこがれの夢に苦しんだ歳月を経て、望郷の心は突如、広い空間の諸手《もろて》のなかに抱きしめられる。引力の法則や時間は、

「……人生の緑の森のなかで
飼いならされた獣のようにたわむれる
いかにそれらが優しくわれらをもてなすかを
人びとは知らなかった」

飛行機に乗って上昇し、下界を見おろして、自分が地面から解きはなたれていることを自覚するたびごとに、私は大きな新しい発見を意識するのだった。「わかった」と私は思ったものだ。「これがプラトンの言うイデアの世界なのだ。今こそ、私はすべてを理解する」

ある日デニスと私は、農園から南東九十マイルのナトロン湖まで飛んだ。そこは農園より四千フィート低く、海抜二千フィートにあたる。ナトロン湖ではソーダがとれる。湖底と岸は白いコンクリートのようで、強烈な塩分を帯びた酸の匂いがする。

空は青かった。だが、平原から飛びたって岩だらけの緑のない低地に向かうと、あらゆる色彩が焦げて消え去っていった。下界は見わたすかぎり、細かい模様のある亀の甲羅のようだった。突然、その甲羅のまんなかに湖が見えた。水をすかして輝く白い湖底は、上空から眺めると、目をうばうばかりの、到底あり得ないようなあわい青色をしていた。あまりにも透明で美しく、一瞬目を閉じねばいたたまれなかった。荒涼とした黄褐色の地表にはめこまれた水面は、大きな一粒の輝くアクアマリンに見えた。ここまでは高空を飛行してきたが、今や高度を下げてゆくと、真下の淡青色の湖面に濃い青色の飛行機の影がただよった。この湖には何千羽ものフラミンゴが棲んでいる。なぜこの塩湖で生きてゆけるのか、私にはわからない。もちろん魚はいないはずなのに。飛行機が近づくと、フラミンゴの群れは大きな輪からさらに扇状にひろがった。夕日の放つ光線のように、また、絹や陶器に描かれた中国の模様のように、鳥の群れは見ているうちにかたちを変えてゆくのだった。

私たちはオーヴンのように白熱した白い湖岸に着陸し、飛行機の翼の下に入って日光の直射を避けながら昼食をした。日かげから手を出してみると、日光の強さが痛いほど感じられた。持ってきたビールは上空の寒気でほどよく冷えていたのに、まだ飲みおえないうち、ほんの十五分ほどのあいだに、いれたてのお茶くらい熱くなった。

昼食をしていると、地平線にマサイ族の戦士たちが姿を見せ、足早に近づいてきた。飛行機が着陸するのを遠くから眺め、見物しにくる気になったらしい。このような条件の土地でも、マサイ族は歩く距離をものともしない。一列縦隊をつくり、裸でほっそりと丈たかく、武器をギラギラ光らせ、黄灰色の砂の上をやってくるその姿は泥炭のように黒く見えた。一人ひとりの足もとには小さな影がおち、それらが人とおなじように行進してくる。見わたすかぎり、この地帯にある影といえば、私たちのをのぞいて、このマサイ族の影だけだった。飛行機のある場所に着くと、彼らは横隊に並んだ。五人だった。やがて頭を寄せあい、飛行機のこと、私たちのことを互いに話しはじめた。三十年前だったら、マサイ族に出あうことは生命の危険を意味しただろう。そのうち一人が進みでて、私たちに話しかけた。彼らはマサイ語だけを話し、私たちはマサイ語をごくわずかしか知らなかったので、会話はすぐとぎれてしまった。話しかけてきた人は仲間のところに戻り、数分後、彼らはいっせいに背を向けると、一列縦隊をつくり、広大な白く燃える塩の平原を歩いて立ち去っていった。

「ナイヴァシャ湖まで行ってみる気はあるかな？」とデニスが言った。「ただし、あそこまで行くあいだの地帯は起伏が多いから、途中で着陸はできない。だから、ずっと高空にのぼって、一万二千フィートの高度で飛びつづけることになるけれど」

ナトロン湖からナイヴァシャ湖への飛行は途方もない旅だった。私たちは直線上を飛び、一万二千フィートの高度を保ちつづけた。高すぎてなにもみえない。ナトロン湖で私は羊皮の裏うちのついた飛行帽をぬぎ、そのままにしていたので、この上空の風は氷のようなつめたさで額にあたった。髪は風に吹かれてまっすぐに後ろになびき、首を引きぬかれるみたいな具合になった。この道はロック鳥*が毎夜雛の餌にする象をその鋭い爪に一頭ずつわしづかみにして、ウガンダからアラビアさして風を切って飛翔した、その往路にあたっていた。パイロットの前の座席にいると、ただ空間だけが眼のまえにひろがり、魔物ジンがアリ王子を運んだように、パイロットが前にさしのべた掌の上に乗せられているような気がする。そして空中を前進する翼はパイロット自身の翼だと思えてくる。私たちはナイヴァシャ湖畔の友人たちの農園に着陸した。ばかばかしいほどちっぽけな家々と、そのまわりのひどく小さな木々は、私たちが降りてゆくのにおどろいて、地面にはりついているように見えた。

長い空の旅をする時間のとれないとき、デニスと私はンゴング丘陵の上空で短い飛行をした。だいたい日暮れどきをえらんだ。世界で最も美しい丘陵のひとつと言っていいこのンゴング丘陵は、おそらく空からの眺めがいちばん見事である。四つの主峰をかたちづくるあらわな尾根が上へと延び、飛行機とともに走るかと思うと、いきなり下降線を描いてゆき、小さな草地になったりする。

この丘陵にはバッファローの群れが棲んでいた。ごく若いころ、私がまだ、アフリカに棲む狩の獲物のありとあらゆる種類を一頭ずつしとめるまでは落着けないと思っていたころ、丘で雄のバッファローを一頭しとめたことさえある。後には野生動物は射つよりも眺めているほうが好きになり、バッファローの群れを見るためにわざわざ丘陵まで出かけた。うちの若い者たちを連れ、テントや食糧を運んで、丘の中腹の泉のそばで野営した。そこからファラと私は、凍るような明けがたの薄闇のなかを、藪や長い草をかきわけて這いまわり、群れをひと目見ようと探し歩いた。この試みは二度とも失敗に終り、私たちはむなしく引きあげなければならなかった。西側のお隣さんとしてこの群れがいてくれることは、農園の暮しにとって得がたいいろどりをそえた。だがこの隣人たちは、現代では数すくなくなった、まじめで自足の境地にいる昔ながらの丘の貴族であり、みだりに人を引見しないのだ。

ところが、ある日の午後、高地から訪ねてくれた友人たちと家の外でお茶を飲んでいるとき、デニスがナイロビから飛行してきて、私たちの頭上を過ぎ、西に向かっていっ

*アラビア伝説に出てくる巨大な怪鳥。

た。やがて機は戻ってきて、農園に着陸した。私はデラメア卿夫人と一緒に車で着陸地まで迎えにいったが、デニスは飛行機から降りてこない。

「いまバッファローが丘で草をたべている。いっしょに見に行こう」

「いまは行けないの。家でお茶の会をしているところだから」

「しかし、見に行っても十五分で帰れるがな」

これは夢のなかでしか受けられない申し出ではないか。デラメア卿夫人は飛行機に乗るのは御免だと言うので、私はデニスといっしょに出かけた。私たちは日ざしを浴びて飛んでいたが、丘の斜面には透明な茶色の影がおち、やがて飛行機もその影のなかに入っていった。空中からバッファローを見つけるのに、それほど時間はかからなかった。ンゴングの山々の裾に、布につけたひだのように幾つも起伏するなだらかな長い緑の尾根がある。そのうちの一つで、二十七頭のバッファローの群れが草をたべていた。はるか上空から見おろすと、床の上をゆっくり動きまわるネズミたちくらいに見えたが、急激に高度を下げ、尾根の上を旋回し、ほとんど射程に入るくらいの百五十フィートの低空で近づくと、バッファローたちがのどかに散ったり集まったりしている様子を眺め、数をかぞえることもできた。大きな年とった黒い雄が群れをひきい、一、二頭の若い雄がいて、あとは子供たちだった。群れのいる草地は藪でかこまれている。外来者が地面を接近すれば、バッファローはすぐに気配を聞きとるか、嗅ぎとるかすることだろう。だが、空から接近されるとは夢にも思っていない。私たちは止まるわけにゆかないから、群れの上を旋回しつづけるほかなかった。バッファローはエンジンの音に気づき、草をたべるのをやめたが、上を見ようとは思いつきもしない。そのうち、なにかひどく奇妙なことがおこっているのにみんな気づいたようだった。まずあの老いた雄が群れの先頭に進みでて、その重い角を高くあげ、見えない敵に向かっておどしをかけ、大地に四つ脚を強くふみしめた。と、いきなり老いた雄は尾根を小走りに駆け降りはじめ、すぐに足どりを速歩に変えた。いまや一族はすべてその動きに従い、いっせいに斜面を駆けた。

一群がのこらず藪のなかに逃げこんだあとに、土埃と石塊につけた跡が一筋残った。藪のなかでバッファローたちはぴたりと体を寄せあい、それを上空から見ると、丘の一部分に黒ずんだ石を敷きつめたようだ。バッファローたちはこのかくれがにいれば安全だと思いこんでいた。たしかに、地上をやってくるものに対してはその通りだが、俯瞰するものから身をかくすことはできない。私たちは上昇し、帰路についた。ンゴング丘陵のかくされた深部に、秘密の道をたどって連れていってもらったような気がした。

お茶の会に戻ると、石のテーブルに置いたティー・ポットはまだ熱いままで、指に火傷をするほどだった。水差しを倒した予言者が、大天使ガブリエルに連れられて七つの天界を経めぐり、もとの場所に戻ってみると、まだ水はこぼれきっていなかったという。この予言者も私とおなじ体験をしたわけである。

ンゴング丘陵にはひとつがいのワシも棲んでいた。午後になるとデニスは言う。「ちょっとワシを訪問してこようか」山頂に近い岩にとまっていたワシが、そこから飛びたつ瞬間を一度だけ見たことがあるが、ほかのときはいつも、ワシたちは空高く舞っていた。一羽をめざして飛行機で追いかける遊びもよくやった。そんなときにはこちらも機体を左右に傾けて、鳥の翼の動きをまねた。眼の鋭いワシは、私たちといっしょに遊んでいたにちがいない。一度、ワシと並んで飛んでいたとき、デニスは上空でエンジンを止めた。するとワシの鳴き声がきこえてきた。

土地の人たちは飛行機をおもしろがり、一時は飛行機の絵が農園で流行した。飛行機を描いた紙きれが何枚も台所にあったり、さらに台所の壁にまで、いくつも飛行機が飛んでいたりした。ABAKという、機体に描いてある文字も正確に描きこんであった。しかし、土地の人たちは飛行機にも、また私たちが空を飛ぶことにも、決して本気で関心をもとうとはしなかった。

土地の人たちはスピードがきらいである。白人が騒音をきらうのとおなじで、スピードには耐えられないのだ。時間についても、土地の人たちはゆったりした友好関係を保ち、退屈して時間をもてあますとか、ひまつぶしをするとかいうことはまったく考えてもみない。実際、時間がかかればかかるほど、彼らは幸せなのである。たとえば、友人を訪問するあいだ、あるキクユ族に馬の番をたのんだとしよう。すると、彼の顔つきは、その訪問がなるべく長びけばよいと思っていることをあらわに示す。彼はそういうとき、時間をつぶそうとはしない。腰をおろし、静かに時の流れとともに生きてゆくのを楽しむのだ。

土地の人たちはまた、種類を問わず、機械とか機械的仕組みに共感をもたない。若い世代の一部はヨーロッパ人とおなじように、オートバイ熱にまきこまれたが、彼らについて、あるキクユ族の老人は私にこう洩らした。あの連中は若死にするでしょうよ。おそらく、この老人の言うことは正しいのだ。なぜなら、変節者はその民族のなかのもろい血統から生じるものだから。西欧文明がもたらした発明品のなかで土地の人たちが感心し、良いと思っているものは、マッチ、自転車、ライフル銃である。しかしそれでも、雌牛が話題にのぼったとたん、こうした発明品のことなど問題にもされなくなる。

ケドング谷に住むフランク・グリスウォルド＝ウィリアムズは、マサイ族を馬丁としてイギリスに連れていった。到着後一週間すると、そのマサイ族は生粋のロンドン子のように、ハイド・パークで馬を乗りまわしたそうだ。この人がアフリカに帰ってきてから、イギリスではなにかこれは良いと思ったことがあったかどうか、たずねてみた。彼はまじめな顔で考えこみ、ずいぶんたってから、私の顔をつぶすまいとして、こう言った。白人はたいへん立派な橋をいくつももっていますね。

はっきりと目に見えるかたちで人間が力をくわえて動かすのでもなく、自然の力によるのでもなく、もの自体が動く機械類に対して、土地の老人は一人の例外もなく不信を見せ、なんとなくいかがわしいものだとする態度を示すのだった。人間の心が魔術から目をそむけるのは、みっともないものを見まいとするからだ。魔術の効力には関心を示さぬわけにはゆかないこともあるが、内部のからくりなどにはまったく興味がない。魔女にむかって、魔薬の調合のしかたを根ほり葉ほりたずねようとした者など、これまで誰もいないではないか。

あるときデニスと私が空を飛んだあと、農園の平原に着陸すると、キクユ族の老人が一人やってきて話しかけた。

「今日はとても高くあがっていましたね。下からは見えなくなって、飛行機の音だけが、蜂の羽音のようにきこえていましたよ」

その通り、今日はとても高いところまで行ったのだと私は答えた。

「神様に会いましたかね?」と老人はたずねた。

「いいえ、ンドウェッティ、神様には会いませんでしたよ」

「ははあ、それでは、まだのぼり足りなかったのですね」と老人は言い、さらにこうたずねた。「いったいどうなのですか。高く高くのぼってゆけば、神様に会えると思いますか?」

「それはわかりません。ンドウェッティ」と私は言った。

「あなたはどうです。ベダール」老人はデニスにたずねた。「神様に会えるほど高いところまで、飛行機でゆけるのですか」

「僕にはわからないな」とデニス。

それをきくと、ンドウェッティ老人はこう言い放った。「それなら、なぜお二人がこうして飛びつづけているのか、私にはまったくわけがわかりませんな」

第4部　手帖から

野生を救う野生

私の農園の管理人は、大戦中軍隊で使う輸送用に牛を買いあつめていた。マサイ族居留地まで出向いていって、たくさんの若い雄牛を買いいれたのだが、それはマサイ族が昔から飼っている牛とバッファローのあいのこだったという。家畜と野生動物をかけあわせることができるものかどうか、この問題についてはいろんな議論が出ていた。シマウマと普通の馬をかけあわせて、この土地で使うに適した小型の馬をつくりだそうと試みた人はこれまでに何人もいたが、私はそういうあいのこを実際に見たことはない。ところが、うちの管理人は、マサイ族のところにはほんとうに半分バッファローの牛がいるのですと言い張る。このあいのこは、普通の牛よりも成長が遅いとマサイ族は言っているそうだ。この混血種を自慢にしていたマサイ族だが、その牛たちが野生化して気が荒くなったので、いまは手ばなしたがっているのだという。

この牛を買いとって馴《な》らす段になって、荷車や鋤を引かせるまでにするのは容易なことではないとわかった。管理人とその配下の牛飼いたちをひときわ手こずらせた若い牛が一頭いた。人間たちにおそいかかり、くびきをこわし、泡をふいて吼えたてる。つないでおくと、激しく土を掘りかえすので、あたりにもうもうと黒い土煙がたちこめる。眼は血走り、鼻から血を吹きだす始末だと、牛飼いたちは言った。この牛を扱う人間のほうも、格闘に疲れ果て、痛む体から滝のように汗を流していたそうだ。

管理人から聞いた話を書きとめておく。「あいつの性根をたたきなおしてやろうと思いましてね、四つ脚をひとからげに縛りあげて、口輪に手綱をかけて、去勢牛の囲いに入れておいたってわけです。吼えることもできずに地べたにひっくりかえっているくせに、それでも鼻から蒸気を吹きだすような勢いで、喉をぜいぜいやっていましたね。このぶんでは、くびきの下でおとなしく働くにはあと何年かかることやらと思いましたよ。テントに戻って横になってからも、そいつの夢を見つづけていましたね。そのうち、なにか騒ぎがおこった気配で、眼がさめました。犬どもが吠えたてるわ、土地の連中が牛の囲い場のへんで大声を出すわ、てんやわんやで。そのうち、牛飼いたちがガタガタふるえながら私のテントにやってきて、囲い場にライオンが一頭侵入したらしいと言うじゃありませんか。そこで、すぐにランプを持って駆けつけたのです。私はライフルを持ちましてね。近くまで行くと、物音はいくらか静まりました。ランプの明かりのなかで、ぶちのある生きものが逃げてゆくのが見えました。ヒョウでした。脚を縛ってあった例の牛をおそって、左の後脚を喰いちぎったのですね。これでもうわれわれは、あの気の強い牛がくびきをかけられるところは見られなくなったわけです」

「そこで」と管理人は言葉をついだ。「私はライフルをかまえて、あいつを射殺してやりました」

蛍

長い雨期が終ったあとの六月の第一週、夜が冷えはじめるころ、この高原では森に蛍が現れる。

ある夕暮れ、澄んだ大気のなかをただよう冒険好きで孤独な星々のように、二つ三つの蛍が飛ぶのを見かける。高く、また低く、波に乗って揺られるかと見え、また、腰をかがめて挨拶するかとも見える。その飛翔のリズムにあわせて、蛍は小さな明かりを明滅させる。この虫をとらえて、掌の上で光らせることもできる。蛍は神秘なお告げのようにふしぎな輝きを放ち、淡い緑色の光が私の掌を小さく円く照らす。その翌晩には、何百ともしれぬ蛍が森に現れる。

なぜかわからないが、蛍は地表から四、五フィートの一定の距離を保つ。それを見ていると、こんな想像をせずにはいられなくなる。六歳か七歳くらいの子供たちの大群が、手に手に魔法の火で点火した小枝を持ち、暗い森のなかをたのしげに跳びはねながら駆けめぐり、ふざけあっては、蒼い明かりのともった松明を振りまわしている。森は子供たちのいきいきしたたわむれに満ちているのに、しかもまったくの静寂に包まれているのだ。

人生の軌跡

子供のころこんな絵を見せられた。話を聞かせながら、眼のまえで描いてゆき、それが刻々かわってゆく、一種の動画である。その話はいつ聞いても一字一句ちがわないのだった。

小さなまるい家があって、小さなまるい窓があって、小さい三角の庭のあるお家に、ひとりの男が住んでいました。

家の近くに池があって、魚がたくさんおりました。

ある晩のこととてもやかましい音がして、男の人は目をさまし、いったいなにがおこったのかと、暗闇のなかを出かけました。池のあるほうに行きました。

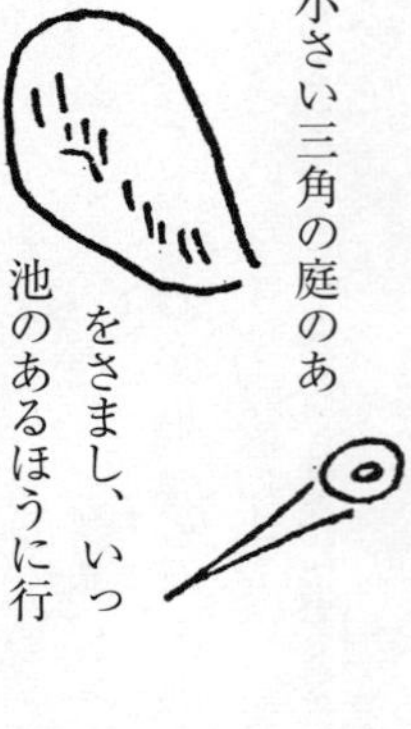

ここで話し手は、地図の上で軍隊の動きを示すように、その男がたどった道の線を引きはじめる。

男はまず南のほうへ行きました。すると道のまんなかの大きな石につまずきました。もうすこし行くと、溝におっこちて、そこから這いあがり、またおっこちて、這いあがり、またまた三つめの溝におちて這いあがり、やれやれ、なんとか助かった。

おかしいな。どうやら道をまちがえた。男は北へ駆けもどる。すると、なーんだ。やっぱりあの音は、南からきこえるではありませんか。そこでまたもや、南に向かって行きました。道のまんなかで大きな石につまずき、それからすこし行くと、溝におっこちて、這いあがり、またもうひとつの溝におっこちて、這いあがり、またまた三つめの溝におちて、這いあがり、やれやれ、どうやら助かった。

もの音は池のはずれでしているらしい。もう、今度はそれがよくわかりました。池まで走っていってみると、水止めに大きな穴があいていて、そこからどんどん水が流れだし、魚もいっしょに流れています。男の人は穴をせきとめにかかり、その仕事が終ると、やれやれと言って、家に帰って寝ました。

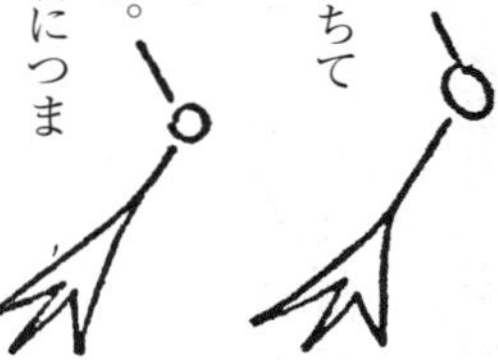

さて、つぎの朝、この男の人が小さなまるい窓から外を見ると――と、ここでこの物語は、最大級の劇的効果をあげて終りにかかる――その人はなにを見たのでしょう?

――ほら、コウノトリ!

この物語を話してもらったことがあり、つらいときにその記憶をよみがえらせるのはありがたいことである。物語の主人公は手ひどくあざむかれ、おまけに道の途中にはさまざまな邪魔ものがあった。この人は思ったにちがいない、「なんというめぐりあわせ、なんという不運つづきだろう」と。自分にふりかかるつらい体験には、いったいどんな意味があるのかと、この人はあやしんだにちがいない。それがコウノトリだとは、知るよしもなかったのだ。だが、すべての出来ごとをつらぬいて、この人は変な音の原因をさぐるという目的を見失わず、どんな目にあっても、あきらめて家に帰ったりはしなかった。歩むべき道を歩みきわめ、信念を保ちつづけた。この人はその報いを得た。朝になって、コウノトリを見ることができたのだ。きっとそのとき、大声で笑ったにちがいない。

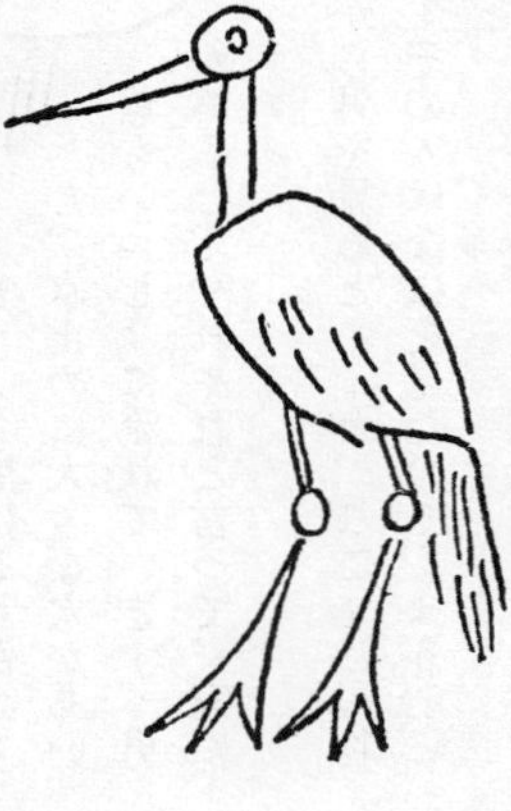

この土壇場、いま私が陥っている暗い穴、これはどんな猛鳥の爪にあたるのだろうか。私の人生の軌跡が終ったとき、私はきっとコウノトリを見るのだろう。それとも、誰かほかの人たちがその鳥のかたちを見ることになるかもしれない。

「女王よ、語るに耐えぬ悲しみを　ふたたび述べよと命じ給うか」* トロイ炎上、七年の流浪、選りすぐった船十三隻の壊滅。そこから立ちあらわれるものはなにか。「たぐいもなきみやび、威ある気高さ、いとかぐわしきやさしさ」

キリスト教会の使徒信条第二条を読むと、途方にくれる思いがする。「主は十字架につけられ、死にて葬られ、陰府《よみ》にくだり、三日目に死人のうちよりよみがえり、天にのぼり、全能の父なる神の右に座したまえり。かしこより来りて生ける者と死ねる者とを審《さば》きたまわん」

なんという運命の浮き沈みか。コウノトリの話の主人公のようだ。キリストがたどった運命の道すじからなにが現れるのか。全世界の人間の半数が信じる信条が形づくられるのである。

エサの物語

第一次大戦のころ、私はエサという名の料理人を雇っていた。思慮ぶかくておだやかな老人だった。ある日お茶や香辛料を買いに、ナイロビのマッキノン食料品店に行くと、険のある顔つきの小柄な女が近よってきて、あなたのところでエサが働いているでしょうと言う。そのとおりですと答えると、相手は「でも、あれは以前、私のところで働いていたのです。こちらへ返してもらいましょう」と言う。私は、お気の毒だけれど、返

*ウェルギリウス『アエネイアス』第二巻三節より。

すわけにはゆきませんと答えた。その女は言いつのった。「そちらの御都合など、私の知ったことではありません。私の夫は政府の役人ですのよ。お帰りになったら、エサにこう伝えていただけません？　私が戻れと言っていると。もし戻らないなら、軍の輸送隊要員に徴発されることになるだろうと」それから、こうつけくわえた。「あなたは、エサがいなくなっても、ほかに大勢召使いをもっていらっしゃるはずですよ」

私はこのことをすぐエサに話さなかった。翌日の晩になってやっと思いだしたので、エサを呼んで、前の雇い主に出あったら、その人がこう言っていたと話した。おどろいたことに、それを聞くやいなや、エサは怖れと絶望で身も世もないありさまになった。「ああ、なぜすぐにそれを言って下さらなかったのです、メンサヒブ！　あのかたは、言葉通りのことをするかたですよ。私はいますぐ、今夜こちらをやめて行かなくてはなりません」「そんな馬鹿なことがあるものですか。徴発なんて、そんな具合にできるはずはないのよ」と私は言った。「ああ、どうしよう。もうおそすぎるかもしれません」とエサは言う。「でも、私のところの料理人の問題はどうなるの、エサ」「はあ、しかし、私が輸送隊に徴発されれば、やはり料理人はいなくなるわけで、それに、私が死ねば、いや、徴発されたらすぐ死ぬにきまっていますが、結局、こちらも料理人なしになりますでしょう」

当時、人びとは輸送隊に駆りだされるのをひどく怖れていたので、私がなにを言おうとエサは耳を貸さなかった。エサはハリケーン・ランプをお借りしたいとたのみ、自分のわずかな持ちものを洗いざらい布に包んでまとめ、その夜のうちにナイロビさして出ていった。

こうしてエサはこの農園から一年ばかり離れていた。そのあいだナイロビで二、三度見かけたし、一度など道でばったり出あったこともある。急に老けこんで痩せ、顔がゆがみ、丸くて黒かった頭の上のほうが、一年足らずのうちに、灰色にかわっていた。街なかで会っても話しかけてはこなかったが、郊外の道で出あい、私が車を近づけて停車すると、エサも頭にのせて運んでいた鶏の籠をおろし、腰をすえて話をした。

以前とおなじおだやかなものごしではあったが、それでもやはりエサはかわってしまった。話を通じさせるのがむずかしい。話しているあいだじゅう、エサはなにか遠くにいる人のようにぼんやりしていた。運命にもてあそばれ、極度におびえ、なにか私の理解を超えるものに頼らざるを得なくなっているのだった。そして、こうした体験を通じてエサは鍛えられたというか、澄明になったように思えた。なんだか、修道院に入って修行をはじめた旧友と会って話しているような気がした。

エサは農園の様子をたずね、土地の人たちの常で、自分がいなくなったあと、ほかの雇い人たちが白人の主人にさぞひどい仕うちをしていることだろうと、頭からきめてかかっていた。「戦さはいつ終りましょうかね」とエサはたずねる。もうそれほど長くは続かないように聞いていると私は答えた。「あと十年も戦さが続くようですと、教えていただいた料理をみんな忘れてしまうことになりますよ」と、エサは言う。

この平原を横切る道にたたずむ小柄な老キクユ族の思いは、ブリア・サヴァランの考えにそのまま通じている。サヴァランは言った。もしフランス革命があと五年長くつづいたなら、鶏肉のラグーを調理するわざは根絶したことだろうと。

エサは自分よりもむしろ、私のためを思って気落ちしているのだった。それがありありとわかるので、彼のみじめな思いを救おうとして、いまどうしているの、とたずねてみた。エサは私の問いをしばらく考えていた。答えを出すまえに、遠くから考えを寄せあつめなければといったふうだった。やっとエサはこう言った。「メンサヒブは、まえにこういう話をしてくれましたね、インド人の薪商人に使われている牛たちは、毎日毎日こき使われて、とてもつらいのだと。農園の牛たちのように丸一日の休みなどもらえないのだと。今の御主人のところでは、私はそのインド人の薪商人の牛なのですよ」そう言いながら、エサは弁解がましく眼をそらした。土地の人たちのあいだでは、動物への同情心はほとんど見られないからだ。インド人に使われている牛のことを私が話したとき、エサはそれをずいぶんなこじつけと受けとったのだろう。それをいま、自分の身に引きくらべて思いだすのは、エサにとって奇妙な感慨をともなうのだ。

大戦中、手紙は来信も発信もすべて、ナイロビにいる小柄でねむたげなスウェーデン人の検閲官が開封していた。これはわずらわしく、迷惑なことだった。あやしげなことはなにひとつ発見できるはずはないのだが、この検閲官はおそらく、単調な生活のなかで他人の手紙のなかに現れる人びとに興味をもつようになり、私の手紙を雑誌の連載小説を読むような気持で読みあさっていたのであろう。私はいつも手紙のなかに、こういう行為について検閲官への処罰が終戦後に実行されるだろうというおどしを書き加えて、彼の目にふれるようにしておいた。大戦が終ったとき、この男は私のおどしを思いだしたのか、それとも自分からこれまでのふるまいの不当さに気づき、後悔したのかはわからないが、ともかく私の農園に使者を走らせて、戦争終結を伝えてきた。使いが着いたとき、私はちょうど家にひとりでいた。伝言を聞くとすぐ、森へ歩きに行った。森のなかはひっそりと静まりかえっていた。フランスやフランドルの前線も、いま、こことおなじく静まりかえっていると思うと、ふしぎな気がした。すべての武器は沈黙したのだ。この静けさのなかで、ヨーロッパとアフリカの距離は縮まったと思われた。この森の小径を歩きつづければ、ヴィミー・リッジに出られるような気がした。森から家に戻ると、外に誰かが立っている。それは荷物を持ったエサだった。私の顔を見るなり、エサはいま戻りましたよと言い、贈りものがありますとつけくわえた。

贈りものとは、ガラス入りの額ぶちに入れた樹の絵だった。精密に描かれたペン画で、何百という葉が一枚一枚、鮮かな緑色に塗ってある。その葉のなかに、一枚に一つずつ、極小のアラビア文字が朱色のインクで書いてある。それはコーランの言葉なのだろうと思うが、エサにはその意味を説明できなかった。ただしきりに袖でガラスを拭きながら、これはとても立派な贈りものなのだと繰りかえした。ここ一年のつらい試練の時期、ナイロビにいる回教徒の老僧にたのんでこれを描いてもらったのだそうで、その老僧は、これを描くのにたいへんな時間をついやしたにちがいない。

それからエサは私のところに居つき、死ぬまで働いてくれた。

イグアナ

禁猟区で、ときどきイグアナを見かけることがある。大きなトカゲの一種で、川床の平たい石の上で日光浴をしている。かたちはあまり気持よくはないが、色の美しさにかけては比類がない。宝石のかたまりのように輝き、古い教会のステンド・グラスを切りとってきたように見える。近寄るとサッと姿を消すが、そのあと石の上に、しばらく空色と緑と紫のひらめきが残り、その色は流星が曳く光芒のようだ。

一度だけイグアナを射ったことがある。なにかきれいなものを、皮を使って作れるかと思ったのだ。そのとき、後々までも忘れられない、ふしぎなことがおこった。私はイグアナの死体が横たわる石に向かって歩いていった。ほんの何歩と行かないうちに、イグアナは色あせて蒼ざめ、あのきらめくようなさまざまの色彩は、最後の長いため息と共に体から抜け去ってしまったかと見えた。イグアナを手にすると、それはもうコンクリートのかたまりのように鈍い灰色でしかなかった。すべての輝きといろどりとを放射していたのは、この動物の内に脈うつ活きいきした激しい血潮だった。生命の炎が消され、魂が飛び去ったいま、イグアナはただの砂袋にひとしい。

その後も私はときどき、イグアナを射つのとおなじようなあやまちを犯し、そのたびに、禁猟区でのあの体験を思いおこした。メルに行ったとき、土地の娘がしている腕輪が眼にとまった。二インチ幅の皮製で、小粒のトルコ石色のビーズで一面に刺繍がほどこしてある。ビーズは均質でなく、すこしずつ色がちがい、緑から淡青、水色にいたるまでの、さまざまな変化を見せている。それはありふれたものでなく、生命が宿り、娘の腕に巻かれて息づいているかとさえ思われた。私はほしくてたまらなくなり、ファラに言って腕輪を娘から買いとらせた。それが私の腕に移った瞬間、腕輪は霊力を失った。安っぽくて小さな、金で買ったけばけばしいただの装身具になり果てた。腕輪の生命力を創りだしていたのは、あの「黒さ」——変幻きわまりない、甘やかな褐色をおびた黒、泥炭や黒釉に似た土地の人の肌の色——と、トルコ石の青とのあいだに綾なす二重奏、色彩の対照にほかならなかったのだ。

以前ピーターマリッツバーグの動物博物館で、深海魚の剝製がショーケースに納められているのを見たことがある。おなじ配色の妙が、この魚の場合は死んだ後も残っていた。こんなにも活きいきとさわやかなものを送ってくるとは、海底での生命のいとなみはなんとふしぎなものか、と思ったものだ。私はメルの街頭に立ち、蒼ざめた自分の腕と、その上で生命を失った腕輪を見やった。高貴な存在に対して不正が行なわれ、真実が沈黙を強いられたにひとしい。腕輪はあまりにもみじめに見え、私は子供のころに読んだ物語で、ある英雄が語った言葉を思いだしていた。「私はすべてを征服した。しかし、私は墓場のただなかに立っている」

異国にいて、見慣れない種類の生物に対する場合、その生物が死んでも価値を失わずにいるかどうかを、じっくりと見さだめなければならない。東アフリカに移民する人びとに私は忠告する。「自分の眼と心にいやな思いをさせたくなかったら、イグアナを射つのはやめておきなさい」と。

ファラと『ヴェニスの商人』

あるときデンマークにいる旧友が、『ヴェニスの商人』の新演出による上演のことをくわしく知らせる手紙をくれた。夜になってから手紙を読みかえしているうち、その戯曲がありありと記憶によみがえり、家じゅうが『ヴェニスの商人』で満ちあふれるかと思われた。私はたまらなくなってファラを呼びだし、この戯曲のことを話す相手をつとめてもらった。まずこの喜劇のあらすじを説明した。

アフリカ人の血をもつ人の例に洩れず、ファラは物語を聴くのが好きである。だが、家にはほかに誰もいず、私と二人だけだということを確かめないかぎり、物語の聴き手にはなってくれなかった。だから、ハウスボーイたちが全員自分の家に引きとってからでないと、そういう機会はこない。万が一、農園の誰かが通りかかって窓からのぞき、テーブルをへだてて身動きもせず立ちつくして、まじめな眼つきで私を見つめ、物語に耳をかたむけるファラを見かけたとしても、二人は家政上の問題を相談しているとしか見えなかったろう。

アントニオとバッサニオ、そしてシャイロックをめぐっておこった事件に、ファラは注意ぶかく耳をかたむけた。法にふれる瀬戸ぎわの、きわどいこみいった大きな取引きの話は、ソマリ族の心に実感をもって訴える。ファラは肉一ポンドという条項のことで一、二の質問をした。ファラがこれを、奇矯ではあるが決してあり得ないとはいえない契約と受けとっているのはあきらかだった。人間はそういうめぐりあわせに立ちいたることもあるのだ。そのあたりから物語には血の匂いがまつわりだし、ファラの興味は高まっていった。ポーシャが登場すると、ファラは耳をそばだてた。ファラはきっと、ポーシャをソマリ族の女の姿で思いえがき、駆けひきに巧みで説得力に富むファティマが、男をやりこめに威風堂々と立ちあらわれたところを想像したのだろう。有色人種は物語を聴くとき、登場人物の一方の肩をもつようなことはしない。話の筋そのものの巧みさに興味をもつのだ。ソマリ族は実生活のなかでは強烈な価値意識をもち、道徳的正義の怒りを発するものだが、架空の物語のなかではそうした傾向は一時休憩にする。それでも、この話のなかでは、ファラの同情は現金を貸したシャイロックに集中した。ファラはシャイロックの敗北に断固反対なのだ。

「なんですって？　そのユダヤ人は要求を取りさげたのですか？　そんなことをしてはいけない。肉は彼の取り分ですよ。それっぽちの金と引きかえではすくなすぎるくらいです」と、ファラは言う。

「でも、シャイロックにはどうしようもなかったのではない？　血は一滴も流してはならないというのだもの」と、私はたずねた。

「メンサヒブ、その人は真赤に焼いたナイフを使えばよかったのです。そうすれば全然出血しません」

「だけど、シャイロックはきっかり一ポンド、それ以上でも、それ以下でもなく、切りとらなければならなかったのよ」

「ユダヤ人でなければ、そんなことでおびえはしません。小さい秤を持っていって、正確に一ポンドになるまで、肉をすこしずつ切りとっては計ってゆけばよかったのです。そのユダヤ人には、智慧をつけてくれる友達はいなかったのですか？」と、ファラは言った。

ソマリ族は誰もが例外なく、非常に劇的な顔つきをしている。いまやファラは、ごくわずかな態度の変化で、おそろしい形相になっていた。実際にヴェニスの法廷に出席し、友人あるいは同心の者としてシャイロックに加担し、アントニオの友人たちの群れやヴェニスの総督その人に向かって対決しているようだった。ファラの眼は、ナイフを受けようと胸をあらわにした商人アントニオの姿をじろじろと眺めているのだ。

「よろしいか、メンサヒブ」ファラは言う。「その人は、ごくすこしずつ切りとればよかったのです。一ポンドの肉を切りとり終るまでに、長いこと相手の男を苦しませてやることができたはずです」
私は言った。「でも、この話では、ユダヤ人は肉を切りとるのをあきらめたのよ」
「そうです。とても残念なことです。メンサヒブ」と、ファラは言った。

ボーンマスの名士

近所に住む入植者で、故国では医者をしていた人がいた。あるとき、うちのハウスボーイの妻がお産で死にかけた。長雨が続いて道路が不通になり、ナイロビとの交通がとだえていたので、私はこの人に手紙を書き、まことにおそれいりますが、産婦を助けにお出向きいただけませんかと頼む使いを出した。彼は親切にも、激しい雷と熱帯の豪雨をついて、来てくれた。もう駄目だという瀬戸ぎわに、手練を発揮して産婦と赤ん坊両方の命を救ってくれた。

この人は後でつぎのような手紙を送ってきた。あなたの御依頼に免じて、今度にかぎって原住民を治療したが、二度とふたたびこういう事態が起きては困ることを御承知おきいただきたい。自分はこれまで、ボーンマスの名士がただけを診療してきたという経歴をお伝えすれば、あなたには十分に御理解いただけると確信するものであります。

誇りについて

農園の隣は禁猟区である。境を接するところに野生動物の大群がいるという条件は、この農園に、いわば偉大な王の隣人としてそこに住んでいるかのような特徴を与えていた。このうえなく誇り高いものたちが、しかもすぐ近くで行動していることが、ひしひしと感じられる。

未開人は自分の誇り高さを愛するが、他者の誇り高さに対しては憎しみをもち、あるいは不信の念をいだく。私は文明化した者として生きるつもりだ。敵対する人の誇り高さ、雇い人の誇り高さ、私の恋人の誇り高さを愛してゆこう。そうすることによって私の家は、たとえあらゆる点でみすぼらしかろうと、荒野のなかにあっても文明の薫りを保つ場所となるはずだから。

誇りとは、人間を創ったときに神がもったであろう観念への信仰である。誇り高い人間とは、この観念を常に心に置き、その実現をめざす人のことである。そういう人は幸せや安楽を求めようとしない。神がかくあるべしと意図する自分の在りかたにとって、幸せや安らぎはふさわしくないからである。彼の成功とはとりもなおさず、神の意図がそのまま実現することであり、彼は自分のそうした運命を愛してやまない。忠実な市民が、自分の属する共同体への義務を果たすことに幸福を見いだすのとおなじく、誇り高い人は自分の運命を生きることに幸福を見いだすのである。

誇りをもたない人びとは、人間を創造したとき、神がなんらかの観念をもっていただろうなどということに、まったく気づきもしない。こういう人びとに会うと、時としてこんな疑念がうかぶ。人間を創るにあたっての神の観念などというものは、いったい存在したのであろうか。あるいは、観念は見失われたので、誰かがそれをふたたび見いだすことなどできるはずはないと。誇りをもたない人びとは、他人がこれこそ成功だと確証するものを受けいれ、幸せを享受し、自己という存在さえも、その日その日の相場によって決めてしまう。彼らは自分の運命におそれおののくが、それも無理からぬことである。

神の誇りを、なにものにも増して愛し、隣人の誇りを自分の誇りとして愛すべし。ライオンの誇りを愛すべし。動物園のおりに閉じこめてはならない。犬の誇りを愛すべし。犬をふとらせたりしてはならない。立場を異にする隣人を愛すべし。彼らに自己憐憫をゆるしてはならない。

征服された民族の誇りを愛すべし。彼らが自分の祖先をうやまうのをさまたげてはならない。

荷役牛

農園の土曜の午後は、たのしいときである。まず第一に、月曜の午後まで郵便物の配達はないから、気落ちするような事務書類にわずらわされる心配がない。農園全体を、城壁に守られているように、外界から閉ざしていられる。第二に、誰もが日曜日のおとずれを、たのしみに待っている。日曜には一日じゅう休んだり遊んだりできるし、借地人たちは自分の畑で働ける。荷役牛たちにとっての土曜日は、ほかのなによりもまさって、私をあかるい気持にするのだった。いつも夕方六時になると、私は牛の囲い場に出かけてゆく。この時間になると、牛たちは一日の労働を終え、そのあと草をたべて、帰ってくるのだ。明日の日曜には、牛たちはなにもせず、一日じゅう草をたべていられる。

農園では百三十二頭の荷役牛を使っていた。この数だと八つの班を編成でき、さらに何頭か予備の牛が残る。落日で黄金色に染まった土埃のなかを、牛たちは長い列をなして平原を横切り、眠る場所に帰ってくる。その日の仕事をすべてなし終え、静かに落着いて歩いてくる。私も囲いの柵にゆったりと腰かけ、心やすらかに煙草をふかし、牛たちを眺めている。ニョセがくる。グフとファルが、ムスングと並んでやってくる。ムスングとは白人という意味の名である。牛追いたちも、自分の受け持ちの牛に白人の人名をよくつける。デラメアと名づけられた牛は何頭もいた。いま帰ってきたのは老牛マリンダ、私がいちばん気にいっている、大きな黄色の牛だ。マリンダには、ヒトデが散らばったような奇妙なかたちの、不鮮明なまだらがあり、そのせいでこう名づけられたらしい。マリンダとはスカートという意味である。

文明化した国にいると、貧民街に対して慢性化した良心の苛責を感じ、それを思いだすたびにやましさをおぼえるものだが、おなじように、アフリカにいると、牛たちのことを思うたびに良心の苛責を感じ、胸が痛む。だが、この農園にいる牛たちに対して、私はいわば王が自分の領地内の貧民窟のことを案じるような心の動きをもっていた。「汝らは我にほかならず、我は汝らにほかならず」

アフリカにおける牛たちは、ヨーロッパ文明の進歩を運ぶ重荷を背負っている。新しく土地が開拓される場合、それはかならず牛たちの力による。長い鞭におどされながら、ひざまで土に埋もれ、あえぎあえぎ鋤を引く。新道がつくられるとすれば、それも牛たちの仕事だ。ともかく道路と呼べるようなものができるまで、牛たちは平原の丈高い草を踏みわけ、土埃のなかのかすかな小径をたどって、牛追いの罵声に追われながら、鉄や道路工事用の道具類を運ぶ。日の出まえからくびきをつけられ、昼日なかの焼けつく日射しのなかを、どこまでも続く丘を、汗にまみれて登り下りし、ダンガスや川床を渡ってゆく。脇腹には鞭の傷跡がついている。それどころか、長く鋭い鞭の一撃で片目をつぶされた牛、ひどいのは両目をつぶされた牛を見ることも、稀れではない。大勢いるインド人や白人の請負業者たちが使っている荷役牛は、生命のつづくかぎり毎日働かされ、安息日など知らずに終る。

雄牛を去勢して荷役牛にするという人間のしわざは、思えば奇妙なことである。去勢しない雄牛たちは絶えずいらだち、目をむいて地面を蹴ちらかし、視野に入るあらゆるものに対して気をたてる。それでも雄牛は自分自身の生活をもっている。火のような息を吹きだし、新しい生命を創りだす。日々は生殖への激しい欲望と、その充足にみたされている。これらすべてを人間は去勢牛から奪いとり、しかもその代償として、彼らの一生を人間のために使いつぶす。荷役牛たちは人間の日常生活のなかで、人間のつごうに従って動き、常に過重な労働を強いられ、自分のための暮しをもつことなく、人間に使役されるためのものとなり果てる。すみれ色のうるんだ目とやわらかな鼻、すべすべした耳をもつ荷役牛たちは、あらゆる点で辛抱づよく、鈍重である。時として、この牛たちは、なにかものごとについて考えをめぐらしているように見える。

私がアフリカにいたころには、四輪あるいは二輪の荷車を、ブレーキなしで走らせてはならないという法律があり、この地方特有の長い下り坂では、馭者は必ずブレーキをかけつづける決まりになっていた。だがこの法はなかなか守られなかった。道をゆく四輪車、二輪車の半数はブレーキをつけていないし、あとの半数はつけてあってもめったに使われない。おかげで荷役牛にとって、坂を下りるのは大変な苦行になる。荷を積んだ車の重量を体で支えなければならないので、角が背中のこぶにつくほどにまで頭をぐっと後ろにそらせて踏んばっている。両の脇腹はふいごのようにあえいでいる。薪商人の荷車が何台も、ンゴング丘陵からの下り坂を、毛虫のように長くつづいてナイロビに向ってゆく。森林保護区の丘のあたりから速度を増し、後ろからの重荷に押される牛たちがすごい勢いでジグザグを切って下りてゆくのをよく見かけた。丘を下りきったところで、速度と重荷を支えきれず、ころんで荷の下敷きになる牛たちの姿も見た。

荷役牛たちは思うのだろう。「これが生きるということだし、この世の条件とはこうしたものなのだ。すべてを耐えしのぶほかなく、ほかになすすべもない。荷車を引いて丘を下りるのは命がけの苦行だ。しかし、どうしようもない」

荷車の持ち主であるナイロビの肥えふとったインド人たちが、二ルピーをついやしてブレーキをきちんと取りつけさえすれば、それから、荷の上に乗っているものぐさな土地の馭者たちが、ブレーキのある車ならいったん降りて、それを掛ける労をいとわなければ、この苦行は解決され、牛たちは静かに丘を下りることができるのだが。しかし荷役牛はそんなことは知らず、毎日毎日、雄々しくも必死になって、生きることのつらさと取りくみながら、坂を下ってゆく。

二つの人種

アフリカにおける白人種と黒人種との関係は、さまざまな点で男女両性の関係に似ている。

男女いずれにしろ、相手の人生のなかで自分の占めている役割が、自分のなかで相手の占める役割よりも軽いと知ったら、その人は衝撃を受け、心を傷つけられるだろう。恋人あるいは妻の人生のなかで自分の占めている役割が、自分のなかで相手の女性なり妻なりの占める役割よりも軽いと言われたら、その恋人または夫は当惑し、腹だたしく思うことだろう。妻あるいは恋する女が、夫なり恋人なりの人生のなかで、相手が自分たちにとって重要なほどには重んじられていないと知ったら、彼女たちは落胆するだろう。

しかし、女たちの耳には決して入れるつもりのない、昔ふうの男同士の会話は、この説を裏書きする内容になる。また、女同士のおしゃべりで、男にきかれる心配のない場合にも、おなじことがおこる。

白人が自分のところで働く土地の人たちのことを話すときも、そこにはおなじ思いが働いている。土地の人たちの人生のなかで白人の占める役割が、白人の人生のなかで土地の人たちの占める役割よりも軽いと知らされたとき、白人はひどく不機嫌になり、不安を感じる。

白人の人生のなかで土地の人の占める役割は、土地の人の人生のなかで白人の占める役割よりも軽いと土地の人たちに言っても、彼らは決してそんなことは信じないばかりか、逆に白人をあざ笑うことだろう。思うに土地の人びとのあいだでは、いろんな話が流布し、しかも繰りかえされているにちがいない。それらはすべて、白人たちがいかにキクユ族やカヴィロンド族に熱中しているか、また、白人はキクユ族やカヴィロンド族なしではまったくなにもできないのだということを証明する話なのである。

戦時のサファリ

第一次大戦がはじまったとき、私の夫と農園助手のスウェーデン人二人は、志願兵としてドイツ領との境界線地帯に派遣された。そこではデラメア卿の指揮のもとに、臨時諜報活動がおこなわれていた。こういうわけで私は農園にひとりで残された。やがて英領ケニア在住の白人女性たちが収容所に集められるという話がおこった。土地の人たちから危害を加えられるおそれがあるからということだった。私はそれを聞いておどろきに打たれ、こう考えた。ここケニアで白人女性の収容所に入り、何ヵ月もすごすことになったりしたら——しかもこの戦争はいつまでつづくかわからないのに——私はきっと死んでしまうだろう。数日後、私は機会をつかんだ。近所の若いスウェーデン人の農園経営者に同行してキジャべに行った。そこは鉄道でさらに高地に登ったところで、国境地帯からの飛脚が情報を届ける拠点になっている。情報はさらにキジャべから電信でナイロビの総司令部に送られる。

キジャべで私は駅の近くの、機関車の燃料にする薪が積んである場所にキャンプを張った。伝令の飛脚は昼夜をとわずいつ着くかわからない。そのたびに私はインドのゴア出身の駅長といっしょに働いた。この小柄な駅長はおだやかな人物で、知識欲に燃え、自分を取りまく戦時態勢にはまるで無関心だった。私の故国のことをいろいろ知りたがり、デンマーク語をいくらか習いさえした。いつかきっと役にたつにちがいないと言うのだ。駅長には幼い息子がいて、年は十歳、名はヴィクターという。ある日駅に出かける途中、駅長の家のベランダの格子ごしに、父親が息子に文法を教えている声がきこえた。「ヴィクター、代名詞とはなにか。代名詞ってなんだ、ヴィクター。わからない？五百回も教えたじゃないか！」

国境線に配置された人びとは絶えず食糧や武器弾薬の補給を求めてきた。夫が手紙をよこして、牛車四台に物資を積み、できるだけ早く届けるようにと指示してきた。白人の男を必ず指揮者としてつけるようにと、夫は注意を書きそえていた。どこでドイツ人に出会うかわからないし、それにマサイ族は戦いに興奮しきっていて、居留地全域にわたって行動に出ようとしていた。大戦初期の当時、ドイツ人は神出鬼没と思われていた。私たちはキジャベの大鉄道に常時見張りをたて、ドイツ人による鉄橋爆破をふせいでいた。

私は南アフリカ出身のクラップロットという若者にたのんで、荷車の指揮をとってもらうことにした。ところが、荷の準備がととのい、遠征に出発しようという前の晩、この若者はドイツ人だというので逮捕されてしまった。彼はドイツ人ではなかったし、それを証明することができたので、まもなく釈放されたが、その後名前を変えてしまった。しかし、この人が逮捕されたとき、私はそこに神の意志の働きを見た。いまやこの地方を横断して輸送をなしとげる白人は、私をおいてほかにいない。そこで翌日の早朝、星座がまだ見えている時刻に、私をふくむ荷車の一隊は出発し、長く果てしないキジャベの丘をくだり、はるか下に、あけぼのの淡い光のなかで鉄色に拡がる広大なマサイ族居留地へと向かっていった。牛車の下にランプをつるし、よろめきよろめき、大声で牛をおどし、鞭を鳴らしながら。私が率いたのは一台あたり十六頭の牛をつけた荷車四台、予備の牛を五頭、二十一人のキクユ族の若者と、三人のソマリ族、つまりファラ、銃持ちのイスマイル、やはりイスマイルという名のコックで品のいい老人、という一行だった。飼い犬のダスクが私のかたわらを歩いた。

警察がクラップロットを逮捕したとき、彼のラバまでいっしょに逮捕していったのにはじめは閉口した。キジャベじゅうさがしてもほかのラバは見あたらず、しかたなく、はじめの何日かは荷車のそばを、土埃にまみれて歩くほかなかった。やがて居留地で出あった人からラバと鞍を買い求めることができ、さらにしばらくしてから、もう一頭のラバをファラのために買った。

その遠征は三ヵ月かかった。目的地に到着すると、今度は国境地帯でサファリをしていたアメリカ人たちの莫大な物資を引きとりに出かける任務が待っていた。アメリカ人たちは開戦のしらせを聞くと、いそいで帰っていったのだ。その物資を積むと、また別の場所へ届けに行った。私はマサイ族居留地内の渡河地点や水場のありかにくわしくなり、マサイ語もいくらか話せるようになった。道路はどこもかしこも、信じられないくらいの悪路ばかりだった。深い泥に埋もれ、また、荷車よりも高い大岩がいくつも道をふさいでいる。輸送の旅の後半は、おもに平原の横断だった。アフリカ高地の大気は私の頭にワインのように働きかけ、私はいつも軽い酔い心地でいた。この三ヵ月というもものは、表現するのがむずかしいほどのよろこびの連続だった。これまでもサファリに出かけたことはあったが、アフリカ人のなかでたった一人でいる体験は、この旅がはじめてだった。

ソマリ族と私は、政府所有の物資に責任を感じていたので、荷役牛がライオンにおそわれることをいつも警戒していた。国境地帯に向けて絶えまなしに輸送される食糧や羊の群れを追って、ライオンたちは道に出没していた。輸送の旅のあいだ、夜明けになると、荷車のわだちの上に長くつづく、いま通ったばかりのライオンの足跡を発見するのだった。夜になって牛たちが荷車から解かれると、キャンプのまわりで牛たちがライオンにおびやかされる危険はいつもついてまわった。牛たちが襲撃におびえて逃げだし、平原中に散らばってしまえば、もう探しだすことは不可能になる。そこで私たちはイバラを使って野営地の周囲に高い柵をめぐらし、ライフルを手もとに置いて焚き火をつづけた。

ここではファラもイスマイルも、それから老イスマイルのほうも、文明からはるか離れた安全地帯にいるので気をゆるし、口が軽くなっていた。三人はこもごも、ソマリランドでのふしぎな出来ごとの話、コーランに出てくる話、さては『千夜一夜物語』の話をきかせてくれた。ソマリ族は海洋民族なので、ファラもイスマイルも航海に出た経験がある。以前はおそらく、紅海の大海賊だったのだろう。地上に棲むあらゆる生きものは、海中にその生きうつしがいるのだと、二人は言う。馬、ライオン、女、キリンなど、どれも海中にいて、時折船乗りたちの目にとまるのだそうである。それから、ソマリランドの川底に棲む馬たちのこともきかされた。満月の晩になると、川底から牧草地へ姿を現し、あたりで草をたべている雌馬と契りをかわす。こうして生まれる仔馬はとても姿がよく、また駿足の持ち主になるという。坐っている私たちの頭上には夜空のドームが目の届くかぎりにかかり、新しい星座が東から登ってくる。冷気のなかで燃える火の煙は長い火の粉を引き、なまの薪は酸味をおびた匂いをたてる。時折荷役牛たちは一斉に興奮し、足ぶみして一箇所に身を寄せあう。そしてあたりの気配を嗅ぎまわる。そこで老イスマイルは荷車の積荷の上によじのぼり、ランプの明かりを振って見張りをし、かたがた柵の外側で様子をうかがう野獣をおどす。

私たちはライオンについてはずいぶんいろいろな冒険をした。「シアワでは気をつけなさいよ」と、北に向かう輸送隊の指揮をとる土地の人が言った。この一隊と私たちは路上ですれちがったのだ。「あそこで野営をしてはいけません。シアワには二百頭もライオンがいます」そこで私たちは日没まえにシアワを通過しようと、道をいそいだ。「いそがば廻れ」という言葉が最もよくあてはまるのがサファリである。果たして日没ごろ、最後尾の荷車の車輪が大きな石のあいだにはさまって、動けなくなった。車を引きあげようと働く人びとの手もとをランプで照らしているうちに、私から三ヤードと離れないところで、ライオンが補充用の牛の一頭をおそった。私のライフルは先行の一隊が持っていったので、叫んだり、鞭でおどしたりして、ようやくライオンを追い払った。ライオンを背中に乗せて走り去った牛は、やがて自分で戻ってきたが、ひどい傷を負っていて、二、三日後に死んだ。

ほかにもさまざまな出来ごとがふりかかった。ある牛が、どうしたわけかパラフィン油をあるだけ全部飲みほしてしまった。その牛は死ぬし、私たちはまったく灯火なしになってしまった。居留地内にあるインド人経営のよろず屋にたどりつくと、店の持ち主は避難していて無人だったが、奇妙なことに、残された商品のいくらかは手つかずのままだったので、そこでパラフィン油を補給できた。

マサイ族の戦士たちの巨大な野営地の近くで一週間テントを張っていたことがあった。戦闘用の身体彩色をほどこし、槍と長い楯を手にし、ライオンの皮の頭飾りをつけた若い戦士たちが昼も夜も私のテントを取りまき、戦闘の情報やドイツ人についての話を聞きだそうとした。私のサファリの一行はこの野営地が気にいっていた。ここにいるあいだは、マサイ族の戦士たちの家畜のミルクを買い入れることができる。この家畜の群れはマサイの戦士たちとともに移動して歩き、まだ成年に達しない、ライオニと呼ばれるマサイ族の少年たちが世話をしている。活きいきして愛らしいマサイ族の若い少女戦士たちは私のテントによく訪ねてきた。いつもきまって、私の手鏡を貸してほしいと言い、それを手から手へ渡しあっては顔をながめている。鏡のなかでニッコリすると、少女たちのキラキラする二列の真白な歯並は、怒った若い肉食動物のように光った。

敵の動静に関するあらゆる情報は、デラメア卿の野営地にいったん集められることになっていた。だがデラメア卿は居留地一帯を、とてつもない速さで移動してまわっているので、どこに行けば野営地が見つかるかを把握している人は誰もいない。私は情報蒐集活動にはかかわりがなかったが、それにしても、この任務にある人たちにはいったい全体の仕組みがわかっているのだろうかと危ぶまずにはいられなかった。あるとき、私の進路がたまたまデラメア卿の野営地から一、二マイルのところに行きあたった。そこで私はファラを連れて馬で訪問し、デラメア卿からお茶によばれた。翌日にはその地点を引き払う予定だというのに、その野営地はまるで一つの町のようで、マサイ族があふれていた。デラメア卿はいつもマサイ族に対して大層親しい態度を示し、気持よくもてなすので、彼の野営地はまるで寓話に出てくるライオンの棲みかそのままの有様を呈した。入る足跡だけで、出てゆく足跡は絶えてない。デラメア卿宛ての通信を託されたマサイ族の伝令が、その返事をたずさえて、もときた道を戻ることは決してない。この大賑わいの中心にいる小柄なデラメア卿は、このうえなく鄭重で礼儀ただしく、白髪を肩まで垂らし、威厳をもちながらも楽々とした態度で、戦争についてのあらゆることを私に話してきかせ、マサイ族流に、燻蒸したミルク入りのお茶を出してくれた。

牛や荷車の引き具やサファリのやりかたについて、私はまったくなにもわかっていなかったのだが、土地の人たちは私の無智に辛抱づよく耐えてくれた。みんな、私自身の分身であるかのように、私の手落ちをかばうのに熱心だった。サファリの全行程を通じて、みんな立派に働き、また、私の経験不足のせいで、人びとに対しても牛たちに対しても、それぞれ不当な働きを強いる結果になったのに、不平ひとつこぼさなかった。平原を横切る長い道のりを、私が体を洗う水を頭にのせて運んだり、正午の休憩で牛から荷車をはずすときには、槍と毛布で日よけをつくって、私が休めるようにしてくれた。みんなは荒々しいマサイ族をいくらかこわがっていたし、ドイツ人については不気味なうわさが拡まっていたので、考えるだけで身ぶるいするほど怖れていた。こうした状況のなかで、この遠征隊全員にとって、私は一種の守護天使またはマスコットの役割を荷なっていたものらしい。

開戦の六ヵ月まえ、はじめてアフリカに渡航する船で、私はフォン・レットウ・フォルベック将軍と乗りあわせた。この人がいまや、東アフリカのドイツ軍の最高司令官になっていた。半年まえ、船でいっしょだったときは、この人物が敵がたの英雄になろうとは露知らず、私は彼と仲よくつきあっていた。私はモンバサで下船して、陸路高原地帯に向かい、将軍はさらに航海をつづけてタンガニーカまで行くので、モンバサの街で別れの夕食をともにした。そのとき贈られた、軍装して馬に乗った姿の写真に、彼はこんな詩を書きつけてくれた。

「地上の楽園は
馬の背の上に

そして体の健康は
女性の胸の上に」

アデンまで私を迎えにきたファラは、船上で将軍を見知り、私と将軍が友達だということも知っていたので、このサファリに例の写真をわざわざ持参し、いつも現金や鍵といっしょに保管していた。万が一ドイツ軍の捕虜になった場合、この写真が役立つにちがいないと考えて、ファラはとても大切にしているのだった。

長い隊列を組んで旅をしたあと、日没後に河岸や水場に到着し、牛を荷車から解きはなつ。そのときのマサイ族居留地の夕暮れは、なんと美しかったことだろう。ところどころイバラの茂る平原はもう暮れているが、大気は澄みわたっている。頭上にひろがる空の西方には、これから夜にかけて徐々に大きくなり、輝きを増す一番星が、レモン色を帯びたトパーズの上に置かれた一点の銀のように、ようやくそれと見わけられる。胸に吸いこむ空気はつめたく、丈高い草は露に濡れ、その葉はこころよい刺戟性の芳香を放つ。やがてあたり一面で草ゼミが鳴きはじめる。草は私であり、この大気は私であり、遠くのいまは見えない山々は私であり、疲れきった牛たちもまた私であった。私の呼吸はイバラを吹きぬけてくる夜のそよ風とひとつになった。

三ヵ月たったとき、突然帰郷命令が届いた。諸事が整然と組織され、正規軍がヨーロッパから到着したので、私の率いる輸送隊は変則的存在と見なされるようになったらしい。私たち一行は、かつての野営地点を逆にたどりながら、意気消沈して帰路についた。

このサファリは、長いあいだ農園の人びとの記憶に残った。後に私は何度もサファリに出かけはしたが、なぜか、この輸送隊としての遠征は特別なものとして、それに加わった人びとのたのしい思い出になっていた。それが政府の仕事であり、私たちもある程度政府の要員だったためなのか、それとも戦争にかかわるという特別な緊張感からなのか。この輸送隊で私と行をともにした人たちは、自分たちをサファリの貴族階級と見なすようになっていた。

何年かたってからも、この人びとはよく私の家にやってきては、例の遠征のことを話題にした。こうした記憶をあざやかによみがえらせ、また、ともに通ってきたあれこれの冒険を追体験するのだった。

スワヒリ語のかぞえかた

アフリカにきたばかりのころ、スウェーデン人の酪農業者で、はずかしがりな青年が、私にスワヒリ語のかぞえかたを教えてくれた。スワヒリ語の九の発音は、スウェーデン語だと卑猥な意味をもつ。この青年は私にむかってその発音をしかね、数をかぞえるのに「七、八」までくると、ちょっと目をそむけてこう言った。「スワヒリ語には九の数はありません」

「というと、八までしかかぞえないのですか?」と私はたずねた。

「いや、そんなことはありません」青年はあわてて言った。「十、十一、十二、とずっとつづきます。しかし、九はないのです」

ふしぎに思って、私はたずねた。「それでちゃんとかぞえられるのでしょうか。十九の数を使うときにはどうなります?」

若者は赤面したが、断固たる語調で言った。「スワヒリ語には十九もありません。九十も、九百もないのです」スワヒリ語では九十でも九百でも、九の語幹をそのまま活かして使うのだった。「しかし、九に関する数をのぞけば、西欧とおなじ数詞をスワヒリ語はもっているのです」

このかぞえかたについて、私は長いこと考えさせられた。それはなぜかわからないが、ともかくとてもおもしろかった。ここの人びとは独創的な思考力をもっていて、数の並びに関する形通りの考え方を破壊する勇気があるわけだ。

一、二、三だけが、連続する三素数であり、八と十だけが、連続偶数詞になっているのだと、私は考えた。この土地の人たちは、三を二乗すれば可能になると議論することで、九という数の存在を証明しようとするのかもしれない。しかし、なぜそうでなければならないのか。二という数の平方根が開けないとすれば、三という数の平方数がなくとも、べつにかまわないではないか。幾桁もの数の計算をしていて、そこから一つの数字の答えを得たとする。そんなとき、途中で九の倍数が出たり、または最後が九の数になったとしても、それはどうでもいいことなので、ともかく九という数はなかったことにするのだ。こんな具合が、私が理解したかぎりでのスワヒリ式かぞえかたの約束ごとだった。

ちょうどそのころうちにいたハウスボーイのザカリアは薬指がなかった。指でかぞえるとき便利なように、土地の人たちはこうしているのだろうと、私は思いこんでいた。ほかの人たちに私の考えかたを話してみると、たちまちまちがいを訂正され、正確な知識を与えられることになった。それでもなお、土地の人たちのあいだには九をもたない独得のかぞえかたがあり、それを使うと、とても便利で、いろいろ新しい発見があるのだという最初の印象を、私はぬぐい去ることができなかった。

これに似たことで思いだすのは、デンマーク人の老牧師である。神が十八世紀を創り給うたという事実を断固認めないと、この人物は私に言明したものだった。

「汝われを祝せずば去らしめず」*

暑く乾燥した四ヵ月のあと、長い雨期のはじまるアフリカの三月、あたり一面はゆたかな成長と新緑と、かぐわしさとに満ちわたる。

しかし農園経営者は心をひきしめ、この自然の恵みに有頂天になるまいとする。降りそそぐ雨の音が弱まりはしないかと心配しながら、じっと耳をこらす。いま大地が吸いこんでいる水分は、農園で生きるあらゆる植物、動物、人間を、つぎにおとずれる雨なしの四ヵ月間支えなければならないのだ。

農園内の道という道が、水のあふれ流れる小川にかわるのは、美しい眺めである。農園主は歌うようにはずんだ気持で、雫をしたたらす花ざかりのコーヒー畠へと、泥のなかを歩いてゆく。ところが、雨期のさなかに、ある夜突然雲が切れ、星々が輝くのが見える。すると農園主は家の外に出て空を見あげる。もっと雨を降らせてもらおうと、空にしがみついてしぼりあげようという風情である。農園主は空に向かって嘆願の叫びを投げる。「もっと雨を、どうぞ十分以上の雨を降らせて下さい。私の心はいま、あなたに向かって裸でさらされております。私に祝福を与えて下さらないならば、放してあげるわけには参りません。お望みなら、私を打ち倒して下さい。しかし、なぶり殺しはごめんです。性交中断は困ります。天にましますかたよ！」

雨期が終ったあと、変に涼しい曇り日がある。そんな日にはマルカ・ムバヤ、すなわち悪い年、旱魃のときを思いだす。あのときキクユ族たちは乳牛を連れてきて、私の家のまわりで草をたべさせた。牛飼いの少年の誰かが笛を持っていて、ときどきなにか短い調べを吹いた。その後もおなじ曲を耳にするたびに、あの過ぎ去った日々のわれわれの苦しみと絶望のすべてを、私はありありと思いだすのだった。その調べには涙のにがさがこもっていた。しかし同時に、そのおなじ調べのなかに、私は意外にも、活力と不

＊旧約聖書『創世記』第三十二章二十七節。

可解な優しさ、ひとつの歌を聞きとるのだった。あのつらい時期は、ほんとうにそんなにもつらいものだったのだろうか？　あのころ、私たちには若さがあり、激しい希望に満ちていた。あの長く続いた苦難の日々こそ、私たちに固い団結をもたらしてくれたのだ。たとえ別の星に移されても、私たちはすぐにお互いを仲間として認めあえるにちがいないほどに。そしてカッコウ時計、私の蔵書、芝生にいる痩せおとろえた雌牛たち、悲しげなキクユ族の老人たちは、互いにこう呼びあっていたのだった。「あんたもそこにいるのだね。あんたもやはり、このンゴング農園の一部なのだね」と。こうしてあの苦難の時期は私たちを祝福し、そして去っていった。

農園の友人たちはこの家をおとずれ、そして立ち去っていった。彼らはおなじ場所に長く足をとめる人びとではなかった。また、年老いてゆく種類の人びとでもなかった。友人たちは死に、ふたたび戻らなかった。しかしこの家にいるあいだは、暖炉の前でくつろいでいた。この家が友人たちを包みこんで「汝われを祝せずば去らしめず」と言うと、友人たちは笑ってこの家を祝福した。すると家は彼らを立ち去るにまかせた。

夜会の席で、ある老婦人が自分の生涯のことを話してきかせた。その人はもう一度おなじ人生を繰りかえして生きたいものだと言いきり、こう思えるのは、自分が賢明に生きてきた証拠なのだと自慢した。私はひそかに考えた。そう、この人の人生は、本当にそれを生きたと言えるためには、二度繰りかえさなければならないようなものだったのねと。短いアリアでは、ダ・カーポで一部を繰りかえすことがあるが、全曲を繰りかえして歌ったりはしない。交響曲の場合でも、ましてや五幕ものの悲劇でも、そういうことはない。万一やりなおす場合があるとすれば、それはうまくゆかなかったときだけなのだ。

私の人生よ、汝われを祝せずば去らしめず。しかし、祝福してくれたあとは、私はこころよく別れることにしよう。

月蝕《げっしょく》

ある年、月蝕があった。月蝕がおこるすこしまえ、キクユ駅の駅長をつとめる若いインド人から、こんな手紙がきた。

「謹んで奥様に申しあげます。聞くところによりますと、太陽が七日間にわたって消えるとのこと。鉄道の運行はともかくといたしまして、この期間中、私の乳牛たちを牧場に置いて草を食べるにまかせておいたものか、あるいは畜舎に閉じこめておくべきかを、御教示賜わりたく、お願い申しあげます。奥様のほかに、こういうことをお教えいただける方をほかに存じあげませぬゆえ、なにとぞ御配慮賜わりますよう。奥様の忠実なるしもべ、パーテルより」

土地の人と詩句

土地の人たちはきわめてリズム感に富んでいるが、詩句というものはまったく知らない。学校へ行くようになって、讃美歌を教えられるまでは、詩句はまったく未知のものだった。ある夕方、トウモロコシ畑で私たちは取りいれをしていた。長く育った穂をもぎとっては、牛車のなかに放りこむ。仕事の単調さをまぎらそうと、私はスワヒリ語の詩句をつくって、働く人たちに向かってくちずさんだ。ほとんどはまだごく若い働き手だった。その詩句にはとりたてて意味はなく、韻がおもしろいだけのものである。「ンゴンベ　ナ－ペンダ　チュンビ、マラヤ　ムバヤ。カンバ　ナ－クラ　マンバ」牛は塩が好きだよ――浮かれ女《め》は身もちがわるいよ――カンバ族はワニ*をたべるよ。若者たちはおもしろがって、私を取りまいた。この詩句の意味などたいしたことはないのだと、すぐに理解し、べつに内容の説明を求めたりはしなかった。ただ、韻をふんだ詩句が私の口から出るのを待ちかね、私の思いつきに大笑いした。最初の聯を私がつくり、みんながあとを考えてつづけるようにしむけたのだが、若者たちはできないのか、したくないのか、ともかく自分ではやろうとせず、顔をそむけるのだった。詩というものの性質がわかるようになると、若者たちはこう言って私をうながした。「もっと言ってみて下さいよ。雨みたいに言葉を出して下さい」――どうして若者たちが詩を雨のようだと感じたのか、私にはわからない。しかしともかくそれは、拍手喝采するようなよろこびの期待とつながりをもってはいたのであろう。アフリカでは、雨というものは常に請い求められ、よろこび迎えられるものにちがいないのだから。

千年王国について

キリスト再臨が間近いことがあきらかになったとき、キリスト歓迎計画を練る委員会がつくられた。何度かの討議をかさねた末、委員会は回状をまわして、シュロの枝を振ったり、道に敷いたりすること、ならびに「ホサナ」（「救い給え」と呼びかける言葉）と叫ぶことを禁止した。

千年王国になってしばらくの時がたち、キリスト再臨のよろこびはあまねく地に満ちた。やがてある晩、キリストはペテロに、いろいろなことが片付いたら、二人だけですこし歩きに出かけようと言った。

ペテロはたずねた。「主よ、どこにお越しになりたいのですか」

主は答え給うた。「いや、しばらく歩きたいだけなのだ。あの裁きの庭から、例の長い道を通って、カルヴァリの丘の上まで」

*著者は英語では蛇と誤記している。

キトシの物語

キトシの話が、しばらく新聞に報道されたことがある。これは刑事事件になり、陪審員が任命されて、事実を解明するために、この出来ごとをはじめから終りまで調べあげた。そこであきらかになったことがらの一部は、いまでも記録に残っているだろう。

キトシは土地の少年で、モロに入植した若い白人のところで働いていた。六月のある水曜日のこと、白人の入植者は友人が駅まで乗ってゆくのに、自分の茶色の雌馬を貸した。その馬を駅から連れもどすためにキトシを伴につけ、帰りには乗ってはいけない、引いてくるのだと言いつけた。だがキトシは馬に飛びのり、乗ったままで戻ってきた。土曜日になって雇い主は、キトシが馬に乗っているのを見かけた人から聞かされて、キトシが自分の言いつけを守らなかったことを知った。日曜日の午後、この入植者は罰としてキトシを鞭打たせ、それから縛りあげて物置きに監禁した。そのままの状態で、キトシは日曜の夜おそく死んだ。

この事件を裁くために、八月一日に高等法院がナクルの鉄道会館に設置された。鉄道会館の周囲を取りまいた土地の人びとは、これはなんのための騒ぎなのかと、不審に思っていたことだろう。土地の人びとにとっては、ことは簡単明瞭だった。なぜならキトシは死んでしまったので、その事実は疑う余地もない。したがって、土地の人びとの考えでは、その死に対する補償がキトシの家族に与えられるべきなのだ。

しかし、ヨーロッパ流の正義の観念は、アフリカ流の正義の観念とはちがっている。白人の陪審員たちにとっては、有罪か無罪かの問題がまっさきに念頭にのぼる。この刑事事件についての評決は、謀殺、故殺、または重傷害のいずれかになるはずだった。裁判官は陪審員につぎのことを指摘した。罪の重さは、加害者たちの意図によって決まるのであって、結果にはよらないのであると。だとすれば、キトシを死にいたらしめた加害者たちの意図と精神状態とは、いったいどのようなものだったのか？

例の入植者の意図と精神状態を判断するために、法廷は被告を一日何時間もかけてくわしく尋問した。裁判官たちはこの事件の全貌をつかもうとして、手をつくしてあらゆる細部にわたって調べあげた。こうしてつぎのようなことがらが記録された。入植者がキトシを呼びつけたとき、キトシはやってきて、三ヤードへだてて主人に対した。報告書のこのめだたない細部は、大変な効果をあげている。その場で二人は一場のドラマの開幕を迎えたのである。三ヤードへだてて相対する白人と黒人の姿が、まざまざと浮びあがる。

だが、その後物語が展開するにつれて、この光景の示す均衡は失われ、入植者の姿は次第にぼやけ、縮小されてゆく。いたしかたもないことだ。この白人の像は雄大な風景のなかの一点描にすぎなくなる。蒼白で卑しい顔になり、重さを失って、紙きれを切りぬいた人型も同然の薄っぺらさになりさがり、一陣の風に吹きちらされるように、不可知の自由のなすがままにもてあそばれる。

被告の入植者はつぎのように陳述した。彼はまずキトシに、誰があの赤馬に乗る許可を与えたかと詰問した。この問いを四十回から五十回繰りかえした。誰かがキトシにそんな許可を与えることはありえないと承知したうえで、こういう質問をしたのだと、彼は認めた。ここからこの白人の破滅がはじまる。イギリスでなら、おなじ質問を四十回も五十回も繰りかえすなど、できるはずがない。とにもかくにも、四十回目よりも大分まえのあたりで、質問を続けるのをやめさせられるはめになったであろう。ここアフリカでは、おなじ質問を五十回以上もわめきつづけられる人びとが相手である。しまいにキトシは答えた。自分は馬を盗んだわけではない。入植者の言いぶんでは、この答えかたが無礼だったから、キトシを鞭打たせることにしたのだという。

ここで裁判記録は、またもや的はずれだが、きわめて印象深い細部にふれる。鞭打ちの仕置きがおこなわれているあいだ、入植者の友人の二人のヨーロッパ人が被告に会いにきた。二人は十分ないし十五分間、仕置きの様子を眺め、そこから立ち去った。

鞭打ちのあとも、この入植者はキトシを放してやる気になれなかった。

夜おそく、彼はキトシを手綱でしばり、物置き小屋に閉じこめた。なぜそうしたのかと陪審員がたずねると、答えは、べつに理由はない、ただ、こんな奴を自分の農園で勝手にはねまわらせておきたくなかったからだ、という。夕食をすませてから、また物置き小屋に行ってみると、キトシは意識を失って倒れていた。縛られていた場所からいくらか離れたところにいて、手綱はゆるんでいた。この白人はガンダ族の料理人を呼んで手つだわせ、キトシをまえよりも強く縛りあげた。後手にくくって一つの柱にくくりつけ、右脚を前のほうの柱にしばりつけた。それから物置き小屋に鍵をかけて立ち去ったが、半時間後にまた、料理人と台所の雑用をする子供をつれて物置きに行き、二人をなかに入れて番をさせた。それから自室で床についた。揺りおこされて眼がさめると、物置きで見張りをさせていた雑用係の子供がきていて、キトシの死を報らせたのだという。

罪の重さは被告の意図によって決まると言われたことを、陪審員たちは念頭においていたので、その意図の検討がはじまった。キトシの鞭打ちの仕置きについて、さらにその後おこったことについて、陪審員たちはいくつもの細かい点を質問した。新聞記事を読んでいると、彼らが首をひねっているのが眼に見えるようだった。

だが、キトシの側の意図と精神状態のほうは、いったいどうだったのか？　この問題を検討した結果、それは異質のものだということがわかった。キトシは一つの意図をもっていたのであって、最終的にはこのことが判決の決めてになった。このアフリカ人は、自分の意図と精神状態によって、墓のなかにいながら、例のヨーロッパ人を救ったのだと言えよう。

キトシには、自分の意図を説明する機会はほとんどなかった。物置き小屋に閉じこめられていたのだから、キトシが言いたいことの表現手段は、ごく単純な、ただ一つの動作にたよるしかなかった。番人の証言では、キトシは一晩じゅう泣きつづけたという。だが、実際はそうではなかった。というのは、キトシは午前一時に、物置きで番をしていた子供と話をかわしている。キトシはその子に、大声で叫んでくれないと聞きとれない、鞭打ちのせいで耳が駄目になってしまったから、と言った。午前一時にキトシはその子供に、足の綱をゆるめてくれと頼み、いずれにしろ自分は逃げられはしないのだから大丈夫だと言った。子供がその通りにしてやると、キトシはその子に、自分は死にたいと言った。午前四時ごろ、その子にむかって、キトシはもう一度、死にたいと言った。そのあとキトシは体を左右に揺り動かしながら叫んだ。「おれは死ぬぞ！」そして、死んだのだった。

三人の医者がこの事件に証拠を提出した。

解剖の執刀にあたった地方医務官は、致死の原因は被害者の体にくわえられた打撲と裂傷であると発表した。いかなる応急処置をくわえたとしても、キトシの命を救うことはできなかったろうと言明した。

弁護側のたてたナイロビの二人の医者は、しかし、別の見解をもっていた。

彼らの主張によると、鞭打ち自体は死因となるには不十分だったというのである。ここで無視できない重大なことがらが提起された。それは、死のうとする意志の問題だった。弁護側の医者の一人が、自分はこの土地に二十五年住んできて、土地の人の気持に通じているから、この死への意志にかけては権威をもって発言できると述べた。土地の人びとの場合、死のうという意志が実際に死をもたらすという事実を、多数の医者が証言できるという。この事件については、ことはきわめて明白である。キトシ自身が死にたいと言った事実があるではないか。二番目の医者も、この見解を支持した。

弁護側の医者はなおも主張した。もしキトシがこうした死を望むような態度をとらなければ、彼は死にはしなかったはずである。たとえば、もしキトシがなにかたべていれば、生き抜く気力を保ちつづけたにちがいない。飢えは気力をそぐ働きをするものである。医者はさらにつけくわえて、キトシの口唇の傷は蹴られてできたものではなく、苦痛のあまりキトシが自分で嚙みやぶったものでありうると言った。

さらにこの医者は、午後九時ごろ逃げようとした形跡があることから見て、キトシはそのころにはまだ死ぬ決心をしてはいなかったとしていた。したがって、キトシは九時までは死んでいなかったではないか。逃げようとしていたのを見つかり、縛りなおされてしまったとき、捕われの身となった事実がはじめてキトシの心に重く感じられたのであろう、と医者は言う。

ナイロビからきた二人の医者は、この事件に対する見解をつぎのようにまとめた。キトシの死の原因は鞭打ち、飢え、死への意志によるものであり、特に最後の原因が最も強調されるべきである。死にたいと望む気持は、鞭打ちのゆえにおこったものであろうと、自分たちは推定する。

医者たちの証言が出てからは、この事件は法廷で「死への願望説」と呼ばれることになった論点をめぐって展開した。キトシを検死した唯一の人である地方医務官は、この説を否定して、死を望みながらも死ぬことのできなかったガン患者たちの実例をあげた。

しかし、この患者たちはヨーロッパ人に限られていた。

ついに陪審員は判決をくだした。重傷害罪で有罪と認める。おなじ判決が現地人の被告たちにもくだされた。しかし、彼らはヨーロッパ人である主人の命令に従っただけであり、したがって彼らを投獄するのは不当であるとされた。裁判長は白人の入植者に二年間の禁固刑を言いわたし、現地人の被告たちにはそれぞれ一日の禁固を言いわたした。

この事件を通読してみると、アフリカにおいては、ヨーロッパ人はアフリカ人を死に至らしめる力をもたないという、不思議でもあり、不面目でもある事実をつきつけられた印象を、読者はもつかもしれない。ここアフリカはアフリカ人の生国であり、ヨーロッパ人がアフリカ人に対してなにをしようと、アフリカ人が死ぬのは彼らの自由意志の結果であり、もはや生きつづけるのを望まないためなのである。一家のなかでおこった事件に対して誰が責任をとるのか。その家の所有者、その家を受けついだ者が責任をとるのが当然ではないか。

なにが正しく、なにが名誉ある行為なのか。この点についての強烈な感受性をもっていたために、断固として死ぬことをえらんだキトシの人間像は、何年も経た今もなお、独自の美しさをもって私たちに訴える。必要に迫られた場合、どこかに逃避所があると意識し、自分の自由意志でそこに逃れ去る。そういう野生のもののとらえがたさが、キトシの死のなかにはっきりと示されている。

アフリカの鳥たち

ちょうど雨期がはじまるころ、三月の終りの週か四月の第一週になると、アフリカの森のなかから夜ウグイスの声がきこえてくる。まだ完全な歌にはならず、いくつかの音程を試してみる程度だ。ちょうど演奏会のはじまるまえにちょっとしたリハーサルがあり、急に止まったかと思うとまたきこえるという具合である。それは雨に濡れた、ひとけのない森のなかで、誰かが木の間がくれに小さなチェロの調子をあわせているようだった。とはいえその調べは、やがてシチリア島からエルシノーアにいたるヨーロッパ全土の森に満ちあふれる、あのゆたかな甘い調べとおなじものであった。

アフリカには白と黒と二種類のコウノトリがいる。これはヨーロッパ北部の草葺《くさぶ》き屋《や》根《ね》の上に巣をつくる鳥だ。アフリカで見かけると、おなじ鳥だのに、ヨーロッパで見るよりもめだたない。アフリカにはハゲコウとかヘビクイワシとか、背も高くどっしりした鳥がいて、そういうのとくらべられるからである。アフリカにいるときのコウノトリは、ヨーロッパにいるときとはちがう生活習慣を見せる。ヨーロッパでは雌雄のひとつがいとして暮し、家庭生活の幸せの象徴になっている。ところがここアフリカでは、大きな群れをなして行動する。コウノトリはアフリカではイナゴドリと呼ばれる。イナゴが襲来すると、いっしょに移動し、イナゴをたべて楽々と暮すのだ。野火がおこったときも、コウノトリは草原の上を飛び、低い炎をあげて進む火線の直前、きらめく虹色の空と灰色の煙の上たかく輪を描きながら、火を逃れようとするネズミや蛇をねらっている。コウノトリたちはアフリカでは陽気な暮しをたのしんでいる。だが、ここでの生活は一時のものにすぎない。春の風が吹きはじめ、交媾《こうこう》と巣づくりのことを思いださせる。するとコウノトリたちの心は北に向かい、幼い日々と、ふるいなじみの場所を思いおこして、つがいになって飛びたってゆく。やがて生まれ故郷の寒い沼沢地を歩くコウノトリの姿が見られる。

焼き払われた平原の広がりに若草が芽ばえる雨期のはじまりには、何百というチドリが現れる。草原にはいつも海辺を思わせる雰囲気がある。はるかにひろがる地平は海を、またどこまでもつづく海岸の砂丘を思わせる。風向きが変るのも海とおなじだし、焼け焦げた草は塩分をふくんでいるような匂いをたてる。草が長く育つと、見わたすかぎり波のうねりが動きやまない。白いカーネーションが草原じゅうに咲きみちると、デンマークとスウェーデンのあいだの海峡をジグザグに航行するとき、船のまわりじゅうが白く輝く波頭にかこまれることを思いだす。草原の上を舞うチドリたちもまた、海鳥に似た様子を見せ、海岸を歩きまわる海鳥とおなじようにふるまう。びっしり生いしげった草の上をすばやく飛び歩き、馬が進んでゆく鼻先から、かんだかい鳴き声をあげて飛びたつ。こうしてあかるい空は鳥の羽ばたきと声々で、活きいきと湧きたつのだ。

カンムリヅルは、たがやして種をまいたばかりのトウモロコシ畑にきて、土から種を掘りだしてたべてしまう。しかし、雨を呼ぶ吉兆の鳥だからというので、大目に見られている。それに、踊りも見せてくれる。この大型の鳥たちが数多く集り、翼を拡げて踊るところはすばらしい眺めである。カンムリヅルの踊りにはなかなかの様式美があり、いくらかわざとらしくさえある。たとえば、もちろん空を飛ぶことのできるこの鳥たちが、なぜ磁力で地面に吸いつけられでもしたように、踊りながらピョンピョンはねたりするのだろうか。このバレエは全体として、ある種の式典舞踊のように神聖なおもむきがある。カンムリヅルたちは、ヤコブの梯子を登り降りする、翼ある天使たちのように、天界とこの世とを結びあわせようと努めているのではあるまいか。気品のある蒼みをおびた灰色の羽毛、ベルベットのような漆黒のまるい頭頂と、扇型にひらいた冠毛をもつこの鳥たちは、かろやかで活力に満ちたフレスコ画を思わせる。乱舞を終えて飛び去るとき、カンムリヅルたちは、いましがた演じた聖なる舞いの風韻をあとに残そうと、羽音で、また鳴き声で、教会の鐘の群れが翼を得て飛翔するかとまがうような澄んだ音色をたてる。その音は鳥たちがはるかかなたに飛び去り、中空に姿を消したあともなお耳に届く。雲間を洩れる鐘の音のように。

オオサイチョウもまた、農園にくる鳥たちの仲間である。この鳥は栗の実をたべにくる。オオサイチョウはとてもかわった鳥だ。この鳥に出あうのは、冒険と言おうか、稀れな体験と言おうか、必ずしも愉快なことではない。というのは、オオサイチョウはきわだって抜け目のない様子を見せるからである。ある朝、日の出まえに、家の外がひどくやかましいので眼がさめた。テラスに出てみると、芝生の木々に四十一羽のオオサイチョウがとまっている。鳥というより、むしろ、誰か子供が木のあちこちに結びつけた、奇想天外な飾りもののように見えた。どの鳥もみな、色は黒である。アフリカ独特の、典雅で気品に満ちたこの漆黒の色、古いすすのように長年にわたって吸収された深い暗色は、優雅さ、活力、陽気さを表現するのに、黒ほどふさわしい色はあり得ないと思わせる。オオサイチョウたちは上機嫌でしゃべりあっていたが、葬儀のあとの遺産相続人たちの集りのように慎重な態度を保っていた。早朝の大気は水晶さながらに澄みわたり、このまじめな一群は清らかさにひたっていた。やがて木々と鳥たちの後に、鋭く光る赤い球体をなす太陽が登ってきた。夜明けがこんなふうにして始まった一日は、いったいどんな日になってゆくのだろう?

フラミンゴはアフリカの鳥類のなかでも一番優美ないろどりをしている。キョウチクトウの茂みから勢いよく伸びる若枝のような淡紅色と赤である。信じがたいほど長い脚、そして首と体とは、不気味でもあり、同時にきわめて洗練された曲線を示す。なにか祖先伝来の精妙な上品さのせいで、フラミンゴたちは、生きてゆくうえでのあらゆる身ぶり動作を、このうえなくむずかしくしているのだと見えるのだった。

ポートサイドからマルセイユまでフランス船で航海したとき、その船には百五十羽のフラミンゴを入れたおりが積んであった。マルセイユの動物園あてに送られるのだという。鳥たちはキャンバス布を張った大きな汚ないおりに十羽ずつ入れられ、きゅうくつそうに体を寄せあっていた。鳥の世話をし、目的地まで連れてゆく係の人の話では、この航海中二十パーセントの損失を見込んでいるのだという。フラミンゴは閉じこめられて海を渡ったりするのには向いていない。海が荒れると平衡を失い、脚が折れて、おなじおりの鳥同士が倒れて重なりあう。地中海に風の吹き荒れる夜、船は波にもてあそばれて大揺れにゆれる。大波のくるたびに、暗闇のなかでフラミンゴの叫ぶ声がきこえた。毎朝、飼育係がフラミンゴの死体を一つ二つ持ちだし、舷側から海に棄てていた。ナイル河を渉《わた》る気高い鳥、蓮の花の姉妹、夕焼け雲のようにアフリカの風景のなかに浮かぶこの鳥が、細い棒を二本突きたてた、ピンクと赤のだらりとした羽毛のかたまりと化している。鳥の死体はしばらく海上をただよい、船のつくる水脈のために上下に揺られ、それから沈んでゆく。

パニア

ディアハウンド犬は、かぞえきれないほどの世代を人間と生活をともにしてきた結果、人間のユーモアの感覚を身につけるに至り、笑うことができるようになった。ディアハウンドがおかしがる対象は、土地の人たちのおかしがる対象に似ている。つまり、ものごとがうまくゆかないのがおかしいのである。思うに、私たちヨーロッパ人も、芸術と、制度化された教会を自分のものとするまでは、この程度以上のユーモアを解することはできなかったにちがいない。

パニアはダスクの息子である。ある日私はパニアを連れて池の近くに出かけた。そのあたりには、細く丈高いユーカリの並木があった。パニアは私のそばを離れ、一本のユーカリの木めがけて駆け去った。やがて半分ほど引きかえし、私をその木に案内するそぶりを見せた。そこまで行ってみると、高い梢にサーヴァル・キャット*が一匹いた。サーヴァル・キャットは鶏をおそう害獣だ。私は近くにいた子供を呼んで、家から銃を持ってくるように言いつけた。銃が届くと、すぐさまそいつを射った。ヤマネコは大変な高みからドサッと音をたてて落ちてきた。その瞬間パニアはヤマネコにおそいかかり、くわえて振りまわしたり、ひきずったりした。そうしてみせるのをとてもたのしんでいるふうだった。

その後しばらくして、私は池のそばのおなじ道を歩いていた。そのときはウズラを射ちに行ったのだが、一羽も獲物がなく、パニアも私も沈みこんでいた。突然パニアが駆けだして、一番遠くの木に向かっていった。ひどく興奮した様子で木のまわりをめぐって吠えたて、私のところへ駆けもどり、ふたたび木の下へ走り去った。私は今日は銃を持っていてよかったと思った。二匹めのサーヴァル・キャットをしとめられるだろう。このヤマネコは美しいぶちの毛皮の持ち主だ。私はその木めざして駆けていった。ところが、梢を見あげると、そこにいるのは黒い飼い猫で、怒りにふるえ、できるだけ高い、揺れる梢のてっぺんまで登りつめているのだった。私はかまえていた銃をおろした。

「パニアのおばかさん。あれは普通の猫じゃないの」

パニアに眼をやると、この犬はすこし離れたところで私を見つめ、両の脇腹を笑いで波うたせているのだった。眼が合うやいなや、パニアは私に跳びかかり、ぐるぐる踊りまわったり、尾を振ったり、クンクン鳴いたり、私の肩に前脚をかけ、鼻を私の顔に突きつけ、また身を放して後ろに戻り、しばらく笑いこけるのだった。

パニアは身ぶりでこう訴えていた。「そうですよ、そうですとも。あれは人間の飼っている猫ですよ。そんなこと、ずっとわかっていました。ほんとにごめんなさい。それにしても、飼い猫に銃を向けようと駆けつけてきた、あなたの様子のおかしさったら、見せてあげられないのが残念でしたよ」

その日一日、パニアは何度もおなじ気分と動作を繰りかえし、私に向かってこのうえない親愛の情を示しては、そのあとすこし引きさがり、大笑いに笑いこけていた。

パニアの親愛の情にはひとつの意味が込められていた。「ね、おわかりでしょう、この家で私が笑いものにできるのは、あなたとファラだけなのですよ」

夜、暖炉のまえで眠っているときでも、パニアは夢のなかで笑って喉を鳴らし、クスクス声をたてるのがきこえた。あの池のそばの並木を通ったときのことを、パニアはずっと後まで覚えていたのだと思う。

＊アフリカ産のオオヤマネコ。

エサの死

大戦中、私のところからいなくなっていたエサは、戦争終結後さっそくまた戻ってきて、この農園で静かに暮していた。マリアンモという名の妻がいた。この妻は瘦せて色が黒く、働きもので、薪を運ぶ仕事をしていた。エサは私の雇い人のなかでも一番おだやかで、誰ともいさかいをしたことはなかった。

だが、エサが農園を離れて暮さねばならなかったあいだに、なにかがおこったのだろうか。戻ってきたとき、エサの人柄はかわっていた。ときどき私は不安におそわれた。エサは、根を切られた植物のように、ゆっくりと私の身近で死ぬのではないだろうか。

エサは料理人なのに、料理するのがきらいで、庭師の仕事をやりたがった。エサがしんから興味をそそいだ唯一のものは植物だった。だが庭師はべつにいるのだし、料理人はエサしかいないので、台所に引きつけておくほかなかった。いつかは庭仕事をできるようにしようと約束はしたものの、私はそれを一ヵ月、また一ヵ月と引きのばしていた。エサは自分だけで川岸の土地に水を引き、そこにいろんな野菜類を植えて、私をおどろかせようとした。しかし、一人でやった仕事でもあり、エサは力が強くなかったので、堅固な水路をつくるのは無理だった。長雨のとき、結局それは崩れてだめになった。

いるのかいないのかわからないような静かなエサの在りかたをゆすぶった最初の出来ごとは、キクユ族居留地にいた兄が死んで、エサに黒い雌牛を遺産として残したことだった。エサが人生の苦労にしぼりつくされていて、もはやみずからの生きかたをはっきりと主張するには、なにごとであれ、耐えられなくなってしまっているのが、この出来ごとであきらかになった。特にエサは幸福に耐えることができなくなっていたのだと、私は思う。三日間の休暇をとって雌牛を受けとりに行ったエサが帰ってきたとき、彼は気も動転し、しびれたようになっていた。ちょうど寒さに凍えきった人の手足が、暖かい室内に入ったとき、かえって苦痛を感じるような具合だった。

土地の人は誰もが賭けごと師である。黒い雌牛がつくりだした幻想、つまり、これから先は運が向いてくるのだという思いこみにとりつかれたエサは、おそるべき楽天家になってしまい、大きな夢をもつようになった。まだ自分の人生はこれからなのだ。そこでエサは、新しい妻をめとることにきめた。私にこの計画を明かしたとき、エサはもう未来の岳父と交渉をすすめていた。その人はナイロビに行く途中の道沿いに住み、スワヒリ人の妻をもっていた。私はエサが思いとどまるように説得した。「あんなにいい奥さんがいるじゃないの。それに、もう頭が白くなりかかっているのに、もう一人奥さんをもつことなんてないでしょう。今のままで、私たちといっしょに、静かに暮したほうがいいのよ」エサは私の説得にべつに反対はしなかったが、彼らしいあいまいな態度で、自説を曲げなかった。やがてエサは新妻のファトマを農園に連れてきた。

この新しい結婚が幸せをもたらすなどと思いこんだことから見て、エサがすでに判断力を失っていたのは明らかである。花嫁はとても若く、頑固で不機嫌まるだしで、母の生国の男たちを惹きつけるスワヒリ人の服装に身を飾ってはいたが、その人柄には優雅さもなければほがらかさもなかった。だがエサは勝利感と大望に顔を輝かしていた。無邪気にも彼は全身麻痺におそわれる寸前の人のようなふるまいかたをしていた。忍耐づよい奴隷のようなマリアンモは、めだたないように後ろにしりぞき、無関心をよそおっていた。

しばらくのあいだエサは自分の力に酔い、幸せをたのしむことができた。だがそれは長つづきせず、農園内でのエサのおだやかな暮しは新しい妻のおかげでくだけ散った。結婚後一ヵ月で新妻は逃げだし、ナイロビの兵舎に住むキクユ族の兵士のふところに走った。妻を連れもどしに町へ出かけるので、エサが一日の休みをとることが度かさなり、夜になると、不機嫌にむっとした少女をともなって帰ってくるのだった。はじめのうち、エサは自信に満ちて、断固たる態度で出かけていった。もちろん妻を連れもどしてくる。逃げたとはいえ、あいつは自分の法律上の妻ではないか。だが、時がたつにつれ、逃亡が繰りかえされるにつれて、エサは当惑し、悲しげな様子で自分の夢と幸運をさがし求めに出かける風情になっていった。

「なんのためにあの女を連れもどしに行くの、エサ」と私は言ってやった。「放っておきなさい。あの女はあんたのところに帰りたくないのよ。連れもどしても、なにもいいことはありはしない」

だが、エサは放っておく気はなかった。しまいには新妻としあわせに暮すという幻想はあきらめ、ただその妻をもらうについて支払った金額がもったいないからという動機で、手もとに置こうとしていた。エサがとぼとぼ出かけてゆくと、ほかのハウスボーイたちは彼のことをあざけり、あいつは兵舎でも兵隊たちの笑いものになっているのだと、私に話してきかせた。しかし、他人がどう思おうと、エサはもうそんなことは超越していて、まったく気にとめなかった。逃げた雌牛をさがす人のように、ただただ失った財産をとりもどすために力をかたむけているのだった。

ある朝、ファトマがきてハウスボーイにこう言った。エサは病気で、今日は料理にこられない。でも、明日はよくなるだろう。ところがその日の夕方近く、ハウスボーイたちが私のところへ報らせにきた。ファトマが姿を消し、エサは毒を盛られて死にかけているという。すぐ出かけてみると、人びとがエサを寝床ごと運びだして、ハウスボーイたちの家々にかこまれた空き地に置いたところだった。エサがもうすぐ死ぬことは一目でわかった。この土地でとれる毒薬で、ストリキニーネに似た成分のものを呑まされていた。若い妻はエサをわが手にかけ、エサのひどい苦しみを見とどけて、もう助からないと確認してから、小屋を出ていったのだった。エサはまだときどき全身を痙攣させたが、もう死体同然に冷えはじめ、体がこわばっていた。すっかり面《おも》がわりして、血のまじった泡が、蒼ざめた唇の両側からこぼれている。ファラが車でナイロビに出かけていたので、私はエサを病院に連れてゆけなかった。しかし、入院させても結局は無駄だったろう。助かる見込みはなかった。

息をひきとるまえ、エサは長いこと私の顔に目をとめていた。だが、私と知ってそうしていたのかどうかはわからない。エサの動物のような黒い目から意識の光が消えるのといっしょに、私がいつも知りたいと思っていたこの地域の記憶が消え去った。それはかつてのノアの方舟のような暮しぶり、平原で父親の財産の山羊の群れを飼う、猟の獲物になる動物に囲まれた小さな土地の少年の暮しの記憶である。私はエサの手をにぎった。一人の人間の手、強くて創意に富んだ道具、かつては武器を取り、野菜や花を植え、愛撫した手、私がオムレツのつくりかたを教えた手である。エサは自分の一生を成功と見るか、それとも失敗と思うのか？　それをきめるのはむずかしいことだろう。エサは自分なりの、細い複雑な人生の小径をゆるやかに歩み、さまざまの体験を通ってきた。いつもおだやかに。

ナイロビから帰ると、ファラはエサを正式の葬儀のやりかたで埋葬しようと熱心につとめた。エサは敬虔な回教徒だったからである。ナイロビからまねいた聖職者は、翌日の夜まで都合がつかないというので、エサの葬儀は夜になった。空には銀河がかかり、ランプが葬列をみちびいた。エサの墓は回教徒のやりかたにのっとって、森の大木の根もとに深く掘られた。マリアンモは今や人前に出てきて、会葬者のなかに座を占め、夜空にむかって高い声でエサの死を嘆いた。

ファラと私は、ファトマのことをどう処置しようかと相談したが、結局放っておくことにした。法によって女を裁く手続きをとることは、あきらかにファラの意にそわないのだった。ファラの態度から察するに、回教徒の法は女を人間として遇さないのだと思われた。女の犯した行為については夫が責任をとり、そこから発生した不幸に対しては、相手に弁償する。それは自分の馬がおこした事故の被害者に、馬の持ち主が弁償するのとおなじである。しかし、馬が主人を落馬させて死なせた場合はどうなるか？　そうですね、それは不幸な事故です、とファラは認めた。結局、ファトマのほうも自分の運命に異議をとなえる理由があるのだから、自分がえらんだ道を、ナイロビの兵舎のなかでまっとうさせてやれば、それでよいのだろう。

土地の人と歴史

石器時代から自動車の時代へと、土地の人たちがよろこんで跳びうつることを期待する連中は、私たちの祖先が荷なってきた努力、すなわち遠い過去から現在まで欧米人を到達させた歴史の重みを忘れ去っている。

私たちは自動車や飛行機をつくり、その使いかたを土地の人に教えることができる。しかし、自動車のような機械類への愛着というものを人の心のなかにつくりだすことは、そう一気にできるものではない。それは何世紀もかけてはじめて可能になるのだろう。機械への愛着をつくりだすには、ソクラテス、十字軍、フランス革命を経ることが必要だったのであろう。われわれ機械好きな現代の人間は、昔の人びとが機械なしでどうして暮せたのか、想像もできない。しかし、われわれ現代人にはアタナシウス信条*をつくることはできないし、ミサの形式を編みだすこともできない。五幕ものの悲劇をつくる技能もなければ、おそらくソネットという詩型を考えだすことさえ無理だろう。仮りにこうしたものが完成品として使えるようになっていなければ、現代人はそれらなしで済ますほかなかったことだろう。しかし、そもそもこういうものがつくられたということは、人間の心がこれらのものを切実に要求し、それにこたえて、ついにミサが、あるいはソネットがつくりだされ、かくて人間の心底からの求めが満たされたときがあったのだと想像すべきなのであろう。

ある日ベルナール神父がオートバイに乗って昼食にやってきた。ひげもじゃの顔は神の恩寵と勝利感にあふれたほほえみを浮かべ、大いなるよろこびの報らせをもってきたのだった。昨日スコットランド宣教団から九人のキクユ族の若者たちがやってきて、ローマ・カトリック教会に入信したいと申しでた。その理由は、瞑想に集中し、討議をかさねた結果、自分たちはローマ・カトリック教会の化体説**の教理を信ずるに至ったためだという。

この出来ごとを私からききかされた人びとは、誰もがベルナール神父をあざけった。そして、キクユ族の若者たちは、フランス系宣教団に行けば給料があがり、仕事も楽だし、自転車に乗れるようになるのを見越しただけのことなので、回心の理由として化体説をもちだしたにすぎないのだと言うのだった。化体説の教理など、もともとキリスト教徒のわれわれでさえ理解できないし、考えてみたくもないのだから、ましてキクユ族にとっては認めることなどできないはずではないか、と彼らは言う。しかし、そうとは言いきれない。ベルナール神父はキクユ族というものをよく知っている。このキクユ族の若者たちの精神は、いまやわれわれの祖先のたどった小暗い道を歩いているのかもしれない。化体説について思いめぐらすことを好んだ祖先の眼から見れば、そういう祖先をわれわれが否認することは許されない。五百年まえの人びとは、その時代にあって、よい給与、地位の昇進、暮しが楽になること、さらに、時には自分のかけがえのない生命にもまして、化体説への信仰をまもることを選んだのだった。この五百年まえの信者たちは、だからといって自転車をもらったわけではなかった。しかし、オートバイをもっているベルナール神父自身は、オートバイよりも九人のキクユ族の回心のほうを重く見ていた。

アフリカで暮す現代の白人は進化を信じ、突然におこる創造的行為を信じようとしない。それなら白人は土地の人たちに、簡略にした実際の役にたつ歴史の教課をざっと習わせて、いま白人が到達しているところまで連れてこられそうなものではないか。白人がここの人びとを支配するようになってから、まだ四十年とはたっていない。四十年まえを西暦紀元元年に置きかえ、西欧の歴史の百年を三年で追いつかせようとするならば、

＊三位一体、受肉を重視する信条。
＊＊パンとぶどう酒がキリストの肉と血に変化するという説。

いまはちょうどアッシジの聖フランチェスコが人びとに福音を説いている時代にあたる。そして二、三年すると、ラブレーが現れる。この二人の人物を敬愛し、理解することにかけては、おそらくアフリカ人のほうが二十世紀のヨーロッパ人よりもはるかにすぐれているにちがいない。何年かまえに、「雲」のなかの農夫とその息子の対話を訳して、この農園の人たちにきかせたことがあるが、みんなアリストファネスをとても気にいった。二十年ほどしたら、アフリカ人は百科全書派を理解するようになり、さらに十年もすれば、キプリングまでくるだろう。フォード氏の発明を受けいれる基礎をつくるには、アフリカ人に夢想家、哲学者、詩人たちを十分にたのしんでもらわなければなるまい。

そうなったとき、彼らは私たちをどう思うだろうか？　白人は、なにかわからない影を、また暗黒を追求して、逆に後からアフリカ人に追いつき、彼らにならって、トムトムの太鼓を打ち鳴らす練習をしているであろうか？　アフリカ人はそのころ、いま彼らが化体説の教理に熱中できるのとおなじように、自動車を原価で手に入れられるようになっているのだろうか？

地震

ある年のクリスマスのころ、地震があった。土地の人たちの小屋が何軒も崩れるくらいの強震だった。震度は多分、怒った象の力くらいだったろう。揺れは五、六秒つづき、数秒の間隔をおいて三度襲ってきた。この間隔は、なにがおこったのかを考える時間を与えてくれた。

デニス・フィンチ＝ハットンは、そのときマサイ族居留地で野営していて、サファリ用の自動車のなかで眠っていた。あとで農園に戻ってから聞かされた話では、デニスは震動で目がさめ、「サイが車の下にもぐりこんだな」と思ったそうだ。私は寝室にいて、ちょうど床につこうとするとき、地震がきた。最初ズシンときたとき、「ヒョウが屋根に登っている」と思った。二度目の震動が続いているあいだは、こう思っていた。「私は死にかけている。これが死ぬときの感覚というものなのか」だが、二度目と三度目のあいだの短い静けさのひととき、私はそれがなにかに気がついた。地震なのだ。生きているうちに地震に出会おうとは、決して思ってもいなかった。ちょっとの間、私はもう地震は済んだのだろうと考えていた。だが、三度目の、そして最後の震動が襲ってきたとき、私は強烈なよろこびに打たれた。一生のうち、これほど急激に、これほど完全に忘我の境地に入った経験を、ほかに思いだすことができない。

その軌道をめぐる天体は、人間の心を、はかりしれないよろこびの高みにまで突きあげる力をもつ。一般に、人間は天体を意識していない。天体というものが突然念頭にのぼり、実在としてとらえられると、それは壮大な光景を私たちのまえに展開してみせる。ケプラーは、何年にもわたる研究を経て、ついに諸惑星の運行の法則を発見したときの感慨を書きとめている。

「私はよろこびのあまり我を忘れた。賽は投げられたのだ。このような感動を私はかつて知らない。体はふるえ、血は湧きたつ。神はその御手の業に見入る一人の観衆を、六千年間待ち給うたのである。神の叡智《えいち》はかぎりなく、それについてわれわれが無智であることも、われわれが知り得たごくわずかなことも、神のなかに含まれている」

地震のときに私をとらえ、全身を揺りうごかしたのも、まことにこれとおなじ忘我の境地だった。

この壮大なよろこびの感覚は、不動であると確信して疑わなかったものが、それ自体として動くのだと意識することからきている。それはおそらく、人の世で最も強烈なよろこびと希望に満ちた感動の一つにかぞえられるのではあるまいか。鈍重な地球、生命をもたない土塊である大地そのものが、私の足の下で身をおこし、伸びをしたのだ。地球は私に、ほんの軽くふれて、一つの通信を送ってきたのだが、それは、はかりしれない意味をもっていた。地球は笑った。そのせいで土地の人びとの小屋は倒れ、こう叫んだ。「それでも地球は動く」

翌朝早く、お茶を運んできたジュマがこう言った。「イギリス国王がなくなられました」

どうしてわかったの、と私はジュマにたずねた。

「メンサヒブ、ゆうべ大地が揺れうごいたのを感じられなかったのですか。あれはイギリス国王が死んだ報らせです」

だが、幸福にもイギリス国王は、地震があってから後、何年も生きていた。

ジョージ

アフリカ行きの貨客船に乗っているあいだに、私はジョージという少年と親しくなった。ジョージは母親と若い叔母との三人連れで旅をしていた。ある日デッキにいると、ジョージが身うちの婦人たちのもとを離れて、私のところにやってきた。母親たちは子供のふるまいぶりを見まもっていた。ジョージはこう話しかけてきた。明日はぼくの誕生日です。六歳になります。イギリス人の乗客のみなさんを、お茶におまねきしたいと母が言っているのですが、いらしていただけますか?

「でも私はイギリス人ではないのですよ、ジョージ」と私は言った。

ジョージはとてもおどろいて、こうたずねた。「あなたはなに人?」

「ホッテントットなの」と、私は答えた。

ジョージは背筋をシャンと伸ばして立ち、まじめな顔で私をじっと眺めた。

「かまいません。ぼく、あなたにきていただきたいのです」と、ジョージは言った。

母親と叔母のところへ戻ると、ジョージはなにげないふうにこう言ったが、語調は断固たるもので、どのような反対をも押しきる決意をこめていた。「あの人はホッテントットなのだ。でも、ぼくはあの人をおまねきするよ」

キジコ

以前、私は肥えた乗用のラバをもっていて、モリーと名づけていた。ラバの馬丁はまた別の名をつけていた。キジコという。これは「スプーン」という意味だった。なぜそんな名をつけたのかときくと、馬丁は言った。「それは、スプーンのように見えるからですよ」どうしてそんなふうに見えるのかと、ラバのまわりを廻ってじっくり眺めてみたが、どの角度から見ても、スプーンに似たところはまったく発見できなかった。しばらくたって、私はキジコをふくむ四頭のラバを荷車につけて走らせていた。高い位置にある駁者の座席についてみると、ラバたちを上から見おろすことになる。そうしてみてはじめて、私は馬丁の言葉が正しかったことがわかった。キジコの肩はばは異常にせまく、尻のあたりがひどくふっくらしていて、底の側を上向きにして伏せたスプーンにそっくりだった。

仮りに馬丁のカマウと私とが、それぞれキジコの肖像を描くとしたら、二つの絵はまったくちがったものになることだろう。しかし、神と天使たちは、カマウの見かたとおなじようにキジコをとらえるにちがいない。天からきたる者こそすべてのものの上にいますのであり、上から見たものの姿をこそ正しいとするのだから。

ハンブルクに行くキリン

私はモンバサのシェイク・アリ・ビン・サリムの家に滞在していた。彼は海岸地帯の長《おさ》であり、もてなし好きで礼儀正しいアラブ紳士だった。

モンバサというところは、幼い子供が描く天国のおもむきを呈している。島を抱きこむ深い入江は理想的な港をかたちづくり、陸地は白っぽいサンゴ質の崖に緑のマンゴーの樹林と、灰色で怪奇なかたちをした裸のバオバブの木々が生いしげっている。モンバサ付近の海の色は矢車草のように青く、港をなす入江の外側では、インド洋の長い砕け波が薄くゆがんだ白線を引き、おだやかな天候のときでもなお、低いとどろきをあげている。モンバサのせまい街路はすべてサンゴ質の岩が敷きつめてあり、淡黄色、ばら色、黄土色の美しい色調をなしている。街の高みには、銃眼のある城壁でかこまれた、ふるくて堅固な要塞がそびえている。三百年まえ、ポルトガル軍とアラブ軍が攻防戦をたたかった場所である。モンバサの市街よりも、この要塞のほうが強烈な色彩をおびている。長い年月、高い丘の上にあって、動乱のさなかの日没を一再ならず飲みほしてきたためでもあろうか。

モンバサの庭園には燃えるような紅アカシアの花が咲く。信じられないほど濃い紅色の花と、繊細な葉をもつアカシアである。太陽はモンバサを焼き焦がす。ここの空気は塩分をおび、微風は毎日東から、新鮮な塩をふくんだ湿気を運んでくる。土そのものにも塩分が多いので、草はほとんど生えず、舞踏場の床のようになにもない。だがマンゴーの老木は密生した濃緑の茂みをなし、恵みふかい影をつくる。木の下には円形プールのような暗く涼しい場所ができる。私の知るかぎり、ほかの種類の木のどれにも増して、マンゴーの老樹の木かげは待ちあわせの場所にふさわしく、交際の中心になる。村の井戸とおなじくらいに、たのしい交歓がかわされる。マンゴーの木々の下には盛んな市場がひらかれ、幹のまわりには鶏をいれた籠がいくつも並び、西瓜が山と積まれる。

アリ・ビン・サリムの住いは、入江沿いの陸地につくられた居ごこちのよい白亜の邸で、長い石段が海辺まで通じている。その石段に沿って客用の家々があり、ベランダの奥にある主屋の大広間には、ふるい象牙細工、銅器、ラム産の焼きもの、ビロード張りのアーム・チェア、写真、大きな蓄音機など、アラブ製やイギリス製の見事な品々の蒐集が置いてある。そのなかに、サテンで内張りしたケースに納めた一八四〇年代の繊細なイギリス式の茶器セットの名残りがあった。ザンジバルのスルタンの子息がペルシャ王の王女と結婚したとき、イギリスの若い女王とその夫君から、祝いの品として贈られたものである。英国女王とその夫君は、自分たちとおなじ新婚のよろこびが、スルタンの子息夫妻にも恵まれることを願って、この贈りものをしたのだという。

「で、その夫妻はヴィクトリア女王夫妻のように幸せでしたの？」——小さな茶碗をひとつ取りだしてはテーブルに並べ、私に見せてくれているシェイク・アリに、そうたずねてみた。

「残念ながら、そうはならなかったですな」と、シェイクは言った。「花嫁は乗馬をやめられなかったのです。この花嫁は、嫁入り道具を運ぶ帆船に、馬を何頭か一緒に積みこんできていましてな。しかし、ザンジバルの人びとは、女が馬に乗ったりするのを認めはしません。そこでことがこじれ、花嫁は馬をあきらめるよりさきに夫のほうをあきらめて、結局シャーの王女はペルシャに帰っていってしまいました」

モンバサ港には錆びのめだつドイツ汽船が停泊していた。これからドイツに向けて出港するところだった。私はスワヒリ人の漕ぎ手のあやつるアリ・ビン・サリムのボートに乗り、港外の島に遠出する行き帰りに、この船のそばを通った。デッキに丈の高い木箱がひとつ置いてあり、箱の上からキリンの首が二つ突きでていた。一緒にボートに乗っていたファラの言うには、このキリンたちはポルトガル領東アフリカでつかまり、これからハンブルクに送られて、移動動物園に売られるのだそうだ。

キリンは品のよい頭を左右にめぐらせ、おどろいている風情だった。無理もない。これまで海を見たこともないのだから。せまい木製のおりに入れられたキリンは、ただ立っているのがやっとの場所しか与えられていない。世界が突然縮み、変り果て、身のまわりで閉ざされたのだ。

行くてに待ちうけているみじめな生活をキリンは知らず、想像するすべもない。キリンは誇り高く無邪気な生きものであり、大平原の優雅な琥珀ではないか。とらわれの境涯、寒さ、悪臭、ストーヴの煙、疥癬は言うにおよばず、まして、なにごとも決しておこらない世界のおそるべき退屈など、知るよしもないのだ。

暗い色彩の、くさい匂いのする衣類を着た群衆が、あるときは風の吹きすぶ、またあるときはみぞれの降る街路をやってくるだろう。この人びとは、キリンを眺め、もの言わぬ動物の世界に対して人間の優越を感じようとして、やってくるのだ。見世物小屋の柵の上に、キリンが典雅で辛抱づよい、優しい眼をした頭を高くさしのべると、人びとはその細く長い頸を指さして笑うだろう。見世物小屋のなかでは、たしかにキリンの頸は場ちがいに長すぎて見える。その姿を見て、おびえて泣きだす子もいるだろうし、逆にキリンに一目ぼれし、手に持ったパンをたべさせようとする子もいるだろう。そんなとき、子供を連れてきた親たちは、キリンというのもなかなかいい動物だと思い、こうして人間はキリンに楽をさせてやっているのだと思いこむことだろう。

これからの長い将来、キリンはいつか自分たちのふるさとを思いだすことがあるのだろうか。いま自分たちはどこにいるのか、草やイバラの茂み、河や水場や青い山々はどこへ行ってしまったのか。平原を覆うかぐわしい大気は取り去られ、消え果てた。行くてをさだめて歩きだすとき、起伏する平原を肩をならべて駆けた仲間のキリンたちは、どこに行ってしまったのか。あの仲間たちは自分たちを置きざりにして、みんないなくなったようだ。そして、もう二度と戻ってはこないらしい。

夜の、あの満月はどこにあるのか。

キリンは身じろぎし、旅をつづける移動動物園のせまいおり、腐ったわらとビールの匂いのするおりのなかで目をさます。

さようなら、キリンたちよ。あなたがたが二頭とも、この船旅の途中で死ぬことを私は願う。いまこのモンバサの青空にむかって、おりの上から小さな気高い頭をさしのべ、びっくりしているあなたがたのうち、生き残った一頭だけが、アフリカを知る人もいないハンブルクの港で、今とおなじように左右を見まわしたりすることのないのを願う。

人間の側のことを言えば、われわれが礼節をわきまえて、キリンに対して「われらの犯せる罪を許し給え」と言えるようになるまえに、人間に対して罪を犯すなにものかを探しださねば、つりあいがとれまい。

移動動物園

百年ほどまえのこと、ハンブルクに旅行したデンマークのシメルマン伯爵なる人物が、たまたま小さな移動動物園を見物に行き、すっかり気にいってしまった。ハンブルク滞在中、毎日伯爵はそこに足を運んだ。汚ならしくてみじめな見世物小屋のどこがそんなに気にいったのか、自分でもわけがわからないのだったが。実のところ、移動動物園は、伯爵の心のなかのなにものかに訴えるところがあったのだ。冬のことで、外はきびしい寒さだった。小屋がけの内では興行師が古いストーヴをガンガン焚いている。動物たちのおりに沿った通路の薄闇のなかで、ストーヴは澄んだ桃色の光を放っている。それでも、すきま風と湿った空気は、人びとの骨まで凍《し》みとおるようだった。

シメルマン伯がハイエナの前で思いにふけっていると、見世物の興行師がやってきて話しかけた。興行師は小柄な、顔色のわるい男で、鼻のところがおちくぼんでいる。若いころは神学生だったのだが、醜聞をひきおこして神学校をやめ、以来一歩一歩と人生の下降線をたどってきていた。

「ハイエナにお目をとめられるとは、結構なことでございます。御前様」と、興行師は言った。「ハンブルクにハイエナがきたのははじめてのことで、これはたいした見ものでございますよ。御存じかと思いますが、ハイエナというのはどれも一頭が両性をそなえております。原産地のアフリカでは、満月の晩になりますと、ハイエナたちは輪をつくって性交をいたします。それぞれが雄と雌と、一頭二役をつとめるわけでして。お聞きになったことがおありでしょうか?」

「いや、知らんな」シメルマン伯は、いくらかいやな顔をして答えた。

興行師はさらにつづけた。「この事実から考えましても、おりに一頭だけで閉じこめられると、ハイエナはほかの動物よりもつらいものでしょうか、御前様はどうお考えですか? ハイエナは雌雄両方の欲望に悩まされるのか、それとも、互いに相おぎなうべくつくられた性を二つながら持つために、充ちたりて、落着きを保つことができるのでしょうか? 言いかえますと、私どもはみんな、人生というおりに閉じこめられているわけですが、多くの才能に恵まれている者ほど幸せなのか、それともみじめなのか、どちらなのでございましょう？」

「考えてみれば、ふしぎなものだ」自分の思いにひたり、興行師の話に耳をとめていなかったシメルマン伯は言った。「ここにいる、この一頭のハイエナを人間が手にいれるまでに、何百も、いや何千ものハイエナたちが、生まれては育ち、死んでいったことになる。そのおかげでハンブルクの人たちはいま、ハイエナとはどういうものかを知ることができ、動物学者はこの動物を研究することができるわけではないか」

二人は足を進めて、近くのおりにいるキリンの前に立った。

伯爵は言葉を継いだ。「自然の風景のなかを駆ける野獣は、実は存在しない。いまここにいるキリンは実在している。人間はそれに名前を与え、キリンがどんなものかを知っている。ほかのキリンたちは考慮にいれないことにする。考慮にいれないほうが大多数なのだが。いやはや、自然というのは大変な浪費家なのだな」

興行師は、くたびれた毛皮帽を後ろにずらせた。髪のまったく残っていない頭が見えた。「キリンはお互いに眺めあっておりますな」

シメルマン伯は、ちょっと間をおいてからこう言った。「それも議論の余地があるだろう。たとえばこのキリンたちは毛皮に四角な模様があるが、キリンは互いの姿を眺めていても、四角形なるものを知らんのだから、したがって四角形を見ていないことになる。そもそも、キリンは互いの姿を見ていると言いきれるものかどうかな」

興行師はしばらくキリンのほうを見やり、それから言った。「神はキリンたちを見ておられます」

シメルマン伯はほほえんだ。「キリンをかな?」

「さようでございますとも、御前様」興行師は答えた。「神はキリンを見そなわします。キリンがアフリカでのびのびと走りまわり、遊びたわむれていたとき、神はキリンたちを見まもり、そのふるまいをたのしんでおられました。神はキリンを、御自分のよろこびのために創造し給うたのです。聖書にも書かれております」と、興行師は言葉をつづけた。「神はキリンを愛し給うゆえに、キリンを創造し給うたのです。四角形や円形を創り給うたのも神御自身です。御前様もそれを否定なさるわけには参りますまい。神はあのキリンの四角の模様はもちろん、キリンのあらゆる部分を見そなわし給うたのです。おそらく野獣というものは、神の存在の証しではありますまいか。しかし、こうしてハンブルクまで参りますと、この主張も疑わしくはなりますが」興行師は帽子をかぶりなおすと、話をしめくくった。

これまで人生を他人の意見に従って組みたててきたシメルマン伯は、だまって歩みを移し、ストーヴのそばに置いてある蛇たちを見に行った。興行師は客の機嫌をとろうとして、蛇の箱のふたをあけ、なかに眠っている蛇を起こそうとあれこれ試みた。しまいに大蛇はゆっくりと眠たげに動きだし、興行師の腕に巻きついた。シメルマン伯は、人と蛇から成る群像を眺めやった。

「いやはや、カンネギーター君」伯は気むずかしい苦笑をうかべて言った。「もしも君がわしの召使いだったら、あるいはわしが王で、君が大臣だったとしたら、わしは君を解雇するところだな」

興行師は不安げに伯を見やった。「さようでございますか、御前様」そして蛇を箱のなかにすべり落し、あらためてたずねた。「なぜお気に召さなかったのか、おたずねしてもよろしゅうございましょうか」

伯爵は言った。「カンネギーター君、君は外見は単純らしくよそおっているが、実はそうではないのだな。なぜ気にいらんかと聞くのかね。蛇を嫌う気持は人間の健全な本能だ。その本能をもつ人びとがこれまで生きのびてきた。蛇というものは人類の敵のなかで最も忌むべきものだ。しかし、そのことをしらせるものは、善悪についてのわれわれの本能以外に、いったいなにがあるというのかね。ライオンの爪、象の巨体や牙、バッファローの角などを見ると、ぎょっとなるものだ。しかし蛇は美しい動物だな。蛇というものは、人間が人生のなかでいとしむさまざまなもののように、丸みがあって、なめらかで、微妙な色合いをもち、体の動きにも品がある。ただ神のように正しい人に対してのみ、この美しさと優雅さは、そのままで忌むべきものとなるのだ。蛇たちは完全な破滅の臭気を発し、人間の堕落を思いおこさせる。正しい人の心のなかのなにものかが、悪魔を避けるとおなじに蛇を避けさせるのだ。それこそが良心の声というものなのだろう。蛇を愛撫することのできる人は、ほかのどんなことでも敢えてやるだろうな」

シメルマン伯は自分の考えが導きだした結論にちょっと笑いをもらし、ぜいたくな毛皮のコートのボタンをかけると、見世物小屋から立ち去ろうとした。

興行師はじっと考えに沈んだまま、しばらく立ちつくしていたが、ついにこう切りだした。「御前様、あなたは蛇を好きになるべきです。それを避けて通ることはできません。私の人生体験にもとづいて、これははっきり申しあげられます。まったく、これこそ私にできる、あなたさまへの最上の忠告なのです。蛇を好きにならなくてはいけません。御前様、どうぞよくお考えになってみて下さい。私たちが神に魚を求めるたびごとに、ほとんどまちがいなく、神は蛇をお与えになるものなのですから」

旅の道づれ

アフリカ行きの船の食堂で、私はコンゴに行くベルギー人と、もう一人、イギリス人とのあいだの席を与えられた。このイギリス人はこれまで十一回メキシコに出かけて、山に棲む特殊な野生の羊を射ち、今回はアフリカにカモシカを射つために出かけるのだという。両隣と会話をかわすうちに、私はだんだんに混乱してきて、ベルギー人のほうに、これまでたびたび旅行をなさいましたかと聞くつもりのとき、フランス語でこう言ってしまった。「これまでずいぶん苦労をなさってきたのでしょうか?」相手はべつに気を悪くはしなかったが、使っていたつま楊枝を置いて、まじめにこう答えた。「それはもう、大変苦労してきたものです」それ以来、このベルギー人が私に話すことといえば、自分の苦労話に限られるようになった。いろんな話のなかで必ず出てくるきまり文句は、「われわれの使命、コンゴにおけるわれわれの大いなる使命」というものだった。

ある晩いっしょにトランプをしようというとき、イギリス人の船客が、メキシコにいたころの話をしてくれた。人里離れた山のなかの農園に住んでいる、大層年とったスペイン系の老婦人が、遠くからきた旅人がいるときいて、迎えをさしむけてきた。そして、今の世間のことを話してきかせてほしいと言った。「このごろ人間は空を飛ぶようになりましたよ、奥様」と、イギリス人は話してきかせた。「ええ、それは聞いております」と、老婦人は言った。「私は神父様と、ずいぶんそのことで議論をしています。あなたなら教えて下されるでしょう。空を飛ぶとき、人間は雀のように脚を体につけるのでしょうか、それとも、コウノトリのように、後ろに脚を伸ばして飛ぶのですか？」

メキシコについての話題のなかで、このイギリス人はメキシコ土着の人びとの無智にふれ、メキシコの学校は程度が低いと言った。カードの手を置こうとしていたベルギー人は、最後の一枚を持ったまま手を止め、イギリス人を鋭い眼つきでにらんだ。そしてこう言った。「黒人に対しては誠意をもって、熱心に教育にあたるべきです。ただそれあるのみです」手にしたカードをドンとテーブルにたたきつけると、彼は断固たる調子で繰りかえした。「ただそれあるのみ、それあるのみですぞ」

生物学者と猿

スウェーデン人の生物学教授が農園に訪ねてきて、野生動物保護局に橋わたしをしてほしいとたのんだ。この学者がアフリカにきたのは、人間とおなじように親指のある猿の足が、胎児のときのどのような段階から、人間とは異なる発達をはじめるかを調査するためなのだという。この研究をするのに、彼はエルゴン山でコロバス・モンキーを射つつもりだった。

「コロバス・モンキーからなにか発見するのは無理だと思いますよ」と私は言った。「あの種類の猿は杉の木のてっぺんに棲んでいて、臆病で、なかなか姿を見せません。射つのはむずかしいのです。あなたがお望みの、胎児を持った猿を万が一しとめられるとしたら、それは大変な好運に恵まれた場合に限りますね」

その教授は、ことをたやすく考えていた。たとえ何年かかろうと、必要な足を得られるまでは滞在するつもりだと言う。猿を射つ許可は、もう野生動物保護局に申請してあった。自分の調査旅行は高度に科学的な目的をもつのだから、当然許可がおりるものと、彼は信じて疑わなかった。だが、これまでのところ、当局からはまだなんの音沙汰もない。

「射つ猿の予定数を何匹として申請なさいましたか」と、私は聞いてみた。

まず手はじめとして、千五百匹射つ許可を求めたのだと、生物学者は言う。

野生動物保護局には知人がいたので、私は生物学者が二度めの手紙を書くのに紹介者として名前をつらね、返信用封筒を同封して、教授は研究調査を一刻も早くはじめたいので、お返事を待ちかねていますと書きそえた。役所からの返事はめずらしく、すぐに届いた。野生動物保護局は、ランドグレン教授に以下のことをお伝えできるのをよろこびとするものであります。教授の調査旅行の科学上の目的にかんがみ、規定の例外を認める根拠ありと結論するに至りました。よって射殺する猿の数を、原案の四匹から六匹に増加して、許可証を発行するものであります。

私はこの手紙を二度繰りかえして教授に読んできかせねばならなかった。ついに内容をはっきり理解すると、彼はすっかり打ちのめされ、参りこんでしまって、言葉もなかった。私の慰めにも返事をせず、だまったまま家を出て、車に乗りこむと、悲しげに立ち去っていった。

こんなふうにがっかりしていないときの教授は、なかなか話がおもしろく、人を笑わせることができた。猿のことを話しあっているあいだに、彼はそれまで私の知らなかったさまざまなことを教えてくれたし、自分の着想をきかせてくれた。ある日教授はこう言った。「私は非常に興味ぶかい体験をしましたよ。エルゴン山の上で、私は一瞬、神の存在を信じることは可能なのだと思ったのです。これはいったい、どういうことなのでしょうかな」

私は、それはおもしろい体験をなさいましたねと言ったが、心のなかではこう思っていた。もうひとつ、興味ぶかい質問があるのに。エルゴン山で、神にとっては、一瞬でもランドグレン教授の存在を信じることが可能だったのだろうか？

カロメニア

農園にはカロメニアという名の、九歳になる少年がいた。この子は耳がきこえず、声が出なかった。ひとつだけ音を出すことができるのだが、それは短く荒々しい吠え声のような、異様な音だった。自分でもその声を出すのは気にそまないらしく、ほんの時たま出しても、何度かあえぐようにするだけで、いつもすぐにやめてしまう。ほかの子供たちはカロメニアをこわがり、あいつはなぐりかかってくるから困ると、こぼしていた。私がカロメニアと知りあったのは、遊び仲間が木の枝でこの子の顔を打ちのめし、右の頰が腫れあがったときだった。枝の破片が刺さって化膿し、破片を針でつつき出さなければならなかった。これはカロメニアにとって、他人が想像するほどひどい目にあったというわけでもないのだった。もちろん痛みはするが、ともかくなぐられることで、ほかの子供と交渉をもつことができたわけだ。

カロメニアはとても黒い肌で、濃く長いまつげのある、美しくうるんだ目をしていた。まじめで真剣な表情をしていて、ほとんど笑いをうかべることはない。全体の印象は、この土地産の黒い雄牛の仔によく似ていた。活発で元気な子供で、言葉を通じて世間とつながりをもつ方法を断たれているため、自分の存在を主張するのは喧嘩にたよるほかない。カロメニアは石投げがとても巧みで、ねらったものにあやまたず命中させることができた。一時は弓矢を持っていたが、それはうまく扱えなかった。振動する弦の響きを聞きわけることが、射弓のわざの一部として欠かせないものなのだろうか。カロメニアはがっちりした体つきで、年齢のわりには力が強かった。こうした自分の長所をひきかえにして、ほかの少年たちがもっている、聞いたり話したりする能力を身につけたいとは、カロメニアはどうやら思っていないらしかった。聞くのも話すのも、べつにたいしたこととは考えていなかったのだろう。

カロメニアは向こう気の強い子だが、人づきあいがわるいということはなかった。誰かが自分に話しかけているのに気づくと、そのとたんにあかるい顔になる。笑顔を見せるのではなくて、しっかりと相手に注意を向ける態度にすばやく切りかえる。カロメニアは手くせがわるく、人目をぬすんでは砂糖や煙草をくすねるのだが、盗品はすぐにほかの子供たちに分けてやってしまう。一度、円陣をつくった子供たちのまんなかに立ったカロメニアが、砂糖を分配しているところに行きあわせたことがある。むこうは私に気づかなかった。カロメニアが笑顔に近い表情を見せていたのは、そのときだけだった。

カロメニアに台所や家の仕事をさせてみようと思って、しばらく努力してみたが、これはうまくゆかず、そのうちカロメニアはこうした仕事にあきてしまった。この子が好きなのは、重いものを動かしたり、場所から場所へ運んだりする仕事だった。うちの私道沿いに白く塗った石が並べてある。ある日私は、カロメニアに手つだわせて、私道が左右均等になるようにその石の一つを動かし、家までころがして運んだ。翌日、私が出かけているあいだに、カロメニアはほかの石を一つ残らずころがして運び、家のそばに山と積みあげた。こんな小さな子が一人でやりとげるほどの力をもっているとは、到底信じられなかった。大変な苦しい作業だったにちがいない。カロメニアは世界のなかで自分が占めるべき持ち場を心得、それをかたく守ろうとしているらしかった。カロメニアは耳と口が不自由だ。だが、とても力が強いのだ。

カロメニアがなによりもほしいもの、それはナイフだった。だが、私はとても与える気にはなれなかった。この子は人と交渉をもちたい気持に駆られ、農園の子供たちをナイフで、一人どころか何人も殺すはめになるかもしれない。けれど、もっと大きくなったら、きっと自分でナイフを手にいれることだろう。あんなにもほしがっているのだから。そして、そのナイフをカロメニアがどんなふうに役立てるのか、それは神だけが知っている。

カロメニアがいちばん心を動かされたのは、私が呼笛を与えたときだった。犬たちを呼ぶのに私はその呼笛を使っていた。はじめ見せたときは全然興味をもたなかったのだが、私に示されてそれを口にあて、息を吹きこむと、たちまち犬たちが左右から現れて、カロメニアめがけて駆けよった。カロメニアはすっかりおどろいてしまって、顔をひきつらせた。もう一度試してみて、おなじように犬が駆けよるのをたしかめると、カロメニアは私の顔を見た。強いよろこびに輝く目だった。呼笛に慣れると、カロメニアは笛の働きを知りたがった。この子は呼笛の構造を調べようとはせず、呼笛を吹いて、犬たちが走りよってくると、眉をしかめ、どこかに傷はできていないかと、犬の体じゅうを調べてみるのだった。これ以来カロメニアはすっかり犬が好きになり、よく犬を借りだしにきては、散歩に連れていった。こうしてカロメニアを先頭に犬たちが出かけるとき、私は西の空をゆびさし、太陽の位置を示して、そこまで太陽が傾いたら、犬を連れ帰る時間なのだとわからせた。カロメニアもおなじ位置をゆびさして確認し、いつでもきちんと約束の時間通り帰ってくるのだった。

ある日、馬で遠乗りに出かけたとき、家からはるか離れたマサイ族居留地で、犬たちを連れたカロメニアを見かけた。むこうは私に気づかず、まったくひとりだけで、人目から逃れたつもりでいた。馬に乗ったまま見ていると、カロメニアは犬たちを遠くまで駆けさせては呼笛を鳴らして呼び集め、おなじことを三度か四度繰りかえした。平原の奥の、誰にも知られない場所で、カロメニアは人生の新しい展開と着想にひたりきり、われを忘れているのだった。

呼笛は皮ひもで首にかけていたのだが、ある日カロメニアは、それをしていなかった。私は身ぶりで、呼笛はどうしたのかとたずねた。カロメニアも身ぶりで、呼笛は行ってしまった――なくなったと答えた。もうひとつ別の呼笛をほしいとは、カロメニアは決して頼もうとしなかった。二つめの呼笛など持ってはならないと思ったのか、それとも、ほんとうは自分とかかわりのないことなのだから、もうああいうものからは遠ざかっていようと考えたのか。呼笛を、それ以外の自分の存在観と調和させることができなくて、カロメニア自身が呼笛を投げ捨てはしなかったか、それさえもたしかではない。

これから五、六年のうちに、カロメニアは大変な苦しい時期を通りぬけることになるだろう。それとも、突然天国に召されてゆくのかもしれない。

プーラン・シング

水車小屋のほとりにあるプーラン・シングの鍛冶場は、農園にある地獄の縮図とも言えた。地獄の成立に欠かせない、あらゆる型通りのものが、そこには揃っている。波型トタン板で建てた小屋は、屋根から日射しに照りつけられ、内部の火床の炎に熱せられて、鍛冶場の内も外も、空気は白熱しきっていた。日がな一日、鍛冶場は鉄床をたたく、耳を聾さんばかりの音で響きかえる。鉄を鉄の上で、さらに鉄でたたく。小屋じゅうに斧やこわれた車輪が散らばり、まるで昔の陰惨な処刑の場の光景のように見える。とはいえ、やはり鍛冶場はとても魅力のある場所なので、プーラン・シングに会いに行くと、いつも小屋の内外に、大勢の人がいて見物しているのに出会うのだった。プーラン・シングは超人的な速さで仕事をした。あと五分のうちにこの仕事を仕上げなければ命にかかわるとでもいうように、鉄床の上高く跳びあがり、若いキクユ族の助手二人にむかって、かんだかい鳥のような声で指図し、まるで火刑台で焼かれる人か、仕事にいらだっている悪魔さながらの態度だ。だがプーラン・シングは、悪魔どころか、稀にみる優しい性格の持ち主だった。仕事をしていないときの彼は、若い娘のようなそぶりを見せる。プーラン・シングはこの農園のフンデー、つまり、大工、馬具職人、指物師、鍛冶屋など、あらゆる手仕事をこなす職人なのである。農園で使う荷車をいくつか、人手を借りずに組みたて、完成した。だが、いちばん好きなのは鍛冶仕事で、車輪に輪金をとりつけているときのプーラン・シングは、いかにも立派で誇りたかく見えた。

プーラン・シングは、風采についてはいくらか人目をあざむいていた。ゆったりした長衣と大きな白いターバンを身につけているときには、黒く大きなあごひげと相俟って、堂々とした重みのある人物に見える。ところが、鍛冶場で上半身をあらわにしていると、砂時計のように腰が細くくびれたインド人特有の体つきで、信じられないほど小柄で敏捷なのだ。

私はプーラン・シングの鍛冶場が好きだった。キクユ族の人たちは、二つの点でこの鍛冶場が気にいっていた。

まずひとつには、鉄という、素材のなかでも最も魅力に富んだもののせいである。鉄は人びとの想像力をはるかかなたにまで導いてゆくものだ。耕作用の鋤、剣と大砲、車輪——人類の文明、人間の自然征服の縮図——鉄の働きこそ、原始的な人びとが理解しやすい、明瞭なものである。そしてプーラン・シングはその鉄を鍛えているのだ。

第二に、土地の人びとの自然に近い生きかたを鍛冶場に惹きつけるのは、その音楽である。鍛冶仕事のかんだかく快活な、しかも単調で目ざましいリズムは、神話のような力をもっている。雄々しさにみちたその音は、女たちの平衡を失わせ、心をとろけさせる。その音は率直で気どりがなく、真実を、ただ真実のみを語る。時にはあまりにもあからさまなもの言いをする。鍛冶仕事の音は力の余剰をもち、強くてほがらかだ。その音は遊びのように、みずから進んで人に恩恵をほどこし、大きな助けになってくれる。リズムの好きな土地の人びとは、プーラン・シングの小屋に惹かれて集り、そこで安らぎを感じていた。古代北欧の法によると、鍛冶場で語ったことについては責任を追及されることはないきまりになっていた。アフリカでもおなじこと、鍛冶場では舌がゆるみ、好きほうだいのおしゃべりがかわされる。勇気をふるいたたせてくれるつち音につれて、大胆不敵な空想が湧きあがる。

プーラン・シングは長いあいだ私のところで働き、農園をやってゆく上で、なくてはならない役を果たし、高給を取っていた。彼の給料と、生活に必要な出費は全然桁ちがいだった。というのは、プーラン・シングは第一級の禁欲主義者なのだ。肉はたべず、酒も煙草もたしなまず、賭けごともしない。衣類はふるび、糸目もあらわになっている。彼は稼ぎのほとんどを、子供たちの教育費としてインドに送金していた。小柄で無口な息子のデリプ・シングが、一度だけ父を訪ねてボンベイからやってきた。この息子はもう鉄との縁を切っていて、身につけている唯一の金属といえば、ポケットにさした万年筆だった。神話的素質は二代目には伝わらなかったのだ。

だがプーラン・シングのほうは、鍛冶場で一心不乱に働き、農園にいるあいだじゅう、聖者の輪光を頭上におびていた。彼の命のあるかぎりそうあってほしいと私は思う。プーラン・シングは全身が白熱し、四大を支配する精霊と化した、神々のしもべだった。彼の鍛冶場のつち音は、聞く人の心にそのまま声を与えるかのように、それぞれの人が聞きたいと望む歌になる。私にとって、つち音は古代ギリシャの詩のひとつを歌っていると聞こえるのだった。その詩を友達が訳してくれた。

「エロスの神は鍛冶さながらにつちを振りおろし
あらがうわが心を火花を散らせて打つ
エロスはわが心を涙と嘆きもて冷やす
赤熱の鉄を流れにひたすごとく」

ふしぎな出来ごと

戦時中、マサイ族居留地で政府のために物資輸送の仕事をしていたころ、ある日ふしぎなことを目のあたりにした。これまでおなじ光景を見たことのある人は、私の知るかぎりでは、誰もいない。それは真昼間、私たち一行が草原地帯を歩いているときにおこった。

アフリカではヨーロッパにくらべると、風景をかたちづくる上で、大気がとても重要な位置を占める。アフリカの大気は蜃気楼や曖昧な異形に満ち、そこでおこる出来ごとの舞台装置の役割をなすと言える。日ざかりの暑さのなかで、大気はヴァイオリンの弦のように振動し、イバラや丘をそなえた長大な草原のかさなりを持ちあげ、かわいた草のなかに巨大な水が拡がるさまを蜃気楼で描きだす。

この燃えたつ活きた大気のなかを、私たちは歩きつづけていた。私はいつもとちがって、荷車の列よりもかなり前を歩いていた。ファラ、犬のダスク、それから犬の世話係の子供が私といっしょにいた。みんなだまりこんでいた。暑さのあまり、口をきくのも大儀だったからだ。突然、地平線のあたりの平原が動きだし、揺れ動いて見える大気よりもさらに激しく疾走しはじめた。野獣の大群が、右手からこの舞台を横切って、私たちにむかっておそいかかろうとしていた。

私はファラに言った。「あの野獣たちを見てごらん」だが、しばらくすると、ほんとうに野獣なのかどうか、不確かな気がしてきた。私は双眼鏡を取りだして眺めてみたが、それでもまだ、日中だというのに、群れを見きわめるのはむずかしかった。「あれは野獣なの？　どう思う？」私はファラにたずねた。

いまや、ダスクは近づいてくる動物たちに全神経を集中していた。耳をピンとたて、遠見のきく眼で群れの動きを追っていた。これまでよく平原で、ダスクにガゼルやアンテロープの群れを追わせたものだったが、今日は暑気が強すぎると思った。そこで世話係の子供に、ダスクの首輪に引き綱をつけておくように言った。そのとたん、ダスクは短く激しい叫びをあげ、前方に跳んだ。子供はそのはずみでころんだ。私はとっさに自分で引き綱をとって、力のかぎりダスクを引きとめた。私はまた群れのほうを見やった。

「あれはなに?」と、もう一度ファラにたずねた。

平原にいて遠くのものを見わけるのは大変むずかしい。揺れうごく大気と、それから風景の単調さのためだ。それと、散在するイバラのせいもある。イバラの群落は老木の生い茂る大森林とそっくりおなじかたちをしているが、実は高さ十二フィートほどしかない。キリンたちがいれば、頸も頭もイバラの茂みの上に抜ける。だから、遠くにいる動物の大きさにはいつもあざむかれる。昼日なかに一頭のジャッカルをエランドと間違えたり、ダチョウをバッファローだと思いこんだりする。しばらくしてファラが言った。

「メンサヒブ、あれは野犬の群れです」

ふつう野犬は三匹か四匹で行動する。時たま十四匹あまりがいっしょに動くのを見ることもある。土地の人たちは野犬を怖れ、あれはとても危険な動物なのだと言う。一度、農園に近い居留地で馬を走らせていたとき、四匹の野犬が、十五ヤードほど後をずっとつけてきたことがあった。連れていた二匹の小さなテリア犬はぴったりと私に寄りそい、文字通り馬の腹の下を走っていた。こうして私たちはやっと川を渡り、農園に戻ったのだった。野犬はハイエナほど大きくはなく、せいぜいドイツ・シェパードくらいである。

全身が黒く、尾のさきに白い房があって、耳はとがっている。毛並は良くない。粗くて厚さにむらがあり、いやな臭いがする。

いま駆けてくる群れは、五百匹ほどもいるらしい。ゆるやかな速歩で走ってくるのだが、わきめもふらず、なんとも奇妙な様子だ。なにものかにおびやかされているのか、それとも、目的に向かってひたすら旅をつづけているのだろうか。私たちに近づくと、群れはわずかに方向をそらせたが、やはり私たちには目もくれず、おなじ足どりで駆けつづけた。一番接近したとき、群れとの距離は五十ヤードほどになった。二匹、三匹、または四匹くらいの横隊を組み、長い列をなしている。この行列が行きすぎるのには、かなり時間がかかった。途中でファラは言った。「この犬たちは疲れきっています。ずっと遠くからきたのでしょう」

群れがすべて通りすぎ、また見えなくなると、私たちはふりかえって荷車隊をさがした。まだかなり遅れている。興奮したので疲れ果て、私たちは草の上に腰をおろして、後続組の到着を待つことにした。ダスクは気も動転していて、引き綱を力いっぱい引き、野犬のあとを追おうとした。私はダスクの首を抱きしめた。もし引き綱をつけるのが間にあわなかったら、ダスクはいまごろ野犬に喰いつくされていたにちがいない。

荷車の馭者たちは、いったいなにがおこったのかを知ろうとして、サファリを置きざりにしたままこちらに走ってきた。なぜあんなにも数多くの野犬が、あんなふうにしてやってきたのか、私は馭者たちにも自分自身にも、納得させることができなかった。土地の人たちはみんな、これは悪い前兆だ、戦さの前兆にちがいない、野犬は死体の肉をたべるから、と言う。このサファリが終ったあと、みんなはサファリのあいだにおこったいろいろな出来ごとを思いだしては話しあったものだが、この野犬の群れとの出会いだけは例外で、ほとんどふれようとしなかった。

私はこの話をいろんな人びとに聞かせたけれど、誰ひとりとして信じてくれない。とはいえ、これはほんとうにあったことなので、私に同行していた若者たちがその証人になってくれる。

オウム

デンマーク人の年老いた船主が、自分の若いころの思い出にふけっていた。十六歳のとき、シンガポールの売春宿で一夜をすごしたことがあった。父親の持ち船の船員たちと一緒に登楼し、そこで中国人の老女と話をしたのだった。少年が遠い国からきたのだと聞くと、老女は自分の飼っている年とったオウムを連れてきた。昔々、私が若かったころ、やんごとないお生まれのイギリス人の恋人がいて、このオウムをくれたのだよ、と、老女は言った。それなら、この鳥はもう百歳くらいだ、と少年は思った。世界じゅうの人びとの出入りするこの家の環境に置かれたオウムは、世界各国のさまざまな言葉の切れはしを話すことができた。老女の昔の恋人は、このオウムを彼女に送りとどけるまえに、なにかの文句を教えこんでおいた。その言葉だけは、どこの言葉なのか、どうしてもわからず、客たちの誰にたずねてみても、意味のわかる人はひとりもいなかった。そこで、もう長年のあいだ、女はたずねるのをあきらめてしまっていた。だが、そんなに遠くからきたのなら、もしかして、これはおまえさんのお国の言葉ではないかえ。そうだったら、この文句の意味を説明してもらえまいかと思って。

そう言われて、少年はふしぎな感動に心をゆすぶられた。オウムを眺め、そのおそろしいくちばしからデンマーク語が洩れるところを想像すると、もうすこしでその家から逃げだしそうになった。だが、その中国人の老女に親切をしてやりたいという気持が、かろうじて少年の足を踏みとどまらせた。ところが、老女がオウムに例の言葉を言わせるのを聞いてみると、それは古代ギリシャ語だった。オウムはその言葉をとてもゆっくりと唱えたし、少年にはそれがわかるくらいのギリシャ語のわきまえがあった。それはサッフォーの詩だった。

「月は沈み　スバルの星々は沈み
真夜中はすでに去り
かくて時はすぎ　時はすぎ
横たわる我はひとり」

少年が詩句を訳すと、老女は舌を鳴らし、つりあがった細い眼を見張った。もう一度繰りかえしてくれないかとたのみ、それを聞くと、ゆっくりとうなずいた。

第5部　農園を去る

「神々よ、人びとよ、我らはすべて、かくもあざむかれたり」

1　苦しい時期

私の農園はコーヒー栽培にはいくらか場所が高すぎた。寒い季節には農園の低地にも朝霜がおりて、コーヒーの若枝や実が茶色になり、しおれてしまうことがあった。高原から風が吹きおろすので、平年以上の収穫のある年でさえ、海抜四千フィートの低地にあるジカやキアンブの農園にくらべると、一エーカーあたりの収穫量はすくなかった。ンゴング地方では雨量も不足していた。深刻な旱魃の年が三度あり、そういうときはひどい減収になった。年間五十インチの雨量があった年には八十トンのコーヒーがとれ、五十五インチの雨量の年には九十トン近い収穫をあげた。しかし、雨量が二十五インチ、二十インチという運の悪い年が二度あり、それぞれわずか十六トン、十五トンという成績だった。こういう年は農園に致命的な打撃を与える。

いっぽう、コーヒーの値がさがっていた。以前は一トンあたり百ポンドだったのが、いまやたかだか六、七十ポンドでしか売れない。農園の経営は苦しくなっていった。借金の返済ができないばかりか、コーヒー栽培そのものに必要な資金がなくなった。この農園に出資しているデンマークの親戚縁者たちは手紙をよこし、農園を手放すことをすすめてきた。

農園を破産から救おうと、私はいろいろな手段を考えだした。ある年は使っていない土地に亜麻を植えてみた。亜麻の栽培は楽しい仕事だが、大変な熟練を必要とする。私はベルギー人の亡命者にきてもらって助言を求めた。どれくらいの広さの土地を使うつもりかときかれて、三百エーカーと答えると、このベルギー人はいきなり叫んだ。そんな！　マダム、それは無茶です！　彼によれば、せいぜい五エーカー、最大限でも十エーカーがいいところで、それ以上は無理だという。だが、十エーカーくらいつくってみたところでなんの足しにもならないので、私は百五十エーカーにわたって亜麻を植えることにした。空色に花咲く亜麻畑は、天国のひとひらが地上に落ちたように、信じられないほど美しい眺めだった。それに、生産する商品としては、亜麻の繊維ほど満足を与えてくれるものはほかにあるまい。強くて光沢があり、さわるといくらか油気をおびている。亜麻の繊維が送りだされると、その行方を思いえがき、シーツやナイトガウンに作られてゆくところを想像する。だがキクユ族は、亜麻を引き、水にひたし、打って仕上げる仕事のコツをすぐにおぼえて正確にやってのけるという具合にはゆかず、またつききりでそれを教えるわけにもゆかなかったので、私の亜麻栽培業は成功しなかった。

この地方の農園主たちは、天候に恵まれなかったこの時期、それぞれなにか新しい計画を試みた。そして何人かはついに妙案を得ることができた。ンジョロのイングリッド・リンドストロームには運が向いてきた。私がケニアを離れるころ、彼女はそれまで十二年間も汗水流してきた市場用野菜栽培、豚や七面鳥の飼育、ひまし油用のトウゴマ栽培、大豆栽培につぎつぎ失敗し、嘆き悲しんだあげく、とうとう除虫菊の栽培で自分の農園と家族を救うことができた。除虫菊はロンドンに送られ、殺虫剤製造に使われた。だが、私の試みのほうは不運つづきだった。旱魃がきて、乾ききった風がアジ平原から吹きこんでくると、コーヒーの木はしおれ、葉は黄色くなった。さらに農園のあちこちでコーヒーの害虫アザミウマムシやアンテスティアが発生した。

コーヒーの木に活力をとりもどさせようと、私たちは畠に下肥えをほどこしてみた。ヨーロッパふうの農業観をもって育った私は、こやしも与えずに自然のままの土地から収穫をあげるやりかたにはいつも違和感があった。施肥の計画を知ると、借地人たちは進んで私を助けようとして、自分たちの牛や山羊の囲いから糞を運んできてくれた。泥炭に似た、扱いやすいきれいなものだった。ナイロビで買ってきたいくつもの新しい小さな鋤を一つずつ、農作業用の牛にとりつけ、コーヒーの植えこみの列のあいだにあぜを掘った。荷車を畠に引きこむことはできないので、農園の女たちが袋にいれたこやしを背負って運び、コーヒーの木一本あたり一袋ずつ、あぜにまいていった。それから鋤をつけた牛をもう一度引いて、あぜに土をかぶせてゆく。それは見ていても気持のよい仕事だった。この施肥に私はとても期待していたのだが、やがてなんの効果もなかったことがわかった。

この農園のいちばんの問題は、なんといっても資本の不足だった。というのは、私が農園経営をひきつぐ以前に、もはや資本の大部分がつかい果たされていたのだ。根本的な改革を実行することは不可能で、かつかつやってゆくのが精いっぱいのところだった。末期には、これが農園の暮しの常態になってしまっていた。

資本さえあれば、コーヒー栽培はあきらめて、コーヒーの木を全部切りたおし、地所一面に材木用の植林をしたいと私は思っていた。アフリカでは木の育ちが早く、十年そこそこで、高くそびえるユーカリの木やアカシアの青い木蔭を歩くことができる。十二本一箱に植えこんだ苗木を、雨に濡れながら自分の手で苗床から運んだおぼえのある、その木の下を歩けるのだ。もしもそういう植林ができたとしたら、やがて私は材木や薪をナイロビで手広く商えるのに、と思ったものだ。植林は気高い仕事でもある。何年もたった後、心みちたりてその仕事を思いだすことができる。昔はこの農園のあたりは大きな原生林に覆われていた。だが森はインド人に売り払われ、私が農園を手にいれる以前に木は切り倒されていた。これは悲しいことだ。経営が苦しくなると、そう言う私自身も、工場のあたりに残っていたわずかな森の木を切り、蒸気機関の燃料に使わなければならなかった。この森の、頭上高く張った枝々、活きいきした緑の木蔭の記憶は私を苦しめた。一生のうち私がしたことのなかで、この森の伐採くらい後悔にさいなまれたことはない。やりくりのつくときには、ほんのすこしずつの土地にユーカリの木を植えていった。しかし全部あわせてみてもわずかなものにしかならなかった。こんなやりかたでは、何百エーカーかを植林し、農園を科学的に運営される、歌にみちた森林に変え、川岸に製材所をつくれるようになるまでに五十年はかかるだろう。だが、白人とはちがう時間の観念をもつ借地人たちは、私がそのうち植林するはずの森から、祖先たちがそうしたとおなじように、誰もがたっぷり薪を手にいれられる日がくるのを楽しみに待っているのだった。

私は農園で乳牛を飼い、酪農場を経営する計画もたててみた。この農園は東海岸熱の汚染地域に入っているので、改良種の牛を飼う場合はいちいち薬液槽にひたしてやらなければならない。これは高地の非汚染地域で牧場を経営している人たちと競争するのに分が悪い。だがいっぽう、ここはナイロビに近いという利点があり、毎朝ミルクを車で配達できる。一度、改良種の乳牛を一群れ買いつけ、農園内の草原に立派な薬液槽をつくった。しかし結局乳牛は手放さなければならなくなり、せっかくの家畜用薬液槽はやがて草に覆われ、さかさまになって沈没した城跡のように立っていた。その後、夕方乳しぼりの時間になると、私はマウゲやカニヌの家畜用囲いに出かけ、雌牛たちの甘い匂いをかぐのだった。するとまた、乳牛用の畜舎をもち、酪農をやりたい思いが、苦しいほど胸をしめつけた。平原を馬で行くとき、私は茶色のまだら牛が花々のようにあたり一面にちらばるありさまを思いえがくのだった。

しかし、こうしたさまざまの計画も、数年間のうちにすべて遠いものになり、しまいにはぼんやりとかすんできた。私ももう新しい計画はたてようとせず、ともかくコーヒーでなんとか採算がとれ、農園をつづけてゆけさえすればいいと思うようになった。一つの農園を背負ってゆくのは大変な仕事である。農園で働く土地の人びと、白人たちさえも、彼らに代って私が気に病み、心配するにまかせていた。時として、農園の牛たちやコーヒーの木々までがおなじように私に悩みを負わせてくると思えた。そうすると、雨期のくるのが遅れるのも、夜の気温が低いのも、すべて私のあやまちのせいだと、人間、動物、植物のすべてが心をあわせて責めている気がしてくる。そして夜になると、坐って静かに読書などしている資格はないのだという気持にさいなまれ、農園を失う恐怖に追いたてられて、家の外に出てしまう。こうした私の悲しみを、ファラはすべてわかってくれていた。彼は夜、農園をうろつくことに賛成せず、日没後、家の近くでヒョウを見かけたと言って、出かけるのを止めようとした。私が農園を歩きまわっているあいだ、白い長衣を着たファラがじっとベランダに立ちつくし、私の帰るまで待っている姿が、暗闇のなかでかすかに見える。だが、私は悲しさに心が乱れて、ヒョウのことなど心配するゆとりはなかった。もちろん、夜なかに農園を歩きまわってみたところで、なんの役にもたちはしないとわかってはいたけれど、それでも出かけずにはいられない。これという理由もなく、どこに行くあてもなくさまよい歩く幽霊とおなじことだった。

アフリカを去る二年まえ、ヨーロッパにしばらく出かけていた。ちょうどコーヒー収穫の時期に帰りの旅をしていたので、モンバサに着くまで収穫の結果の知らせを受けられなかった。船旅のあいだ、そのことがずっと気にかかっていた。あかるい気分で、人生が愉快に思えるときは、収穫量を七十五トンはあるはずだと確信し、気が沈んでいらいらするときには、どう多く見つもっても六十トンしかとれないにきまっていると思った。

ファラがモンバサに迎えにきていた。すぐに収穫量をたずねるのはおそろしくて、私たちはしばらく、農園でのほかのあれこれのことを話題にしていた。夜、床につくまえ、私はもうこれ以上我慢できなくなって、コーヒーは合計何トンとれたのかとたずねた。ソマリ族は悪いしらせを伝えるのによろこびを感じるのがふつうである。だが、この場合、ファラはうれしそうにしなかった。ひどくつらそうな様子でドアのところに立ち、なかば眼をとじて振りかえった。悲しさをおさえた声で彼は言った。「四十トンでした。メンサヒブ」もうこれ以上農園をつづけてゆけないのはあきらかだった。自分をかこむ世界から、あらゆる色彩と生命が消え去ってゆく。いま身をおいているモンバサのホテルのわびしく息苦しい部屋、そのセメントの床、ふるびた鉄製のベッド、破れかけた蚊帳が、なんの装飾もゆたかさもない人生の象徴となり、重い意味をおびて私にのしかかってきた。私はそれきりなにも言わず、ファラのほうも口をきかずに、部屋を出ていった。この世で最後に残った、心をゆるせる存在のファラも。

それでもなお、人間の心には自己再生力があるもので、真夜中に私は、クヌッセン老にならって、こう考えていた。四十トンとは、たしかに痛い数字だけれど、悲観主義に陥るのだけはやめておきましょう。あれは致命的な悪徳ですからね、と。いずれにしろ、これから帰るのだから、もう一度やりなおせばいい。農園の人たちはいるのだし、友達も訪ねてきてくれる。十時間もすれば、また汽車の窓から南西の空に、ンゴング丘陵の青い影が見えるではないか。

おなじ年にこの地方はイナゴの群れにおそわれた。アビシニアで大量発生したのが移動してきたのだという。二年つづきの旱魃のあと、イナゴは南下しはじめ、あらゆる緑の植物を喰いつくした。実際にイナゴを目のあたりにする前から、イナゴのもたらすおそろしい惨禍のうわさがこのへん一帯にひろまっていた。北のほうでは、トウモロコシ畑も小麦畑も果樹園も、イナゴの通った跡はただ広々とした砂漠にかわってしまうそうだ。移住者たちは南に住む友人に使いを送って、イナゴの来襲を予告していた。だが、警報をうけたからといって、これといった対策もたたない。どの農園でも人手を動員して薪やトウモロコシの茎を山積みし、イナゴがきたら火をつけるように準備していた。また農園じゅうの人たちに空きかんを用意し、いざというときそれをたたいて大声をあげ、イナゴをおどろかして着陸させないように言いふくめた。だが、そんなことをしてみても、しばらくのあいだしか喰いとめられはしない。どんなにイナゴをおどかしたところで、イナゴは永久に空中を飛びつづけるわけにはゆかない。それぞれの農園主の腹づもりは、ただ自分の土地に着陸されるのだけはまぬがれたい、南隣の農園に追い払ってしまいたいというもので、いくつもの農園がそうしてイナゴを追い払うほど、イナゴはますます空腹をつのらせ、耐えられなくなって最後に着陸することになる。私の場合、南隣に広大なマサイ族居留地を控えているので、なんとかイナゴに空を飛びつづけてもらい、川を越えてマサイ族のところへ行かせることができるかもしれなかった。

それまでに私は近在の移住者たちから三、四人の使いをもらい、イナゴの来襲をしらされていた。だがなにも変ったことはおこらず、結局あれは誤報だったのだろうと思いはじめていた。その日の午後、私は農園の雑貨店まで馬で出かけていた。そこは農園の働き手や借地人用のあらゆる商品を扱う店で、ファラの弟のアブドライが経営していた。店は本道に面している。その前で、ラバに引かせた軽二輪馬車に乗ったインド人が立ちあがり、手を振って合図した。平原を走っているあいだは追いつけなかったのだそうだ。

そのインド人の馬車に近寄ると、彼はこう言った。「マダム、あなたさまの土地にイナゴがやって参ります」

「何度もそう言われたのだけれど、まだなんの気配もないのですよ。たぶん、人が言っているほどひどくはないのかもしれませんね」と私は答えた。

「おそれいりますが、マダム、うしろを向いてごらんになって」とインド人は言う。

振りかえると、北の地平にひとつ影がかかっている。ひとつの町が燃えている煙のように、横に長くひろがっている。「百万の民の住む都、碧空に煙を吐き」と私は思った。それとも、薄雲が湧きあがっているところと言ったほうが適当だろうか。

「あれはなに？」

「イナゴでございます」とインド人は言った。

帰る途中、平原を横切る道で、イナゴをいくらか見かけた。全部で二十匹ほどだったろうか。管理人の家に寄り、イナゴの来襲を迎えうつ用意をするように言いおいた。みんなで北を見まもるうち、空にかかる黒雲はすこしずつ大きくなった。そのうち時おりイナゴが一匹さっと飛びすぎたり、また別の一匹が地に落ちて這っていったりした。

翌朝扉をあけて外を見ると、外界は見わたすかぎり鈍い青みをおびた素焼粘土の色にかわっていた。木々も芝生も道も、眼に見えるものすべてがおなじ色をしている。一夜のうちに素焼粘土色の雪が降って、厚くつもったようだ。イナゴたちがそこに居すわっていた。その場に立って眺めているうちに、あたりの光景全体が震え、破れはじめた。イナゴたちが離陸する。数分後、空中は飛びかう羽根で満ちた。群れは移動してゆくのだ。

このとき農園はそれほど被害を受けずにすんだ。イナゴは一晩泊っていっただけだった。私たちはイナゴがどんなものかを見とどけることができた。一インチ半ほどの体長で、色は茶色がかった灰色とピンク、ふれるとねばつく。私道沿いの大木が二、三本、イナゴがそこにとまっただけで倒れていた。倒れた木を眺め、一匹のイナゴが十分の一オンスにすぎないことを思うと、どれほどの数のイナゴがいたかよくわかった。

イナゴの群れはまたもややってきた。二、三ヵ月のあいだたてつづけに、この農園はイナゴを迎えうたなくてはならなかった。やがて私たちはおどして追い払うのをあきらめた。それは希望のない、悲喜劇的な仕事でしかなかったからだ。時おり主力軍団から離れた遊撃隊の小さな群れがやってきて、そそくさと立ち去ることもあった。だが、そういう例外をのぞいて、イナゴは大集団で襲来し、農園を通過するのに何日もかかる。おそってくるまえは十二時間にわたって絶えまない羽音のうなりがきこえる。襲来が最高潮に達すると、それは北欧のブリザードに似て、強風とおなじヒューヒューいう音がし、身のまわりにも頭上にも小さな硬い怒り狂う翼が飛びかい、日光をあびて薄い鋼の刃のように輝きながら、しかも太陽をさえぎってあたりは暗くなる。イナゴの群れは地面から木のてっぺんまでくらいの高さに帯状をなしていて、それより上の空には何もない。イナゴはヒューヒュー飛んで顔にあたり、衿もとや袖口からもぐりこみ、靴のなかまで侵入する。あたりをざっと見わたしただけで目まいがし、一種特別な怒りと絶望で胸がむかつく。それは巨大な群れへの恐怖である。個人はそのなかにあってはまったく無意味だ。たとえいくらかのイナゴを殺してみたところでなにも変りはしない。イナゴが立ち去り、はるか地平線に長くたなびく薄い煙のようになったあとも、イナゴに這いまわられた顔や手足にはその不気味な感触が長いこと残る。

イナゴの進軍を追って、鳥の大群が移動してくる。イナゴの群れの上を輪をかいて飛び、イナゴが着陸すると、いっしょに降りてきてイナゴを喰いあさる。このコウノトリや鶴たちは、イナゴの群れに寄生して、ぜいたくな暮しを楽しんでいるわけだ。

イナゴの群れが農園に腰をおちつけたことが何度かあった。コーヒー畠にはほとんど被害はない。というのは、コーヒーの木の葉は月桂樹の葉に似て、イナゴが嚙むにはかたすぎるからである。ただ、とまった重みのせいで、畠のあちこちで木が倒れた。だがトウモロコシ畑のほうは、イナゴが立ち去ったあとのみじめさといったらなかった。折れた茎に枯れ葉が二、三枚あるほか、なにひとつ残っていない。川岸につくって水を引き、緑を保っていた私の菜園はただの土埃と化し、花も野菜も香草類もすべて消えうせていた。借地人たちのシャンバは一面きれいに焼きはらったようになり、這いまわったイナゴたちのせいで平らに地ならしされていた。こんな状態の土からとれる唯一の収穫といえば、あちこちに散らばるバッタの死骸だけである。借地人たちはじっと立って、畑の残骸を眺めていた。シャンバをたがやし、穀物を植えた老女たちは、頭を地に打ちつけ、空を消え去ってゆく黒煙にむかってこぶしを振りあげた。

イナ軍団が去ったあとには、どこといわずたくさんのイナゴの死骸が残されていた。イナゴがびっしり居すわっていた本道を馬車や荷車が通り、虫たちをひきつぶしたので、群れが飛びたってからも、わだちの跡は鉄道線路のように二筋並んで、目の届くかぎりどこまでも、小さなイナゴの死骸が敷きつめられていた。

イナゴは土のなかに卵を産みつけていった。翌年、長い雨期が明けると、小さな暗褐色の幼虫がぞろぞろ現れた。生れたばかりのイナゴはまだ飛ぶことができず、地を這いまわり、通るところにあるすべての青ものを喰いつくした。

持ち金が底をつき、資金繰りがうまくゆかなくなって、私は農園を売らねばならないことになった。ナイロビのある大会社が買いとった。買い主はここがコーヒー栽培には向かない高地だと判断し、農園として使う気はなかった。コーヒーの木を全部切り倒し、土地をこまかく分けて縦横に道路をつくり、やがてナイロビの市街が西に発展することを見こんで、住宅地として売りだす計画だという。工事のはじまるのは年末と予定された。

こうした状態になっても、ひとつのことがあるかぎり、私は農園をあきらめる気にはなれなかった。それはまだ熟していないコーヒーの実である。このコーヒーは農園のものとの持ち主である私のもの、言いかえれば、それを担保に私に金を貸した銀行のものなのだ。このコーヒーが十分に熟すのを待って摘みとり、工場で乾燥の工程をおえて送りだすためには、五月か六月はじめまで待たなければならない。それまで私は農園に残り、仕事を監理するわけで、だから日常の暮しは一見なんのかわりもなく動いているのだった。この期間じゅう私はずっと、なにかがおこってすべてがもと通りになるのではないかと思っていた。世のなかは結局のところ、きちんと計画通りにはゆかないものなのだから。

こうして、私が農園に奇妙なかたちで存在する期間がはじまった。農園がもはや私のものではないという事実があらゆるものの基礎にあるのだが、眼にみえるかたちではこれまでとかわらない。だから、私が持ち主でなくなったことを理解できない人びとは、そんなことは無視し、毎日の生活はまったくおなじように続いていった。この時期は、毎時間が現在を生きる技術の練習の繰りかえしだったと言おうか。それとも、永遠を生きる技術の練習だったのか。永遠のなかでは、それぞれの瞬間におこる実際の出来ごとなど、ほとんど問題にはならないのだから。

奇妙なことに、私はこの時期、自分が農園をあきらめるとか、アフリカを離れねばならないなどとは、まったく思いもしていなかった。親しい人たちの誰からもそうしたほうがよいと言われ、しかもこの人たちはみんな確かな判断力をそなえているのに。デンマークからくる手紙にはどれも農園を手放す処置が正しいと書いてあるし、毎日の暮しのあらゆる事実がその方向をはっきりさし示していた。だが、なんと言われようと、農園を手放すくらい私の気持から遠いことはなかったし、私はアフリカに骨を埋めにきたのだと、なおも信じつづけていた。このかたい信念の根拠なり理由はといえば、ほかの可能性を想像する力が私にまったく欠けていたことしかない。

その数ヵ月間、私は運命に対抗し、また運命と腕を組んで私にせまる人びとに対抗するため、自分の心のなかに一種の戦略ともいうべき計画をつくっていた。これからは、とるにたりない小さなことについてはすべて譲って、不要なわずらわしさを避けるようにしよう。農園を手放すことについては、会話であれ、手紙であれ、今日も明日もあさっても、毎日反対者たちの思うがままにさせておこう。結局最後には、私は反対者たちにうち勝って、農園とそこで暮す人びとをこれまで通り保ちつづけるのだ。失うことなど私には決してできない。そんなことは想像もできない以上、どうして現実におこり得ようか。

こんな具合で、自分がここを立ち去る人間なのだと理解するのに、かんじんの本人が一番時間がかかった。アフリカでの最後の数ヵ月をふりかえってみると、人間以外のもののほうがずっと早くから、私がいなくなることに気づいていたらしい。丘や森、平原や河や風、すべてのものが私との別れを知っていた。私がはじめて運命に屈し、農園売却の交渉をはじめたころから、あたりの風景の私に対する態度がかわってきた。それまで私は風景の一部だった。旱魃は私の熱病であり、花ざかりの平原は私の新調のドレスだった。いまやここの風土は私との関係を断ち、私がその全貌をはっきりと見きわめられるように、やや身をひいているのだ。

雨期のくる前の週、丘陵はおなじような態度を見せる。夕方眺めていると、突然大きな変化がおこり、丘陵は覆いをはずす。かたちも色もくっきりとあきらかになり、丘陵がもつすべてのものを差しだして身をまかそうとするかに見え、いま坐っているその場から一歩ふみだせば、すぐに緑の斜面を歩けるかと思わせる。もしいま鹿が丘陵の草地にいれば、こちらをふりむいたとたん、鹿の眼がはっきりと見え、耳を動かす様子まで見えるにちがいないし、藪の小枝に小鳥が一羽とまっていれば、その歌う声がきこえるにちがいないという気がする。丘陵がこうした身をまかすそぶりを見せる三月、それは雨期が近いことのしらせである。だが、いまの私にとって、それは別れの挨拶だった。これまでにもほかの国々で、そこを去る直前、風景がおなじように自分を与えてくれるのを見たことはあったが、その現象のもつ意味を私は忘れていた。ただ、この国がこんなにも美しく見えたことはないと思い、この風景をあとから思いだすだけで、一生しあわせでいられるほどだと思っただけだった。光と影が風景を分かちあい、空には虹がかかっていた。

ナイロビの商社の人や弁護士、または、私の帰りの旅についてあれこれ忠告してくれる友人など、白人たちといっしょにいるとき、私は奇妙な孤立感を味わった。それは時には肉体的苦痛、一種の窒息状態だった。ここにいる白人たちのなかで理性をもっているのは私ひとりだけだと思っていた。しかし、一、二度ふと反省してみたこともあった。万一私のほうが気が狂っていて、ほかの人たちすべてが正気だったとしても、私はやはりいまとおなじように感じたにちがいないと。

農園に住む土地の人たちは、もちまえの厳しい現実主義によって、この事態と私の精神状態をよく理解していた。まるで私が講演でもしたか、あるいは本に書きおろして読ませでもしたように、十分にわかっていた。それでもなお、みんなは私に助けの手を求め、自力で将来の道をひらこうとする例はひとつも見られなかった。農園の人たちは私をこのまま居つかせようとして力をつくし、いろいろな計画を考えだしては、私に話しにきた。農園売却の手続きが終ったとき、みんなは私の家を取りまき、朝早くから夜までずっと坐りつづけていた。私と話すためにではなく、ただ私のすることとなすことすべてを見まもるためだった。指導者と従う者たちとのあいだには逆説的な関係が成りたつ場合がある。従う者たちは指導者の弱点や失敗をはっきり見ぬき、実に公平な正確さで指導者を評価しているのだが、しかもなお、実際ほかに道がどこにもないかのように、その指導者についてゆくのをやめられない。羊の群れは牧童に対しておなじような感じをもっているかもしれない。土地勘にしても、天候の予知にしても、羊たちのほうが牧童よりはるかにすぐれているのだが、それでも牧童のあとにつきしたがい、深淵に落ちこむことも辞さない。キクユ族は神と悪魔についての内的知識にすぐれているため、農園のこの事態を私よりもはるかに楽々と受けとめていたのだが、しかもなお、私の家のまわりに坐り、私の命令を待っていた。おそらく、坐っているあいだじゅう、私のおろかさ、私らしい、どうしようもない無能さについて、のびのびと意見を交換しあっていたにちがいない。

自分はなにも助けになれないとわかっているのに、そして、この人たちの運命が心の重荷になっているのに、土地の人たちがいつも家をとりまいているのは耐えがたいことだったろうと思う人がいるかもしれない。だが、事実はそうではなかった。私たちは最後の最後まで、お互いがそばにいることからふしぎな慰めと平安を感じとっていた、と私は思う。お互いのあいだにあった理解は、理屈を越えた深いものだった。このつらい数ヵ月間、私は繰りかえし、モスクワから退却するナポレオンのことを思った。自分のひきいる大軍の将兵たちが身のまわりで苦しみながら死んでゆくのを見て、ナポレオンは非常な苦痛を味わったと普通言われているが、しかし、もし彼と行をともにするその大軍がいなかったとしたら、ナポレオンはその場でくずおれて死んでしまったとも考えられる。夜ふけに私は、あとどれくらいしたら、キクユ族たちがまた家を取りまきにきてくれるかと、時間をかぞえるのだった。

2　キナンジュイの死

おなじ年に族長キナンジュイがなくなった。夜おそく息子のひとりが私のところにきて、父の村までいっしょにきてほしいと言う。「死にかけている」というのをキクユ語ではナタカ・クファ――死にたがっている――と表現する。

キナンジュイは年老いた。最近、彼にとって大きな事件があった。マサイ族居留地の家畜検疫の一時停止である。そのしらせをきくとただちに、老いたキクユの族長は、わずかの従者を連れ、遠い南のマサイ族のところへみずから出むいた。マサイ族とのあいだのいろんな貸借関係を整理し、自分の所有に属する雌牛たちがマサイ族のところにいるあいだに産んだ仔牛をふくめて、すべての家畜を連れ帰るためだった。滞在中キナンジュイは体をわるくした。私の知るかぎりでは、彼は雌牛に角でふとももを突かれ、その傷が死病のもとになったらしい。傷は悪化して壊疽《えそ》になっていた。とうとう帰る気になった時には、キナンジュイのマサイ族居留地滞在は長くなりすぎていたというか、長い旅には耐えられない状態になっていた。おそらくキナンジュイは自分の家畜をすべて連れ帰ろうとかたく心にきめていたので、一頭のこらず集め終るまでは帰る気になれなかったのだろう。また、マサイ族と結婚している自分の娘たちの一人の手当てを受けているうち、その看護ぶりについて、娘の善意にかすかな疑いの念をもちはじめたこともあり得る。ついにキナンジュイは出発した。従者たちは老いた瀕死の病人を担架にのせて、長い道のりを自分たちの村まで運ぶのに最善をつくした。いまキナンジュイは自分の家で死にかけていて、私を迎えによこしたのだ。

キナンジュイの息子が私のところに着いたのは夕食後で、ファラと私が車で村に向かったときはもう暗かった。だが空にはこれから満ちてゆく半月がかかっていた。途中ファラは、キナンジュイの跡目を継いでキクユの族長になるのは誰だろうと言いだした。老いた族長にはたくさんの息子がいて、キクユ族の社会にいろんな影響を与えているらしい。ファラによると、息子のうち二人はクリスチャンだが、そのうち一人はローマ・カトリック信者で、もう一人はスコットランド宣教団に改宗している。そこで二つの宣教団はそれぞれ自分の側の信者である息子に族長継承権を得させようと必死になっているのだそうだ。キクユ族としてはまた、キリスト教に入信していない第三の候補者を支持していて、この息子はもっと若い。

村への道の最後の一マイルほどは、草地についた荷車の跡にすぎなかった。草は夜露に濡れて灰色に見えた。村に入るところで川床をひとつ横切らなくてはならない。川床のまんなかには、わずかだが銀色にひかる水の流れが一筋まがりくねって走っていた。

白い夜霧のなかを車で通りぬけた。着いてみると、広い敷地を占める住居群、屋根のとがった貯蔵庫、家畜囲いをもつキナンジュイの大集落は、月明かりのなかでしずまりかえっていた。集落に入ってゆくと、私の車のヘッドライトが、草葺き屋根の下に置かれた一台の車を照らしだした。ワンヤンゲッリの件で判決をくだすためにキナンジュイが農園まで出むいてくれたとき、彼がアメリカ総領事から買いとったあの車だった。すっかりさびつき、汚れきったままで放置してある。キナンジュイはいまはもうまったく車などに関心はなく、祖先伝来の正道に戻って、雌牛や女たちに取りまかれるのを望んでいるのだった。

村は暗かったが、眠りにおちているわけではなかった。人びとはみんなおきていて、私たちの車の音をきくと、家から出てきた。だが、以前とはなにか様子がちがっていた。キナンジュイの集落はいつきても、地底からゆたかに水が湧きだし、ふちを越えて四方にあふれ流れる井戸のように、活きいきしたにぎやかなところだった。さまざまな計画や事業が人びとのあいだを四方八方に飛びかい、すべてが中心人物キナンジュイの威厳にみちた寛大なまなざしの下にあった。いま、集落は死の翼に覆われている。死は強い磁力を帯びて、ここの人びとの集合体のかたちを変え、べつの星座と徒党をつくりだしていた。この部族、この家族に属する者一人ひとりの将来がいま危険にさらされている。王の死ぬとき、そのまわりできまって演じられる騒ぎや陰謀が、ここでもまた、淡い月光と強い牛の臭いのなかで繰りかえされているのを感じた。私たちが車を降りると、ランプを持った少年がキナンジュイの家に案内してくれた。大勢の人びとが後をついてきて、家のまわりに立っていた。

これまで私はキナンジュイの家のなかに入ったことはなかった。この王の館はふつうのキクユ族の家よりもずっと大きいが、入ってみると、内部は特にぜいたくな飾りつけがしてあるわけでもなかった。棒と革ひもでつくったベッドがひとつ、木製の腰かけがいくつか置いてある。踏みならした粘土の床に二、三箇所火が焚いてあり、その熱がこもって屋内は息苦しかった。焚き火の煙が濃くたちこめているので、ハリケーン・ランプがひとつともしてあるのだが、はじめはそこに誰がいるのかも見わけられなかった。やがてすこし眼が慣れてくると、屋内には頭のはげた老人が三人いるのがわかった。キナンジュイの叔父にあたる人たちか、それとも顧問官なのだろう。杖にすがった老婆がひとり、ベッドのすぐわきに控え、若い可愛らしい少女がひとりと、十三歳になる少年がひとりいた。この族長の臨終の部屋で、死の磁力がここにつくりだした新しい星座のかたちとは、いったいどういうものだったのだろう？

キナンジュイは寝床の上に横たわっていた。死に瀕し、もはやなかば死滅の領域に足をふみいれている。キナンジュイの放つ悪臭は息もつまるほどで、はじめ私は話しかけたとたんに吐くのではないかと気がかりで、しばらく口をひらくことができないでいた。キナンジュイはなにも身につけないままで、以前私が贈ったタータン・チェックの毛布の上に寝ていた。壊疽をおこした足に重みをかけることはもう全然できなくなっているのだろう。その足は見るも無惨だった。全体が腫れあがって、ひざがどこかも見わけがつかず、足のつけ根から爪さきまで、一面に黒と黄色の縞が浮いているのがランプの明かりでわかった。足の下の毛布は、絶えず足から流れだすうみで濡れて黒ずんでいた。

農園まで私を迎えにきた息子がヨーロッパ式の椅子を一脚運びこんできた。脚が一本短すぎたが、ともかくその椅子をベッドのすぐそばに置き、私を坐らせた。

キナンジュイは顔も体も痩せおとろえ、全身の大柄な骨格がはっきり見えるようになっていて、ナイフで粗けずりにした黒檀の大きな彫像のようだった。唇のあいだから歯と舌が見える。半分閉じた眼は、黒い顔のなかでミルク色をしていた。それでもまだ視力はある。ベッドに近づくと、キナンジュイは私に眼を向け、私がそこにいるあいだじゅう眼をそらさなかった。彼はゆっくりと右手をもちあげ、体ごしにのばして、私の手をとった。苦痛はひどいが、キナンジュイはなおもキナンジュイその人であり、裸で寝床に横たわっていても偉大さを保ちつづけていた。その表情から見て、今度の旅は成功で、キナンジュイはマサイ族の婿たちにゆずることなく、自分の家畜をすべて無事に連れ帰ったのだとわかった。坐ってその顔を眺めていると、キナンジュイにはひとつだけ苦手なものがあったのを思いだした。彼は雷がこわい。農園にいるあいだに雷雨がはじまると、キナンジュイは急にリスかウサギのようにおどおどして、隠れ場所をさがすのだった。しかし今ここで、彼はもはや稲妻を怖れず、あんなにおびえていた落雷も怖れていない。キナンジュイはあきらかにこの世の仕事を果たしおえ、わが家に帰り、あらゆる意味で十分に報いられたのだ、と私は思った。もし彼の記憶がはっきりしていて、自分の一生をふりかえってみたら、これ以上うまくはゆかなかったと思えることがほとんどで、例外はごくわずかにちがいない。これまで彼が発揮した偉大な活力、人生を楽しむ力、多彩な活動は、この場で静かに横たわるキナンジュイとともに終ろうとしている。「やすらかな大往生を、キナンジュイ」と私は心のなかで言った。

そこにいる老人たちは話す力を失ったように、ただ立っているだけだった。話しかけてきたのは、私が屋内に入るまえからそこにいた少年のほうである。遅く生まれたキナンジュイの息子なのだろう。私の着くまえから手はずが決めてあったらしく、その少年は父親の寝床の近くに進みでて、私に話しはじめた。

宣教団の医者がキナンジュイの病状を知り、診察しにきた、と少年は説明した。医者はキクユ族に瀕死の族長を宣教団の病院に入院させると言いおいていった。今夜宣教団から迎えのトラックがくることになっている。だがキナンジュイは入院したくない。彼が私を呼びよせたのはそのためなのだ。キナンジュイは私の家に連れていってほしいのだ。それもいますぐ、宣教団の迎えがくるまえに。少年がこう話すあいだ、キナンジュイは私の顔を見つめていた。

私は坐ったまま、心おもくその話をきいた。

もしキナンジュイが、一年まえ、あるいは三ヵ月まえでもよい、今でなく、もっとまえに死病にとりつかれていたら、彼の望み通り、私は家に連れていっただろう。だが今はまったく事情がちがう。最近私の身辺はうまくゆかず、これからさらに悪いほうに向かうおそれがある。ナイロビのあちこちの事務所をまわって何日もすごし、会社の重役や弁護士の話をきかねばならないし、農園の債権者たちの集りにも出席しなければならない。キナンジュイが行きたいというその家は、もはや私の家ではなくなっていた。

病人の様子を見ながら私は考えた。キナンジュイは死ぬだろう。もう助からない。私の車のなかで死ぬか、それとも家に着いたとたんに息が絶えるだろう。宣教団の人たちがきたら、キナンジュイを死なせたと言って私を非難するにちがいない。その話をきけば誰もが宣教団の意見に同調することだろう。

ここのこわれかけた椅子に坐り、いろいろ思いめぐらすと、私にはとてもこの重荷は背負いきれない気がした。この世の権威に対抗して立つ力を私はもはや自分のなかに見出すことはできなかった。私には、世間全体を敵にまわして立ちむかう気力はない。全体はなんといっても力にあまる。

キナンジュイを連れてゆく決心を二度、三度かためかけては、また気がくじけた。やがて私は、彼を残してこの場から立ち去らなければならないと心にきめた。

ファラは戸口に立って、少年の話をずっときいていた。私が返答をせずにいるのを見ると、ファラはそばまでやってきて、キナンジュイを車で連れてゆくのは私たちがいちばん適任なのだと、低い熱心な声でささやいた。私は席をたち、ベッドにいる老人のまなざしと臭いからいくらか離れた一隅にファラを連れていった。それから、キナンジュイを家に連れてはゆかないつもりだと言ってきかせた。ファラはそんなことはまったく予想もしていなかったので、眼も顔もおどろきのあまり暗くなった。

もうしばらくキナンジュイのそばにいたかったのだが、宣教団の人たちが到着して彼を連れ去るところを見るのはいやだった。

私はキナンジュイのベッドに進みより、家に連れていってあげるわけにはゆかないのだと言った。べつにその理由を話す必要はない。だからそのままにしておいた。老人たちは私が断ったと知ると、私を取り巻いて不安げに身じろぎし、あの少年は身をひいて立ちつくしていた。この子にはもうどうすることもできないのだ。キナンジュイ自身はびくともせず、まったく態度を変えない。まえとおなじように私の顔から眼をはなさずにいる。その様子は、こういう目にあったのはこれがはじめてではないと言っているようだった。おそらくその通りだったのだろう。

「クワヘリ、キナンジュイ」――さようなら、と私は言った。

キナンジュイの熱っぽい指が私の手をまさぐった。戸口に行きつくまえにふりかえってみたが、屋内にたちこめた煙はもう私の親しいキクユの族長の大きな寝姿をかくしてしまっていた。外に出ると、夜気がつめたかった。月は地平の上に低くかかっている。もう真夜中をすぎたろう。ちょうどそのとき、集落のなかでキナンジュイの飼っている雄鶏が二声鳴いた。

キナンジュイはその夜、宣教団の病院で死んだ。翌日の午後、二人の息子が知らせにきた。キナンジュイの村に近いダゴレッティで明日葬儀があるので、出席してほしいと言う。

キクユ族はもともと死者を埋葬せず、地上に置いたままにしてハイエナやハゲタカがたべるにまかせる。私はこの習慣をいつも好ましく思っていた。太陽と星々の光にさらされて横たわり、短時間のうちにきれいさっぱりとたべられて消滅し、そして自然と一体になり、風景の一部と化すのは、楽しいことではないか。農園でスペイン風邪が流行したとき、シャンバのあたりでは一晩じゅうハイエナの鳴き声がきこえた。その後は森を歩くと、長い草のなかに、木から落ちたなにかの実のようになめらかな薄茶色の頭蓋骨をよく見かけた。平原を歩いてもおなじだった。しかし、この習慣は西欧化した生活条件とは折合いがわるかった。政府はキクユ族のやりかたを変えさせようとやっきになり、死者を地中に埋めることを教えたが、キクユ族のほうは全然それを気にいらなかった。

キナンジュイは地中に埋葬されることになったという。死者が族長なので、キクユ族は古来の習慣に反した例外をつくることを承知したのだろうか、と私は考えた。この埋葬を機会に、キクユ族の大集会をひらくつもりなのかもしれない。つぎの日の午後、私は車でダゴレッティに出かけた。この地方一帯の小族長たちが勢ぞろいして、キクユ族の大祭をひらくところを見られると期待していた。

ところが、キナンジュイの葬儀はまったくヨーロッパふうの、教会による儀式だった。

地方弁務官と、ほかの官吏が二人、政府代表としてナイロビからきてはいたが、なんといってもその場はすっかり聖職者の支配下におかれていた。午後の陽に照らされた平原は聖職者たちで真黒になっている。フランス宣教団、イギリス国教会宣教団、それにスコットランド宣教団が、それぞれ大層な人数を繰りだしていた。この聖職者たちが亡き族長に手をさしのべ、いまや彼はキリスト教に属したのだという印象をキクユ族に与えるつもりだったとしたら、そのくわだては成功したといえる。聖職者たちの威勢はあまりにも露骨で、キナンジュイといえどもそこから逃げおおせるなど到底不可能だと思わせた。これが昔ながらの教会の策略なのだ。その葬儀で私ははじめて、宣教団で働く改宗したキクユ族の若者が一団になっているのを見た。どういう役割をつとめているのか、なかば聖職者ふうの衣裳をつけ、眼鏡をかけたふとったキクユ族の若者たちが両手を前で組んでいる様子は、無愛想な宦官のようだ。キナンジュイの息子でキリスト教に改宗した二人も、その日だけは互いの宗教的不一致をおあずけにして、この一団のなかにいたのだろうが、どの人がそうなのかわからなかった。老いた小族長たちも何人か出席していた。ケオイがきていたので、私は彼としばらくキナンジュイのことを話しあった。だが、小族長たちは儀式の中心から身をひいて、めだたないようにしていた。

キナンジュイの墓は平原に立つ何本かのユーカリの木の下に掘ってあり、まわりを綱でかこってあった。私は早めに着いたので、墓穴のすぐそばの綱を張ったところにいて、葬儀に出席した人たちが墓穴を中心に、蠅のように群がるのを見ていた。

キナンジュイの死体は宣教団の病院からトラックで運ばれ、墓穴の近くでおろされた。そのキナンジュイを見たときほどぞっとしたことはない。キナンジュイは大柄な人だった。元老たちをしたがえて農園まで歩いてきたときの姿をはっきりと憶えているし、つい二日まえ、寝床に横たわっていたときでさえ、めだって大きかった。ところが、キナンジュイを納めて運んできた棺はほとんど正方形で、長さは五フィート（百五十二センチ）たらずしかない。最初見たとき、まさかそれが棺だとは知らず、なにか葬儀に必要な品なのだろうと思っていた。だが、なんとそれがキナンジュイの棺だったとは。なぜそんな箱がえらばれたのか、今もって私にはわからない。おそらくスコットランド宣教団にあったありあわせの箱だったのだろう。しかし、どうやってキナンジュイを納めることができたのか、いま彼はどんな姿勢でいるのだろうか？　人びとは私のすぐそばに棺をおろした。

棺の上には大きな銀板がとりつけてある。あとで教えられたのだが、銀板には聖書の言葉にそえて、これが族長キナンジュイへの宣教団の贈りものであると彫ってあったそうだ。

葬儀の式は長かった。宣教師たちがつぎつぎに進みでては説教をした。たぶんおおいに職業意識を発揮して、訓戒をたれていたのだろう。だが私は全然きいていなかった。ただキナンジュイの墓のまわりの綱をにぎりしめていた。宣教師たちの話が終ると、今度はキリスト教に入信したキクユ族が何人かつづけて話し、平原にひびきわたる不愉快な大声をたてた。

ついに葬儀が終り、キナンジュイは自分の生まれた土地の土のなかにおろされ、おなじ土で覆われた。

葬儀を見せてやりたいと思って、私はうちのハウスボーイたちをダゴレッティに連れてきていた。少年たちはそこで出会った友達や親戚と話したいので、もうすこし残り、墓歩いて帰るというので、ファラと私と二人だけが車で帰った。ファラは後にしてきた墓とおなじようにだまりこんでいた。私がキナンジュイを家に連れてこなかったのが、ファラにはこたえていて、この二日ほど気落ちと疑いにとりつかれ、ぼんやりしていた。

家の前までくると、ファラははじめて口をひらいた。「気になさることはありませんよ、メンサヒブ」

3　丘陵の墓

デニス・フィンチ＝ハットンはサファリから帰って、しばらく農園に滞在していたが、私が家をたたんで荷づくりをはじめたので、ここにはいられなくなった。彼は農園の家を立ち去り、ナイロビのヒュー・マーチンの家に移った。デニスは毎日ナイロビから車で農園まで出かけてきていっしょに夕食をし、それからしばらく坐って話していった。しまいには家具を売り払ってしまったので、荷物の一つをテーブルにし、ほかの荷物に腰かけて食事をした。そしてそのまま夜おそくまで、荷物の上で話しあうのだった。

デニスと私は、ほんとうに私がアフリカを去るとしたらどうなるかについて、何度か話しあったことがある。デニスはアフリカを自分の故郷と考えているので、私の気持をよく理解し、悲しみをともにしてくれた。そんなときでも、農園の人たちとの別れを思って気落ちしている私をからかいはしたけれど。

デニスは言う。「君はシルンガ（キクユ族カニヌの孫。前出）なしでは生きられないとでも思っているのかな」

「そのとおりよ」と私は答えた。

しかし、いっしょにいるあいだは大体いつも、私がやがてアフリカを去るという未来など存在しないかのように二人ともふるまっていた。将来について心をわずらわすなど、デニスは決してしたことがない。なぜかといえば、もし彼が望みさえすれば、なにか未知の力の働きを呼びおこすことができる、その能力が自分のなかにあるのを知っていたせいなのだという気がした。ものごとをなりゆきにまかせ、他人には好きなように言わせたり思わせたりしておくという私の行きかたにデニスはごく自然に同調した。彼が家にきているときは、からっぽになった室内で荷物に腰かけねばならないのさえ、ごくあたりまえのことで、私たちの趣味にかなっていると思えるのだった。デニスは私に詩を暗誦してくれた。

「嘆きの歌を変えよ
よろこびの調べに
われはあわれまんとてきたらず
楽しみを求めてきたるなれば」

こうした状態の何週間かを、私たちはよく短い空の旅に使い、ンゴング丘陵上空や禁猟区の上を飛んだ。ある朝デニスはとても早く私を迎えにきた。日がのぼってまもなくだった。そのときの飛行で私たちは丘陵の南の平原にライオンを一頭見つけた。

デニスは何年も私の家に置いてあった自分の本を荷づくりしようと言っていたが、いっこう仕事に手をつけなかった。

「君があずかっていてほしいな。今はどこにも置く場所がない」と言う。

この家を閉じたあとどこに住むのか、デニスはまったく決められないでいた。一度、ある友人に強くすすめられてナイロビの貸しバンガローを何軒か見に出かけたのだが、あまりにもひどい家で、話す気にもならないと言って、不愉快そうに帰ってきた。あとで夕食のとき、見てきた家々や、そなえつけの家具のことを話しはじめたが、途中でやめて黙ってしまった。デニスにはめずらしく、嫌悪と悲しみの表情をうかべていた。彼にとっては考えるだけでも耐えがたいたぐいの生活様式と接触しなければならなかったのだ。

とはいえそれはまったく客観的、一般的な不満で、デニスはそうした生活様式のなかに自分から入るつもりだったことをすっかり忘れていた。私がそのことを指摘すると、デニスは私をさえぎってこう言った。「ああ、僕のことだったら、マサイ族居留地にテントを張って暮せば十分に幸せだし、ソマリ族の村に家をもってもいいのだ」

デニスがただ一度だけ、ヨーロッパでの私の将来のことを話題にしたのはこのときのことだった。この農園にいるよりも、ヨーロッパに帰り、アフリカで得られる種類の文明から離れるほうが幸せになれると思う、とデニスは言った。「このアフリカという大陸には、われわれに対する痛烈なあてこすりみたいな感じがあるね」

東海岸のモンバサ港の北三十マイル、タカウンガの入江沿いに、デニスはいくらかの土地をもっていた。タカウンガには塩分のある土地の上に建った、風化した灰色の石造りの簡素なミナレットや井戸など、昔のアラブ人の根拠地の遺構があり、その中心にマンゴーの老木が何本か生えていた。デニスは自分の土地に小さな家を建て、私も泊ったことがある。そこの景色はきよらかで神々しく、なにもない海の偉大さをそなえていた。青いインド洋が眼のまえにひらけ、タカウンガの深い入江を南にして、眼の届くかぎりどこまでも、灰色を帯びた薄黄色のサンゴ質の岩から成る切りたった海岸線が、切れめもなく長くつづいていた。

潮が引くと、家から沖をさして何マイルも歩いてゆける。それはいくらか乱雑に舗装された広大な広場を行くようで、歩きながら、見なれない細長くとがった貝がらやヒトデを拾ったりした。腰布をつけ、赤や青のターバンを巻き、船乗りシンドバッドがよみがえってきたようなスワヒリ族の漁師たちが、とげのある極彩色の魚を売りにきた。なかにはとてもおいしいのもあった。家のすぐ下の海岸には深くえぐられた洞穴が並んでいる。そのなかに入って日射しを避け、青く輝く海をはるかに眺めることができた。満潮のときには家の建っている土地の高さまで水がきて、洞穴群は海水に呑まれる。するど多孔性のサンゴ岩のなかで、海はなんともふしぎな歌をうたい、嘆声をもらす。足の下の地面が生きて声をたてているようだ。タカウンガの入江に打ちよせる大波は軍隊の総攻撃さながらだった。

私のタカウンガ滞在中に満月の夜がおとずれた。満月をはさむ幾晩かの明るく静かな美しさはあまりにも完璧で、見る者の心をへりくだらせずにはおかなかった。銀色の海に面した窓をあけはなして眠りにつく。あたたかい微風がかすかな音をたてて軽い砂を石の床まではこんできた。ある晩はアラブの帆船の船団が一列になって海岸の近くを通っていった。季節風に乗って音もなく、月光の下を茶色の帆かげが縦隊をつくって過ぎ去った。

デニスはタカウンガを自分のアフリカでの根拠地にして、そこからサファリに出かけようかと言ったりもした。私が農園を離れなければならないと言いだすと、デニスは自分が私の高原の家を使っていたのとおなじように、自分の海岸の家を私が使ったらいいと言った。だが、よほど安楽な生活条件をととのえないかぎり、アフリカの海岸に長期間暮すことは白人にはむずかしい。タカウンガは私にとっては土地が低すぎ、暑気が強すぎた。

私がアフリカを離れる年の五月、デニスはタカウンガに一週間滞在した。もっと大きな家を建て、地所内にマンゴーの木を植える計画のためだった。飛行機でタカウンガまで行き、帰路はヴォイに立ちよって、その付近にサファリの対象になるような象の群れがいるかどうか調べるつもりだった。土地の人たちは、西のほうからヴォイ付近に象の群れが移動してきたことをしきりに話題にしていた。普通の象の二倍はある雄の巨象がいて、その象は群れに加わらず、茂みのなかを孤立して歩きまわっているという。

デニスは自分のことを並みはずれて理性的な人間だと自認していたが、そのくせある特殊な気分や予感に左右されるところがあった。そうした感じをもった場合は何日も、ときには一週間も、沈黙におちこんでいた。しかも自分ではまったくそのことに気づかず、私がどうかしたのかとたずねると、おどろいていた。東海岸へのこの旅に出るまえの何日か、デニスは瞑想にふけっているような例のわれを忘れた沈黙におちいっていた。だがそのことを私が口にすると、逆に私をからかって笑いとばした。

私はデニスに連れていってほしいとたのんだ。海を見たらどんなに気が晴れるだろうと思ったのだ。はじめ彼は承知したが、そのうち気を変えて、だめだと言う。連れてはゆけない。ヴォイ周辺の飛行はとてもむずかしく、不時着して茂みのなかで夜をあかすことになるかもしれない。だから土地の少年を手つだいとして連れてゆかなくてはならないと言う。私はデニスが以前言ったことをもちだした。飛行機を取りよせたのは、私にアフリカの空を飛ばせたいからだと言っていたではないの。その通り、とデニスは言い、これまでそうしてきたではないかと言いそえた。もしヴォイに象の群れがいたら、着陸できる地点とキャンプ用の場所をたしかめたうえで、もう一度出なおして象を見に行こうではないか。飛行機に乗せてほしいと私がデニスにたのんで断わられたのは、このときのただ一回だけだった。

金曜日の朝八時にデニスは出かけた。「木曜日には待っていてくれたまえ。昼食に間にあうようにするから」と、彼は出がけに言いおいていった。

ナイロビ空港まで車で行くのだったが、以前私にくれた詩集をとりに、私道の途中から引きかえしてきた。旅のあいだ読みたくなったのだと言う。デニスは片足を車のステップにかけ、ひらいた本に指をおいて、私たちがまえに議論していた詩を朗読してくれた。

「君の言っていた灰色の野ガンの詩はこれだ」と彼は言った。

「平地の上を飛ぶ灰色のガンの群れを見た
空高く揺れうごくガン――
地平の果てから果てへと道をあやまたず
その魂は喉もとでこわばり――
ガンの群れは大空に灰白色の帯をなし
太陽の放つ輻《や》は丘の起伏の上にそそぐ」

それからデニスは、手をふりながら車で去っていった。それが最後になった。

モンバサにいるあいだ、デニスは着陸するときプロペラをひとつ折った。ナイロビに電報を打って必要な部品を注文し、それを受けた東アフリカ航空会社は使いの少年に部品を持たせてモンバサに送った。修理が終るとデニスはまた飛行をはじめ、使いの少年にいっしょに乗るように言った。だが航空会社の少年は乗りたがらなかった。この少年は飛行機慣れしていて、いろいろな人と行をともにしていたし、デニスといっしょに飛んだこともあった。デニスはすぐれた飛行家で、ほかのさまざまな能力にあわせて、土地の人たちはこの点でも彼を高く評価していた。しかしそのとき、例の少年はいっしょに飛ぶのをいやがった。

ずっと後に、この少年がナイロビでファラに会ったとき、こう言っていたそうだ。「百ルピーくれると言われたって、あのときはブワナ・ベダールと飛ぶ気にはなれなかったよ」ンゴングでの最後の日々にデニス自身が感じていた運命の影が、土地の少年にはさらに強く、まざまざと見てとれたのだ。

そこでデニスは自分が雇っている少年カマウを連れてヴォイに飛んだ。かわいそうにカマウは、飛ぶのがきらいだった。以前農園にきていたとき、カマウは私に言ったことがある。地面から離れたとたん、カマウはひたすら自分の足だけを見つめ、着陸するまでそうしているのだ。飛行機の上から見えるはるかな下界がちらりとでも眼にはいったら、おそろしくていたたまれないのだという。

私は木曜日にデニスがくるだろうと思っていた。日の出のころヴォイをたてば、ンゴングまでは二時間ほどで着くはずだ。ところがデニスは現れなかったので、ナイロビに用事があるのを思いだして、私は街まで車で出かけた。

アフリカで病気をしたり、心配ごとがあったりすると、私はいつもかならず、一種特別な強迫観念におそわれた。私をとりまくすべての人びとが危険にさらされるか、絶望に陥っている。その災厄のまっただなかで、私はなぜか皆とは逆の立場におかれ、そのため誰もが不信と疑いの眼で私を見ている、という強迫観念である。

この悪夢は実際には第一次大戦中の体験の名ごりだった。あの数年間というもの、この英領植民地の人びとは私が内心ドイツ側に加担していると信じこみ、疑惑をもって私に対した。この疑いの根拠になった事実というのは、開戦の直前、私が無邪気にもドイツ領東アフリカのフォン・レットウ将軍のために、ナイヴァシャまで馬の買いつけに出かけたことだった。それより六ヵ月まえ、アフリカへの旅行中知りあった将軍は、アビシニア産の雌馬を十頭手にいれてほしいと私にたのんだ。しかし、そのときはじめてアフリカにやってきた私は、いろいろほかのことに気をとられ、馬のことは忘れてしまっていた。しばらくすると将軍は、馬のことをよろしくたのむと、繰りかえし手紙を送ってきたので、私はとうとう腰をあげ、ナイヴァシャまで出むいて、彼のために馬を手配したのだった。その直後戦争がはじまったので、雌馬たちは結局英国領内から出られないことになった。それでもなお私は、開戦にあたってドイツ軍のために馬を買い占めていたというわさから逃れることはできなかった。私への疑惑は、さすがに戦争が終るまでつづくようなことはなかった。弟が志願してイギリス軍に加わり、ロワの北のアミアン攻撃でヴィクトリア十字勲章を授与されると、私への敵意もうすれていった。弟のことは、「東アフリカの人にヴィクトリア十字勲章」という見出しで『イースト・アフリカン・スタンダード』紙に報道された。

戦争中私は自分の孤立を気軽にうけとっていた。なぜなら私はまったくドイツびいきではないのだし、もし必要とあれば、いつでも身の証しをたてられると思っていたからである。ところが、このときの体験は自分が思っていたよりもはるかに深く私の心にしみこんでいた。何年もたってから、ひどく疲れたり、高熱におそわれたりすると、あのときの感じがいつも戻ってくるのだった。アフリカでの最後の数ヵ月、あらゆることがうまくゆかないなかで、この強迫観念は突如おそいかかる暗黒のように頭をもたげた。それは一種の錯乱に似たものとして私をおびやかした。

その木曜日、ナイロビで、思いがけず例の悪夢が私をおそった。それは強烈なもので、気が狂いかけたのではないかと思うほどだった。なにかわからない深い悲しみが街をつつみ、出あう人すべてをつつんでいた。その悲しみのただなかに入ってゆくと、誰もが私から顔をそむける。立ちどまって話しかけてくる人は一人もいない。友人たちは私を認めると、そそくさと車に乗りこんで走り去る。ここ何年も、いつも野菜類を買いにゆく店の主人、スコットランド人のダンカン氏とは、政庁で催された大舞踏会でいっしょに踊ったこともあるのに、彼さえも、私が店に入ったとたん、なにかおびえた様子で店を出ていってしまった。ナイロビのまんなかで、私は離れ小島に置かれたも同然、ひとりぼっちだった。

デニスが着いても大丈夫なように、ファラを農園に残してきたので、誰も話し相手がいない。こうした場合、キクユ族は話し相手には向かない、というのは、彼らの現実観、そして現実そのものが白人のそれとはちがうからである。私はチロモのマクミラン夫人のところで昼食をするはずになっていた。そこに行けば、白人と話をかわすことができるし、精神のバランスを回復することができるだろうと思った。

竹を植えこんだ長い道路のはずれにある、チロモの古びた美しいナイロビふうの家をさして私は車を進めた。そこでは昼食会がひらかれていた。ところがチロモでも、やはりナイロビの街とおなじことだった。誰もが悲しみに打ちひしがれていて、私が着くやいなや、話はとぎれた。昔からの友人バルペット氏の隣に坐ったが、彼は下を向き、ほんの二こと三こと話すだけだった。いまやますます重くのしかかってくる影を振り払おうとして、私はバルペット氏が昔メキシコで試みた登山のことを話題にしたが、彼はなにも憶えていないようなそぶりだった。

ここにいる人たちはみんなどうしようもない、と私は思った。農園に帰ろう。いまごろはデニスが着いているはずだ。彼と話しあい、正気の人間らしくふるまえば、私はちゃんと正常に戻って、すべてを知り、すべてを理解できるだろう。

ところが、昼食が終ると、マクミラン夫人が私を呼び、小さな居間に連れていった。そこで、ヴォイで事故がおこったのだときかされた。飛行機が空中で逆さになり、そのまま墜落して、デニスは死んだのだ。

思っていた通りだった。デニスの名前を耳にしただけで、なにがおこったかがすみずみまであきらかになり、私はすべてを知り、すべてを理解した。

後にヴォイの地方弁務官が事故の様子をくわしく書いた手紙を送ってきた。デニスは地方弁務官の自宅に一泊し、翌朝早くヴォイ空港を出発して私の農園に向かった。雇っている少年をのせていた。離陸後急に機首をかえし、二百フィートの低空のまま、急降下するで空港に戻ろうとした。突然機体が揺れ、きりもみ状態になり、急降下する鳥のよう鳥のように落ちてきた。地面に衝突するや機体は燃えあがり、駆けつけた人びとも近寄れないほどの激しい火勢だった。木の枝や土を火に投げかけてようやく消しとめてみると、機体は完全につぶれ、乗員二人は墜落のために死んだことがわかった。

この日以来何年ものあいだ、この植民地はデニスの死をとりかえしのつかない痛手と感じつづけた。そうなると、ごくふつうの植民者たちのあいだから、彼らの理解を超えた価値をデニスに認め、それを尊重する美しい態度が生じてきた。デニスのことが話題になると、大体はスポーツマンとしての側面が表面に出た。彼がどんなにクリケットやゴルフに長じていたかがよく話にのぼり、私はまた、デニスのこうした側面についてはまったく知らなかったので、死後の今になってはじめて、彼があらゆるゲームで名声を博していたことを教えられるのだった。スポーツマンとしてのデニスを人びとがほめたたえるとき、もちろん誰もが、あの人はじつにすぐれた競技者だったと言った。だが、こういう表現のかげにかくれて、みんながデニスの人柄のなかに認めているのは、彼に自意識や私欲がまったく欠けていたこと、無条件の真率さをもっていたことだった。こういう特質をもつ人には、デニスをのぞけば、私は精神薄弱者の場合にしか会ったことはない。植民地ではこうした特質は一般の手本になったりはしないものだが、デニスのような人がなくなった後には、ほかの場所でよりも一層本気で尊重されるのかもしれない。

白人よりも土地の人たちのほうがデニスのことをよくわかっていた。だから土地の人たちにとって、デニスの死は近親を失ったもおなじことだった。

ナイロビでデニスの死をしらされると、私はその場からまっすぐヴォイに行くことにした。航空会社は、事故をしらべて報告させるためにトム・ブラックを派遣するという。そこで私は空港にいそぎ、トムに同乗をたのもうとした。だが、飛行場に着くと、トムの乗った飛行機はちょうどヴォイをさして離陸したところだった。

まだ車で行く方法が残っている。だが長雨がつづいていたので、まず道の状態をたしかめなければならなかった。道のことを問いあわせてもらっているあいだに、デニスがいつか、自分が死んだらンゴング丘陵に葬ってほしいと言っていたのを思いだした。もっと早くそのことを思いださなかったのはおかしなことだが、人びとがデニスを埋葬しようとしているなどということは、それまで私の思いからはるかに遠かったのだ。いまや、埋葬のことが、目のまえに絵をつきつけられたようにはっきり念頭にのぼった。

禁猟区からンゴング丘陵にのぼる最初の尾根にいい場所があった。私がアフリカに骨を埋めるつもりでいたころ、そこをデニスに見せて、私の墓の予定地だと言ったことがある。夕方、私の家に坐って丘陵を眺めているとき、デニスは自分もおなじところに埋めてもらいたいものだと言った。それ以来、丘陵地帯にドライヴに出ると、ときどきデニスはこう言ったものだ。「われわれの墓まで行ってみようじゃないか」バッファローを見ようと丘陵に野営したときの午後、私たちはきちんと場所をたしかめておこうと、その斜面まで出かけた。そこには無限にひろがる大きな風景が待っていた。夕陽をあびるキリマンジャロとケニア山が見え、デニスは草の上に寝そべってオレンジをたべた。そして、ここにきめようと言った。私の気にいりの候補地はもうすこし登ったところで、どちらからも、はるか東の森のなかに私の家が見える。人間はすべて死すという説はひろくおこなわれているけれど、私たちは明日あの場所に行って、永遠に住みつづけるのだ、と私は思った。

グスタフ・モールはデニスの死をきくと、すぐに自分の農園を出発して私の家にやってきたが、私がいなかったので、ナイロビまでさがしにきた。すこしおくれてヒュー・マーチンも到着し、私とグスタフに合流した。この二人にデニスが生前言っていたこと、丘陵の墓の候補地のことを話すと、二人はすぐヴォイに電報を打った。デニスのなきがらは明朝の汽車で運ばれるように手配したから、昼ごろには丘で葬儀ができると報告が入ったのは、私が農園に帰るまえだった。そうなると、明日の昼までに墓の用意をしておかなければならない。

明日の準備を手つだうために、グスタフ・モールが私に同行して農園で一泊した。私たちは日の出まえに丘に出かけ、場所を定めて、時刻にまにあうように墓穴を掘っておく手配をするはずだった。

一晩中雨が降りつづき、翌朝出かけたときもこまかい霧雨が降っていた。道にえぐられた荷車のわだちに水があふれている。丘へのドライヴは雲のなかを行くようだった。左手の下にあるはずの平原も見えなければ、右手にあたる丘陵の斜面も頂上も見えない。トラックで後をついてくる若い者たちの姿も、十ヤードもはなれるともう見えなくなる。道を登るにつれて霧はますます濃くなった。禁猟区に入るところを示す道路標識を見つけたので、そこから何百ヤードか進んだところで車を降りた。トラックと若い者たちはそのまま公道で待たせておいて、まず二人でめざす場所をたしかめることにした。朝の空気はつめたく、指が痛いほどだ。

埋葬の場所は道からあまりはなれていても困るし、トラックで登れないほどけわしい斜面でもまずい。グスタフと私は霧のひどさをこぼしながらしばらくいっしょに歩いたが、やがて二手にわかれて適当な場所をさがすことにした。すると、またたく間に互いの姿を見失った。

この広大な丘陵地帯は気のすすまない様子でちらりと私に姿を見せたかと思うと、また霧にかくれる。その日は北国の雨の日に似ていた。ファラは濡れたライフル銃を手に、私といっしょに歩いていた。バッファローの群れのなかにつっこむかもしれないと心配しているのだ。すぐ近くにあるものが霧のなかから急に姿を現すと、それは異様に大きく見えた。野生のオリーヴの灰色の葉や、人の背たけよりも高い草は濡れそぼち、強い匂いをたてた。私はゴム引きのレインコートにゴム長靴をはいていたが、しばらくするうちに川を歩いて渡ったくらいのずぶ濡れになった。丘陵は静まりかえり、時おり雨足が強くなると、あたり一面ささやきに似た音がするだけだった。一度霧がやぶれて、遠くに藍色の瓦のようなものがちらりと見えた。きっとはるかかなたの高い峰なのだろう。一瞬後にはもう、降りそそぐ雨と灰色の霧にかくれてしまった。私は歩きつくしたあげく、足をとめてそのままじっとしていた。天候がよくなるまではなにをしても無駄なことだ。

グスタフ・モールは私をさがして三、四回大声で呼びかけ、やっとまたいっしょになった。彼の顔も手も雨に濡れていた。霧のなかをもう一時間も迷い歩いたことだし、場所をはやくきめないと、もうまにあわなくなると、グスタフは言う。

「でも、いま私たちどこにいるのかわからないでしょう。眺めのきかない尾根に葬ったりはしたくないの。もうしばらく待ちましょう」と私は答えた。

二人はだまって長い草の上に坐り、私は煙草を一服した。吸いがらを投げ捨てたとたん、霧の幕がひらき、薄青いつめたい清澄さがあたりを満たしはじめた。それから十分ほどたつと、私たちのいる場所がはっきりしてきた。平原は後方にあり、さっき登ってきた道が斜面をうねりながらずっとつづいているのが見えた。はるか南には、絶えずかたちを変える雲の下に、キリマンジャロの裾の丘陵の起伏が暗青色にわだかまって見える。北に眼をむけると、あかるさはさらに増し、蒼みを帯びた光線がひととき空を斜めに走り、ケニア山の頂き近くに輝く銀色の縞がかかった。突然、山々よりもずっと近く、東側の眼下に小さな赤い点が、灰色と緑のなかにぽつんとあるのが眼にはいった。ただひとつの赤い色、それは、森を切りはらった空き地にある私の家の瓦屋根だった。もうこれ以上場所をさがす必要はない。ここが目ざす場所だったのだ。しばらくすると、また雨が降りはじめた。

私たちがいた所から二十ヤードほど登ると、丘の斜面に自然にできた小さな平地があった。磁石ではかって、東西の軸上に墓の印をつけた。それから若い者たちを呼び、鎌で草を刈ってから、濡れた土を掘ってもらった。モールは何人かを引率して公道から墓までトラックの通れる道をつくりに行った。この班は道の土を平らにし、滑るのをふせぐために藪を切りはらって枝を道に敷きつめた。墓のすぐ下の斜面はきつすぎるので、公道から墓までずっと道をつけることはとうとうできなかった。それまで静まりかえっていた丘陵は、若者たちが仕事をはじめると、シャベルの音がこだまして、小犬が吠えたてるような音で満ちた。

ナイロビから車が何台かやってきた。若者のひとりに道案内をしてもらうことにした。この大丘陵地帯では、藪のなかの墓地にいるわずかな数の人間などは見すごしてしまうからだ。ナイロビに住むソマリ族たちもきた。ラバに引かせた車を公道に乗りすて、三人、四人と連れだって、足どり重く坂を登ってくる。ソマリふうに死者をいたむ様子は、頭を包みこみ、人生から身を引くように見えた。高地に住むデニスの友人たちも、死のしらせをきいて、ナイヴァシャ、ギル・ギル、エルメンテイタから車で駆けつけた。長い道のりをいそいできたので、車はどれも泥にまみれている。天候は晴れてきて、ンゴング丘陵の四つの主峰が空高くくっきりと見える。

昼すぎにナイロビからデニスのなきがらが運ばれてきた。その道はかつて彼がタンガニーカにサファリに行ったときたどった道だった。濡れた道路を、車はゆっくりと進んできた。最後の急斜面までくると、人びとは車を降り、英国国旗に覆われたはばのせまい棺を手で運んだ。棺が墓に納められると、丘陵一帯は表情を変えて墓とおなじように静まり、その背景としてのおもむきをそなえるようになった。丘はおごそかに並びたち、ここで私たちがとりおこなっていることがらを知り、理解していた。やがて丘たちはみずからこの儀式を主催すると見えた。それは丘たちとデニスとのあいだでかわされるおこないとなり、そこに居あわせる人間たちは風景のなかでのごく小さな傍観者にすぎなくなった。

デニスはアフリカ高地のありとあらゆる道に精通していた。ここの土の性質、季節の移りかわり、植物、野生動物、また風や匂いのことを、白人のなかではデニスほどに把握していた人はいなかった。彼はこの高地の天候の変化を観察し、そこに住む人びとや雲に眼をそそぎ、夜には星々を眺めてきた。おなじこの丘陵で、なにもかぶらないまま頭を午後の日ざしにさらして低地一帯を見わたし、そこにあるものひとつひとつをはっきり見ようと双眼鏡を使っていたデニスの姿は、つい数日まえここにあった。彼はこの高地を吸収し、この土地はデニスの個性の刻印をうけて、彼自身の心象のなかでかたちを変え、デニスの一部となった。いまアフリカはデニスを受けいれ、彼を変え、アフリカそのものの一部とするであろう。

ナイロビの英国国教会の司教は埋葬に臨席するのをことわったときかされた。その理由は、墓地を聖別する時間のゆとりがなかったためだという。だが、べつの牧師が出席して葬儀の典礼を朗読した。それはこれまできいたことのないものだった。この広大な場所で、牧師の声は丘陵に棲む小鳥の声のように小さいがはっきりと透った。儀式が終ったとき、デニスはこのやりかたすべてを気にいってくれたにちがいないと私は思った。牧師は詩篇のなかからつぎの一篇をえらんで朗読した。「われ山にむかいて目をあぐ」*

白人たちが帰ったあと、グスタフ・モールと私はしばらく墓のそばに坐っていた。回教徒たちは私たちが立ち去るのを待ち、それから墓に近づいて祈りを捧げた。

デニスがなくなった後、彼がサファリのために雇っていた人々がやってきて、農園に集った。なぜきたのか、理由も言わないし、なにかを要求するわけでもない。ただ家の壁にもたれて坐り、両手の甲を敷石につき、ほとんど口もきかず、静かにしている。これは土地の人たちの習慣にはないことだった。勇猛で怖れをしらない銃持ちとして、また勢子として、デニスのサファリにいつも同行したマリムとサル・シタもきていた。こ

*旧約聖書『詩篇』第百二十一篇より。

の二人は英国皇太子のサファリのときもデニスといっしょだった。皇太子は彼らの名を憶えていて、あの二人が協力して行動すると、なかなか手ごわいものだったと、ずっと後にも思い出話をしたものだ。いまこの名高い勢子たちは道を見失い、身動きもせず坐っている。デニスの運転手カヌジアもやってきた。道もない荒野を何千マイルも車で走りまわったこのほっそりしたキクユ族の若者は、猿のように注意ぶかい眼をしていたものだったが、いま家の外に坐っているカヌジアは、おりに入れられた猿のように悲しげで寒ざむとしている。

デニスに仕えていたソマリ族の従者ビレア・イサが、ナイヴァシャから農園に出てきた。ビレアはデニスに連れられて二度イギリスに行き、むこうで学校にかよったので、紳士然とした英語を話す。数年まえビレアの結婚式がナイロビでおこなわれ、デニスと私も出席した。七日もつづく大宴会だった。広く旅をし、学問もあるビレアだが、このときはソマリ族古来のしきたりに戻り、金色の長衣をまとって、地面に叩頭《こうとう》しては来客を迎えた。そして砂漠で暮す者の荒々しく向うみずな気分にあふれた剣の舞を踊った。このビレアが主人の墓をたずねてきて、その上に坐った。戻ってからのビレアはほとんど口をひらかず、やがてほかの人たちとおなじように壁にもたれて坐り、手の甲を敷石につけてじっとしていた。

ファラが家の外に出て、喪に服している人たちと言葉をかわした。ファラのほうも厳粛な顔をしている。そして私にこう言った。「ここから行っておしまいになるのも、そう悪くはありませんね。ベダールさえいて下されば、話はべつですが」

デニスのサファリの手の者たちは一週間とどまり、それから一人、また一人と立ち去っていった。

私はデニスの墓まで何度も車で出かけた。直線距離なら家から五マイルたらずなのだが、道が迂回しているので十五マイルほどになる。墓のある場所は私の住まいより一千フィート高く、そこまで登ると空気がちがう。ガラスのコップにそそいだ水のように澄んでいる。帽子をとると、やさしいそよ風がふわりと髪をもちあげる。丘陵の頂きには東から流れてきた雲がかかり、起伏する広大な土地の上に動く影をおとし、やがて大地溝帯の上で溶けて消えてゆく。

私は農園内の雑貨屋で、土地の人が「メリケニ」と呼んでいる白布を一ヤール買った。ファラと力をあわせて墓のうしろに高い柱を三本たて、その白布を釘でとめつけた。それからは、墓の正確な位置が、緑のなかの小さな白い点となって、家からよく見わけられるようになった。

その年の雨は激しかった。草が生いしげって墓を覆いかくし、場所がわからなくなるかもしれない。そこである日、農園の住まいに通じる車道の両側にはめこんである白く塗った石を全部取りはずすことにした。カロメニアが苦労して石をはずし、家の入口まで運んだ。私とハウスボーイたちはその石をワゴンに積み、丘に持っていった。そして墓に生えた草を刈りとり、白い石を四角形に敷きつめて、それとわかるようにした。こうしておけばいつでも墓を見失うことはない。

墓には繰りかえし出かけ、そのたびに身近にいる子供たちを連れていったので、子供たちはみんなすっかり墓になじんだ。誰かが墓参にくると、いつでも子供たちが案内する。墓の近くの藪のなかに子供たちは小さなあずまやを作った。夏のあいだに、デニスが親しかったアリ・ビン・サリムがモンバサから墓参にきて、アラブ式のやりかたで墓の上に身を投げて涙を流した。

ある日、墓に行ってみると、ヒュー・マーチンがきていた。草に坐り、長いこと話しあった。ヒュー・マーチンにはデニスの死がしんそここたえているのだった。この人物のいっぷうかわった隠遁生活のなかに誰か人間が場所を占めることがあったとすれば、それはデニスのほかには考えられない。理想とは不可思議なものである。ヒューが理想をもつなど、これまで誰も考えてもみなかったし、ましてその理想を失ったことが、体の器官をうばわれたように致命的な打撃を彼に与えようとは予想もできなかった。だが、デニスの死このかた、ヒューは老いこみ、顔にはしみとしわが出てきた。それでもあいかわらず彼特有の、中国の偶像に似た落着いたほほえみを保ちつづけている。普通の人にはわからない、なにか特別な満足を知っているようなほほえみである。ヒューは、ある夜突然、デニスにうってつけの墓碑銘が頭にひらめいたのだと話してくれた。おそらく古代ギリシャの作品なのだろう、彼はギリシャ語でその言葉を引き、それから英語になおして教えてくれた。「死にあたり、火はわがむくろを犯せども、われ心にとめず。

今はすべてのもの、われにとりて良ければ」

後にデニスの兄ウィンチェルシー卿が、墓の上にオベリスクを建て、そこにデニスが大好きだった詩『老水夫行』からの言葉をきざませた。デニスが暗誦してきかせてくれるまで、その詩を私は知らなかった。はじめてそれをきいたのはビレアの結婚式に出かける途中のことだった。私はそのオベリスクを見ていない。それが建てられたのは、私がアフリカを去ってからのことだった。

イギリスでもデニスを記念するものがつくられた。学友たちが彼の思い出のために、イートン校の二つの運動場のあいだを流れる小川に石造りの橋をかけた。片側の手すりにはデニスの名と、イートン校在学の年度がきざまれ、もう一方にはつぎの言葉がきざまれた。「この運動場にかつて名をはせ、多くの友に愛されし人」

イギリスのおだやかな風景のなかの小川と、アフリカの山地の尾根とのあいだに、デニスのたどった生涯の道がある。その道が曲折し、常軌を逸していると見えるのは目の錯覚である。彼をとりまく環境のほうが常軌を逸しているにすぎない。イートン校の橋の上で弓絃は放たれ、矢はひとつの軌跡をえがいて飛び、ンゴング丘陵のオベリスクにあやまたず命中した。

私がアフリカを去ってから、デニスの墓でふしぎなことがおこっていると、グスタフ・モールが手紙でしらせてきた。それは私もこれまできいたこともない現象だった。グスタフの手紙にはこう書いてあった。「ンゴングの地方弁務官がマサイ族から受けた報告によると、夜明けと日没に、丘のフィンチ＝ハットンの墓にライオンたちをたびたび見かけるとのことです。雄と雌のライオンが一頭ずつ、長いこと墓に立ち、あるいは横たわっているといいます。トラックでカジャドに行く途中のインド人たちも、通りがかりにおなじ光景を見たそうです。あなたがアフリカを離れてから、墓のまわりは地ならしされて、かなり大きな台地になりました。ライオンたちにはこの台地が、平原を見おろし、牛や野生の獲物をさがすのにかっこうの場所になったのではなかろうかと思います」

デニスの墓にライオンたちが現れ、彼をアフリカの記念像とするのはデニスにふさわしい名誉である。「汝の墓は人に知られるべし」思えば、トラファルガー広場のネルソン卿すら、石のライオンをしたがえているにすぎない。

4　家財処分

農園での私は、いまや孤独だった。そこはもう自分のものではなくなっていたが、買い主は好きなだけいてかまわないと言ってくれた。法的手続き上、一日一シリングで私が借りるかたちをとることになった。

家具の売り立てで、ファラと私はいそがしかった。あるかぎりの陶磁器とガラス食器を食卓に並べて、買い手が見られるようにした。やがて食卓が売れてしまうと、今度は食器類をずらりと床に並べた。食器の列の上でカッコウ時計が毎時間ごとにえらそうに時を告げていたが、その時計も買われてゆき、カッコウは飛び去った。ある日私はグラス類を売ったが、その晩じっくり考えた末、翌朝ナイロビに出かけて買い主を訪ね、約束を取り消しにしてもらった。もうグラス類を置く場所はないのだが、かつて最上のワインを贈られるたびに使い、大勢の友人たちの指や唇がふれた器ではないか。それらには昔のたのしい食卓の会話の思い出がまつわっている。とても手ばなすわけにはゆかなかった。結局、こわれやすいものなのだから、と私は思った。

中国人やスルタンや黒人が犬を連れているところを描いた古い木製のついたてがあり、いつも暖炉のそばに置いてあった。夜、暖炉の火があかあかと燃えているとき、ついての絵姿はくっきり浮きだして、デニスに話している私の物語の挿絵になってくれた。長いあいだそのついたてを眺めたあげく、私はそれを包んで荷物のなかへ入れた。絵姿たちは包みのなかでしばらく休息をとることだろう。

このころマクミラン夫人は、夫の故ノースロップ・マクミラン卿のためにナイロビにつくったマクミラン記念館の仕上げにかかっていた。立派な建物で、図書室と読書室をそなえていた。マクミラン夫人は農園に出かけてきて、過ぎ去った日々のことを悲しみをこめて話しあった。そして、私がデンマークからもってきた古い家具のほとんど全部を、記念館の図書室用にと言って買ってくれた。ほがらかで賢く、客あしらいのよい引出しや戸棚たちが、革命のおこったとき大学内に避難した何人かの貴婦人たちのように、書籍や学問をする人びとの環境のなかに、わかれわかれにならずにいっしょに置かれることを考えると、心がなごんだ。

自分の蔵書は全部梱包して、椅子がわりに腰かけたり、食卓がわりに使ったりしていた。書籍は植民地にくると、ヨーロッパで果たすのとはちがった役割を、持ち主の生活のなかで荷なう。植民地では、本のみがみたしてくれることのできる生活の側面というものがある。だから、良い本をよろこび、つまらない本に腹をたてる度合いは、文明化した国にいる場合とは到底比較にならないほど強い。

本のなかの登場人物は、農園で馬を駆るとき隣にくつわを並べ、トウモロコシ畑をともに歩く。登場人物たちは俊敏な兵士のように、ただちに自分に最適の部署を見つける。寝るとき『クローム・イエロー』*を読んだ翌朝――じつは私は著者の名前をきいたこともなく、ただナイロビの書店にあったのをふと買ってきただけなのだが、読んでみると、それは大海のまんなかで新しい緑の島を発見したほどのよろこびを与えてくれた――さてその翌朝、禁猟区の谷間で馬を駆っていると、小さなダイカー**が飛びだし、たちまちそれは、サー・ハーキュリーズとその夫人がひきいる三十匹の黒と茶色のパグ犬どもに追われる鹿に変身した。ウォルター・スコットの物語の登場人物はすべてこの土地にふさわしく、どこに行っても会うことができた。オデュッセウスとその部下たちもやはりこの土地に現れるに適しているし、奇妙なことに、ラシーヌの作品の登場人物もそうだった。ペーター・シュレミールは一歩で七リーグを行く長靴をはいて丘陵を歩きまわったし、道化の蜜蜂アゲブは川岸にある私の菜園に住んでいた。

書籍以外のものは売り払い、荷造りして送りだす作業の進むこの数ヵ月のあいだに、この家は頭蓋骨のように高貴な「物それ自体」となり、涼しく広々とした住みかにかわった。物音がこだまし、芝生の草は入口の段まで生えしげった。しまいには、部屋部屋にはまったくなにもなくなった。そのときの私の気分からすると、こういうはだかの状

*オルダス・ハクスリーの小説。
**アフリカ産の小さなカモシカ。

態のほうが、まえよりも住まいとしてはるかにふさわしく思われた。

私はファラに言った。「はじめからずっとこういう住まいかたにしておくほうがよかったのね」

ファラは私の気持をよく理解していた。ソマリ族は誰もが禁欲的傾向をもっているのだ。この時期ファラは決然として、あらゆることで私を助けようと心魂をかたむけた。だが彼はすこしずつ本来のソマリ族の姿に戻っていった。私がはじめてアフリカにきたとき、アデンまで迎えに出てきたファラと会った、そのときの様子に近くなった。ファラは私の古びた靴のことをとても気にしていて、私がパリに着くまで靴がもつよう、毎日神に祈っているのだとうちあけた。

この最後の数ヵ月間、ファラはいつも最上等の衣裳を身につけていた。彼は衣裳持ちで、私があつらえてやった金糸の刺繡のアラブふうのチョッキ、バークレー・コールの贈りものの緋色に金のふちどりのついたチョッキ、それから、さまざまな美しいいろどりの絹のターバンをいくつも持っていた。いつもはこういう衣裳は衣裳箱にしまってあり、特別な機会にだけ着ていたのだが、今は最上のものをふだん着にしている。ファラは栄華をきわめたソロモン王のような服装で、ナイロビの街路を私のすぐ後について歩き、役所や弁護士事務所のよごれた階段に坐って待っていた。これはソマリ族なればこそのふるまいだった。

ついに、飼っている馬や犬の運命を決めねばならないときがきた。私は残らず射殺するつもりでいたのだが、何人もの友人が譲ってほしいと手紙を送ってきた。そう言われてみると、馬に乗って出かけ、犬たちがまわりを走りながらついてくるたびに、射殺したりするのはよくないことだという気持が動いた。みんなまだこんなに元気でいるではないか。このことを決めるのにはずいぶん時間がかかった。ほかの問題については、私はそんなにたびたび方針をかえるようなことはしないできたつもりだ。結局、馬や犬たちは友人に譲ることにきめた。

気にいりの馬ルージュに乗って、私はナイロビの街に出かけた。ルージュはゆっくりと足を運び、北を見たり南を見たりしていた。ナイロビに出かけ、もときた道を二度と戻らないのは、ルージュにとってとても奇妙に感じられるにちがいない。ナイヴァシャ行きの列車の馬用の貨車にルージュを入れるには、いくらか手こずった。私は貨車のなかに入り、絹のようになめらかなルージュの鼻づらにさわり、顔を押しあてて別れを惜しんだ。ルージュよ、汝われを祝せずば去らしめず。土地の人たちのシャンバや家々のあいだを抜けて、川まで降りる道をいっしょにさがしたことがあったね。あの急斜面を、おまえはラバのように慎重に一歩一歩降りてゆき、川を流れる土色の濁った水に、いっしょに顔を映して眺めたことがあったね。おまえがこれから、雲の谷間で、右を向けばカーネーションを、左を向けばアラセイトウの花をたべられるような幸せに恵まれてほしい。

パニアを父とする二匹の若いディアハウンド種の犬の、デヴィッドとディナを、そのころ飼っていた。ギル・ギル近郊の農園にいる友人に二匹とも譲ることにした。あの辺でなら、犬たちは狩を楽しむことができるだろう。二匹ともとても元気で茶目気があり、友人の車に乗せられて、威風堂々と私の農園から去ってゆくときも、車の窓辺に頭を寄せあって舌を出し、ハアハア言っていた。それは新しいすてきな獲物を追跡する途中なのだといった様子だった。慧い眼と速い足をもち、活気にあふれた生きものたちが、私の家とこの平原から去っていった。犬たちは新しい土地の空気を吸い、嗅ぎまわり、そこで幸せに駆けまわることだろう。

雇い人たちも何人か農園を去っていった。もうコーヒーもなく、コーヒー精製工場もなくなるので、プーラン・シングには仕事がない。アフリカで別の就職口をさがす気もなく、彼はしまいに、インドに帰ることにきめた。

プーラン・シングは金属を扱うことにたけていたが、仕事場以外では子供も同然で、農園に終末がおとずれたことをまったく理解できなかった。黒いひげの上にすきとおった涙をポロポロ流し、私を農園にずっと居つかせ、これまで通り農園をやってゆく計画をあれこれもちだしては、長いこと私を困らせた。プーラン・シングはここにあるような機械をたいそう自慢にしていて、蒸気機関やコーヒー乾燥機に釘づけになり、機械のナットのひとつひとつに優しい眼をそそいでやまなかった。やがて、農園の状態がどうしようもなくなっていることをついに納得すると、プーラン・シングはすべての機械を一度に思いきりよくあきらめてしまった。ひどく悲しそうではあったが、すっかり運命を受けいれる気になり、私と顔をあわせると、帰国の旅の予定のことをあれこれ話すのだった。出発するときの荷物は小さな道具箱とハンダ付けの道具だけで、心も生活も、海を越えてすでに送りだしてあるように見えた。あとはただ、痩せたつつましい、色のあさぐろい人間と、ハンダ付け用の道具がついてゆくだけでことはたりる。

プーラン・シングが出発するまえになにか贈りものをしたかった。私の持ちもののなかから、なにか好きなものをえらんでもらうつもりだったが、そう話すと、プーラン・シングは大よろこびで、指輪をひとついただきたいと言う。私は指輪など持っていなかったし、買い与えるだけのお金もなかった。プーラン・シングがそんなことを言いだしてから数ヵ月たった。デニスはそのころ、夕食をしに農園に通っていたが、ある晩私はことの次第を彼に話した。以前私はデニスから、アビシニア産の純金の指輪をもらっていた。ねじるとサイズがかわり、どの指にもぴったり合う。デニスは、私がこの指輪をプーラン・シングに与えてしまうのではないかと心配した。というのは、これまでなにか贈っても、私がすぐそれを雇い人たちに与えてしまうので困ると、いつもデニスはこぼしていたからだ。またそうなることをおそれて、デニスは私の手から指輪を抜きとり、自分の指にはめた。そして、プーラン・シングが出発するまであずかっておくと言った。彼がモンバサに出かける四、五日まえのことである。こうして指輪はデニスといっしょに葬られる運命になった。しかし、プーラン・シングの出発まえに、私は家具を売った代金をかき集め、彼のほしがっていた指輪をナイロビで買ってきた。それは赤い宝石のついた重い金の指輪で、宝石は大きくて、まるでガラスのように見えた。プーラン・シングはよろこびのあまりまたすこし涙を流した。その指輪は農園や機械類との別れをいくらかでもなぐさめることになったと思う。農園での最後の一週間、プーラン・シングはいつも指輪をはめていて、家にくるたびに手をあげ、あかるくおだやかにほほえんで、それを私に見せた。ナイロビ駅で別れるとき、最後まで見えていたのは、彼のほっそりした黒い手、鉄床の上でおそろしい速さで働いていた、その熟練した手だった。土地の人専用の、こみあって暑い車両に乗りこみ、道具箱の上に坐ったプーラン・シングは、窓から手を突きだした。彼が上下に手をふると、指輪の宝石は小さな星のように輝いた。

プーラン・シングはパンジャブにいる家族のところへ帰っていった。もう何年も会っていないのだが、家族たちは連絡を絶やさず、よく写真を送ってきていた。工場のそばの、波型トタンでつくった小さな家の壁に貼った写真を私に見せるとき、彼の態度はやさしさと誇りにみちていた。まだインドに着かぬうち、航海の途中で、プーラン・シングは何通も手紙を送ってきた。どの手紙もおなじ文句ではじまる。「奥様、お別れいたします」そのあとに近況報告と、旅の見聞が綴ってあった。

デニスの死後一週間たった朝、奇妙なことがおこった。寝床のなかで私はここ数ヵ月の出来ごとを思いめぐらしていた。いったい、これらの出来ごとにはどんな意味があるのか、それを理解したかった。どうしたわけか私は人間としての在りかたの常軌を逸し、決して足を踏みいれてはならない大渦巻に巻きこまれているのだと思えた。私の行くところすべて、大地は陥没し、星々は空から落ちてくる。北欧神話の神々の没落《ラグナレク》を歌った詩では、星々の落ちるさまが描写されている。それから、山中の洞穴にかくれて絶望のうめきを洩らし、恐怖のあまり死んでゆく矮人たちを歌った詩がある。そういう昔の歌を私は思いだしていた。私をおそった一連の出来ごとは、ただの偶然とは到底考えられない。いわゆる不運の連続などというものではなく、そこにはなにか、一貫した原則があるに相違ない。その原則さえ見つけだせれば、私は救われるだろう。どこか正しい見かたのできる場所に立てば、ものごとの一貫性がありありとわかるにちがいない。そうだ、起きあがって、徴《しる》しをさがしに行こう。

　徴しをさがすなど、非合理なことだと考える人は多いだろう。こういうことを実行するためには、特殊な精神状態を必要とする。そして、おおかたの人びとはそんな精神状態に陥ることはないのだから。この特殊な精神状態で徴しをさがせば、その答えは決して求める人を裏切らない。答えは求めの自然の結果として与えられる。霊感にみちたトランプの勝負師が、テーブルにばらまかれたカードから十三枚を拾いあげ、いわゆるトランプの手なるもの、すなわち一つのまとまりをつくりあげるのも、おなじことなのである。ほかの人たちにはなんの徴しも見えないが、その勝負師にはグランド・スラム*の

*ブリッジ・ゲームでの全勝。

組合せがテーブルからまじまじと彼の顔を見つめているのがわかるのだ。グランド・スラムなど、あり得るものだろうか？　ほんとうの勝負師にとっては、それはあり得るのだ。

私は徴しをさがしに出た。なんとなくハウスボーイたちの家のほうへ歩いていった。ちょうど鶏たちを夜の囲いから放したところで、家々のまわりをたくさん走りまわっている。私は足をとめて、しばらく鶏たちを見ていた。

ファジマの大きな白い雄鶏がこちらへやってきた。と思うと、突然立ちどまり、右に首をまわし、それから左を見て、とさかを突きたてた。道のむこうの草のなかから小さな灰色のカメレオンが現れた。鶏とおなじように朝の偵察に出かけてきたのだ。雄鶏はカメレオンめざして進み、クックッと満足げな声をたてた。鶏はカメレオンをたべるのだ。カメレオンのほうは雄鶏を見ると死んだように動かなくなった。おびえてはいたが、このカメレオンはとても勇敢だった。足をしっかと踏みしめ、思いきり口を大きくあけて、敵をおどそうと、雄鶏めがけて目にもとまらぬ速さで棍棒型の舌を突きだした。雄鶏は一瞬ひるんだが、すばやく断固たる調子でハンマーを連打するようにくちばしでつつき、カメレオンの舌をちぎってしまった。

この遭遇はものの十秒とかからなかった。私は気をとりなおしてファジマの雄鶏を追いやり、大きな石でカメレオンを叩き殺した。カメレオンは舌がなくなったらもう生きられない。餌になる虫をとるのに舌を使うからだ。

それは小規模とはいえ不気味なおそろしい出来ごとで、私はすっかりおびえにとりつかれ、家に帰って庭の石の腰かけに坐った。長いことそのまま坐っていたので、ファラがお茶を運んできて、石臼のテーブルの上に置いていった。私はうつむいて石を見つめたまま、目をあげる気になれずにいた。世のなかは、危険にみちたおそろしいところだという思いにとりつかれていた。

それから何日かたつうち、ごくゆっくりと、私は目をひらかれていった。自分の求めに対して、これ以上あり得ない精神的な応答が与えられたことがわかってきた。奇妙なやりかたではあったが、私は重んじられ、敬意を払ってもらいさえしたのである。私が答を求めた人間以上の力は、私自身がこれまでそうしてきた以上に私の自尊心を支えてくれたのだった。これ以上の応答を期待できようか。いまはたしかに、自分を甘やかす時期ではない。私が呼びかけたものは、私の祈りを黙殺することをえらんだのだ。大いなる諸力は私に笑いかけ、その声は丘陵にこだました。トランペットの音のなかで、雄鶏やカメレオンのなかで、その声はたかだかと哄笑した。

もうひとつ、私の心をなぐさめたのは、あの朝出かけたおかげで、例のカメレオンを、じりじりとやってくる苦しい死にかたから救ってやれたことだった。

ちょうどこの時期、それは馬を手ばなすまえのことだったが、イングリッド・リンドストロームがンジョロの農園から訪ねてきて、しばらく私といっしょにいてくれた。イングリッドにとって自分の農園を留守にするのは大変なことなのだから、この訪問はこの上ない好意のあらわれである。ンジョロの土地の借金を支払うために、イングリッドの夫はタンガニーカの大きなサイザル麻会社へ出稼ぎに行き、海抜二千フィートの暑さのなかで汗水流して働いていた。自分の農園のために、イングリッドは夫を奴隷として外へ貸しだしているようなものだった。こういう状態だから、彼女は農園を自力で切りまわしていた。養鶏場の規模をひろげ、市場に出荷する野菜をつくり、豚を飼い、七面鳥の雛を育てる仕事をかかえていては、たとえ数日でも農園をあけるのはむずかしかった。それでもなお、イングリッドは私のためにすべてを雇い人ケモサの手にゆだね、火事を出した友人の家に駆けつける勢いでやってきてくれた。イングリッドがケモサを留守番にして一人で訪ねてくれたことは、わが家の現状を考えると、ファラにとっては体面上つごうがよかったかもしれない。イングリッドは、ひとりの女農園主が農園をあきらめて立ちのかなければならないという成りゆきのつらさを、身にしみてわかってくれた。彼女の理解力は強くはげしく、大自然の力そのもののようでさえあった。

イングリッドの滞在中、私たちは昔のこともこれからのことも話題にせず、友人や知りあいの名もまったく口にせず、ひたすら今、この場を占める破局に思いを集中した。農園内を歩いては、ひとつひとつのものの前で立ちどまり、私が失うものをいっしょに記憶にきざみつけているようなものだった。いや、むしろ、私のかわりにイングリッドが、運命に対して突きつける苦情申したて書の材料を集めているといったおもむきだった。自分がなめてきた体験を通じて、運命に文句を言ってもはじまらないことをイングリッドは百も承知だったが、それはそれとして、運命の不当をかぞえあげたい思いは、女たちの暮しの一部になっているのだ。

私たちは牛の囲い場に降りてゆき、柵に腰かけて、牧草地から帰ってくる牛の数をかぞえた。私は多くを言わず、ただ牛たちを指さしてイングリッドに示した。「この雄牛たち」イングリッドもまた、言葉すくなに応じるのだった。「そうよ、この雄牛たち」そして心のなかの苦情申したて書に牛のことを書きとめる。私たちは廐舎にまわり、馬たちに砂糖を与えた。砂糖が終ると、私はべとつく手を突きだして馬たちをイングリッドに示し、そして叫ぶ。「この馬たち」相手は大きくため息をついて、「そうよ、この馬たち」と言い、またもや例のメモに書きとめている気配である。川岸の菜園までくると、私がヨーロッパから持ってきてここで育てた植物に別れなければならないという現実を、イングリッドはどうしても受けいれることができなくなった。ミントやセージやラヴェンダーの上で、彼女は苦しげに手を握りしめた。菜園をはなれてしばらくしてから、イングリッドは残念そうにまたあの植物のことをもちだした。なんとかしてヨーロッパまで持ち帰れないものかと、その方法をあれこれ考えていたらしかった。

午後になると私たちは、この土地特産の雌牛たちの群れが芝生で草をたべるのを眺めては思いに沈むのだった。私はそれぞれの雌牛の年齢、特徴、乳量を説明し、それを聞くとイングリッドは、自分が傷を負ったようにうめきを洩らし、悲鳴をあげた。一頭ずつを彼女はつぶさに観察し、値ぶみをしたが、それはべつに売りに出すためではなかった。私の乳牛は全部ハウスボーイたちに与える予定になっていたからだ。つまりイングリッドの値ぶみは、私の損失を計算してみるためだった。彼女はやわらかく甘い匂いのする仔牛たちに強く惹かれていた。長い苦労の末、やっと自分の仔牛を何頭か買い入れたばかりのイングリッドにしてみれば、こんなすばらしい仔牛たちを手ばなすなど論外だった。理性に反し、意志に反して、イングリッドは非難がましい目を私にそそがずにはいられなかった。

あらゆるものを失う境遇に陥った友人と肩を並べて歩く男の胸のなかには、繰りかえし、「ああ、この運命が自分にふりかからなくて助かった」という思いがよぎる。そしておそらく、そうした心の動きをすまなく感じ、それを抑えようと努めることだろう。仲のよい女同士で、一方の悲しみに対してもう一人が深い同情を示す場合、事情はまったくちがう。運のよかった人のほうが、ずっと心のなかで「私がこんなことにならなくてよかった」と繰りかえし思っていることにかわりはない。しかし、それで二人のあいだが気まずくなったりはせず、逆にお互い一層親しくなるばかりか、災害見舞いがお座なりのものではなくなる。思うに、男たちは心をゆるして仲よく互いをうらやんだりうらやまれたりはしにくいのであろう。ところが、花嫁が付きそいの娘たちに対して優位に立っても、産後見舞いの客たちが可愛い赤子を産んだ母親をうらやんでも、女たちは互いにそのせいで悪感情をいだいたりすることはない。子供に死なれた母親が亡児の衣類などを友人に見せ、相手が心のなかで「こんなことが私におこらなくてよかった」と繰りかえし思っているのに気づいていても、それは双方にとってごく自然な、その場にふさわしいことなのである。イングリッドと私の場合もおなじだった。私の農園を歩くあいだ、イングリッドが自分の農園のことを思いつづけ、それを今も自分のものとしてくれている運命に感謝し、全力をあげてその農園にしがみつこうとしていることは、私にはよくわかっていたし、二人ともそれを当然のこととして受けいれていた。二人が着ているのはふるぼけたカーキ色のコートとズボンにすぎないのだが、ほんとうは私たちは神話のなかの女たちなのだ、白と黒のおごそかな衣裳をまとい、アフリカの農園生活をまもる一対の守護神なのだった。

数日後、イングリッドは別れを告げ、汽車でンジョロに帰っていった。

もう馬で出かけることはできなくなったし、犬を連れない散歩は静かで落着いたものになった。だがまだ車は残っていて、それがあるのはありがたかった。最後の数ヵ月間、私はとてもいそがしかったからだ。

借地人たちの将来は私の心を重くした。農園を買いとった人たちはコーヒーの木を切りはらう予定だった。その上で土地を小さく分割し、宅地として売りに出すつもりだというから、もう農作業をする借地人は要らなくなる。売買の取引きが終るとすぐ、新しい地主は借地人たちに、六ヵ月の猶予を与えるから土地を引きはらうように、と言いわたした。借地人たちにとって、これは予測もしなかった迷惑な決定だった。土地はもともと自分たちのものと思いこんでいたからである。借地人のほとんどはこの土地で生まれた人たちだし、それ以外はほんの子供のころ、両親に連れられてここに移住してきた人たちだった。

借地人としてのこれまでの取りきめは、一年に百八十日間私の農園の作業をやり、その報酬として三十日ごとに十二シリング支払われるというもので、その勘定書きは農園事務所に保管されていた。さらに、小屋ひとつあたり十二シリングの税金を植民地政府に納めなければならない。これが一人前の男にとって重い負担になるのを、借地人たちは身にしみて知っていた。キクユ族の夫は妻の人数に応じてそれぞれに家を与えるしきたりになっている。この世でわがものにできるのは、たかだかこの何軒かの小屋くらいなのに。私のところの借地人たちはよくこの税を滞納して、そのたびに農園をたちのくよう勧告されていたから、自分たちの立場がまったく安泰というわけでもないとは、うすうす感じていたらしい。借地人たちはこの家屋税が気にくわなかった。政府の代理で私が農園でこの税を徴集するときは大騒ぎで、彼らはいろいろな言いぶんを申したてるのだった。それでもなお、借地人たちはこうした一切のことを、有為転変は世の常という態度で受けとり、なんとかして事態を乗りきる望みを決して失おうとはしなかった。借地人一同にあてはまる基本原理があり得るなど、彼らにはまったく想像のほかだったし、その原理が時いたればあきらかになり、全員に致命的な打撃を与えることもわかっていなかった。農園についての新しい持ち主の決定を、借地人たちはしばらくのあいだ一箇の怪物と見なすことにし、勇気をふるってそれを無視することに決めた。

すべてのことについてではないが、ある側面では、白人が土地の人たちの心のなかで占める位置は、白人の心のなかで神が占める位置に似ている。私がインド人の材木商と売買契約を結んだとき、その書類には、神の御業《みわざ》なる言葉が記されていた。私にとっては唐突な表現だった。契約書をつくっていた弁護士は、こう説明してくれた。

「いやいや、奥様、あなたはこの言葉の意味をまだつかんではおられない。まったく予測もつかない事態、法則や理性に合致しない事態、それが神の御業なのです」

ついに農園たちのきの通告がはっきりわかると、借地人たちは暗い群れをなして私の家を取りまいた。この終末の宣告を、彼らは私が農園を去ることとの結果としてうけとめた。私の不運が大きく育ち、彼らの上にまで拡がったためなのだ。そのことでみんなは私をとがめたりはしなかった。責任問題についてはすでに私と借地人とのあいだで十分に話しあいがしてあったからだ。彼らは私に、これからどこへ行けばよいのかをたずねにきたのである。

この問いに答えるのは、いろんな意味で私にとってむずかしかった。法によれば、土着の人たちは土地を買うことを禁じられている。それに、ここの借地人全員を受けいれてくれるほど大きな農園は、私が知るかぎり、この地方にはなかった。当局に私から問いあわせると、全員キクユ族居留地に移住し、そこで土地を探すようにと言われ、それを一同に伝えるほかなかった。すると彼らは、深刻な調子で問いかえした。その居留地には、いま持っている家畜のすべてを連れてゆけるほどの空き地があるだろうか？　それに、ここの借地人たち全員が離ればなれにならず、いっしょにかたまって暮せるだけの土地が保証されるだろうか？　散りぢりになるのはみんな御免なのだ、と言う。

一緒に暮すことを借地人たちがこれほどかたく決心しているとは、私には意外だった。この農園にいるあいだ、彼らは絶えずお互いのあいだでもめごとをおこし、悪口を言いあっていたのだから。こうした過去のいきさつを乗りこえて、一同は揃ってやってきた。威風あたりを払う大家畜所有者のカゼグ、カニヌ、マウゲなどが、一匹の山羊さえ持たない貧しい耕作人のワウェルやチョザと一体になっている。みんな心をあわせ、それぞれが自分の雌牛に執着するのとおなじように、仲間から離れまいと真剣になっている。この人たちは暮してゆける場所を求めているだけでなく、生活のかたちそのものを私に対して要求しているのだった。

私たち白人はここの人びとから土地を奪った。奪ったのは彼らの父祖の土地にとどまらない。さらに多くのもの、すなわち、ここの人びとの過去、伝統の源、心の寄りどころを奪ったのだ。彼らがこれまで見慣れてきたもの、そしてこれからも見つづけてゆこうとしているものを奪えば、それは彼らの眼を奪うにひとしい。これは文明化した人びとよりも、素朴な人びとの上に一層強く現れる。動物たちは自分の寄りどころを失った場合、それを取りもどそうと、危険や困難にもめげず、長い道のりをたどって、なじみ深いもといた場所へと帰ってゆく。

マサイ族が昔から住んでいた鉄道線路の北側の土地から現在のマサイ族居留地に移動させられたとき、彼らはふるさとの丘や野原や河の名をそのまま新しい土地にあてはめて命名した。居留地を旅する人たちにはまぎらわしくて迷惑なことだったが、マサイ族はこうして自分たちの断ちきられた伝統の根の一部を、薬草の根のように大切に運んでゆき、流亡の地にあっても過去を保存する手段としたのだった。

いま、私の農園の借地人たちはこれとおなじ自己保存の本能によって、互いに離れまいとしていた。住みなれた土地を離れることになるならば、自分の心の寄りどころを証明できるように、そこを知っていた人たちに身近にいてもらわなければならない。そうすれば、これからの年月も、この農園の地形や歴史について話しあえるし、自分が忘れたことでもほかの人が憶えていてくれるだろう。この共同体絶滅の運命がふりかかるのを、借地人たちは恥辱と感じているのだった。

「ムサブ、どうぞ役人のところに行って、私たちのために訴えて下さい。ここで飼っていた家畜を全部連れてゆけるだけの新しい土地をもらって下さい。そこで私たちみんながいっしょに暮してゆけるように」と、彼らは言う。

この訴えのおかげで、私の長い巡礼がはじまった。いや、もの乞いの旅と言ったほうがいいかもしれない。アフリカでの最後の何ヵ月かは、このことに費やされた。

キクユ族の使い走りとして私がまず最初に面会したのは、ナイロビ及びキアンブの地方弁務官だった。それから現地人局、土地管理局とまわり歩き、とうとうしまいに総督のジョーゼフ・ビルンに会いに行った。彼はイギリスから着任したばかりなので、この用件で会うのが私には初対面だった。しまいに私はもう、なんのために自分が役所めぐりをしているのかわからなくなってしまった。潮の満ち引きに押し流されるように、私は役所から役所へと行ったりきたりしていた。一日じゅうナイロビにいなければならない日もあれば、一日のうち二度も三度もナイロビに出かけるはめになることもあった。私が戻ってくると、いつも大勢の借地人たちが家を取りまいていたが、首尾はどうだったかとたずねたりは決してしない。彼らがそこにいるのは、なにかわからないがこの土地伝来の呪術によって、私に活力をそそぎこむために見まもっているのだった。

役人たちは辛抱づよく、親切でもあった。ことの運びがむずかしかったのは、彼らのせいではない。この農園の人びとと家畜を残らずまとめて収容できるだけの土地を、キクユ族居留地のなかに見つけるということ自体が難問だったのだ。

役人のほとんどはもうここに長くいる人たちで、土地の人たちの性格を心得ていた。だから彼らは、キクユ族に家畜をいくらか手ばなして金にかえるようにすすめるという手段があるにはあるのだがと、控えめに言うにとどめていた。キクユ族はたとえ事情がどうあれ、決して家畜を金にかえたりはしないことを、役人たちはよく知っていたし、また、家畜の数にくらべて小さすぎる土地に移れば、やがては居留地内の先住の隣人たちとのあいだに、きりもない衝突をおこし、その地域の地方弁務官が割って入って調停しなければならない成りゆきになることも見通していた。

　だが、借地人たちの二つめの要求、つまり、みんなかたまっておなじ土地に住みたいという願いをもちだすと、当局の人たちはその必要は実際上ないだろうと言う。「その必要があるかないかなんて、どうでもいいではないの」と、私は心のなかでつぶやいた。「いちばん見下げられている物ごいでさえ、この上なく貧弱なものについて、とてもぜいたくなのに」などと思いつづけた。私はいつも人間を、その人がリア王に対してどのようにふるまうだろうかという架空の条件によって分類することにしてきた。理屈でリア王を説得することはできない。それはキクユ族の老人に対する場合もおなじである。はじめからキクユの老人は、他人にむかって過大な要求をしてくる。しかしともかく、彼も一人の王なのだ。アフリカ人は白人に荘重な儀式をもって自分の土地を譲りわたしたわけではない。だから、事情は老王リアとその娘たちの場合とはいくらかちがう。白人はこの土地を保護領として引きついだ。しかし、まだ記憶に残るほど近い過去に、この土地の人びとは自分たちの土地を確かにわがものとしてもっていたのだし、白人のことも、白人のつくった法律も、耳にしたことさえなかったのだ。このことを私は心にきざんでいた。あらゆる点で不安定な暮しのなかで、土地だけは彼らにとって今も不動のものだった。ある者たちは奴隷商人にさらわれて、奴隷市場で売られたが、それでも、いつもこの土地にキクユ族が絶えたためしはなかった。さらわれていった人たちは、東方諸国での奴隷の境涯のなかで、この高原を恋いこがれた。それというのも、ここそが彼らの祖国だからである。年老いた、黒い肌の、澄んだ眼をもつアフリカ人と、これまた褐色で年老いた、澄んだ眼をもつアフリカ象とはよく似かよっている。両方ともおなじようにしっかと大地に立ち、自分を取りまく世界の印象が、そのおぼろげな精神のなかにゆるやかに吸収され、うずたかく積もってゆく重みに耐えて、じっと足を踏みしめている。老人も象も、彼ら自身がこの土地の風物の一部となる。両方のうちのどちらかが、周囲の環境のはげしい変貌に当惑して、いったいここはどこなのかとたずねるかもしれない。そうきかれた人は、「リア王」のなかのケントの台詞で答えなければならないだろう。「ここは陛下御自身の王国でございます」と。

ナイロビと農園のあいだを行き来し、役所から役所へ日参しなければならない日々が、これから一生つづくのかと思いはじめたちょうどそのころ、突然私の請願が許可されたという通告を受けとった。植民地政府は、ダゴレッティ森林保護区の一部をさいて私の農園の借地人たちに与えることに同意したのだ。これまで住んでいた場所から遠くないところに、自分たちだけの居住地をつくることができる。私の農園が消え去ったあとも、彼らはなお共同体としての自分たちの体面と名を保ちつづけることができるのだ。

この決定の知らせを、農園の一同は深い静かな感動をもって受けとった。この件について、借地人たちが常に希望をもちつづけていたのか、それともあきらめていたのか、キクユ族の表情から判断することは不可能だ。この問題が片付くやいなや、息をもつがせず、彼らは種々雑多なややこしい要求や提案をつきつけてきたが、私はもう取りあげようとしなかった。みんなはなおも私の家を取りかこみ、新しい期待のまなざしをそそいでいた。土地の人たちは運というものを重く見なし、それを信じている。だから、今度のことが成功したのをきっかけに、すべてがうまくゆくようになり、私がこれまで通り農園にとどまれるようになると期待しはじめているものらしかった。

私自身の気持から言うと、借地人たちの将来が保証されたことは大きな慰めだった。これほどみちたりた思いになれたことはめずらしい。

さて、二、三日たつと、この土地で私のなすべきことは終ったのだという気持が湧いてきた。いまこそ、ここを離れる潮どきだ。コーヒーの収穫も終り、工場は沈黙し、家もからっぽになった。そして借地人たちは住むべき土地を得た。雨期は終り、平原も丘陵も若草で覆われている。

この農園を手ばなすまいという、私にとってなにものにもかえがたい一大事のためには、あらゆる小事に対して眼をつむって耐えようと心に決めた私のはじめの目論見は、結局は失敗に終った。自分の生命をあがなう代償として、私は持ちものを一つ、また一つと手ばなすのをいとわなかった。だが、無一物となったとき、私は運命によってやすやすと取りのぞかれる、軽やかな存在に変身していた。

農園ですごした最後の日々に、満月がめぐってきた。月光はなにもない部屋に射しこみ、窓のかたちを床におとした。すべてのものがなくなったこの場所にいつまでもとどまっているつもりかと、月がいぶかってのぞきこんでいるのだろうか。「いや」と月は言った。「私にとって、時はそれほど意味をもたない」

借地人たちが新しい土地に落着くのを見とどけるまでここにいたいとも思ったが、土地の下見には時間がかかり、いつ移住できるかは、見通しがつかなかった。

5　別れ

近在の老人たちが私のためにンゴマを催すことを決めたのは、そのころのことだった。この古老のンゴマというものは、過去の時代には大きな役割を荷なっていたが、今はもうほとんどひらかれることはなくなり、私のアフリカ滞在中、一度も見る機会はなかった。キクユ族自身が古老のンゴマをたいへんに尊重しているので、私も一度見たいものだとは思っていた。この老人たちの踊りが農園で催されるのは非常な名誉で、農園の人びとはその日のくるずっとまえから、うわさでもちきりだった。

いつもは土地の人たちのンゴマを軽蔑しているファラさえ、今回の老人たちの決定に感動していた。「あの人たちはとても年とっているのですよ、メンサヒブ」と、ファラは言った。「それはもう、たいへんな年寄りなのです」

若いキクユ族の猛者《もさ》たちが、やがてひらかれる老人たちの踊りについて畏敬の念をこめて話しあうのをきくと、奇妙な気がした。

この特別なンゴマについて、ひとつだけ私の知らないことがあった。つまり、このンゴマは政府によって禁じられていたのだ。禁止の理由は私にはわからない。キクユ族はおそらくこのことを念頭においていただろうが、あえて無視することに決めたらしい。これほどに大きな災厄がふりかかった場合なのだから、ふだんならできないことをしてもかまわないと思ったのか、それとも、この踊りがひらかれるということでかきたてられた強い感動のなかで、禁制など忘れ去ってしまったのか、それはわからない。彼らはこのンゴマが催されることをかくそうともせず、公然と話しあっていた。

老いた踊り手たちの到着は、またとない厳粛な光景だった。百人ほどの老人たちが勢揃いして、一度に姿を見せた。どこかすこし離れた場所に、あらかじめ集っていたのであろう。土地の老人たちは寒がりで、いつも毛皮や毛布をまとっているのだが、いまここでは、彼らは裸体をさらしている。それはおそるべき真実をおごそかに告げている姿と見えた。装身具や戦闘用の彩色は控えめだったが、なかには若い戦士が使うのとおなじ、黒鷺の羽根飾りをはげ頭の上につけている人も何人かいる。この老人たちに装飾はなにもいらない。彼らの存在そのものが強烈な印象を与えるのだから。ヨーロッパの舞踏会では、年老いた美女たちが若く見せようとして、必死に装っているのを見かけるが、この老人たちはそんなことはしない。踊り手自身にとっても、また見物人にとっても、この踊りの意義と重さは踊り手の老齢そのものにあるのだ。老人たちは私がこれまで見たこともない、なんともふしぎな模様を体に描いていた。寄る年波に曲った手足に沿ってチョークで塗ったすじは、皮膚の下にかくれた、こわばってもろい骨格のありかをくっきりとあらわに強調している。ゆるやかな序奏の行進をしながら登場してくる老人たちの動きは、じつにふしぎなもので、いったいこれからどんなたぐいの踊りを見せられるのかと、私はいぶかしく思った。

その場に立って眺めているうちに、かつて私をとらえた幻想がふたたびよみがえってきた。去ってゆくのは私ではない。アフリカを離れるなど、私のとぼしい力をもってしては到底できない。逆に、引き潮のようにゆるやかに、かつおごそかに私から遠のいてゆくのは、このアフリカのほうなのだ。今ここを通るこの行列は、じつは以前私の知っていた、力強く肉付きのよい若い踊り手たちであり、彼らは私の眼のまえで老いてゆき、永久に立ち去ってゆくのである。踊り手たちは自分なりのやりかたで、静かに踊りをはじめようとしていた。人びとは私とともにあり、私も彼らと心をあわせ、満ちたりた思いだった。

老人たちは話しかけてこず、互いのあいだでも話をかわさない。これからおこなう踊りの動きにそなえて、じっと力をたくわえているのだ。

ちょうど踊り手たちが円陣をつくったとき、ナイロビから黒人の警察官が私あての手紙をもって到着した。このンゴマの開催を禁止するという通達だった。

まったく予期しないことだったので、私は事態がのみこめず、その書類を二、三度読みなおさなければならなかった。手紙を届けてきた警察官自身、自分がぶちこわしにきたこの催しの厳粛さに感動しきっていて、老人たちにもハウスボーイたちにも口がきけず、黒人警察官につきものの、おなじ土地の人たちに権力をひけらかしていい気になる、あのいつもの威張った態度を見せずにいる。

アフリカ滞在中を通じて、これほど腹だたしい思いをしたことはない。自分にふりかかる出来ごとに対して、心が激しい怒りではちきれそうになるのを、私はこのときまで体験したことがなかった。口をきく気にもなれなかった。いまやもう、言葉は無益である。

キクユ族の老人たちは、老いさらばえた羊の群れのように立ちつくし、しわの寄ったまぶたの下から私に眼をそそいでいた。このンゴマをひらこうと長く思いさだめてきた以上、そうすぐにはあきらめきれないのだ。何人かは発作的にすこし足を動かしさえした。踊るためにここにきたからには、老人たちは是非とも踊らなければならない。ついに私は、このンゴマは散会すると言いわたすことにした。

この短い知らせが、老人たちの心のなかでは、なにか別の意味をもって受けとられていると、私には感じとれた。どのようにか、それはうまく言えない。おそらく、一瞬のうちに彼らは、このンゴマがあますところなく、完全に終息したのを悟ったのであろう。なぜなら、私という人間がもはや存在しない以上、もう踊りを見せる対象はなくなったのだから。あるいは老人たちはこう思ったのかもしれない、このンゴマは、じつはすでに催されたのだと。それも、すべてのものを無に帰するほどの比類ないみごとさ、力強さをもっておこなわれ、それが終った今は、もうなにもかもが終ったのだと。

この土地産の小さな犬が一匹、まわりの静けさに圧倒されて、芝生で鳴きはじめた。その声は私の心にこだました。

「……この小犬たち
トレイ、ブランシュ、スイートハート、
見よ、犬たちは私に吠えかかる」*

踊りが終ったとき、「古老たち」に煙草をくばる手はずになっていたカマンテは、いつもの無言の機転を働かせて、今がその機会だと判断した。そして嗅ぎ煙草をうずたかく盛ったヒョウタンの容器を持って進みでた。ファラが手を振ってやめろと合図した。しかし、カマンテはキクユ族であり、老いた踊り手たちの気持がわかっていた。カマンテは自分の判断を押し通した。嗅ぎ煙草は現実である。その現実をわれわれは老人たちに分配した。しばらくすると一同は立ち去っていった。

農園の人びとのなかでも、私が去るのをいちばん悲しがったのは老女たちだったと思う。キクユ族の老女たちはきびしい生活に耐えてきたせいで、頑固で冷酷になる。機会さえあれば嚙みつく老いたラバのようだ。医療にあたった私の経験からいうと、年寄り

*『リア王』三幕六場。

の女たちは男たちよりも病気に対して抵抗力があり、より野生に近く、また、男たちよりもさらに徹底して尊敬の念を欠く。老女たちは多くの子供を産み、そして多くの子供たちを死なせる目にあってきた。もう彼女たちはなにものも怖れない。老女たちは三百ポンドの重さの薪の束を、額にかけた皮紐で支えて運ぶ。重みによろめきはしても、決して音《ね》をあげない。シャンバ内の畑の硬い土をたがやし、朝早くから夕方暗くなるまで、体を二つに折って働く。老いたる女は「其処よりして掴むべきものをうかがう。その目のおよぶところ遠し。その心の堅きこと石のごとく、その堅きこと下臼のごとし。是《かれ》は恐怖《おそれ》なき身に造られたり。その身をおこして走るにおいては馬をもその騎手《のりて》をも嘲けるべし。是《これ》あに頻《しきり》に汝に願うことをせんや。やわらかに汝にもの言わんや*」

それでもなお、老女たちは力のゆとりを保ち、活力にあふれている。農園でおこなわれることには、なんであれ強い興味を示し、若者たちのンゴマを見物しに、十マイルの道も遠しとせず、歩いてやってくる。ちょっとした冗談口や一杯の酒で、歯のないしわだらけの顔が笑みくずれる。この老いた女たちのなかにある活力と人生への愛は、私に畏敬の気持をおこさせるにとどまらず、まぶしいまでに人をひきつける。

農園内に住む老女たちと私はいつも仲がよかった。私のことをジェリと呼んだのは彼女らだけで、男たちも子供も、決してこの名で私に呼びかけたことはない。ごく幼い子供たちは例外だったが。ジェリとはキクユ族の女名前だが、この名には特別な性格がある。上の子供たちが大きくなってから、何年も間をおいてひょっこり生まれた女の子はジェリと名づけられる。おそらく、この名にはいとしみがこもっているのだろう。

老女たちは、私が去ってゆくのを悲しんでいた。この最後の時期に会った人のなかで、私の記憶に焼きついている一人のキクユ族の老女がいる。よく知らない人なので、名前もわからない。たぶんカゼグの集落の人で、大勢いるカゼグの息子たちの誰かの妻か、それともやもめなのだろう。平原のせまい小径で行きあわせたとき、彼女はキクユ族が屋根の骨組にする細長い棒の束を背負っていた。屋根を組みたてるのは女の仕事である。棒の長さは十五フィートもあろうか。運ぶのには一方の端をたばねる。この丈高い円錐状の荷を、背をかがめて運ぶ人の姿を平原で見かけると、先史時代の生物か、それともキリンが動いているように見える。この老女が運んでいる棒はどれも黒くすすけ、長い年月を煙で燻されてきたものだった。つまりこの人は住みなれた小屋をたたみ、その材料をそっくり引きずって、新しい土地に移動するところなのだ。道で出会うと彼女はじっと立ちどまり、私の行くてをふさいで、こちらの顔をまじまじと見つめた。平原でキリンの群れに行きあったとき、そのなかの一頭がおなじようにして私を見つめることがある。どちらも、私の考えおよばない暮しかた、感じかた、考えかたをもっている。やがてこの老女は泣きだした。頰をつたって涙が流れる。平原にいる雌牛が、眼のまえで突然放尿するのに似ていた。老女も私も、一言も言葉をかわさなかった。しばらくすると彼女は私に道をゆずり、二人は別れて、それぞれ逆の方向に歩いていった。ともかく

*旧約聖書『ヨブ記』第三十九〜四十一章に基づく文章。

あの人は、新しく家をたてる材料を持っているのだ、と私は思った。そして、彼女が新しい土地で仕事にかかり、棒を結びあわせて自分の住まいの屋根を組みたてる様子を想像していた。

農園の牧童たちは、生まれてこのかた、私が自分の家に住んでいない状態をまったく知らずにきていたので、私がここからいなくなることを想像するだけで、たいへんな興奮と緊張にとりつかれていた。私のいない世界を思いえがくのは、この子たちにはとてもむずかしく、かつ勇気の要ることだった。それは神の摂理も退くことがあるのだという事実を知るようなものだ。私が道をゆくとき、牧童たちは丈高い草のあいだから顔をだし、こう呼びかけてくる。「ムサブ、いつ行ってしまうの？　あと何日するといなくなってしまうの、ムサブ」

ついに立ち去る日がきたとき、私はひとつ奇妙なことを学んだ。自分では想像もつかないようなことが、この世にはおこり得るのだ。それも、前もって想像することもできず、それがおこっている最中にも、さらにおこってしまってからあとでふりかえってみてさえ、想像を絶するようなことが。状況というものは、事件をひきおこす力をふるうのに、人間の想像や理解の助けを必要としない。その渦中にまきこまれたら、人間は一瞬一瞬、事態の成りゆきに注意をこらしながら、それに従ってゆくほかない。手を引かれる盲目の人が、注意ぶかく、しかも自分では知らぬまに一歩一歩と導かれてゆくのに似ている。さまざまなことがおこり、そのただなかにいるのを感じながら、しかもそう感じているということを除けば、事件への手がかりがつかめない。まして、事件の原因も意味もまったくわかりはしない。サーカスで自分に振りあてられた役割を演じる動物たちも、おなじように感じているのだろう。こうした事態をくぐりぬけた人びとは、ある意味で、死をくぐりぬけたのだと言うことができよう。それは体験の領域内にとどまりながら、しかも想像の枠を超えた道なのだ。

グスタフ・モールが朝早くやってきた。駅まで私を車で送るのだ。冷えびえした朝で、空の色も景色も沈んでいた。グスタフ自身も蒼ざめた顔で、眼をしばたたいていた。それを見て、以前ダーバンで年老いたノルウェー人の捕鯨船船長から聞いた話を思いだした。ノルウェー人はどんなに激しい嵐にもひるまないが、静けさのなかでは神経が参ってしまうのだという。グスタフと私は、これまで何度もそうしてきたように、石臼のテーブルでいっしょにお茶を飲んだ。そこから西を望むと、連なる丘陵は谷々に灰色の雲をまつわらせ、数千年にわたる時のなかの一瞬を、おごそかに生きていた。まるで丘陵の頂きにいるように、私の体はつめたかった。

ハウスボーイたちはまだ、ガランとした家のなかに残っていた。だがもうそれぞれが生活の場所をべつのところに移し、家族や持ちものはすでに移動を終っていた。ファラの家の女たちと息子のサウフェは、昨日ナイロビにあるソマリ族の集落へトラックで引っ越した。ファラは私についてモンバサまで行く。ジュマの小さい息子のトゥンボもいっしょだ。トゥンボはどうしても港まで見送りたいと言いはり、別れの贈りものに雌牛一頭をとるか、モンバサ行きをとるかと言われて、ためらわずモンバサ行きを選んだのだった。

ハウスボーイの一人ひとりと別れの挨拶をかわし、それから家を出た。これまでいつもドアをきちんとしめるように言いきかされ、それをよく守ってきた彼らだったが、私が出たあと、ドアはいっぱいにあけはなしたままになっている。これこそ土地の人らしい態度だった。私がまた戻ってくることを願っているのを示すためか、それとも、家の戸締りをして護るべき人はもういなくなり、ハウスボーイたちもまた四方からの風にさらされることになるのを強調するためだったろうか。ファラはラクダに乗って歩くくらいの速度でゆっくりと運転し、私道を廻った。家は私の視野から消えた。

池のほとりまできたとき、私はモールに、ここでしばらく足をとめても時間は大丈夫かとたしかめた。私たちは車を降り、岸辺に腰をおろして煙草を一服した。魚の姿がいくつか水中に見えかくれした。これからは、クヌッセン老を知らず、また魚がそこにいることの値うちに気づかない人たちが、この魚を獲ってたべることになる。池の岸に、借地人カニヌの孫で、テンカンを病むシルンガが姿を見せ、最後の別れの挨拶をした。なぜ最後かといえば、シルンガはここ数日というもの、絶えず私の家のまわりにいて、何度となく別れの挨拶をしていたからだ。車で出発すると、シルンガはせいいっぱいの速さで後を追って走りだした。車のたてる風と土埃にまきあげられているように見える。

シルンガは、ほんとうにまきあげられてもおかしくないほど小さかった。この子の走る様子は、私という火から飛びちった最後の火花のようだった。農園内の道が公道に合するところまで、シルンガは走りつづけた。公道に出てもまだ後を追うつもりかと、私は心配になってきた。そんなことをしたら、農園全体の像が散りぢりになり、抜けがらとなって吹き払われてしまうだろう。だが、シルンガは道の角で走りやめ、そこに立って、姿が見えなくなるまでじっと私たちを見送っていた。

ナイロビに至る道すがら、草の上にも路上にも、たくさんのイナゴがいるのを見かけた。何匹かは車のなかまで侵入してきた。イナゴたちはふたたびこの地方をおそおうとしているらしかった。

大勢の友人が駅まで見送りにきていた。ヒュー・マーチンもいた。例によって肥って無頓着な様子だった。挨拶をかわしたとき、この農園のパングロス先生に、私はひどく孤独な影を見た。それは同時に勇敢な姿でもあった。この人は全財産を犠牲にして、みずから自分の孤独をあがなったのだ。彼の存在はアフリカというものの一種の象徴ともいうべきものだった。私たちはなごやかに別れの挨拶をかわした。彼とはこれまで、たびたび愉快な時間をすごしてきたし、人生の智慧にみちた会話をたのしんだものだった。デラメア卿はいくらか年をとり、白髪が増え、以前マサイ族居留地でいっしょにお茶を飲んだときにくらべて髪を短く刈りこんでいる。第一次大戦がはじまった当時、私は牛車を使って軍需品の輸送にあたっていた。デラメア卿は今もあのころと変らず、誠意をこめた鄭重な態度を崩さなかった。ナイロビにいるソマリ族のほぼ全員がプラットフォームにきていた。年老いた家畜仲買人アブダッラが、トルコ石入りの銀の指輪をくれた。幸福をまねく指輪だという。デニスの従僕ビレアは重々しい態度で、イギリスに行かれたら、御主人様の兄上によろしくお伝え下さい、と言った。彼は昔、デニスの兄の邸に滞在したことがあるのだった。駅への道すがら、ファラは言った。ソマリ族の女たちは人力車で駅まで見送りにきたのだが、ソマリ族の男たちが駅に大勢集っているのを見て驚いてしまい、しかたなく帰っていったのだという。

列車に乗りこんでから、私はグスタフ・モールと握手をかわした。列車が動きだすと、彼は精神の平衡をとりもどした。私にたちなおる勇気をそそぎこもうと躍起になり、彼は顔を紅潮させた。頬は燃え、その薄青い眼は私にむかって強い輝きを送った。

モンバサへの途中のサンブル駅で、機関車が給水するあいだ、私は列車を降りて、ファラと一緒にプラットフォームを歩いた。

そこから、南西の方角に私はンゴング丘陵を見わたすことができた。けだかい丘陵の稜線は空色をおびて、まわりの平原からそびえたっている。だが、ここからはあまりにも遠く、四つの主峰もほとんど見わけがつかない。農園から見える姿とはまったくちがう。山の輪郭は、距離というものの力によって次第にやわらげられ、やすらかな面影となって、私の記憶に残った。

訳者あとがき

横山貞子

この本の著者は、いくつもの名前を使った。生まれたときについた名は、カレン・クリステンツェ・ディネセン。結婚してフォン・ブリクセン＝フィネッケ男爵夫人。離婚後もブリクセン男爵夫人を名のる。家族や親族からはタンネの愛称で呼ばれた。二十代の後半、パリに滞在したころから、自分を「タニア」と呼び、手紙にもそう署名するようになる。アフリカでキクユ族がつけたあだ名は「ジェリ」。これは「心に留める人」という意味だという。

ペンネームにはこだわりが強かった。二十二歳で最初に雑誌に文章が載ったとき使った名は「オスセオラ」。一八三〇年代のアメリカ・インディアンの指導者オスセオラにちなむ。一九三四年にアメリカとイギリスで出版した『七つのゴシック物語』ではイサク・ディネセン。翌年、デンマーク語で出版したおなじ本もこのペンネームを使う。イサクは男性の名であり、イギリスの女性作家ジョージ・エリオットの場合を思わせる。だが、一九三七年出版の『アフリカの日々』の著者名は、イギリスとデンマークではカレン・ブリクセン、翌年のアメリカ版はイサク・ディネセンとなっている。ただしアメリカの場合は、前作『七つのゴシック物語』の著者として知られた名前を使いたいという出版社の意向で、そうなった。本文のなかで登場する著者本人の名は「ブリクセン男爵夫人」となっている。

第二次世界大戦中にデンマークで出版した『復讐《ふくしゅう》には天使の優しさを』では、フランス人の男性ピエール・アンドレゼルの作品とし、それを、後に秘書になるクララ・スヴエンセンがデンマーク語に訳したことにしている。ナチス・ドイツ占領軍ににらまれないための偽装というが、著者自身、こういう仮面劇めいたやりかたをおもしろがっていた面もある。

さらに、名前についての問題をもうひとつ。これまでの翻訳で使っていた著者名のカタカナ表記「アイザック・ディネーセン」を、今回、もとの発音に近い「イサク・ディネセン」に改めた。御指摘いただいたかたがたに感謝する。そして、以前の表記で記憶していて下さる読者に、訳者としておわび申し上げる。

『アフリカの日々』は記録ではない。紀行、体験記、ルポルタージュ、自叙伝などのジャンルは、どれもあてはまらない。一九一四年から一九三一年までの十八年間、著者はアフリカで農園を経営した。アフリカを離れてから年を経るにつれて、アフリカの像は著者の内部で結晶し、自分にとっての真実の相をあきらかにしてゆく。その精髄を取りだして作品にしたものがこの本だ。

細部はみごとに省略される。美しい高地と、そこに住む人びとに魅せられ、コーヒー栽培には適さない土地で、農園経営を続けようとする。資金繰りに追われ、銀行と借金の交渉をしたことも、出資者の非難にさらされたことも、ここには書かれていない。この作品は、なにを書いたかとおなじくらい、なにを書かなかったかによって成りたっているといえる。

登場人物もまた、この選別によって整理される。夫が登場するのはただ一箇所、第4部「手帖から」にある「戦時のサファリ」に限られる。ドイツ領の植民地との国境線でドイツ軍と対峙するイギリス軍の前線へ、物資を届けるように指示してきた、名前抜きの「夫」として言及されるだけだ。農園の経営を数年間手伝った弟トマスの活動も出てこない。描かれているのは土地の子供たち、農園への客たちである。第5部ではじめて、ずっとむずかしかった農園の経営がついに破綻し、土地を売却して帰国するまでのことの次第があきらかになり、さらに、二つの死が語られる。だが、その語り口の晴朗さはかわらない。

デンマーク生まれの著者がアフリカで農園を経営するようになった事情は、本文では出てこない。省略してかまわない細部なのだろう。作品としてそのほうが効果的なことはわかるが、ここで略伝ふうに補足しておく。

著者の生まれたのは一八八五年四月十七日。場所はコペンハーゲンとエルシノーアの中間にあたる海岸沿いのルングステッド。父ウィルヘルム・ディネセンと母インゲボルグの次女として生まれ、カレン・クリステンツェと名づけられた。父は地主、軍人、政治家。母は富裕な実業家の娘だった。上の三人が女の子で、年の離れた下二人が男の子。カレンは父親になついていた。

父は若いころ、北米中西部のインディアンの村で白人社会から離れた隠遁生活を送り、狩猟にあけくれた。その体験をまとめた著書『狩猟家の手紙』は一八九〇年にデンマークで発行され、高い評価を受けた。当時のデンマークの親ロシア政策に対抗する少数派として政界に乗りだし、国会議員となったウィルヘルムは、五十歳のとき、コペンハーゲンのアパートで自殺する。鬱病気質があったが、直接の動機は、医者から不治の梅毒と診断されたためだろうと、息子のトマスが書いている[1]。当時、カレンは十歳だった。

家長のいないルングステッドルンド屋敷の子供たちは、家庭教師、母、母方の祖母、伯母によって教育された。カレンの受けた学校教育は、十八歳のとき、母たちの反対を押し切って入学したコペンハーゲンの王立美術学校での数年と、二十五歳のときパリで短期間かよった私立の画学校に限られる。絵を描くことはアフリカの農園でもつづき、いくつかの作品が残っている。一九〇七年から一九〇九年にかけて、デンマークの文芸誌に「オスセオラ」のペンネームで短編小説を三つ発表して、批評家の注目を受けた。だが、小説家になろうという考えはもたなかったようだ。

二十七歳のとき、カレンは婚約する。相手は、父方の又従兄弟にあたるスウェーデン貴族、ブロル・ブリクセン男爵である。カレンは、ブロルの双子の兄弟ハンスを愛していたのだが、これは片想いに終わった。デンマーク、スウェーデン両国にわたる親族、友人の交際圏のなかで、ハンスのことが話題になったり、本人に出逢ったりすることに耐えられなくて、パリに行ったということのようだ。ふられた人の双子の兄弟から結婚を申しこまれ、それを受けたカレンの心の動きをおしはかるのはむずかしい。ただ、母方の親戚の、堅実で地道なブルジョワの暮らしに息の詰まる思いをしてきたカレンにとって、アフリカに渡り、農園を経営するというブロルの計画は、大きな未知の世界に乗り出してゆくものとして映ったことは想像できる。

ブロルにはあまり資力がなく、イギリス領東アフリカに農地を買い入れる資金の大部分は、ディネセン家とカレンの母方の縁者に出資をあおいだ。先発したブロルが買い入れた四千五百エーカーの土地は、東アフリカでも指折りの規模の大農園である。コーヒー栽培には適さない高地だったことがやがてわかるのだが、自然のあまりの美しさに、数年後現地を検分しにやってきた弟も母も、ブロルを非難する気にはなれなかったという。

半年ほどおくれてアフリカにやってきたカレンは、一九一四年一月、モンバサでブロルと結婚式を挙げ、ブリクセン男爵夫人となる。カレンのほうが一歳年上だった。コーヒー栽培農園は会社として設立され、「カレン・コーヒー・カンパニー」と命名される。まもなく第一次世界大戦がはじまる。

翌年、体に異常が出たカレンは、医者からすぐヨーロッパに帰って専門医の治療を受けるようにと忠告される。梅毒の発病だった。評伝『イサク・ディネセン――物語る人の生涯』の作者ジュディス・サーマンは、一九七六年にカレン・ブリクセンの主治医から聞き書きを取り、彼女を生涯苦しめた病気が梅毒だったことを確認している。大戦中という条件下での困難を押して帰国したカレンは、入院して治療を受け、翌年、迎えにきた夫ブロルとアフリカに戻る。だが『アフリカの日々』では、この発病についてまったくふれていない。夫の姿が見あたらないのと同様、病気も無視されている。

一九六七年にランダム・ハウス社から出版されたパルメニア・ミゲルによる伝記『ティタニア[2]』は、晩年のカレンからきいた話にもとづいて書いたもので、カレン自身がこうだったと語ったこととの制約を受けている。一方、一九八二年刊行のジュディス・サーマン著『イサク・ディネセン』は、関係者からくわしく取材した結果と、デンマーク語の手紙や文献を使ったもので、今回、この解説を書く上で大きな助けになった。この二つの伝記をくらべると、離婚をめぐる夫ブロルとカレンの関係の記述はかなりちがう。離婚に至る原因が、ブロルのいくつもの女性関係と、「病気」をうつされたことにあるとしている前者。それに対して後者が述べるのは、カレン自身としては離婚を望んでいなかった点である。夫の女遊びは別に気にしていなかった。離婚の原因は、ブロルの経営能力のなさのほうにあった。農園への大口出資者だった母かたの叔父がアフリカにやってきて、損失がこれ以上大きくならないうちに農園を売り払おうとするが、カレンの強い願いで、ブロルを切り離すことを条件に、農園をつづけることを許す。一九二一年、三十六歳のときに別居。一九二五年に離婚が成立する。

ブロルは酒好き、女好き、賭け事好き、狩猟好きで、ライオン狩りにかけては第一人者だったという。(3) 農園の経営には不向きだったことだろう。『アフリカの日々』に登場するスウェーデン人の入植者イングリッド・リンドストロームは、一九七六年にサーマンの取材に応じて、「ブロルを信用する人はだれもいないけれど、だれもがブロルを助けようとしました」と話している。(4)

『アフリカの日々』ではキクユ族、ソマリ族、マサイ族とのかかわりに、多くのページをさいている。アフリカ人と著者はどんな関係をつくっていたのか。その歴史的背景はどういうものだったか。

十九世紀末のアフリカの地図を見ると、エチオピアとリベリアを除くアフリカ全土が、ヨーロッパ諸国の領土になっている。占める土地の大きさ順に書けば、フランス、イギリス、イタリア、ドイツ、ベルギー、スペイン、ポルトガルとなる。著者は一九一三年、当時のイギリス領東アフリカ、現在のケニアに土地を買い、そこでコーヒー栽培農園をはじめた。イギリス人が多いが、スウェーデン人、デンマーク人もいた。カレンの名をつけたこの農園は、スウェーデン人の入植者が開拓した場所を譲り受けたものだった。

規模の大きな農園で、白人のマネジャーが六人、コーヒー栽培の労働力となるキクユ族は千二百人いた。キクユ族の人たちは農園の敷地内に住まいをもち、それぞれの家畜を放牧し、借地のかたちでそれぞれの農地を耕作していた。到着した著者を歓声で迎えた肌の黒い人たちに、新来の白人女性は心を動かされる。

アフリカに着いて最初の何週間かで、私はアフリカの人たちに強い愛情をおぼえた。それは強烈な感情で、あらゆる年齢層の人を男女ともに当惑させる態のものだった。暗色の肌を持つ人種の発見は、私にとって自分の世界がめざましく拡がることにほかならなかった。(5)

アフリカを離れてから二十年あまりたって、六十代の著者は若い友人にこう語った。「ファラも、家で働いていた人たちも、アフリカにあるすべてのものも、アフリカそれ自身も、みんなひとつになって、おなじことを私に言いました。『私たちを信じなさい。そうすれば護ってあげよう』(6)」

この親愛感は彼女がアフリカにいるあいだも、離れてからも、かわらずにつづいた。先にあげた評伝でジュディス・サーマンは次のように書いている。「一九二〇年代の記事や記録では、カレン・ブリクセンの名前に『原住民を支持する』という形容詞をつける例が多く見られた(7)」

これは、原住民が自力で生産する方向を支持し、この土地を開拓するパートナーとなるのがよいという立場である。だが、植民地で生きる白人のおおかたは、原住民を白人に仕える労働力としておくほうが好都合だった。こういう多数派に対する少数派として、カレン・ブリクセンの名は残っている。コーヒー栽培に固執しないで、キクユ族の家畜の放牧に必要な広い平原を機械で開墾して、大規模農業に踏み切れば、あの農園は存続できたというのが、同時代の白人植民者の意見だ。しかし、カレン・ブリクセンはその道をとらず、一九三一年、農園経営を破綻させた失敗者として故国に帰る。

『アフリカの日々』は、土着の人びとの宗教的伝統について、直接にはほとんどふれていない。植民地政府は宗教行事を弾圧し、儀式を禁止し、参加者を逮捕していたから、白人入植者である著者に対しても、土地の人びとは、宗教については決して心をひらいていなかったと思われる。ただ一箇所、結びの章で語られる祖先のンゴマは、この意味で注意をひく。

禁令にふれず、公に開催できるンゴマは若者と娘たちが中心で、これが日本の昔の歌垣のような役割を果たしていたことは、『アフリカの日々』の中で十分に描かれている。だが、この祖先のンゴマは特別のものだった。住宅地として開発される農園を立ち退く土地の人びとが、散りぢりにならず、共同体として暮らしてゆけるように、新しい土地を斡旋しようと力をつくした著者への感謝をあらわそうとしたものらしい。当局が開催を厳禁していたところからみて、これが宗教的儀式だったことがうかがわれる。若者たちの参加を許さず、共同体の最高齢者集団だけが踊る。

ヨーロッパの舞踏会では、年老いた美女たちが若く見せようとして、必死に装っているのを見かけるが、この老人たちはそんなことはしない。踊り手自身にとっても、また見物人にとっても、この踊りの意義と重さは踊り手の老齢そのものにあるのだ。老人たちは私がこれまで見たこともない、なんともふしぎな模様を体に描いていた。寄る年波に曲った手足に沿ってチョークで塗ったすじは、皮膚の下にかくれた、こわばってもろい骨格のありかをくっきりとあらわに強調している(8)。

死に近づいた老人たちはここで、生の坂を登りつめ、苛酷な条件を生きぬいてきた者として、人間の真実の在りようを告げる。皮膚にじかに色を塗るアフリカの身体彩色の伝統は、祖先のンゴマを演じる老人たちの骨格をあらわに描いて示す特別な塗りかたによって、生の底流をなす死の実相、さらにそれにつながる永遠の相を示している。老いや死をおそれ、できるかぎりそこから遠ざかろうとするヨーロッパ文化と、老いも死も、やがては人間の至る当然の終りとして受けいれ、老いに達したこと自体に畏敬の思いを持つ文化と、どちらにより深い智恵があるのか。著者はこの問題をさしだしている。

死を前にしたキクユの族長キナンジュイは、カトリックとプロテスタントそれぞれの宣教団が、キクユ族への影響力拡大をはかり、それぞれの経営する病院に彼を入れようとするなかで、著者の住まいに連れていってほしいと頼む。これは、原住民と白人入植者とのあいだにあるものとしては、稀れにみる信頼関係を示している。農園の家はもはや土地ぐるみ著者のものではなくなっていて、彼を引き受けることはできない。だが、ことわられても、キナンジュイはべつになんでもないように平静な態度を保ちつづける。自分が置かれた過酷な条件を、ゆとりをもって客観視する能力、つきはなして眺められるアフリカ人の能力に、著者は人間としての高貴さを見る。

それから三十年あまり後の一九六三年にケニアは独立し、長年、独立運動の指導者だったキクユ族のケニヤッタが大統領に就任する。彼は白人植民者を排除せず、土着の人たちが土地を買い取ってゆくやりかたをとる。現在も農園をつづけている白人もいる。だが、ケニアに住む白人は人口の一パーセントに満たない。

カレンにとって大きな存在となるデニス・フィンチ＝ハットンは、狩猟を通じてブロルと親しかった。彼は農園への客たちのひとりとして描かれる。ただし、「農園での私の生活のなかでも最大の、われを忘れるようなよ

キクユ族の娘ンディト。ディネセン画。1920年代

ろこびを与えてくれた」特別な人として。このよろこびは、飛行機で空を飛ぶよろこびだけでなく、著者の人生そのものに及んだが、『アフリカの日々』での書きかたは控えめだ。デニスはイギリスの伯爵家の次男で、一九一一年、二十三歳のときにイギリス領東アフリカに土地を買って入植した。サファリの企画と実行を主な職業としていた。彼は一九二三年に所持品や蔵書をカレン農園に移し、そこをサファリの根拠地にした。

デニスとカレンとの関係を、サーマンはつぎのように書く。「デニスはカレンのなかにある最上のもの――真空状態のなかで彼女が長いあいだつちかってきた精神的資源のすべてを要求する。彼に対するカレンの大きな愛情の一部をなすのはこうした感情だった。デニスが彼女にとって『理想の体現』ならば、デニスとともにあることで、彼女は自分自身の『理想の体現』となるのだった[9]」

しかし、女性に対する愛よりも大切にしたいものがデニスにはあった。それは、人によって束縛されることのない自由と孤独である。カレンはこのデニスの性向を知っていて、彼を独占しようとすれば、彼を失うことに通じることがわかっていた。だが、農園が破綻し、家財を処分して住まいを離れる準備をしていた時期、カレンはこの危険領域に踏みこみ、彼の逆鱗にふれた。

当時ナイロビにいた友人たちはみんな、デニスとカレンとのあいだに決定的な別離があったことを知っていた。このことを書いたのは、ナイロビに住み、古い入植者たちの証言を集めるつてをもっていたエロル・トルゼビンスキによるデニスの伝記『沈黙は語る』[10]である。『アフリカの日々』の最終章で、デニスの事故死の報らせが一番先に届くはずのカレンのところにはこなくて、逆にナイロビじゅうのだれもがそのことを知って悲しみに沈んでいるさなかに、なにも知らないまま町にでていったカレンが奇妙な疎外感を味わうところがある。どうも腑に落ちなかったこのふしぎな事態も、カレンとデニスの喧嘩別れがそのまえにあったとしてみると、納得がゆく。著者は結局、真実をかくしているのではなく、そのなかばを作品のなかで語っているのだ。遺体を引き取り、生前の希望通りにンゴングの丘陵に葬ることを、農園の破綻のなかでカレンはやりとげる。破局の後で、彼の事故死によって、カレンはデニスを取り戻す。農園の跡地は住宅地として開発され、その地名は「カレン」と呼ばれるようになる。

四十代のなかばを越えて、生きてきた基盤をすべて失い、カレンは失敗者、破産者としてデンマークに帰る。彼女の人間としての存在証明は、アフリカでの体験を自分のなかで組み立てなおし、そこに意味を見つけることなしには果たされない。自己正当化ではなく、自分をおそ

晩年のディネセン。撮影＝ピーター・ビアード

った苛酷な運命をつきはなして眺め、自分に対して笑うゆとりを手にいれる、きびしいレッスンだった。こうして彼女はイサク（笑う人）・ディネセンとなった。デニスの死後一週間たったとき、これほどまでに連続して自分をおそう不運には、なにか一貫性があるはずだと思い、その徴しを求めて出かける。相対する鶏とカメレオンを見つける。小さな体で鶏にいどむカメレオンは、敵に舌を喰いちぎられる。鶏を追い払った著者は、カメレオンを石でたたきつぶして、とどめをさしてやる。

これ以上の応答を期待できようか。いまはたしかに、自分を甘やかす時期ではない。私が呼びかけたものは、私の祈りを黙殺することをえらんだのだ。大いなる諸力は私に笑いかけ、その声は丘陵にこだました。トランペットの音のなかで、雄鶏やカメレオンのなかで、その声はたかだかと哄笑した。(11)

運命に対するこのようなとらえかたは、アフリカのみが彼女に与え得たものだった。第4部の「人生の軌跡」に描かれる有為転変が、著者のたどった道なのだといえる。そのときはなにもわからないまま、苦しみながら右往左往したことが、時を経て見わたすと、思いがけなくも、大きなコウノトリの図柄をなしている。このコウノトリにあたるものが、『アフリカの日々』一編なのだ。彼女は物語る人として再生を果たす。この後、さらに『冬の物語』（一九四二年）、『復讐には天使の優しさを』（一九四四年）、『最後の物語』（一九五七年）、『運命綺譚』（一九五八年）、『草原に落ちる影』（一九六〇年）を世に送った。

母の死後も、生まれ育ったルングステッドの古い大きな家に住みつづけ、アフリカの農園でのように、そこにたくさんの客を迎えた。近代のもたらした安楽な暮らしかたに批判的で、集中暖房や温水の出る水道設備を拒否しつづけた。脊椎の神経に故障があり、晩年に向かって激痛に苦しんだ。亡くなる二年前、とうとう集中暖房の設備に踏み切った。さらに、胃腸の働きをつかさどる神経に原因不明の異常があり、消化力が減退していたため、食べることに関心をもてなかった。晩年の血液と脊髄液の検査では、梅毒は陰性だった。(12) 一九六二年九月七日に死去。死因は食事がとれないことからくる極度の消耗。地続きのエワルドの丘のふもと、大木の下に葬られた。墓には「カレン・ブリクセン」とだけ彫りこまれている。

（1）Thomas Dinesen V. C., *My Sister, Isak Dinesen*, Michael Joseph, London, 1975.
（2）Parmenia Migel, *Titania, The Biography of Isak Dinesen*, Random House, New York, 1967.
（3）ウルフ・アッシャン、『アフリカのブリックス――ブロル・ブリクセンの恋と冒険』（谷渕真澄訳、一九九〇年、ＪＩＣＣ出版局）。
（4）Judith Thurman, *Isak Dinesen - The Life of a Storyteller*, St. Martin's Press, New York, 1982, p. 164.
（5）『アフリカの日々』第1部1章「ンゴング農園」二六ページ。
（6）Thurman, p. 124.

（7）Thurman, p. 170.
（8）『アフリカの日々』第5部5章「別れ」五〇〇ページ。
（9）Thurman, p. 154.
（10）Errol Trzebinski, *Silence Will Speak, a Study of the Life of Denys Finch Hatton and his Relationship with Karen Blixen*, Heinemann, London, 1977.
（11）『アフリカの日々』第5部4章「家財処分」四八五ページ。
（12）Linda Donelson MD., *Out of Isak Dinesen in Africa*, Coulsong, Iowa City, Iowa, 1998.

本書は　Karen Blixen, *Out of Africa*, Putnam, London, First Published 1937, Reprinted for the fifth times, 1960 によった。

本書は、一九八一年八月に晶文社から刊行され、二〇〇八年六月に『アフリカの日々／やし酒飲み』（池澤夏樹＝個人編集 世界文学全集I－08）として小社より刊行された作品を文庫化したものです。

Isak DINESEN:
OUT OF AFRICA (1937)

アフリカの日々《ひび》

二〇一八年 八 月一〇日 初版印刷
二〇一八年 八 月二〇日 初版発行

著　者 I・ディネセン
訳　者 横山貞子《よこやまさだこ》
発行者 小野寺優
発行所 株式会社河出書房新社
〒一五一‐〇〇五一
東京都渋谷区千駄ヶ谷二‐三二‐二
電話〇三‐三四〇四‐八六一一（編集）
〇三‐三四〇四‐一二〇一（営業）
http://www.kawade.co.jp/

ロゴ・表紙デザイン　粟津潔
本文フォーマット　佐々木暁
本文組版　株式会社創都
印刷・製本　凸版印刷株式会社

Printed in Japan ISBN978-4-309-46477-0

パタゴニア

ブルース・チャトウィン　芹沢真理子〔訳〕　46451-0

黄金の都市、マゼランが見た巨人、アメリカ人の強盗団、世界各地からの移住者たち……。幼い頃に魅せられた一片の毛皮の記憶をもとに綴られる見果てぬ夢の物語。紀行文学の新たな古典。

コン・ティキ号探検記

トール・ヘイエルダール　水口志計夫〔訳〕　46385-8

古代ペルーの筏を複製して五人の仲間と太平洋を横断し、人類学上の仮説を自ら立証した大冒険記。奇抜な着想と貴重な体験、ユーモラスな筆致で世界的な大ベストセラーとなった名著。

見えない都市

イタロ・カルヴィーノ　米川良夫〔訳〕　46229-5

現代イタリア文学を代表し世界的に注目され続けている著者の名作。マルコ・ポーロがフビライ汗の寵臣となって、様々な空想都市（巨大都市、無形都市など）の奇妙で不思議な報告を描く幻想小説の極致。

オン・ザ・ロード

ジャック・ケルアック　青山南〔訳〕　46334-6

安住に否を突きつけ、自由を夢見て、終わらない旅に向かう若者たち。ビート・ジェネレーションの誕生を告げ、その後のあらゆる文化に決定的な影響を与えつづけた不滅の青春の書が半世紀ぶりの新訳で甦る。

孤独な旅人

ジャック・ケルアック　中上哲夫〔訳〕　46248-6

『路上』によって一躍ベストセラー作家となったケルアックが、サンフランシスコ、メキシコ、ＮＹ、カナダ国境、モロッコ、南仏、パリ、ロンドンに至る体験を、詩的で瞑想的な文体で生き生きと描いた魅惑的な一冊。

食人国旅行記

マルキ・ド・サド　澁澤龍彦〔訳〕　46035-2

異国で別れた恋人を探し求めて、諸国を遍歴する若者が見聞した悪徳の国と美徳の国。鮮烈なイマジネーションで、ユートピアと逆ユートピアの世界像を描き出し、みずからのユートピア思想を体現した異色作。

ロビンソン・クルーソー

デフォー　武田将明〔訳〕　46362-9

二十七歳の時に南米の無人島に漂着した主人公が、自己との対話を重ねながら、工夫をこらして農耕や牧畜を営んでいく。近代的人間の原型として、多様なジャンルに影響を与えた古典的名作を読みやすい新訳で。

類推の山

ルネ・ドーマル　巖谷國士〔訳〕　46156-4

これまで知られたどの山よりもはるかに高く、光の過剰ゆえに不可視のまま世界の中心にそびえている時空の原点——類推の山。真の精神の旅を、新しい希望とともに描き出したシュルレアリスム小説の傑作。

チリの地震　クライスト短篇集

H・V・クライスト　種村季弘〔訳〕　46358-2

十七世紀、チリの大地震が引き裂かれたまま死にゆこうとしていた若い男女の運命を変えた。息をつかせぬ衝撃的な名作集。カフカが愛しドゥルーズが影響をうけた夭折の作家、復活。佐々木中氏、推薦。

マンハッタン少年日記

ジム・キャロル　梅沢葉子〔訳〕　46279-0

伝説の詩人でロックンローラーのジム・キャロルが十三歳から書き始めた日記をまとめた作品。一九六〇年代ＮＹで一人の少年が出会った様々な体験をみずみずしい筆致で綴り、ケルアックやバロウズにも衝撃を与えた。

大洪水

J・M・G・ル・クレジオ　望月芳郎〔訳〕　46315-5

生の中に遍在する死を逃れて錯乱と狂気のうちに太陽で眼を焼くに至る青年ベッソン（プロヴァンス語で双子の意）の十三日間の物語。二〇〇八年ノーベル文学賞を受賞した作家の長篇第一作、待望の文庫化。

ビッグ・サーの南軍将軍

リチャード・ブローティガン　藤本和子〔訳〕　46260-8

歯なしの若者リー・メロンとその仲間たちがカリフォルニアはビッグ・サーで繰り広げる風変わりで愛すべき日常生活。様々なイメージを呼び起こす彼らの生き方こそ、アメリカの象徴なのか？　待望の文庫化！

詩人と女たち

チャールズ・ブコウスキー　中川五郎〔訳〕　46160-1

現代アメリカ文学のアウトサイダー、ブコウスキー。五十歳になる詩人チナスキーことアル中のギャンブラーに自らを重ね、女たちとの破天荒な生活を、卑語俗語まみれの過激な文体で描く自伝的長篇小説。

くそったれ！　少年時代

チャールズ・ブコウスキー　中川五郎〔訳〕　46191-5

一九三〇年代のロサンジェルス。大恐慌に見舞われ失業者のあふれる下町を舞台に、父親との確執、大人への不信、容貌への劣等感に悩みながら思春期を過ごす多感な少年の成長物語。ブコウスキーの自伝的長篇小説。

死をポケットに入れて

チャールズ・ブコウスキー　中川五郎〔訳〕　ロバート・クラム〔画〕　46218-9

老いて一層パンクにハードに突っ走るＢＵＫの痛快日記。五十年愛用のタイプライターを七十歳にしてMacに替え、文学を、人生を、老いと死を語る。カウンター・カルチャーのヒーロー、Ｒ・クラムのイラスト満載。

勝手に生きろ！

チャールズ・ブコウスキー　都甲幸治〔訳〕　46292-9

ブコウスキー二十代を綴った傑作。職を転々としながら全米を放浪するが、過酷な労働と嘘まみれの社会に嫌気がさし、首になったり辞めたりの繰り返し。辛い日常の唯一の救いは「書くこと」だった。映画化原作。

死都ゴモラ　世界の裏側を支配する暗黒帝国

ロベルト・サヴィアーノ　大久保昭男〔訳〕　46363-6

凶悪な国際新興マフィアの戦慄的な実態を初めて暴き、強烈な文体で告発するノンフィクション小説！　イタリアで百万部超の大ベストセラー！

佐藤優氏推薦。映画「ゴモラ」の原作。

プラットフォーム

ミシェル・ウエルベック　中村佳子〔訳〕　46414-5

「なぜ人生に熱くなれないのだろう？」――圧倒的な虚無を抱えた「僕」は父の死をきっかけに参加したツアー旅行でヴァレリーに出会う。高度資本主義下の愛と絶望をスキャンダラスに描く名作が遂に文庫化。

ある島の可能性

ミシェル・ウエルベック　中村佳子〔訳〕　46417-6

辛口コメディアンのダニエルはカルト教団に遺伝子を託す。2000年後ユーモアや性愛の失われた世界で生き続けるネオ・ヒューマンたち。現代と未来が交互に語られるSF的長篇。

服従

ミシェル・ウエルベック　大塚桃〔訳〕　46440-4

二〇二二年フランス大統領選で同時多発テロ発生。極右国民戦線のマリーヌ・ルペンと、穏健イスラーム政党党首が決選投票に挑む。世界の激動を予言したベストセラー。

闘争領域の拡大

ミシェル・ウエルベック　中村佳子〔訳〕　46462-6

自由の名の下に、人々が闘争を繰り広げていく現代社会。愛を得られぬ若者二人が出口のない欲望の迷路に陥っていく。現実と欲望の間で引き裂かれる人間の矛盾を真正面から描く著者の小説第一作。

黄色い雨

フリオ・リャマサーレス　木村榮一〔訳〕　46435-0

沈黙が砂のように私を埋めつくすだろう――スペイン山奥の廃村で朽ちゆく男を描く、圧倒的死の予感に満ちた表題作に加え、傑作短篇「遮断機のない踏切」「不滅の小説」の二篇を収録。

楽園への道

マリオ・バルガス＝リョサ　田村さと子〔訳〕　46441-1

ゴーギャンとその祖母で革命家のフローラ・トリスタン。飽くことなく自由への道を求め続けた二人の反逆者の激動の生涯を、異なる時空を見事につなぎながら壮大な物語として描いたノーベル賞作家の代表作。

ハイファに戻って／太陽の男たち

ガッサーン・カナファーニー　黒田寿郎／奴田原睦明〔訳〕　46446-6

二十年ぶりに再会した息子は別の家族に育てられていた――時代の苦悩を凝縮させた「ハイファに戻って」、密入国を試みる難民たちのおそるべき末路を描いた「太陽の男たち」など、不滅の光を放つ名作群。

精霊たちの家 上

イサベル・アジェンデ　木村榮一〔訳〕　46447-3

予知能力を持つクラーラは、毒殺された姉ローサの死体解剖を目にしてから誰とも口をきかなくなる——精霊たちが飛び交う神話的世界を描きマルケス『百年の孤独』と並び称されるラテンアメリカ文学の傑作。

精霊たちの家 下

イサベル・アジェンデ　木村榮一〔訳〕　46448-0

精霊たちが見守る館で始まった女たちの神話的物語は、チリの血塗られた歴史へと至る。軍事クーデターで暗殺されたアジェンデ大統領の姪が、軍政下の迫害のもと描き上げた衝撃の傑作が、ついに文庫化。

ラテンアメリカ怪談集

ホルヘ・ルイス・ボルヘス他　鼓直〔編〕　46452-7

巨匠ボルヘスをはじめ、コルタサル、パスなど、錚々たる作家たちが贈る恐ろしい15の短篇小説集。ラテンアメリカ特有の「幻想小説」を底流に、怪奇、魔術、宗教など強烈な個性が色濃く滲む作品集。

ブレストの乱暴者

ジャン・ジュネ　澁澤龍彦〔訳〕　46224-0

霧が立ちこめる港町ブレストを舞台に、言葉の魔術師ジャン・ジュネが描く、愛と裏切りの物語。“分身・殺人・同性愛”をテーマに、サルトルやデリダを驚愕させた現代文学の極北が、澁澤龍彦の名訳で今、甦る!!

花のノートルダム

ジャン・ジュネ　鈴木創士〔訳〕　46313-1

神話的な殺人者・花のノートルダムをはじめ汚辱に塗れた「ごろつき」たちの生と死を燦然たる文体によって奇蹟に変えた希代の名作にして作家ジュネの獄中からのデビュー作が全く新しい訳文によって甦る。

なしくずしの死 上・下

L-F・セリーヌ　高坂和彦〔訳〕　46219-6 46220-2

反抗と罵りと怒りを爆発させ、人生のあらゆる問いに対して〈ノン！〉を浴びせる、狂憤に満ちた「悪魔の書」。その恐るべきアナーキーな破壊的文体で、二十世紀の最も重要な衝撃作のひとつとなった。

ランボー全詩集

アルチュール・ランボー　鈴木創士〔訳〕　46326-1

史上、最もラディカルな詩群を残して砂漠へ去り、いまだ燦然と不吉な光を放つアルチュール・ランボーの新訳全詩集。生を賭したランボーの「新しい言語」が鮮烈な日本語でよみがえる。

神の裁きと訣別するため

アントナン・アルトー　宇野邦一／鈴木創士〔訳〕　46275-2

「器官なき身体」をうたうアルトー最後の、そして究極の叫びである表題作、自身の試練のすべてを賭けて「ゴッホは狂人ではなかった」と論じる三十五年目の新訳による「ヴァン・ゴッホ」。激烈な思考を凝縮した二篇。

タラウマラ

アントナン・アルトー　宇野邦一〔訳〕　46445-9

メキシコのタラウマラ族と出会い、ペヨトルの儀式に参加したアルトーがその衝撃を刻印したテクスト群を集成、「器官なき身体」への覚醒をよびさまし、世界への新たな闘いを告げる奇跡的な名著。

ヘリオガバルス

アントナン・アルトー　鈴木創士〔訳〕　46431-2

狂気のかぎりを尽くしてローマ少年皇帝の生を描きながら「歴史」の秘めた力としてのアナーキーを現出させる恐るべき名作を新訳。来たるべき巨星・アルトーの代表作。

大いなる遺産　上・下

ディケンズ　佐々木徹〔訳〕　46359-9 46360-5

テムズ河口の寒村で暮らす少年ピップは、未知の富豪から莫大な財産を約束され、紳士修業のためロンドンに旅立つ。巨匠ディケンズの自伝的要素もふまえた最高傑作。文庫オリジナルの新訳版。

キャロル

パトリシア・ハイスミス　柿沼瑛子〔訳〕　46416-9

クリスマス、デパートのおもちゃ売り場の店員テレーズは、人妻キャロルと出会い、運命が変わる……サスペンスの女王ハイスミスがおくる、二人の女性の恋の物語。映画化原作ベストセラー。

太陽がいっぱい

パトリシア・ハイスミス　佐宗鈴夫〔訳〕　46427-5

息子ディッキーを米国に呼び戻してほしいという富豪の頼みを受け、トム・リプリーはイタリアに旅立つ。ディッキーに羨望と友情を抱くトムの心に、やがて殺意が生まれる……ハイスミスの代表作。

フィネガンズ・ウェイク 1

ジェイムズ・ジョイス　柳瀬尚紀〔訳〕　46234-9

二十世紀最大の文学的事件と称される奇書の第一部。ダブリン西郊チャペリゾッドにある居酒屋を舞台に、現実・歴史・神話などの多層構造が無限に浸透・融合・変容を繰返す夢の書の冒頭部。

フィネガンズ・ウェイク 2

ジェイムズ・ジョイス　柳瀬尚紀〔訳〕　46235-6

主人公イアーウィッカーと妻アナ、双子の兄弟シェムとショーンそして妹イシーは、変容を重ねてすべての時代のすべての存在、はては都市や自然にとけこんで行く。本書の中核をなすパート。

フィネガンズ・ウェイク 3・4

ジェイムズ・ジョイス　柳瀬尚紀〔訳〕　46236-3

すべての女性と川を内包するアナ・リヴィア＝リフィー川が海に流れこむ限りなく美しい独白で世紀の夢文学は結ばれる。そして、末尾の「えんえん」は冒頭の「川走」に円環状につらなる。

黄金の少年、エメラルドの少女

イーユン・リー　篠森ゆりこ〔訳〕　46418-3

現代中国を舞台に、代理母問題を扱った衝撃の話題作「獄」、心を閉ざした四〇代の独身女性の追憶「優しさ」、愛と孤独を深く静かに描く表題作など、珠玉の九篇。O・ヘンリー賞受賞作二篇収録。

さすらう者たち

イーユン・リー　篠森ゆりこ〔訳〕　46432-9

文化大革命後の中国。一人の若い女性が政治犯として処刑された。物語はこの事件に否応なく巻き込まれた市井の人々の迷いや苦しみを丹念に紡ぎ、庶民の心を歪めてしまった中国の歴史の闇を描き出す。